GAME OF WISDOM

周梅森

·著·

作家出版社

作者近照

周梅森 作家、编剧,中国作家协会第七、八、九、十届主席团委员,江苏省作协副主席。著有小说《人民的名义》《中国制造》《国家公诉》《绝对权力》等,出版有《周梅森文集》《周梅森政治小说读本》《周梅森反腐小说精品》等,改编制作电视连续剧《人民的名义》《人间正道》《忠诚》等。曾获全国优秀中篇小说奖、国家图书奖、全国"五个一工程"奖、飞天奖、金鹰奖、金鼎奖、澳门国际影视最佳编剧奖、互联网最具影响力影视作品奖、工匠中国影视最佳编剧奖、金数据影视大奖、华语原创小说最受欢迎作品大奖、中国数字阅读大奖等数十种。《人民的名义》《绝对权力》《中国制造》等被翻译成英、法、德、俄、日、韩、阿拉伯等多种语言在海外出版发行。

一

　　接到老书记电话那晚，孙和平正在雅加达和华裔商人宋喜年谈生意。宋喜年代理中国大陆各种商品，在当地商圈颇有人脉。孙和平指望他能吃下一批厂里卖不出去的单缸发动机。宋喜年不是太起劲，却也没拒绝。孙和平心中揣测，这位宋老板感兴趣的大概是老鼠药吧？

　　当时北方机械厂的海外贸易公司不但卖自家生产的各型柴油发动机，也卖老鼠药。虽然有点不务正业，却也是无奈之举。厂里的产品质量不是太过硬，在海外难以打开销路——即使销出去，一台发动机的利润也不抵一包老鼠药的利润，所以孙和平不能不卖老鼠药。

　　那年的雅加达鼠患闹得凶。鼠是马来鼠，体形硕大，性情凶猛。它们成群结队，大军一般横扫贫民窟，甚至出现在闹市街头。生长在中国北方的孙和平，从没见过这么大的老鼠，简直是小猫啊！雅加达鼠患上了各报新闻头版。政府发起灭鼠运动，明码标价，打死一只老鼠奖赏大约一美金左右的当地货币。这一来，雅加达大街小巷顿时涌现追捕老鼠的人群。即便如此，硕鼠依然堂而皇之出没于各个角落。

孙和平的眼睛不会放过任何商机，这场鼠患为他公司带来了新业务。中华民族几千年历史，少不了与鼠辈的战斗经验，孙和平在山东访得一位鼠王。鼠王为他表演绝技，找到一鼠洞，在不远处放下一小堆鼠药。干瘦的鼠王掏出一支短笛，笛声悠扬，老鼠排着队从洞口出来，扑向鼠药狼吞虎咽。毒性发作很快，没一会儿工夫，老鼠们四脚朝天，气绝身亡。鼠王倒也实在，承认吹笛引鼠是噱头，主要是鼠药拌入的饵料散发特殊香气，老鼠闻香不能自禁。至于香气如何产生，乃家传秘方，商业机密不可泄露。孙和平当场下单，订购大批老鼠药。

来到雅加达，他也装模作样吹笛子。可惜洋鼠不识笛音，竟未现排队出洞的盛景。孙和平只得弄了几只竹笼，抓一些硕鼠装入。然后放好鼠药，将竹笼推倒。老鼠狂吃之后也醉酒一般歪扭蹒跚，片刻——倒地气绝身亡，可见老鼠再大也是鼠辈。孙和平名声大振，购买老鼠药的大小商贩络绎不绝，北机雅加达办事处难得如此人气爆棚。

办事处在一个废弃的农贸市场旁边，地上污水横流，到处破砖烂瓦。雅加达硕鼠不时从黑暗处窜出，突兀骇人。市场旁边有几幢破旧楼房，被无家可归的流浪汉占据。这里的供电早已中断，办事处使用自产柴油机发电，因为电压不稳，门前屋内的灯泡总是忽明忽暗。这里的空气也相当糟糕，从早到晚总弥漫着一股来历不明的咖喱味儿，熏得人头晕。不远处是个港口，探照灯光划破夜空，像利剑在挥动。

那天，孙和平应宋喜年之邀，上门进行"三步倒"鼠药表演——"三步倒"是孙和平给鼠药起的商标名，改天准备到专利局注册的。

表演很成功，宋喜年开车送他回来时，就想获得"三步倒"的代理权。孙和平及时地提出了搭售方案：你给我卖掉多少发动机，我就给你多少"三步倒"。孙和平意在抛售积压的小型发动机，宋老板志在老鼠药的地区代理权，双方谈得不是很愉快。说来也是倒霉，这时忽然发生了枪战，一帮军警和三个匪徒追逐而来。警笛警灯呼啸闪烁，电视屏幕上常见的镜头真实再现。进屋躲藏已来不及，二人迅疾钻入皮卡车底下。

匪徒奔入办事处对面的一幢破楼，依窗与警察枪战。军警乒乒砰砰还击，情景荒诞而恐怖，黑魆魆的夜色更渲染出一种地狱般的氛围。

孙和平为省钱，把北机国际贸易公司办事处设在这种地方，让宋喜年不以为然。宋喜年说在这里卖点小机器还可以，做"三步倒"神药生意，就缺少点气派了，说是改天帮他找一间有霓虹灯的像样的写字楼。孙和平觉得受了污辱：他是北机堂堂副厂长，主管国际贸易，主要职责就是在东南亚推销北机产的柴油发动机，可这在宋老板眼里竟不如卖老鼠药！就算老鼠药很赚钱，他也不能给老鼠药这么崇高的国际贸易地位。二人就在皮卡车下争论着老鼠药和机器，都有点忘我的样子。

忽然一条流浪狗跑来，冲着皮卡车汪汪狂吠。糟糕，这若是引起警匪关注，枪弹可能随之而来。宋喜年轰狗，口中嘘嘘有声，却无甚效果。那狗毛色暗淡，浑身肮脏，却有一股子疯劲，绕着皮卡越叫越猛，似乎认定他们俩是藏匿的匪徒。果然就有子弹往这边招呼，恰巧射中车上竹笼里的硕鼠，硕鼠流出的血，不少滴到了孙和平头上……

3

正紧张得要命,手机铃声在头顶响起来。孙和平发现装手机的皮包放在了皮卡车厢,只好钻出车底,在黑暗中摸索着找到了手机。

北方机械厂即将破产的消息就是在这种凶险环境中,由厂党委书记兼厂长钱建国传达给他的。许多年过去后,孙和平仍忘不了那个经典时刻:他一头一脸老鼠血,在异国他乡的枪声中听到了命运的敲门声。在他开腔之前,雅加达街头的枪声率先传入来电者的耳朵,钱建国书记惊异地问:哎,和平,你那里怎么回事?什么声音啊?孙和平搪塞道:哦,这个……隔壁邻居娶亲,正放炮仗呢!年轻时当过兵的钱建国深度怀疑,半夜三更的,娶啥亲?我听着怎么像枪声啊?孙和平这才实话实说:老书记,你耳朵就是好,街头上演警匪枪战了!

钱建国语调严肃,声音变得悲怆,命令他立即回国。孙和平先还以为老书记是担心他的安全,后来才发现不是那么回事。老书记道是市里准备让北机试点破产,百年老厂怕要断送在他们这届班子手上了!这时,孙和平才恍惚记起,这"我们"中有他,他是副厂长,也是这届班子的成员,心中不由得一阵悲哀:连续三年了,一个万人大厂差不多赔掉了底,唯一还能赚点钱的也就他们这个海外贸易公司,现在到底撑不下去了,市里的破产试点虽然在预料之外,却也在情理之中。

和平同志,接到破产试点的通知后,我们厂党委会连夜开会,刚刚做出了一个决定,推荐你任新厂长,尽最后的努力挽救北机厂……

孙和平的第一反应就是不对头,现班子里的主儿哪个不想再进一步?副书记龙飞,坐等着接钱书记的班,常务副厂长田野,刚拿到工商硕士学位，是龙飞有力的竞争者，怎么也不该是他。如果是他，那恐怕摊子已烂到无法收拾了。国内情况不明，他不想掉入陷阱，就让老书记另找高人做厂长。高人是谁，却也没说，他才不想替龙飞和田野美言呢，这二人其实都不行。可拒绝的话一出口，孙和平却又不免后悔：万一事有可为呢？要知道北方机械厂可是个响当当的百年老厂！

钱建国似乎猜透了他的心思，和平同志啊，组织上决定找你！我和北机厂党委认准你了，我和大家相信，你一定能挽狂澜于既倒！

孙和平心里翻江倒海，浑身热血奔涌，这是天降大任啊！然而他没敢答应，只是对着手机打哈哈，哎呀，哎呀，我的天，别狂澜没倒我先倒了，我今晚很可能牺牲在这儿！老书记你听，枪声又响了……

说罢，孙和平挂断电话，假装掉线。他现在需要冷静，要好好琢磨这些信息。一个声音在心中呐喊：抓住它，不能放过，你不是一直在等待机会吗？这就是你的机会！另一个声音说：北机已被市里定为破产单位，你接手了也不过是个末代厂长，弄不好干几天就下台，何必留下笑柄呢？前一个声音说：危机危机，危中有机啊，没有危机谁会给你孙某这么个干事的舞台？另一个声音却又提醒：不要躁动，低调，低调！千万不能猴急，这事一定要让他们三顾茅庐再说……

那条流浪狗竟然凑过来，先用鼻尖闻他运动鞋，转而变得亲昵起来，用肮脏的身体在他新换的西装裤上蹭来蹭去。孙和平这时心烦意乱，踢了狗一脚，狗"哇"一声消失在黑暗中，又使他生出几分歉意。

孙和平回到皮卡底下，宋老板继续纠缠老鼠药代理权问题。宋老板以眼前的乱局为例，证明雅加达不是久留之地。孙和平说：你的意思，我回国？把地盘让给你？宋老板把脸凑近他，你们北机厂生产发动机，又不生产老鼠药，这可以是你自己的生意嘛！孙和平见卖不出发动机，兴趣全无，算了，不说了，宋老板，我们的谈判结束了，你可以走人了！宋老板有点沮丧，我往哪走？想让外面乱枪打死我啊？

手机的电话铃又响起来。孙和平是交响乐发烧友，尤爱贝多芬的作品，手机音乐就设定《命运交响曲》开头的乐章，砰砰砰，命运来敲门。这个夜晚，手机铃不屈不挠地响着，命运也固执地一遍遍敲门。这似乎在暗示，他的人生从此将进入风雨交加的新阶段。电话不可能不接，厂党委的命令不可能不执行。最后孙和平只得惴惴不安地在电话里承诺：坚决执行钱建国书记的指示，连夜赶往机场，回国述职。是的，述职，不是就职，是不是就这个职，他得再看看，再想想。

这时，街头枪战也结束了，三个匪徒被击毙。孙和平和宋喜年从皮卡车底钻出来，都松了一口气。宋喜年神秘兮兮地凑过来说：你们的事，我都听见了！孙和平满腹心事，很不耐烦，你都听见啥了？宋喜年说：你们北机厂要破产了，对吧？你要回去了，今晚就走！孙和平说：这和你有关系吗？宋喜年诡秘一笑，哎，我有车，不要我送你去机场啊？孙和平脸上这才有了笑容，哦，这可太好了！太感激了！

去机场的途中，宋喜年说：孙总，你也不用感激，我们都是龙的传人嘛！再说，咱们的买卖也有可能成交。你们都破产了，雅加达地区代理权还不放手啊？孙和平说：有我在，破产就不可能发生。宋老板冷笑，你还挺自信呢，你不是不愿当厂长吗？孙和平受了刺激，声音一下子提高八度，哟，这也让你听到了？告诉你，我改主意了，回去就上任！宋老板拍拍方向盘，那好，我不和你废话了。请把车费付一下，二百块人民币！孙和平一怔，你这个奸商，一百块足够了！宋老板放慢车速，一百八十块，要不你就在这儿下车！孙和平无奈，只得掏钱，好，我认栽，以后我的"三步倒"老鼠药也得涨涨价了……

到达候机厅门前，孙和平提着包从车上下来。宋喜年从车窗伸出那颗老冬瓜似的大头，说是对北机厂一款新产品有兴趣。就是船用发动机，印尼渔船多，有一定的需求，只是不放心质量。孙和平立即答应，只要有质量问题，全款退货。当然，"三步倒"老鼠药还是要的，宋老板没放弃搭售条件。孙和平当即答应，且没对老鼠药临时涨价。如此一来，孙和平很快乐，宋老板也很快乐，二人握手而别，气氛相当的友好。只是这一番交易又耽误了些许时间，孙和平在飞机舱门关闭之前，才在英语广播的呼唤声中，最后一个登上了飞机。

二

北机厂后面有一大洼地，长年积水，芦苇丛生，状如小湖。洼地与厂院后墙之间是工人宿舍，有几栋老楼，一片平房。暴雨季节，洼地涨水，宿舍区便有漫水风险。条件好的职工陆续搬离，住进了市区新房。钱建国的家却仍在老平房，既是以身作则，也因为平房带个小院子，接地气。孙和平家离钱家不远，在洼地边上，也有个小院。孙和平的父亲和钱建国是师兄弟，一次事故因公去世。嗣后，钱建国常帮衬孙家孤儿寡母。大前年孙和平母亲也走了，老房子就空下了。每每从孙家老房子门前走过，钱建国眼前总会浮现出许多旧年情景。

孙和平小时候瘦得像只猴，调皮得也像个猴，经常领着一帮熊孩子在厂区乱跑乱窜，门卫师傅赶也赶不走，老鹰捉小鸡似的跟在后面追。有时候饿了，就钻进食堂偷吃馒头。调皮啊，一大笼馒头，每只咬上一口，气得食堂阿姨要扒他的皮，事务长却呵呵笑着把他放了。人是放了，但食堂没法再卖的那一笼馒头全打包卖给了他们老孙家。

厂院东角有一棵百年老槐树，据说是北机的创始人马彼德亲手栽下的。树皮皲裂，枝干苍劲，洒下大半亩的绿荫。孙和平经常爬到树上摸喜鹊窝掏鸟蛋。有一次，不慎踩断枯枝，摔在地上背过气去。幸亏有人路过及时发现，把猴小子背到厂医务室救治，才没出啥大事。

水洼是孩子们的禁地。曾有小学生暑假玩水，沉溺湖底。事件发生后，学校家长无不严加管制，三令五申不许孩子们下水。孙和平偏爱游泳，离开大人目光便一头扎进大洼。这就不可饶恕了，钱建国被孙母请到孙家，代行父权。钱建国就拧着熊孩子的耳朵严厉训斥……

没想到多年之后，这个熊孩子长大了，成了决定北机命运的人物。

推出孙和平，对钱建国来说也属无奈之举。龙飞副书记一直想接他的班，可一听到试点破产的消息，立马溜号，通过自己当组织部部长的姐夫，火速调到市综合服务局当了副局长。孙和平的汉大同学刘必定倒是人才，当副厂长时分管财务，北机的日子还过得下去。可人家春江水暖鸭先知，趁改革开放的东风早早辞职下海，成了先富起来的幸运儿。还有谁？常务副厂长田野是个老实人，可没主见，缺魄力，见了困难绕着走，只能做副手……蜀中无大将，也只有这个孙和平了。

孙和平懂经营，能挣钱，国际贸易公司年年创汇几千万美元，年年上缴利润，孙和平甚至想把公司弄到香港上市。市里也曾考虑过把孙和平的国际贸易公司剥离出来，在北机厂破产后继续经营。但这很难，北机厂这几年的融资主要是用贸易公司的信用证，其他资金渠道没有了，事实上贸易公司已经搭了进去，连孙和平卖老鼠药挣的钱都被法院冻结了一部分，最近启用了田野的私人账户，才有了点活钱。

情况糟糕透顶。全厂欠薪一年多，许多家庭生活困难，发生了不少令人痛心的事，他在厂里家里都不得安生，半夜三更的还有人到他家门口哭闹。为了生产自救，在他的力主下上了一个小酒厂，销路虽不如孙和平的老鼠药，却也小有作用——工人索薪上访闹得凶了，就发些酒糊弄。业界普遍认为，没有谁能救得了北机厂了，冤家同行们开始算计北机的破家底，随时准备在北机轰然倒地时，扑上去捡洋落。

孙和平成了钱建国救厂的唯一的希望。钱建国认为，只要孙和平挺身而出，挽狂澜于既倒不是没有可能，起码先富起来的刘必定会拉北机一把。刘必定搞了个宏远集团，都成系了——叫"宏远系"。

宏远系和任延安的红星重装战略合作，计划投资十个亿！如果刘必定能从十个亿里拿出三五个亿和北机战略合作，北机就不会破产了。说服刘必定的人只能是孙和平，他们是汉江大学动力系同学，一起进厂一起提干，关系特别好，不是他硬拦着，孙和平早跟刘必定一起创业致富去了。当年为了留住孙和平，他顶着压力，突击提了孙和平一个副厂长。

现在，孙和平在他的召唤下回来了，老实坐在他办公桌对面，却故意对桌上的任命文件视若无睹，口口声声"述职"。一会儿是雅加达，一会儿是马尼拉，从积压的发动机，说到遍及东南亚的鼠患……

钱建国听得不耐烦了，用指节在红头文件上敲了敲，行了行了，和平，现在情况严重，你老鼠药卖得再好，也救不了北机的命了！

孙和平这才在文件上随便扫了一眼，老书记，你饶了我吧，你老都搞不好北机，我何德何能，挽狂澜于既倒？我没信心，真的！

钱建国说：你怎么能没信心呢？厂党委和市里对你高度评价。陈市长前天和我谈话时还说，北机是不是破产，就看你孙和平的态度。

哎，老书记，咱不带这么忽悠的！我干不了这个厂长，真的！

那谁能干？谁能在这种时候当厂长？你给我说！

龙飞啊！你别当我不知道，他一直想接你的班……

他想接就接得了吗？我能把班交给他吗？

是他不想接吧，我怎么听说龙飞紧急调走享福去了？

钱建国苦笑起来，叹息说：和平，啥都瞒不了你！所以，这次龙飞也不反对你进步了，党委全体成员一致推荐你啊，市里也看好你！

孙和平咧了咧嘴，你们要骗我上套拉磨呗！都把我当驴了！

钱建国说：当驴有啥不好？驴干重活，那是很有奉献精神的！和平啊，我可是看着你长大的，你是北机的孩子，从小在厂院里爬树揭瓦掏鸟蛋，我就不信你这个北机的孩子，能眼睁睁看着北机破产……

这话打动了孙和平。钱建国注意到，孙和平怔了一下，终于拿起任命文件看了起来。钱建国心头一热，有一种要流泪的感觉。他怎么也不会想到，北机厂要靠当年一个顽皮的小子来挽救了，往事如潮在胸间翻腾。其实，他也知道，孙和平有一颗不安分的心，一直渴望在北机厂大展身手，只是他一直没给他这个机会。六年前，为和刘必定争夺人才，他才提孙和平当了副厂长，却没给孙和平实际舞台。结果孙和平主动请缨到海外搞贸易，才有了今天这个北机国际贸易公司。

对孙和平的任命当天下午宣布。孙和平在会上简单表了个态，说是一个百年老厂不能这么散摊子，所以他应召回来了。回来是听从组织召唤，但能不能干好这个厂长，心里没有底。他现在能说的就一句话，就是努力工作，无私奉献。钱建国很满意，他要的就是这句话。

散会后，孙和平有些迷糊，我这就厂长了？钱建国说：是啊，你还怀疑？孙和平说：可是，市委组织部没来人，连个干事都没来。钱建国知道孙和平心里想的啥，组织部来不来人那么重要吗？你小子是要当官，还是要做事？再说文件给你看了，你和我一样正处级……

孙和平急了，不是，我实在是有困难啊，真的。上楼进了他办公室，孙和平反手关上门，苦着脸说：老书记，事到如今，我也不瞒你了，我老婆郑美丽和我离婚了！我长年在东南亚出差，她独自一人带孩子，人家不干了。钱建国一听就笑了，这么大的事我能不知道？郑美丽和我说了，孩子她带到七岁，下面是你的事了，她要到美国留学。这不，你女儿玲玲都在我家好几天了，你婶给带着，我都没和你说！

孙和平失声大叫：这个郑美丽，也太过分了吧？她怎么就做得出来？钱建国敲了敲桌子，别叫别叫，这是办公场所，有话回家说。孙和平仍是气愤难抑，她一个大专生，留什么学？她故意整我。钱建国道：还说呢，当年你婶不让你和她谈对象，你非要谈。孙和平说：她不是厂花吗？校花让刘必定抢去了，还不让我抢朵厂花吗？钱建国苦笑，你呀，啥都和刘必定比，这又何必呢！他是他，你是你。孙和平说：是，这厮现在做大了，都成系了！钱建国道：这我正要说，你得去找他，他要能从系里拿几个亿给咱，咱就不会破产了。和平，市里让咱破产的意图很明确，戳不住，北机的历史就结束了，你就是末代厂长，这个百年老厂就得在你手上完蛋，你就是历史罪人！说罢，觉得有些不妥，又补充了一句：当然了，还有我，我也罪不容赦！孙和平一声长叹，老书记，你可真是疼我，把最后的大好机会留给了我。

钱建国说：那还愣着干啥呀？走吧，找刘必定去，我都和他约好了。孙和平却道：我不去！我不求他，我丢不起这脸！钱建国说：命重要还是脸重要？百年老厂马上要没命了，你还脸呢！田野和车在楼下等着了！走，走，快走，有话咱路上说！现在救急如救火……

三

车是一辆棕色桑塔纳，模样寻常，牌子却不寻常：汉 NB9999，哪个司机见了眼珠都发直。这车牌是刘必定当副厂长时搞来的，刘副厂长神通广大，就没有他办不成的事。这阵子有人说，如果刘必定不走，北机不会落到这步田地。这话里有些责怪钱建国的意思，似乎刘必定是钱建国逼走的。其实孙和平知道，事情不是这样，他和刘必定都深得钱建国的重用，只是刘必定想要的放手干事的环境，钱建国给不了，刘必定才下车换马，扯起宏远大旗，走上了自主创业之路。

车轮飞转。车窗外，向后飞掠的田野如无尽地毯徐徐展开，于地平线融入灰蓝色的天际。平缓的丘陵微微隆起，越来越高，最终在远方形成巨龙似的山脉。一只雄鹰在空中盘旋，双翅展开一动不动，仿佛入了定。突然间，它飞箭般一头扎向麦子地，直扑猎物而去……

孙和平目睹眼前景物不禁想：自己是那只鹰，还是猎物？当年缺少的那种让人干事的环境，今天是不是有了？北机落到这种地步，恐怕得变一变了吧？不变就得死，相信大家也会像老书记钱建国一样选择变中求生。当务之急是稳住干部群众的情绪，别引发新的群体事件。

必须想办法解决工人的欠薪，起码先解决一两个月，让大家看到希望。可厂子账上只有八万块，就算发一个月工资，也得两千万。

上哪去搞呢？也只能去试着求刘必定了，现在宏远财大气粗。只是不知道老书记约刘必定时，说没说借钱的事？如果说了，这事就悬乎。刘必定像只狡猾的狐狸，听到哪里有银子的响动，眼睛立马放光，立即扑上去。嗅到风险的味道，比谁跑得都快，借他的钱，难啊……

老书记似乎看透了他的心思，强打精神说：刘必定毕竟是从咱北机出去的，他对别人狡猾，对你我不至于，多少总得借几个。孙和平沉默不语。钱建国又鼓励说：见面多弄他几杯，他酒后好说话！孙和平这才说：那是，为了老少爷们的工资，我也得和他往死里喝……

其实，孙和平内心不是滋味。新官上任就去求人，而且是求刘必定，耻辱啊！可为了给北机续命，即便受胯下之辱，他也得像韩信一样厚着脸皮钻。这世界有钱人是爷，他做了这个乞丐厂长就得认命。

偏在这时，钱建国的手机响了，钱建国接了手机脸色骤变。铸造车间的KV生产线着火了，船破又遇顶头风，够喝一壶的。孙和平脸上阴云密布，怎么这样啊，咱们还有没有安全管理措施？安全生产的底线在哪里？田野摇头叹气，这不是缺钱嘛。厂里四处都是大功率电路，尤其是铸造车间，还有熔化废铁的明火冲天炉呢！钱建国直咂嘴，一直说整改，就是没钱改。孙和平想到厂里唯一值钱的宝贝——内部集资八千多万从德国引进的二手生产线，就提醒说：如果烧了德国生产线，咱北机可真就没法活了！钱建国立即警醒起来，拦下一辆去平州的顺风车，赶回北机厂。他和田野继续前行，到省城找刘必定借钱。

赶到省城宏远集团，没见到刘必定，先见到了刘必定的照片。

照片堪称巨大，挂在接待室正面墙上，有些强势夺人的意思。

照片下面是励志语录，相当的醒目，不知是刘必定杜撰的，还是从哪抄来的——梦想是个美好的词汇，实现梦想是个残酷的过程。语录下面是两张老旧而巨大的红木太师椅，椅面上垫着大红苏绣坐垫。

孙和平和田野在太师椅上并排坐定，仰脸看着头顶上熠熠生辉的刘必定，都很感慨。孙和平说：人比人气死人啊，上大学时，这厮一个熊抱愣把校花祁小华给搂走了，让男同学们羡慕得死去活来。田野说：是你羡慕吧？又不无景仰地看着刘必定的庄严面孔议论：刘总比在咱厂时发福了，更像个人物了。孙和平说：那是，人家一直是人物。

但凡人物都有一些臭毛病。现在的刘必定就病得不轻，约定时间过了许久，还是不露面。孙和平心头一万只草泥马在奔腾，谁跟谁呀，用得着这么摆架子吗？让老子二堂候驾，候起来竟然没个头……

又过了大半个钟头，孙和平实在不耐烦了，对立在一旁的迎宾小姐说：去催催你们刘总。迎宾小姐彬彬有礼，对不起，我们刘总正会见重要客人。孙和平不相信还有比他们更重要的客人，迎宾小姐偏说有，说客人是老板娘。这让孙和平有些意外，他老婆祁小华？迎宾小姐点头称是，说是他们夫妻在商量一项重大投资项目，不让人打扰。

孙和平益发不安，焦虑地在屋里踱步。那当儿他根本没想到刘必定正在董事长办公室挨骂。风流成性的刘总风流之际被人家堵在屋里了，而且受了伤，额头上贴着一块创可贴，正哈着腰站在祁小华对面写检查。他硬闯进门，刘必定才慌忙把检查收起来，起身和他握手。

刘必定握着他的手,满脸愁容地解释:和平,不是我怠慢你,实在是羞于见人,你……你看我这脸。祁小华接过话头说:昨晚开车撞墙了。我不让他开车,他硬逞能。刘必定说:和平啊,你当了厂长可别自己开车!孙和平说:这还要你说?我从不开车!咱说正事……

刘必定大大的狡猾,不说正事,一本正经继续教诲:和平啊,咱们可不是一般人,事多心思重,一走神就容易出事!是不是?田野貌似关切,刘总,你精神看上去挺好的,伤得应该不重吧?祁小华表情夸张,蛮重的,脸上缝了三针,挖出一粒玻璃碴子像子弹!刘必定会意道:我正说回去休息呢,可昨天和钱书记有约,也不能爽约啊。

孙和平说:是,是的,刘总,你是个讲信用、讲义气的人,不会见死不救!北机的情况你知道,面临破产,刘总,你说啥也得拉一把啊。刘必定王顾左右,和平,钱书记把那台汉NB9999给你了吧?孙和平说:对,现在给我用了,怎么,你想要?刘必定说:汉NB9999车牌可是我搞来的,转让给我吧。孙和平很爽快,行,咱们谁跟谁?借我们两个亿,车牌无偿奉送!刘必定立即跳了起来,孙和平,你穷疯了吧?孙和平苦起脸,可不就是穷疯了?必定,你行行好吧!

这时,祁小华插上来,和平,不是我说你,你就不该这时候从海外回来当厂长!必定说了,下一步还想请你代理我们红星厂的重卡呢。孙和平狐疑起来,你们红星厂的重卡?哎,红星厂十个亿你们投了?

刘必定不置可否,演戏似的突然捂着脑袋叫唤起来:哎哟哎哟,不说了,我不行了,头疼,得去医院!孙和平上前拦住,没这么娇贵吧？我大老远过来，你话没说两句就走？必定，我现在内外交困一堆麻烦事啊！刘必定吭叽着应付，怎么的，家里也出事了？田野说：孙厂长的老婆——就是郑美丽，和孙厂长离婚了。刘必定一怔，眼睛立刻放光，哎，孙和平，我怎么说的？郑美丽不是我家小华，她不是你的菜！孙和平气道：小华倒是我的菜，不是让你一个熊抱抢走了吗？

祁小华亲昵地往刘必定身边一依，孙和平，你别胡说八道啊！

孙和平眼皮一翻，开始耍赖，想让我闭嘴，你们赶快掏钱！先借五千万让我发工资！刘必定叫苦不迭，我这是遇到强盗了吧？哎哟，小华，药，药！祁小华顺手找出一瓶维生素递上。孙和平夺过来看了看，你们少给我演戏了，维生素C不治疗抓伤！别以为我不知道，刘必定，你这脸十有八九是祁小华抓的，你多情的老毛病怕是又犯了！

刘必定跳了起来，孙和平，你……你不要搞讹诈！

田野害怕了，哎，哎，二位有话好好说！

刘必定黑着脸，说啥说？北机厂和我没关系！小华，送客！

孙和平和田野都呆了，二人都没想到，会面如此短暂而失败……

四

孙和平、田野走后，刘必定脑海里翻腾起不少往事。汉大机械动力专业出了三个名人，他、杨柳和孙和平，号称"三杰"。杨柳在校做学生会主席，毕业后做国企高官，命好得让人嫉妒。因此，从大学时代开始，刘必定就和孙和平走得比较近，经常联手对付杨柳。大学毕业后，他和孙和平分在北机厂，益发荣辱与共。一次接待重要客户，两人都喝多了。临别时，他和一女孩缠绵不止，孙和平先走了，回到宿舍睡了一觉，见他没回来，就满街乱转找他。后来在一个建筑工地的地基坑里发现了他。孙和平把他摇醒，才让他活着看见了满天星斗。

二人都是官迷，都想进步。厂里提拔年轻干部，有一个副厂长的位置，他求孙和平向钱建国说项。其实孙和平也想当这个副厂长，不过没好意思说，就被他抢了先招。老书记很重视他们这两位汉大机械系的高才生，就把他提成了副厂长，三年后他辞职离去，孙和平也当上了副厂长。现在，孙和平成了北机的末代厂长，找到他门上求助是必然的。他知道孙和平不会就这么善罢甘休，肯定还要上门纠缠。

果不其然，当晚孙和平就上门了。进门后恭恭敬敬给他鞠了个大躬，又对着祁小华鞠了一个大躬，要他们原谅他的急火攻心。他刚原谅了孙和平，让孙和平在餐桌前坐下吃饭，不料，这厮又出言不逊，必定，你这脸真不是小华抓的吗？刘必定气得把筷子往桌上一拍，又来了！我和小华一直恩恩爱爱，你问小华她下得了手吗？前校花却话里有话，我是下不了手，但别人下得了手，和平，还是你了解他！

孙和平当然了解他，但却也不敢进一步嚣张，他是来求他的，知道该怎么夹好自己的尾巴。待得孙和平夹好了尾巴，端正了态度，摆正了位置，他呷着清酒，开始给孙和平上课：孙和平，我就没见过像你这么傻的！北机破产是必然的，早破早好！六年前我就和你说过，北机真正值钱的，就咱俩人才，我让你出来跟我干，你瞻前顾后，患得患失。今天钱建国一忽悠你就上？孙和平叹息说：必定，你知道的，我从小在北机院里长大的，对北机有感情，不愿看北机破产。刘必定说：那也不能感情用事，把自己的身家性命搭进去啊！这样吧，到我这里做个副总吧。红星厂十个亿投下去，得有人盯着，就你吧。祁小华也说：和平，必定发了，总不会忘了你的，苟富贵，毋相忘嘛！

孙和平似乎有些动心，定定地看着他，必定，你真的假的？刘必定道：你说呢？不知道我的基本原则吗？联孙抗杨！孙和平怔了半天才说：这事和杨柳没关系，就是咱北机的事！百年老厂不能垮啊！刘必定摇头叹息，和平，让我说你啥好呢？百年老厂现在还有啥呀？金戈铁马早消失在历史的风沙中了，那些曾经的光荣与梦想都俱往矣。孙和平眼中有泪光闪现，刘总，你当真见死不救吗？刘必定也认真了，痛心疾首道：孙厂长，你怎么还没看明白啊？像北机这种国有企业能搞得好吗？铁交椅，铁饭碗，干部能上不能下，干的没有看的多！

孙和平酒杯一蹾，所以，我上了嘛，我还就不信治不了这些臭毛病！刘必定皱起眉头，哎，和平，我怎么听你的意思，好像要献身改革，不愿做我的副总啊？孙和平的激情退却，说话却留有余地。也不全是，必定，北机真要破产了，我就过来做你的副总。刘必定举起酒杯，这就对了嘛，来，和平，那咱们就为北机的破产干一杯吧！

孙和平举起的酒杯重重地放下了，刘必定，你……你没良心！

一时无语，短暂冷场。那晚的料理是祁小华在一家著名的日资酒店订的，小华爱吃料理。精美食盒盛着各色佳肴，摆满长条餐桌，水晶吊灯照出一片璀璨。木制龙船格外亮眼，碎冰堆起的小山上布满各种刺身，三文鱼、金枪鱼、海参、螺片琳琅满目。孙和平蘸多了芥末，辣出一掬热泪，抽几张餐巾纸不停擦拭，一副伤透了心的模样……

刘必定多少受了些感动，便帮着出主意，让孙和平去找杨柳，道是杨柳现在是正厅级董事长，手上搂着个国企集团，办法多的是。又说，银行那边也可以多动动脑筋。孙和平问动啥脑筋？别说平州，全省全国，也没哪家银行敢给北机贷款了。刘必定便点拨孙和平：有抵押还是可以贷的，把你们那条德国生产线再重复抵押一次嘛！孙和平看看刘必定，又看看祁小华，这个不是太好吧？祁小华说：我看也不好，必定，你别把和平往火坑里引！能教他点好的吗？刘必定道：我教他五讲四美三热爱，可弄不来救命钱啊，和平，你说是吧？

孙和平动心了，小华，你少插嘴，我新官上任三把火，第一把火就是给全厂干部群众发工资，工资发不上，谁还听我的？刘总，你说吧！刘必定直言不讳告诉他，重复抵押的事，宏远干得多了去了，贷款只要能及时还上就没事。孙和平有点犹豫，坑银行不太好吧？有违我做人原则。刘必定道：坑我就好？就不违你做人原则？孙和平忙辩解：我可没那么想啊……刘必定打断他，这不叫骗，你没有骗人的主观意图嘛！孙和平自嘲，是，我最多算个狗急跳墙吧。刘必定摆了摆手，你连狗急跳墙都算不上，你又不是为自己，你是为企业！连我这种铁石心肠的人都被你感动了！啥叫负责任，有担当？就你这样的！孙和平自嘲，那上边还得为我发勋章吗？刘必定说：是，必需的！

俩人进一步商量细节。孙和平梦想贷款两三个亿。刘必定思忖两三个亿不可能，觉得五六千万有希望。孙和平决定贷五千万，缓过气就还人家。刘必定答应把银行行长介绍给他。孙和平乐了，像是五千万已贷到了手，讷讷说：这下好了，我能给全厂干部职工发两个月工资了！刘必定一听，忙制止，哎，哎，孙厂长，你可千万别说是发工资，别吓着人家，得编个让人家信服的名目。孙和平一点就透，略一沉思，那就说德国生产线升级，进行国产化改造？刘必定点了点头，进一步教唆说：得把项目书弄得复杂些，让他们谁都看不懂，头晕。

祁小华不禁感叹，真没想到，这世上又多了一个骗子。刘必定冲着祁小华冷笑，少说风凉话！你以为搞企业容易？为企业不死，为员工吃饭，啥险不得冒？这是一个改革者的奉献与担当。孙和平胸脯一拍，近乎悲壮道：就是就是，这时候，我不下地狱谁下地狱？！

当晚，两个男人都喝多了，醉得一塌糊涂。蒙眬中，刘必定不禁想起许多往事——包括那夜他在地基坑里看到的满天星斗。那可是个冬夜啊，如果不是孙和平找到他，他也许就在宿醉中永远睡过去了……

五

孙和平自知弱小，在杨柳和刘必定之间，从无固定战略。有时联刘抗杨，有时联杨抗刘。比如眼下，他必须联杨——到汉重集团向杨柳求援表忠心。不这样不行，刘必定不能指望，昨晚乱喝了一通，除了一个骗贷的馊主意加一堆豪言壮语，这狡猾的狐狸啥忙也不愿帮。

杨柳及时指出：啥豪言壮语啊？纯属胡说八道！骗银行贷款还这么理直气壮，也算是奇葩一朵，哦，不，两朵了！孙厂长你危险了！

说这话时，他们走在汉重集团办公楼的走廊上，杨柳气宇轩昂走在前面，他亦步亦趋跟在身后，识趣地保持大半步的距离，显得有些追求领导的意思。领导威武，官腔十足，一路教训：刘必定说还上贷款就没事。要是还不上呢？是你孙厂长上法庭，还是他刘总上法庭啊？孙和平说：那肯定是我上法庭。杨柳驻足站住，目光严峻地注视着他，就是嘛，你怎么能听刘必定的呢？和平，你要保持冷静，别病急乱投医。刘必定不是医生，更不是良医，他的药是毒药，不但不治病，还会要了你和北机的命。人在屋檐下，不得不低头。孙和平低头苦脸应着，老学长，我不是投医，是讨饭。这不又讨到你门上来了吗？

走进办公室，杨柳一边为他泡茶，一边和他打趣：讨饭就想起老学长了，风流倜傥时就把老学长忘了。一天到晚在海外旅游，什么雅加达、马尼拉的，也不请我去游，这么多年连根香蕉都没给我带过一根。孙和平说：老学长真会拿穷人开心，风流倜傥的是您啊，年纪轻轻就上了正厅，执掌着一个国企集团，在我省那可是独一份。还吹捧说，他一生最佩服的人就是老学长，老学长八成是天上的星宿下凡。

杨柳享受着他的吹捧，越发不可一世，和平啊，你昨晚既然在刘必定那里吃了日本料理，喝了迷魂汤，那老规矩，我还是得先给你洗洗脑！免得你一脑袋糊涂念头，栽跟头，犯错误，从花果山上的猴变成动物园里的猴。孙和平连连点头，好，好，杨书记，您指示。杨柳在他面前踱着步，娴熟地扮演着老大哥兼领导的角色，和平啊，对刘必定的话，你要保持一定的警觉和警惕，要有分析有判断，不能跟着瞎激动！想想过去的历史吧，刘必定啥时候给你出过好主意？嗯？

孙和平回忆起既往失败经历，承认自己一急眼，鬼迷心窍了。杨柳在对面沙发坐下，气定神闲。你着的哪门子急啊？我都不急，你急个什么呢？孙和平苦着脸，现在我是北机厂长，火炭在我脚下，又不在你脚下！杨柳说：你以为我这个汉重集团的董事长兼党委书记就好当啊？我脚下的火炭比你少了？幼稚！汉重的事说出来能吓趴你！我着急了吗？我去骗贷抢劫了吗？孙和平紧张了，哎，你别说抢劫，谁也没想过去抢劫，刘必定也没想过。杨柳笑了，看你吓的，我是举例说明。孙和平一脸沮丧，这种例子你最好别举，有趁机踹我的嫌疑！

好，那我以正面教育为主。杨柳不慌不忙，继续训话，让孙厂长和北机的同志们在困难的时候，看到光明，看到希望，保持昂扬的革命斗志。这种官话套话有很好的催眠作用，孙和平听了就犯困。老学长的声音渐渐远去，他努力地和困倦作斗争，把视线投向了窗外。

汉重集团坐落在海滨路上，落地玻璃外呈现无敌海景。蔚蓝色的海水伸展到天边，与苍穹融为一体。几只海鸥在水面翱翔，洁白的脊背扶摇翻飞。有帆板在浪涛中穿行，仿佛白鸥戏水。一艘远洋巨轮正在出港，汽笛低沉地鸣叫，似乎一头老牛走过发出深沉叹息。

渐渐地,巨轮船身消失在灯塔山转角处,海面上留下了两道雪白的浪迹……

杨柳高屋建瓴分析国内国际的形势:形势总的来说还是好的,虽然机械装备全行业日子都不好过,但破产企业还是很少见的。尤其是像北机这么一个百年老厂,岂能轻言放弃,一破了之?孙和平转回神来,凝视昔日学长现在的汉重集团党委书记兼董事长。领导同志似乎在着重强调,停顿一下,多肉的手掌有力地劈下去:那是不可以的!

杨柳明确硬朗的表态,让孙和平激动起来,就是啊,老学长,毕业前一年,你也在北机实习过,你还在厂史馆门口带着我们毕业班同学宣过誓,是吧?当时我们的誓言是……杨柳做了个威严的手势,让孙和平闭嘴。孙和平毕恭毕敬地坐下,杨书记,您说得太好了,您继续说。杨柳拍打着孙和平的肩头,语重心长,再难都得坚持下去!和平啊,党和人民选择了你,历史选择了你,你怎么办?知难而退,当逃兵?不可以的!你是汉大动力系的高才生,是著名的"汉大三杰"之一啊,你退下来,那是汉大的耻辱!孙和平擦了擦眼睛,老学长,你可说到我心坎上了!我昨夜就该找你的,你们汉重借给我们五千万吧!

杨柳脸上的兴奋瞬间消失,和平,这就不好了吧?我支持鼓励你,你就赖上我了?嗯?孙和平翻脸大叫:杨柳,你别伪君子!支持我就得拿出行动来!杨柳想了想,我可以借五千万给你,不过得合理合法。孙和平眼睛亮了,怎么才算合理合法?我把那条进口的德国生产线抵押给你们成吗?杨柳脸一虎,不成!你真有出息,不骗银行骗起你学长了!德国生产线不是早就抵押过了吗?孙和平一拍脑袋,我还把这茬忘了!那你们给北机担保贷款五千万吧?杨柳把眼睛看向天花板,我们为啥要给你北机担保呢?请你给我一个理由。类似北机的企业不是你一家吧?我都替他们担保?我只是汉重集团的董事长,不是上帝啊!孙和平哀求,杨书记,在我眼里,你就是上帝,你不能见死不救,是吧?你汉重集团做个担保,我们北机就能贷到救命款了。

杨柳站起来,孙厂长啊,咱们没隶属关系,汉重集团没理由给你们担保贷款。孙和平企图打动他,但是,咱们是老同学,血亲的老同学啊!杨柳讥笑说:没有那么亲吧?上大学时你不断反对我,让我记忆犹新。孙和平挡在杨柳面前,可我也大力支持过你吧?比如说……

杨柳推开他,让他去求平州市政府,是平州市政府要搞破产试点的。孙和平一脸执拗,可你坚决反对,是吧?你和我一样,要保下这个百年老厂,是吧?杨柳沉默了,在办公室踱起步,不知在想啥。对于这位老学长,孙和平不无敬畏,如果说自己与刘必定是兄弟,杨柳就有几分长兄如父的感觉。但是他深深了解杨柳,你说他外圆内方也好,外方内圆也罢,反正在冠冕堂皇的外表下面,这位老兄滑溜如泥鳅,不比刘必定更忠厚,要想抓住他很不容易。他可以装孙子,可以让老学长训话过足瘾,但必须有收获。他是来借钱的,他不能空手而归。孙和平双目如炬,眼珠子随着杨柳的脚步转过来、转过去……

过了好一会儿,杨柳才在他面前站下了,叹息问:没五千万,当真没法活了?孙和平眼泪几乎流下来,北机干部群众一年多没发工资了,得让他们先吃上口饭啊!杨柳态度恳切而认真,但是,北机和汉重集团无隶属关系,担保手续办不下来。如果北机是汉重集团下属二级企业，那就是另一回事了。孙和平眼睛一亮，这倒是个思路，那你做做工作，把北机收进汉重集团吧！杨柳摇头说：没这么简单啊，我的整合范围是省属企业，地方企业不考虑。孙和平说：现在考虑一下吧，咱一个愿打，一个愿挨。杨柳这才松口了，好，我来试一试吧。

孙和平很激动，老学长，我就知道你会帮我，我都听你的！

杨柳演讲训话的热情又上来了，改革一般都是逼出来的，老婆孩子热炕头，出不了改革者。北机这个情况，应该说是不改也得改了！

孙和平极表赞成，那是那是，再不改，老婆没了，炕也凉了。

杨柳说：所以，你既然当了厂长，就要鼓起勇气搞改革，大胆无畏地改！要精兵简政，要裁员分流！北机厂，我看有四五千人就够了。

孙和平心悦诚服，成，成，杨书记，你咋说我咋办……

秘书送来一沓文件，急需董事长签字。杨柳伏案疾书，孙和平浮想联翩，脑子仿佛装了马达，飞速转动，把面临的机遇与风险迅速扫描一遍。他发现老学长在官话大话的掩护下，挥着看不见的鞭子，把他赶入了一条小胡同，让他在不知不觉中甘情愿缴枪投降了。他这次是有备而来，这厮好像也成竹在胸。他是来借钱的，这厮却把借钱变成了兼并。老学长就是老学长，厉害啊！好吧，你要你的，我要我的，能双赢最好，孙和平当时就预感到，日后与杨柳难免有一番博弈。

秘书走了。孙和平一脸诚恳，说杨柳做了极为重要的指示，句句点在穴眼上。奉承完了，提出要求：今天能不能先给一千万定金呢？杨柳立即变脸，啥定金？孙和平，我说要重组你们北机了吗？

国企做事的规矩你不懂啊，要集体研究，民主决策，整合你们北机还不知能不能上会通过呢！孙和平说：等你们上会通过，只怕北机就不存在了！

杨柳口风又转了，和平，不行就算了吧，北机的厂长别当了，你调到我们汉重集团来，做销售二处处长。不卖老鼠药了，专卖我们的汉江重卡！孙和平嘴一撇，那我还不如跟刘必定当个副总，卖红星重装，年薪百万起！杨柳嘲讽道：好啊，跟刘必定卖红星重装去吧，以后和我们汉江重卡做个对头！孙和平偶尔露峥嵘，硬气地道：我什么卡都不卖，除非哪天都是我的卡，我们北机的产品！杨柳鼓掌，好，很有想象力嘛。真有那一天，我给你牵马坠镫！孙和平伸出右手，要和杨柳握手，大言不惭说：那就一言为定了。杨柳拍开他手掌，定你个鬼，啥叫痴人说梦？就你这样子的！好了，你让我再想想吧。

想了好半天，杨柳才表示，看在当年老同学分上，破一次例，给他一千万，但不是定金，是借款，担保人是北机国际贸易公司，还要出张远期票据。孙和平不愿空手而归，要求今天就办，杨柳答应了。

谢天谢地，终于借到了一千万。孙和平给杨柳深深鞠了一躬，杨书记，老学长，我代表北机干部群众谢谢您了，大恩大德没齿不忘。

六

汉重集团的总裁周到，懂政治讲原则，对董事长兼党委书记杨柳毕恭毕敬。但他内心也存在一些看法，认为杨柳心肠太软。这个也帮那个也帮，能行吗？你是企业家，不是上帝，企业家必须铁石心肠，慈不掌兵嘛。管理汉重这样一个大型集团，如此作风恐怕要吃大亏的。

这不，北机那个卖老鼠药上来的破产厂长孙和平找上门来了。这种人来要饭就不是仨瓜俩枣能打发走的，何况他们还是大学同学。也不知道他们都谈了些啥，只知道鼠药贩子来时垂头丧气，走时精神焕发。他想问杨柳，给药贩子许了啥愿，又觉得不是太好，便在一起下厂的路上，旁敲侧击了一番。杨柳倒也坦诚，道是他大学时的这位学弟孙和平挺有责任心，也很能干。周到笑道：听说他还是一位鼠药商人，誉满东南亚，是吧？杨柳瞅他一眼，你呀，少听那些民间故事！

周到这才直说：老杨，你莫不是看上这家破产厂了？杨柳点了点头，没错，看上了。就算今天孙和平不来找我，我也会去找他。他送上门来，我求之不得。听杨柳详细一说，周到才知道，这一次慈善家并不慈善，是另有所图。杨柳到底是做董事长的，目光高远，胸中酝酿着一局大棋。北机是洋务运动的产物，创办者马彼德开启了汉江省近代工业文明的先河。把北机整合进汉重集团，拿下的不光是一个平州地方企业，还有百年老厂的精神传承。这样一来，汉重集团的制造业历史就延续到了洋务运动时期。这一份无形资产的价值难以估量。

经济上也不会吃亏。重组后，职工要分流安置一部分，安置费平州市政府出，企业办社会那部分按政策也能剥离。加上有孙和平这样一个想干事又能干事的厂长，事情大有可为。还有那条德国生产线，下线的发动机正好和汉江重卡配套，使汉重集团形成完整的产业链。政策上也有许多回旋空间。杨柳让周到尽快去找一找刘洪川副省长，在老领导面前吹吹风，要平州市政府主动找汉重集团求援，让汉重掌握重组的主动权。杨柳胸有成竹，拍着他的肩头说：周到，我相信，省政府和平州市都不愿意看见百年老厂散摊，咱们这时出手事半功倍。

周到眼睛一下子亮了，那好，老杨，我今晚就去看望刘省长。

杨柳指出看望要点，争取省里给我们一个上市指标。百年老厂要死了，省里不能见死不救。怎么救？上市解困啊！周到你说是不是？

周到跷起大拇指，是，就是！股票上市指标可是稀缺资源，咱们以北机的名义要下了，集团自己留着。他明白了董事长的意图，心情豁然开朗，那孙和平一千万的借款，我们就付了？杨柳点点头，尽快付吧，让孙和平和北机看到我们的诚意，也帮他们解一下燃眉之急。

嗣后的一切进展顺利。刘副省长支持兼并，答应给汉重一个上市指标。平州方面也非常积极，主动邀请杨柳、周到来平州敲定盘子。

不料，就在他们要亲临视察新加盟的这个下属企业了，孙和平却来了电话，不让他们去，说是大家思想没统一，汉重集团两位正厅级的领导在他这地方破产厂出了事他担当不起。杨柳让药贩子把一千万借款还回来。药贩子说：这钱一到账就花完了。杨柳气得摔了电话。

那天他们到底没去北机，但还是按计划赶往了平州。杨柳担心平州市市长陈丽娟听到有关上市指标风声，不肯让汉重集团兼并北机。他们必须赶快和这位女市长敲定兼并重组方案，以后再找孙和平算账不迟。

29

周到有些狐疑，孙和平不会是虚晃一枪，骗钱走人吧？杨柳说：应该不会，从历史上看，孙和平没这类劣迹。周到咂了咂嘴，咱也真不能轻视孙和平，这个人怕是个麻烦。杨柳说：这个你只管放心，没有金刚钻，不揽瓷器活。我既然敢收孙和平，就不怕他日后大闹天宫。

七

孙和平还真是冤枉，他确实遇到了出乎意料的阻力。

田野和几个党委委员认为破产不是坏事，且不说有安置费可拿，更要紧的是，八千万集资款可以退回来。这八千万当时是用来购买德国生产线的，破产可以算作向员工的借款。让汉重兼并，就算入股，就没有清退这回事了。早死早托生，破产总比走一条不可知的道路强。

老书记钱建国态度也颇为暧昧，虽然表面不反对，却在党委会上让田野等反对派畅所欲言。孙和平急得要死，老书记却道：让人说话，天塌不下来。孙和平明白，老书记心底对汉重来重组北机是有抵触的。党委会议开得不欢而散，重组在会上被否决了，让孙和平非常沮丧。

散会后，钱建国在厂史室和孙和平彻夜长谈。后来的事实证明，那一夜的长谈非常重要，既是两代人的一次历史交心，也是北机进入新时代的一个起点。作为一代新人，孙和平领受了自己的历史责任。

陈列室是一排狭长的平房，门前有棵百年老槐树。室内墙上贴着泛黄的老照片、陈旧的报章,介绍北机厂漫长的历史。北机作为汉江机器专科学堂的实验厂,其第一任督学兼厂长,是留德机械专家马彼德先生。墙上挂着首任厂长的照片,留辫子的马彼德领四品同知衔,倾家破财,创学办厂。一块发乌的牌匾刻着他立下的校训:精万国之技,扬中华之威,立人立德,以强吾国驱动之力。汉江大学的机械动力专业就源自这座机器学堂,民国时期,机器学堂并入汉大,汉大才有了机械系。今天,海内外大型机械企业中遍布汉大机械系的毕业生。从某种意义上说,孙和平和杨柳、刘必定,都算是马彼德先生的徒子徒孙。

钱建国站在照片长廊徘徊深思。那位留洋创业者,仿佛赐予他某种精神力量。孙和平跟在老书记身后,耐心解释自己的决策。钱建国阴沉着脸,满腹怨气,一句话就扔出一块板砖:别怪我不支持你,让你去找老同学借点救命钱,你倒好,上了贼船,认贼作父。孙和平辩解道:汉重是大型国企,怎么成了贼?老书记气不顺,北机是洋务运动时期的老厂,汉重呢,是中苏友好时代的产物,孙子辈嘛。孙和平说:搞企业还论资排辈?北机眼看破产了,还摆啥谱?敌军围困万千重啊,想突破重围,就得付出代价。咱们现在没有资格和人家汉重集团讨价还价,杨柳书记报什么价,咱就得认什么价,没办法呀!

老书记打开东窗,一股凉风吹进平房,新鲜空气使人精神一振。老槐树在风中窸窣低语,仿佛诉说遥远的往事。月光皎洁,透过槐树叶投下一地花影。孙和平与钱建国并排立在窗前,各自想着心事。一只夜鸟掠过树梢,发出一声尖叫,落在茂密的树叶间销声匿迹……

和平啊，你虽然做生意精明，政治上还毛嫩。难道你就没有觉察杨柳有什么图谋吗？老书记侧脸询问。其实，孙和平也一直揣摩，杨柳到底看中了什么？他告诉钱建国，杨柳深谋远虑，走出兼并北机厂这步棋，肯定有他多层次的考虑。我们不必猜谜，我们看清自己的前景，走自己认准的道路就是了。钱建国缓缓摇头，恐怕没那么简单。

这时，孙和平的手机响起来，是刘必定打来电话，问他什么时候和城商银行行长见面。孙和平顾左右而言他，说自己不想冒骗贷的风险，又说，杨柳为他指出了一条活人的路。得知汉重集团要重组北机，刘必定奚落道：还说我是毒药呢，杨柳这剂药更毒。知道吗？这厮是看中你们德国生产线了，让你卖身为奴为他配套生产发动机！

老书记称赞刘必定看事准，卖身为奴的定性虽说刻薄，却也是事实。孙和平苦苦一笑，反问：这条德国二手生产线进了咱们厂开过工吗？钱建国说只要有钱升级，立马能生产最好的发动机。钱呢？问题又转回来了，老原地打转，北机怎么会有出路？孙和平扳手指头与钱建国算账，加入汉重，获得投资，德国生产线可以升级更新，产出发动机供应汉重，销路也解决了，北机进入良性循环，自然摆脱了危机。

不料，正这么说着，老书记突然做出了一个令孙和平吃惊的举动。陈列室正面厅堂有一尊马彼德的半身像，老书记站在塑像前，眼眶噙满泪水，深深鞠了一躬，对不起了，老前辈，北机败在我辈手上了……

孙和平正要劝他，钱建国目光矍铄转过头来，刘必定的毒药我吃了！咱们既然能贷到款，何必非投奔汉重门下？孙和平急了，骗贷违规违法，风险很大！老书记拍了拍胸脯，所以我出头，我来签名贷款，反正我快退休了。说啥也不能让汉重集团吃了咱老北机……

孙和平被逼得走投无路，只好亮出底牌——勉从虎穴暂栖身，说破英雄惊煞人！老书记，你以为我真想卖身投靠汉重？只要渡过眼前的难关，我会找机会把队伍拉出来，使北机独立。老书记眼睛顿生光辉，此话当真？孙和平点头，北机的命都快没了，我只能学刘备装孙子。你说，刘备会甘心一辈子当曹操的马仔吗？钱建国笑了，你干吗不早说？让我上这火。孙和平关上窗，食指按在唇边，千万别透露一丝风声，杨柳是我老学长，他要知道了我的心思，非砍了我不可……

再次开党委会，局面有了改观，加入汉重的决议获得了全票通过。

孙和平当下发表讲话，要打着红旗进汉重，在汉重集团的支持下进行二次创业，继承一个百年老厂的荣光，让"北机"这个名字成为中国制造的一张名片。因此，北机的改革势在必行，刻不容缓。机关从精兵简政开始。各分厂各车间，裁员分流，让能者上，庸者下……

改革方案报到集团，得到了杨柳的肯定。杨柳热情鼓励，亲切地拍打着孙和平的肩膀说：和平，就要这样干啊，大刀阔斧搞改革，精兵简政谋发展，给我杀出一条血路来。孙和平笑问：杨书记，你就不怕我死在血路上？不能光让我们做牺牲，集团该给的钱得给呀，比如说定的那三个亿的注资！杨柳不高兴了，又是钱！孙厂长，你就不能说点别的？一时间场面有点冷，一丝不和谐的缝隙隐约显现出来……

八

北机的一系列改革措施，嗣后被讥为"孙子变法"。曾有一位政工干部预言：变法者没有好下场，商鞅变法落得个五马分尸，孙和平虽不致被分尸——毕竟是现代社会了，但被群众一顿暴捶，捶成个龟孙子，倒是极有可能的。不过，预言没成为现实。孙和平动了机关科室人员的奶酪，工人群众乐得围观。接下来下岗分流，反弹才激烈起来，许多人川流不息往钱建国那儿跑，或声嘶力竭，或热泪长流。

钱建国内心也很复杂。改革冲击了北机的旧体制，也伤了他的面子，可新厂长是他选的，他得支持，起码不能反对。你心慈手软，下不了狠手精兵简政，新厂长再不拉下脸搞咋办？继续混日子？想混也混不下去啊，破产的路子就在脚下摆着。要重组复产，汉重集团有要求的，只要四千人。北机生产的发动机是产品更是商品，是商品就要有成本概念，机关养了上千号人，各分厂车间三四千人的岗位上安排了六七千人，神仙当家都得赔掉裤衩。这个道理看似浅显，许多人却并不明白，计划经济的产品意识在大家脑子里根深蒂固，包括他钱建国。

然而，那么多老同志老往他家跑，他也不能没个反应，就找孙和平谈了一次。提醒说，下岗分流涉及许多人饭碗阻力不会小了，让孙和平心里得有点数。孙和平说：我有数，二分厂李厂长看了分流方案就找我了，说他那儿一个萝卜一个坑，无法分流。我也没客气,当面和他说了,你分不了这流,我们就换个厂长来分。钱建国忙道不可:老李是八级大工匠,耿直,能留下还得留啊!孙和平也许正等着他接招呢,手一挥说:行啊,你去留吧,前提是要完成分流任务。又说起翻砂车间的汪主任,第一个把分流名单报上来了,竟然把他自己和四个班组长的名写上了。他当场批准。钱建国急了,哎,咱可不能这么置气啊!他们都是业务骨干,全走了,翻砂车间关门啊?孙和平说:再提四个新人呗。钱建国又不自觉地接了招,这事也别定,四个班组长那儿,我了解一下再说!孙和平说:好,后悔的可以留下来……

钱建国心里明白,北机积弊已深,冰冻三尺非一日之寒。现在孙和平顶着压力开启破冰之旅,困难重重,他不接招也不行。他接招帮着做些工作是出于大局考虑,并不代表他对这类激烈举措的支持。改是应该改的,但不能这么急,总要一步步来,步子太急容易摔跟斗。

然而,这期间发生了一件事,改变了钱建国的看法。那是孙和平上任第二十九天,北机厂发工资的日子。爪哇突然来了个电话——孙和平回国前好不容易卖出去的船用发动机因质量问题被退货。按照孙和平和宋老板的约定,雅加达贸易公司必须无条件全额退款。孙和平无话可说,不但答应给宋老板退款,还将"三步倒"老鼠药的地区代理权授予宋老板,作为商誉损失的补偿。如此一来,预定入账的二百多万美元就泡了汤。这笔钱与汉重集团借来的一千万,本来准备发工资的,这是新厂长上任后最大的一个利好,工人们翘首以盼等着领钱呢。

孙和平急火攻心,和田野连夜驱车去省城找汉重集团领导杨柳求助。车到省城，天还黑着，二人就在车里缩着头等，天一亮，孙和平买了豆腐脑肉火烧小米粥，毕恭毕敬地敲响了杨柳家的门。参加汉重集团的好处这就显出来了，杨柳直接打电话给集团财务总监，又借给北机一千五百万，这才把北机厂当月的工资落实了，没让新厂长食言。

从省城回来的路上，孙和平就打了个电话给钱建国，让他安排将那批不合格的积压产品搬出仓库，摆在厂史陈列室前面一片空地上，说是要开个现场会。钱建国也没多想，就按要求安排了。回到厂里，孙和平马上开会——把现场会开成了全厂职工大会，慷慨激昂地发表了演讲。演讲激情而悲壮，嗣后被人们称为"突围宣言"。钱建国正是在听罢这个宣言后，决定从书记的岗位上退下来，彻底告别北机的舞台。

钱建国记得清楚，那是个烈日炎炎的大夏天，热得让人喘不过气来。没有一丝风，厂史室前的那棵百年老槐树的枝叶一动不动，树荫下，黑压压的人群一片沉寂。孙和平悲愤的声音在院场上空回荡——

同志们，今天站在这里，我的心情极其沉重！请大家看看面前这堆出自大家之手的产品，这是产品吗？是废铜烂铁，是工业垃圾！上任二十九天来，我常被干部群众围堵，有人指着我鼻子说：你孙和平当了北机厂的厂长，就得去找钱给大家发工资。这话对不对呢？对！一个厂长如果连职工的工资都发不出来，还要你干什么？所以，我一上任就做了承诺：从我上岗开始，就绝不再欠大家一分钱的工资！

人群中掌声雷动，钱建国看着孙和平，也情不自禁地鼓起了掌。

孙和平继续说：但是，直到昨夜我才发现，我可能要食言。为什么会食言？因为昨夜海外出现大批退货，二百多万美元的退货啊！资金出现了缺口！我很沮丧，也很愤怒！我和田野等同志紧急研究，夜闯汉重集团主要领导同志的家，求爹爹告奶奶，把钱找齐了，所以今天的工资上午没发，下午肯定发！

又是一片雷鸣般的掌声。

钱建国注意到，这时，孙和平的眼中却闪现出泪光：同志们，我有责任找钱，你们呢？有责任拿出好产品来！让我能在市场上把钱找回来！但今天的事实是，市场给了我一记耳光，打得我眼冒金星！

一双双眼睛看着孙和平，许多人的眼里也流露出悲愤的情感。

孙和平激动之下，脱口而出：同志们，从今以后，大家不但是职工，还是股东啊！我们厂两次集资，已发了八千八百万股的内部职工股，下面还要继续增发股票，让企业的利益和员工的利益相一致……

这番话还没说完，惊愕的议论声顿起——

怎么还要集资？

就是，一块糖没吃到嘴，刀子先下来了！

让新厂长发吧，反正我是没钱买这破股票了……

孙和平听到了议论，不动声色地改变了话题：增发股票的事今天不议。我想说的是，生产这种废品，作为职工你就吃不上饭，就发不上工资！作为股东，你得赔掉裤衩，别指望谁还你股金！大家必须认识到，一个和过去完全不同的时代来临了！质量，信誉，资本，是北机在这个时代取胜的保证！今天，就让我们用行动和过去告别吧！

说罢，孙和平从工作人员手上接过一把大铁锤，走向废品堆，高高抡起了铁锤。铁锤轰然落下，一片火星飞溅。生产这批发动机的三分厂彭厂长看不下去了，抢过铁锤说：孙厂长，我自己来吧。又接着砸。三分厂的车间主任、班组长们依次接过铁锤，轮流砸机器，他们显然都为自己的产品羞愧。烈日当空，全厂干部职工默默地注视着这场面，每个人内心都有所触动，老书记钱建国也觉得羞愧难言。

多年以后，据在场者传言，一幕奇景出现了——不知何故，就在砸废品机器时，平地忽然卷起一阵大风，百年老槐树枝干剧烈摇晃，树叶翻卷如波涛。上百只乌鸦飞出绿荫，盘旋鸣叫，如一片乌云遮挡骄阳。俄顷，乌鸦哇哇远去，从此老槐树上再也不见它们的踪影。

有迷信的老工人回忆，就是这群乌鸦入驻老槐树，北机厂才一年不如一年的。他们中有的人还向孙和平求证：孙厂长，你小时候从树上摔下来，那时老槐树还没有乌鸦吧？你是掏喜鹊窝的吧？那会儿咱北机多牛啊，不但是平州市，也是汉江省著名企业，食堂供应的免费菜汤，油水也比别家工厂多！现在乌鸦跑路了，北机厂要转运了……

九

传言不可信，但孙和平抡起铁锤的一瞬间，的确是个转折点。他关于股份制改革的想法第一次暴露在干部群众面前：把生产者的利益与企业的利益捆绑在一起，从根本上解决北机的生存和发展。而且，全面复产更新改造生产设备，也确实需要用钱，集团承诺的注资迟迟不到位，也只能内部发股了。孙和平再三强调，这次不是集资了，是卖股票，一元一股，每一个分厂厂长级别的干部要购买十万股；车间主任一级五万股；普通职工认购一万股。否则，就自动下岗，辞职走人。

这一下真捅了马蜂窝。购股方案一公布，几个分厂厂长就带着辞职报告找到了钱建国，说他们支持改革，但反对乱集资。厂长可以不干，钱坚决不掏。钱建国就劝他们，你们从普通工人熬到今天，一步一步走过来不容易，应该好自珍惜。这些人是老书记钱建国一手带起来的，听老书记这么说，只得把辞职报告装入上衣口袋，悻悻离去。

干部们的经济条件毕竟好一些，嘴上嚷得凶，真要他辞职却又不舍得了，都乖乖把钱交到了财务科。工人麻烦一些，困难不少。有些工人一家几口在厂里上班，都揭不开锅了，到哪找这一万元？孙和平倒也实事求是，研究后改了政策，工人自愿，无力购股也不勉强。

这期间刘必定来了一次，打探德国二手生产线有没有转让的可能性。刘必定希望拿下这条生产线，为红星重装配套生产发动机。孙和平一口回绝，反劝刘必定买些股票。说是北机要搞股份制了，宏远集团要是能入点股就太棒了，北机干部群众也就有信心了。刘必定轻蔑地说：孙和平，你省省吧，做啥梦也别做这种梦，深沪的上市指标你都拿不到！刘必定无意中透露了一个信息，说是省里倒是给北机争取了一个上市指标，但让汉重集团截走了。眼下，杨柳、周到正忙着做材料，准备将汉江重卡拿到上交所挂牌上市。孙和平听后心里一惊。

这时，市政府也看清杨柳布下的棋局，陈市长肠子都悔青了。

田野跑到孙和平办公室又吼又叫，集团把指标抢走了，北机哪天才能上市？咱发的股票啥时才能变成钱？孙和平要田野注意影响别嚷嚷。田野偏嚷嚷，签署重组协议时，汉重集团答应拿出三个亿来注资，至今一分钱没见着，给咱的只是一点贷款额度。这不是空手套白狼吗？孙和平说：贷款也有贷款的好处，咱们的股权就不会被集团摊薄了。田野一脸的讥讽，孙大厂长，你还真把股权当回事了？我的股权转让给你你要吗？！孙和平火了，我要，但你这常务副厂长就别干了，辞职回家！田野怔了一下，那你得去找找杨柳，把咱的上市指标要回来！

郁郁不乐想了几天，孙和平还是决定去一趟省城，找杨柳讨个说法。他内心与田野一样，对这个上市指标耿耿于怀，既愤愤不平，又心存幻想——万一呢？万一杨柳这厮良心发现，让北机先上市也不是不可能的，北机已经是汉重集团的下属企业了，手心手背都是肉嘛。

孙和平坐着老旧的桑塔纳在省城高速上行驶。绿化带向后飞掠，又遥无尽头地向前延伸，不由令他想到，这条路将是他往返于集团的常走之路。谁知道要跑多少趟、熬多少年呢？如果北机能成为上市公司，从股市募集资金，就不用向杨柳伸手讨钱了，腰杆子也就硬了起来。他隐约看见一条独立之路，与流动变幻的绿化带融为一体——无论如何要把北机运作上市，让持股员工以及他自己成为企业的主人！

那天杨柳连着开了几个会，忙到八点也没回家，孙和平就找到了办公室。杨柳当时正在吃盒饭，一见他就乐了，咦，你怎么来了？孙和平赔着笑脸，成您杨书记部下了，不得勤汇报啊？杨柳说：

是该汇报了，集团这阵子收到不少告状信，焦点是集资。孙和平忙辩解：不是集资，是购股！杨柳三口两口吃完饭，嘴一抹，问：人家购股是自愿的吗？孙和平说：肯定自愿，我又没拿枪逼着他们！杨柳道：谁不自愿，你就让人家下岗，是吧？孙和平说：那是对干部的政策，不是对群众的政策。干部要有干部的觉悟，没点觉悟，你还当啥干部？下去做群众嘛！杨柳没评价，又问：这一次还当真又集资了三千万啊？孙和平郑重纠正，不是集资！是购股！计划增发三千万股，实际上呢，发了三千八百万股，大家都积极参与认购！就是这个上市指标！

杨柳颇为敏感，什么上市指标？和平，你听到啥了？嗯？

孙和平赔着十分的小心，杨书记，这个……这个，我怎么听说集团有一个沪市的上市指标，是……是省里准备给我们北机解困的？

杨柳脸一拉，你从哪里听说的？听谁说的？你让我震惊啊你！

孙和平心想，震惊的人应该是我！嘴上却不敢争辩，那我还说错了？杨书记，省里没给咱上市指标吗？说罢，脸上现出可爱的懵懂。

杨柳承认给了，但不是给北机的，是给集团的。集团决定给汉江重卡，让汉江重卡先行，因为汉重集团对汉江重卡绝对控股，率先上市比较有利。孙和平也希望集团对北机绝对控股，道是现在北机要用钱的地方太多了。杨柳大言不惭，集团给你们担保贷款呀。又明确表示，重卡不上市，集团根本就没有钱对北机注资，更别说控股了。所以重卡上市非常重要，让孙和平少往集团跑，更别争这个上市指标。

孙和平抱怨说：我知道，不是亲儿子享受不到亲儿子的待遇！

杨柳严肃地批评,所以,你要有点数!你们进集团才几天?小板凳还没坐热乎呢,你就想上炕了?要上市,那也得有个先来后到吧?

孙和平不服气,杨书记,你是幼儿园园长啊?你下面企业都排排坐吃果果啊?你就给我说实话,省里上市指标是不是给我们北机的?

杨柳火了,脸一拉,拍起了桌子,孙和平,你有完没完?啊?就算上市指标省里建议给你们,但是集团党委、董事会根据实际情况改了,给汉江重卡了,那又怎么样?你不服到省里告我去,这就去!

孙和平被杨柳的气势震住了,喃喃着,不敢再做无益的争辩。

杨柳口气缓和下来,和平,你现在是集团下属二级公司的一把手啊,是党委书记,你一定要摆正位置。给我记住:集团领导你,不是你领导集团。对集团做出的决定,理解不理解,都得好好去执行!

这还有啥可说的?权大一级压死人。人家是上级,你是下级,集团是爹,北机是儿子。作为被招安的孙猴子,他必须老实听话,否则紧箍咒一念,有他好受的。谈话进行不下去了,上市指标想也甭想了。孙和平瞅着墙上的自鸣钟发愣,这玩意儿有些意思,到了整点就跑出一小人,抡起锤子打钟,打一下子敬个礼,再打一下,又敬礼……

杨柳敲了敲桌子,哎,发啥呆呀?

孙和平一怔,哦,那……那今天就……就到这儿吧。

杨柳又毛了,讥讽问:孙和平,你说到这儿就到这儿了?

孙和平作掌嘴状,哎呀,我又没摆正位置,对不起,对不起!

从杨柳办公室出来，穿过空旷的门厅，走下集团大厦台阶，孙和平抬头仰望着星空，深深吸了一口气。杨柳良心没有发现，手心上的肉全长到手背上去了。没话好讲，北机只有丢掉幻想，走自己的路了。从现在开始，练好内功，靠企业实力杀到国际资本市场上去！

十

兼并重组北机，以汉重集团的信用救活了一个地方破产企业，是杨柳颇为自得的一个战例。不管别人怎么评价，杨柳都认为，他没做错什么，他既对得起北机，也对得起老同学孙和平了。当然，孙和平干得不错，这样的干部在汉重集团少之又少。弹指间三年过去，汉江重卡成功上市，二十三亿发股资金进账，承诺给北机的注资可以兑现了。这时北机的情况也发生了变化，曾经的资金饥渴症有了缓解，孙和平的上市梦想也将实现，北机股份年内将在香港交易所挂牌上市。

国际路演前夕，杨柳和周到到北机厂检查工作。孙和平等下属照例跟在他们后面，满脸谦卑地听取指示，这让杨柳有了一个好心情。

北机发生了天翻地覆的变化。厂区到处是绿地花坛，各色花卉争奇斗艳。尤其是玫瑰，各色品种，红的黄的粉的紫的次第绽放，娇艳满目，渲染出热烈、华丽的气氛。走进车间，玻璃窗一尘不染，墙壁地砖干干净净，感觉像宾馆。已配套升级的德国生产线，三班倒满负荷生产，发动机生产水平已达到全国前列。恰巧又赶上大基建时代的到来，不仅重卡，各种装载机械都急需动力，发动机不等下线，就被订购一空。国际市场也打开了，雅加达那位宋老板，现在不要老鼠药了，电话追着要船用发动机。在东南亚一带，北机产品已成知名品牌。

孙和平和田野乐呵呵地汇报，杨柳和周到啧啧称赞。北机出了个孙和平，一步步好棋就走了出来嘛！杨柳兴致很高，手臂在空中画个半圆，一些看似不可能的事情，都有了可能性，包括股份制。现在汉江重卡成功上市了，从市场融资二十三亿，集团有钱了，可以考虑对北机注资了。孙和平似乎很欣慰，好呀，我们终于等到这一天了。杨柳显得很大气，和平同志，集团决定给你们北机注资五个亿。孙和平以一副懂事的样子装孙子，不，不，杨书记，你们不能这么做！咱集团困难企业不少，先照顾他们吧，我们北机已经恢复了造血功能……

杨柳坚持五个亿。孙和平孙子装不下去了，小心翼翼提醒，股权比例早说定了，集团两亿，北机员工持股会两亿，六亿股拿到海外市场上融资，计划融资额二十亿元左右。杨柳不认账，说这是北机的单方面设想，不是集团的决定。周到明确表示，第一大股东必须是集团。

孙和平想说什么，却又没说，咧嘴苦笑，好吧，你们领导定。杨柳很满意，看着驯服的部下，伸出一个大巴掌强调说：集团五个亿啊！孙和平连连点头，是，是，五个亿，我们尽快拿出一个新方案……

北机借船出海，登陆香港股市，让杨柳心中喜忧参半。喜的是集团除国内上市的重卡，又多了一个国际融资平台；忧的是孙和平翅膀硬了不听招呼,孙和平答应集团五个亿并不情愿,谁知他背后会动啥歪脑筋?这不能不防。北机的职工持股会现在成了杨柳一桩心事,海外资本市场只认股权,与国企体制不同。孙和平掌控重量级股权,他这个正厅级杨书记以后说话还管用吗?集团这老爹还当得成吗?贫穷制造的困局啊,如果重卡早一点上市,集团有钱,哪至于逼着孙和平去搞股份制!说良心话,现在孙和平能答应五个亿就算不错了……

……

杨柳走后,孙和平连夜召开闭门会议,商量对策。田野难得这么怒不可遏,大骂集团强盗逻辑,三年不注资,一注五个亿。孙和平也一肚子郁闷,但他是当家人,必须保持冷静。冷静思索后,孙和平拿出了应对方案:北机持股会也相应增资扩股,和集团一样,双方各持五亿股,持股比例保持不变。田野直咂嘴,这意味着要追加三个亿,可现在干部群众哪还有钱啊?!另一位副厂长严格辉也附和,就是,这些年已经三次融资了,真不能再杀鸡取卵了!这可又要三个亿啊……

孙和平态度坚定,这个历史时机必须抓住!抓住了,我们就是北机的主人,抓不住,北机的未来就难说了。我知道钱在哪里,我能找到——抵押咱们员工持股会名下的北机股票,用信托贷款来增资。

贷款对象是汉江信托公司,老总秦心亭是杨柳的老婆,原来在省财政局工作,后主动要求调到省国投,创立了信托公司。这位女强人嗅觉灵敏,业务能力强,和刘必定一样,总能先人一步听到银子的响声。北机要在香港上市,世人皆知,秦心亭又是杨柳的老婆,不会不知道。孙和平认为,以即将上市股票做抵押贷款三个亿是有可能的。

田野不太乐观,提示道:别忘了,她毕竟是杨柳的老婆。孙和平说:但是她工作上和杨柳的界限划得很清。我们之间有些事你们不知道。当年在汉大,我们都叫她"秦老大"。杨柳的梦中人祁小华被刘必定一个熊抱抱走了。秦老大就趁杨柳失恋苦闷之际,软硬兼施,把杨柳给强娶了。田野眼睛亮了,秦总还这么威猛啊?孙和平说:想不到吧?这是咱们杨书记最不愿意提的一壶。严格辉笑言:孙总,你知道的也太多了,小心哪天杨书记把你给灭了。孙和平没心思开玩笑,不过,我也不敢说就有绝对把握。三年前,我找秦总贷过款,还拉着刘必定作陪,这女强人却光和刘必定谈战略合作,只让我吃虾。田野说:三年前北机是啥情况,现在是啥情况?你再找她吃一次虾呗。

于是,孙和平跑到省城请秦心亭吃了一次虾。地点精心选在老地方,除了几盘小菜,主菜就点了一盘油爆河虾。秦心亭落座一看就乐了,哎,孙总,你啥意思?好像有寓意嘛。孙和平说:没寓意,就是请你吃一次虾。秦心亭吃了起来,示威,是吧?北机准备到香港上市了,要敲打一下你学姐了?孙和平说:哪呀,学姐,你可想多了!我这是感恩!那次不是您介绍,我哪知道这里的油爆河虾这么好吃?

秦心亭似有愧疚,上次的事你别怪我,要怪就去怪你领导!我回家就和杨柳说了,希望汉重集团做担保,帮北机做笔信托贷款,他就是不同意。你不该为这事恨我吧?孙和平说:哎呀,我的姐,咱们啥关系啊?还恨啊爱的?吃虾吃虾!秦心亭又不无疑惑地吃起了虾。

孙和平脸上现出讨好的笑,杨柳对我不错,我也一直对杨柳忠心耿耿。秦心亭道：这话你和杨柳说去，别在我面前说。孙和平说：我是怕领导他误会我。秦心亭似笑非笑，你忠心耿耿，他误会你啥？有话直说。孙和平一脸诚恳，我是希望你能在老公面前给我美言几句！

秦心亭吃得差不多了，放下筷子，用纸巾擦了擦嘴，孙和平，你以为我才认识你？为这个，你专门请我吃虾？到底啥事？你说不说？孙和平一声叹息，这才说了实话，姐，我和杨柳发生了股权分歧。秦心亭眼睛一下子亮了，啥？股权分歧？哎呀，这你找我算找对人了！

孙和平把杨柳和集团强行注资五个亿，北机持股会被迫抵押股权融资增资的事说了。秦心亭拍案而起，和平，姐大义灭亲，姐挺你！孙和平隔着桌子伸出一双油手，紧紧握住秦心亭的手，姐，我就知道会这样！秦心亭问：员工持股会要多少钱跟进增资？孙和平说三个亿。秦心亭想把生意做大，三个亿够吗？我给你五个亿吧！孙和平坚持只要三个亿。秦心亭多少有些失望，好，三亿就三亿！和平，记着，以后有资金需求，你只管找姐，汉江信托是你们北机的坚强后盾……

十一

杨柳家客厅墙上挂着一幅省内名家画的国画，几只调皮猴子从树上挂下来，不是捞水中的月亮，而是企图偷一只鲜美硕大的寿桃。一个个小猴子画得生动传神，表情调皮，挤眉弄眼，令人发噱。在杨柳眼里，画上那只最大的眉目最清晰的猴子就是孙和平。孙和平猴性十足，你既要提防他痴心妄想捞月偷桃，也得提防他野性发作大闹天宫。

这不，防着防着，孙和平还是来了这一手！这泼猴竟然想到职工持股会增资扩股，与他掰手腕，帮着孙和平掰手腕的偏还是他老婆秦心亭。这一情况是秦心亭吃虾回家主动和他说的。杨柳听后大惊，那你就同意贷款给北机持股会了？秦心亭笑容灿烂，同意了，北机要上市了，我们当然不会放过送上门来的好生意啊。杨柳急眼了，心亭，孙和平这是故意和我、和我们集团作对，这款你们不能贷！秦心亭脸上的笑容消失了，为什么不能贷？要我放弃一块好业务，你赔我的损失啊？杨柳追问：这个贷款合同你们签了吗？其实当时合同还没签，秦心亭却谎称签了，说是还和北机签了一个为期十年的战略合作意向书。

杨柳脸都黑了，在屋内不停转圈，秦心亭，你这回可坏了我的大事了。秦心亭一副仗义执言的架势，还说呢，老杨，你们集团对人家北机也太不地道了。杨柳反问：你地道？北机困难时你帮过忙吗？人家要上市了，你跑来战略合作了。秦心亭斗志昂扬，我是路见不平拔刀相助，看不得你杨柳横行霸道。杨柳嘲讽，算了吧，秦总，你这是见钱眼开，唯利是图，我能不知道你？秦心亭两手叉腰，哎，这有啥错？杨书记，我是汉江信托公司的老总，不是汉江慈善会会长……

第二天上班，杨柳把周到叫来办公室通报情况，口气忧郁地说：看来孙和平对北机的控制权不会轻易放手。周到说：意料之中的事。这几天我也在想，有两步棋能阻止孙和平。杨柳让周到说说看。周到直截了当,找个借口暂不批准北机赴港上市,把上市给拖黄了。杨柳觉得不妥,北机能到国际市场融资是好事,为啥要拖黄?没道理嘛!周到说:有道理,等集团掌控了北机以后再考虑赴港上市。所以,我的第二个建议就是,立即采取果断措施,赶走这个有野心的家伙!

杨柳动心了,孙和平的确是个有野心的家伙,在股权问题上野心充分暴露。赶走这厮可以考虑,只是必须稳妥,那你说说,怎么赶走他?周到半真不假说:让他重回东南亚卖他的老鼠药去嘛!据说东南亚的老鼠又闹起来了。杨柳讥讽道:我的天,你可真敢想。摇摇头否决了,不能这么干,这不地道。周到说:我是开玩笑,实际是想让他到集团搞销售,做销售处长,加个括号副厅级,让他高高兴兴离开北机。杨柳心想,孙和平才不会高高兴兴地离开呢!再说,北机是在孙和平手上起来的,离了孙和平也很难让他放心,孙和平人才难得啊。

周到似乎看透了他的心思,老杨,我承认孙和平是个人才,这三年没有孙和平,北机赴港上市是不可能的。但再难得的人才,只要不为我所用就不是人才!你说是吧?杨柳未置可否,只问:真把孙和平赶走了,北机谁来接?周到胸有成竹,老杨,还真有个人想接呢,而且这人会听咱们的号令。杨柳注意地看着周到,谁啊?周到说:就是北机党委原副书记龙飞嘛,沉稳、忠厚、原则性强,而且,比较全面,当年市里准备让他接班的,他谦虚了一下,让孙和平抢了先机……

杨柳一下子清醒了,立即喝止:行了,行了,别说了!这位龙书记我知道,他不是谦虚了一下,他是在北机最困难时临阵脱逃了。

现在看到北机搞好了,要上市了,又琢磨要回来了?也不知他是咋想的!

周到受到了迎头棒击,有些沮丧,好,好,那我不说了……

杨柳这时已经完全清醒了:谁做北机的第一大股东也许没那么重要,孙和平和北机的干部群众既然有这么大的决心,敢把自己的家底和身家性命一起押上去,换个角度看,也许不是坏事。倒是周到无意中暴露了自己的小肚鸡肠,还有些拉帮结派的意思。周到和那位龙飞书记是啥关系?怎么宁用奴才不用人才啊?但愿周到只是一时糊涂!

他把心里想的,和周到说了,周到一阵沉默,过了好半天才快快不乐地说:那就让孙和平的北机和咱集团并驾齐肩了?以后会不会……

杨柳叹息道:以后的事以后再说吧,现在我们需要孙和平!

周到也转弯了,是!老杨,你别误会,我也高度评价孙和平……

这场股权暗战,最终落得一个皆大欢喜的结局。嗣后,杨柳在集团党委会上提议,让孙和平进班子,出任党委委员。这既是对北机工作的肯定,也是对孙和平个人的鼓励。孙和平和北机呢,则在股票上市前夜主动让出一千万股权,让汉重集团成为名义上的第一大股东。

杨柳示好自有政治上的考虑,但让他纳闷的是,孙和平怎么忽然也变得懂事了?后来才知道,是平州市原市长陈丽娟点拨了孙和平。女市长调到省国资委做主任,离开平州前,专程去了一趟北机厂,对孙和平敲了黑板,就目前的政策而言,国企高管和员工持股没有明确说法,类似北机这种靠内部融资自救获得企业重生的情况很少有，北机持股会就显得比较特殊了。女市长建议孙和平，让汉重集团来做第一大股东，多少规避一下可能的政策风险，孙和平心悦诚服接受了。

作为第一大股东，是他，而不是孙和平敲响了北机的上市锣。

这一声清脆的锣响，标志着北机这家曾濒临破产的地方国企杀出了一条血路。但杨柳知道，这不是结束，而是一场新博弈的开始。他那时就预测，北机上市获得国际融资平台后，野心勃勃的孙和平十有八九会谋求进入新的产业空间，必然会和汉重集团形成利益冲突。这个野心是必须制约的。他和汉重集团要的是一个安分守己的二级配套企业，不是一个并驾齐肩王。只是让杨柳没想到的是，博弈会来得这么快，北机上市仅仅三个月，孙和平就举起自己的尾巴当旗摇了。更没想到的是，这个时候刘必定也凑了过来，拉拢诱惑孙和平……

那天的情形杨柳记得很清楚，刘必定为了庆祝宏远集团创立十周年和祁小华四十岁生日，组织了一场盛大的同学聚会，他在赶赴聚会的路上，接到周到一个怒气冲天的电话，说孙和平一阔脸就变，反心已起。他让周到就事论事。周到这才把事由说了，也不是啥大事：他找孙和平，向北机借八百万流动资金没借到，让杨柳去哀求孙和平，讨碗饭吃。到了聚会的珠穆朗玛大酒店，杨柳正好在大堂门口见到了孙和平。孙和平没等他开口，倒先嚷了起来，哎，杨书记，我正要找你！

杨柳拧了孙和平一眼，找我干啥？咱们现在还有共同语言吗？

孙和平说：这叫什么话？周到又找你告状了，是吧？

杨柳道：你别怪周到告状，区区八百万，集团只是临时借用啊！

51

孙和平气呼呼的,集团已经临时借北机八千多万了,我的杨书记!

这个情况杨柳当然知道,有些借款还是他授意的,现在北机毕竟有钱了,有义务帮助一下集团旗下的其他穷单位。汉江重卡上市后就没少扯拉穷兄弟们,借给集团五个亿都不止。于是,杨柳一脸沉痛地说:现在咱们总厂大食堂连买菜的钱都没有了,知道吗,我的同志!

孙和平语带讽刺,周总也太能蒙您了吧?他又欺蒙您了,杨大人!

杨柳恼了,别"杨大人"了,我是你俩的孙子!说罢就往大堂走。

孙和平跟在他身后,喋喋不休,杨书记,你怎么这么谦虚呢?不能够的!杨书记,周到瞎话连篇,咱总厂食堂鸡鱼肉蛋样样俱全,那是啥也不缺呀,免费伙食不要太好哦,你们集团就别劫富济贫了!

杨柳驻足站住,面无表情地看着孙和平,孙和平,当年我不也为你们北机搞过劫富济贫吗?你上任后北机第一个月的工资是怎么发的?哎,谁一大早跑到我家门口送早点,求我打电话四下筹款的?

孙和平苦起脸,哎,哎,老大,这……这事你都说一百遍了……

杨柳呵斥道:什么"老大""老二"的?孙总,我这和你谈工作呢!

孙和平气焰被打下去了,是,是,杨书记,你……你谈,谈!

杨柳毫不客气,周一上午十二点前把八百万给我划到集团账上!

孙和平答应了,行,我……我认你狠,给我写个借条吧!

杨柳哭笑不得,孙和平,这是公事,怎么要我写借条呢?

孙和平说:这是你的面子,要是周到,我一分钱不借了!

杨柳讥讽问：孙总，请问我这面子还能用多久？

孙和平倒也坦率，用不多久了，咱不能一而再再而三！

原以为借条也就是随口一说，没想到，孙和平还玩真的了，到他房间后，非要他写借条。他拗不过，只得写了借条，保证周到借的这八百万由他担保归还。气哼哼在借条上签了名，杨柳把签字笔往桌上一摔，当即发了狠，孙和平，你等着，我得考虑和你算总账了……

十二

北机成功在香港上市后，孙和平并不想招惹是非，也想和集团保持良好关系。但孙和平没想到集团——尤其是周到劫富济贫的积极性这么高，把旗下两家上市公司当唐僧肉了。重卡，集团绝对控股，爱怎么吃怎么吃，他管不着，也不敢管；北机则不成，他只要当一天的家，就不能任由集团三天两头打土豪，更不能让杨柳这厮掐住脖子。

杨柳是成熟的政治动物，懂韬略，善布阵，能把阴谋诡计搞得充满阳光。明明想控制北机，和周到一样把北机变成提款机，却口口声声是为北机好，似乎比北机人还爱北机。杨柳拟将南港市的一家柴油机厂装入北机，说是要把北机做成发动机的龙头企业，实则是做股权文章。孙和平和田野算过一笔账，如果南柴划进来，集团的股权起码扩张两成半，这支队伍谁当家就说不清了。因此孙和平主持的董事会毫不犹豫地把集团的提案否决了。杨柳气坏了，却也无可奈何，转而把目光投向宏远集团，向刘必定摇起了橄榄枝。刘必定是何等狡猾的人物，岂会轻易上杨柳的套？刘必定手上的套套还准备套人呢！

后来想想，刘必定张罗的那次同学会挺有意思，"汉大三杰"、几朵金花全来了。刘必定见了孙和平再无当初的傲慢，以对待成功人士应有的态度对待他，颇为礼貌谦虚。这厮亲切地拍着他的肩膀，一口一个奇迹，把他夸得浑身上下都很舒坦，他便也回之以礼貌，夸刘必定和宏远是奇迹中的奇迹：宏远集团创立十年，像充满氢气的大气球，越飞越高，越飘越远。宏远集团甚至承包了风景区鸡公岭，将它改名为"珠穆朗玛峰"，还盖了座珠穆朗玛大酒店，资本的力量改变了世界啊！

在亲切友好的气氛中，刘必定请他到总统套房喝了一壶上好龙井。

品着龙井，刘必定点穴，和平，听说你在汉重日子不太好过？孙和平拒不承认，听谁说的？杨柳对我不错的。刘必定啥都知道，是吗？许你的副厅级到手了？孙和平说：到手了，上个月省里就下了文。刘必定道：这么说，你除了北机股份的实职，还在集团兼了虚职？孙和平有些不好意思，目前还是个括号，括号副厅级。刘必定讥笑说：括号也好意思提？缺点雄心壮志吧，兄弟？！孙和平的自尊心受到了些许伤害，下一步，估计得……得让我兼一个集团副董事长吧？刘必定颇有意味地笑了，副董事长？杨柳不说了，周到那里你过得去吗？

孙和平这下子火了，不再替集团领导掩饰，噢，你也知道周到和我捣乱啊？说起来都气死我了。刘必定挥了挥手，所以孙和平，你就算是兼上了汉重集团副董事长，也是有职无权。你看看你那破车，桑塔纳！人家杨柳、周到全都换奥迪A6了。孙和平说：这你别挑拨，我的车是北机的资产，不是汉重集团配的，我得节约。再说桑塔纳哪里差了？和你的劳斯莱斯一样都是四个轱辘，又没少一个。嘴上这么说，可孙和平心里还是有气的：集团那么缺钱，领导们还乱换奥迪！

刘必定捅了孙和平一下，你就没想过来一场资本战场的火线起义吗？孙和平身子往后一缩，火线，还起义？刘必定，你少开玩笑。刘必定坐近了些，怎么是开玩笑呢？带着北机股份过来跟我干嘛！你现在也算兵强马壮了，我那叫财大气粗。咱俩联手，叫强强联合。孙和平手一摆，No！这话你几年前咋不说？刘必定大言不惭，那时你又不强，我为啥要和你联合？和平，我这不是和你随便说说，我都有方案了，保证双赢！孙和平很想听这方案，嘴上却说：别，我不听！我现在是汉重集团的人，得对杨柳忠心耿耿。刘必定大笑，和平，咱们谁跟谁？我能不知道你？你当真愿意在杨柳手下混一辈子？甘心一直做汉重的配套企业？你完全可以进军新的产业空间，做大做强嘛！

孙和平努力克制住自己，不接刘必定的话题。历史经验证明，凡是与刘必定联手抗杨，都得小心谨慎，杨柳没那么好对付，准备不充分很容易翻船。况且，现在刘必定的动机也很可疑，十有八九是在打北机募集资金的主意——有消息说，宏远集团最近资金有些吃紧，也不知是真是假？于是便换了话题，必定，别光说我，也说说你！我怎么听说你快成黄世仁了？硬逼着红星重装的任延安还你的阎王债？

消息来自秦心亭，说去年任延安借了宏远两亿元搞技改。这两亿是宏远从汉江信托贷来的,利息很高,一年利息三千万。刘必定不承认,纯属谣传,哪有的事!孙和平迂回问:听说今天任延安也过来了?刘必定装糊涂,不会吧?我没请他,我们同学聚一聚,没老任啥事!

孙和平说:装,继续装吧,还强强联合呢,对我没一句实话!刘必定这才承认了,那也许来了,不过也正常,老任应该向我汇报工作,红星重装现在被我控股。孙和平说:所以你有面子,一个电话,就把咱老同学钱萍从红星调回来了。刘必定苦笑起来,哎呀,杨柳同志非要把她调回来,她爹钱建国又是咱老领导,和平,你说我能不办吗?

这又是件让孙和平起疑的事:杨柳通过刘必定把钱萍从红星厂调来了,点名安排到北机做董事会秘书,杨柳想干啥呀?安插卧底吗?

钱萍也是汉大机械动力系的,毕业分配在邻省西川红星重装厂工作。她丈夫患癌症,欠了一屁股债最终没能救治,前段时间去世。杨柳就出头把她调回了汉江,孙和平心有芥蒂,却也不好反对。一来下级得服从上级,二来和老书记钱建国关系不一般,也得讲点感情。可杨柳又不能不防,不能让钱萍被杨柳利用。据孙和平所知,钱萍老公重病期间,杨柳时常资助钱萍,还发动同学募捐,他也捐过二百元。现在看来二百元少了点,可当时他真没钱,有点钱都买自家股票了,这就让杨柳成功做了次救苦救难的菩萨,上演了一出润物无声的好戏。

这期间,刘必定接到一个电话。说是大堂出事了,宏远集团的一位财务主管被人刺伤。他和刘必定的那壶好茶品不下去了,还没进入正题的起义与合作,戛然而止,嗣后的事态发展出乎他们预料。孙和平和刘必定都没想到,那位账务主管被刺,成了一场大风暴的先声。

被刺主管原来是东北分公司的财务经理,主管东北公司的集资扩股。年初有人伪造票据,用银行两千万参加宏远集团的理财,想赚个利差。不承想银行突然查账,那位贷款经理怕了,想退出退不了,引发矛盾。集团怕出事,把主管从东北调了过来。没想到,那个绝望的贷款经理竟是个亡命之徒,一路追了过来,在酒店大堂把主管捅倒了。主管被送往医院抢救,因失血过多陷入昏迷,抬上手术台就咽了气……

死讯传来,孙和平看着宾馆窗外起伏的群山,眉毛扭成疙瘩。宏远的一位财务主管被捅,肯定是财务上出了问题。刘必定对任延安逼债看来不是空穴来风,十年河东转河西,也许他和北机的机会来了?

十三

世上没有不透风的墙,更何况这么一个在众目睽睽之下发生的流血事件。血案发生后,秦心亭反应很快,马上想到宏远系列信托产品资金池。这个系列资金池现存规模十二亿,不会发生兑付危机吧?她迅速在手机上翻找,找到了该产品乙方联系人,联系人叫刘昌平。

秦心亭立即打电话找刘昌平询问情况。不料,接电话的却是一名公安人员,公安人员告诉她,机主受伤入院,不方便接听。秦心亭呆住了，被刺的人竟然是这个刘昌平？！秦心亭直觉出了大麻烦，宏远集团蕴藏着巨大风险。她马上着手调查刘昌平，很快找到了景区刑警队的一位王队长。王队长告诉她，刘昌平没抢救过来，已经死亡了。凶手在景区一处山坳落网，初步判断是一起集资引发的恶性案件。

这就对了。宏远这两年四处出击，资金链绷得太紧，到底出麻烦了。秦心亭心一下子提到了喉咙口，把杨柳一人丢在房间里，准备找刘必定打探一番。她必须在第一时间掌握刘昌平的背景资料，了解宏远集团近期的财务状况，尤其是集团资产抵押状况，比如，这座珠穆朗玛大酒店有没有抵给哪家银行？杨柳是企业官僚，有些麻木，说是宏远这么大的一头野骆驼，能说倒就倒吗？她的回答堪称名言：蒋介石八百万大军，转眼间不就灰飞烟灭了吗？！这话说得杨柳一怔。

这日刘必定忙得很，不好找。她好不容易才在大堂咖啡厅门口堵到他。刘必定和祁小华站在那里说着什么，不太愉快的样子。可一见她走过来，都换了一副轻松的模样应付。她也本能地虚伪起来，捉住祁小华的手抚摸着，语调格外甜蜜，哎呀，我的好妹妹，你这都是怎么保养的啊？这么多年过去，还是那么年轻漂亮，俨然当年的校花一朵！祁小华波澜不惊，漂亮啥啊，老大，倒是你，这些年几乎没啥变化！秦心亭一直提防着老公的初恋，脸上却不露半点声色，还没变化呢，既要为稻粱谋，又要伺候杨书记，被折磨得快没个人样了！小华，你到底咋保养的？刘必定接过话头，开玩笑道：我家小华冻龄保鲜主要靠牛粪！秦心亭一脸天真无邪，看着刘必定故意问：牛粪？不会这么粗暴吧？刘必定说：老大，你就装吧，和你家杨柳一样会装！好花插在牛粪上了嘛，我这坨牛粪比较肥，小华这朵小花能不滋润吗？

这么虚情假意地应付了一番，祁小华走后，秦心亭才说：咱校花妹妹好像不太高兴嘛，又欺负人家了吧？刘必定嘴一咧，还我欺负她？是她欺负我！经常让我写检讨。秦心亭笑骂，你活该！杨柳敢像你这样浪漫，我一脚把他踢到外星球去！刘必定自嘲：是，老大，你的威风咱汉大几届同学谁不知道？哎，咋想起替小华打抱不平了，杨柳委托的？秦心亭笑道：还真让你猜对了！你家这妹妹常跑到杨柳面前哭诉你的浪漫无良，弄得杨柳一副肝肠寸断的样子，我能坐得住啊？注意点啊！刘必定苦笑说：要我说，我家这位妹妹就是让你家杨书记给宠坏的！秦心亭道：你就扯吧你，你老婆是我老公宠坏的？你们三届男同学集体宠坏的！刘必定苦笑，也是，包括当年的我，我算罪有应得！秦心亭说：就是嘛！人家年龄小，是漂亮讨喜的娇宝宝！

刘必定就是刘必定，知道她想啥，好了，秦总，我老婆你老公都不谈了，说正事吧！秦心亭这才问：刘总，我给你们发的信托产品不会出现违约吧？刘必定笑了，我就知道你联想丰富。怎么的，让大堂里那几滴血吓着了？哎，这些年你给我们发的信托哪一期违约了？秦心亭想想也是，宏远的产品的确没违过约，连技术性违约都没有，但她仍不放心，可我怎么听说，你们宏远集团最近资金有些紧？刘必定道：谣言！秦总，你要害怕，你们的信托我提前还就是。秦心亭又往回收，哎呀，我就是随口问一问，好了，不说了，必定，回头见……

晚上的宴会盛况空前。刘必定把这座新落成的珠穆朗玛大酒店当作四十岁生日礼物送给了祁小华。当刘必定将一把特大的金钥匙双手捧着,单膝着地,献给祁小华时,宴会厅掌声雷动。祁小华接过金钥匙,高举过头,四处招摇。在掌声和欢呼声中,香槟礼花般地喷射。

秦心亭看着这热闹场面,心头又浮起疑云,不禁在心里问自己:他们这对貌合神离的夫妻究竟是在作秀呢,还是离婚分家产啊?大酒店可是宏远信托产品的抵押品之一啊,如果转移到祁小华名下,抵押品的真实性就有问题了,一旦产品违约,拍卖变现的难度势必增大。

心里不安,宴会就变得有些难熬,也不知都吃了些啥,喝了些啥,和桌上的男女同学们说了些啥。秦心亭脑子里转来转去都是刘必定和宏远集团那个资金池。十二亿不是小数目,一旦出事,足以让她身败名裂。于是,她一次次出去打电话,安排手下利用一切关系了解情况。

熬过宴会是舞会。刘必定真够镇定的,临危不乱,像啥都没有发生,还主动邀请秦心亭跳了一支舞,舞罢,二人心照不宣走到外面的露天大阳台上。大堂那几滴血变成了确凿的死亡事件,让舞会上的人们交头接耳议论。刘必定知道瞒不住了,到了阳台上就说:心亭,我瞒得过别人,瞒不过你,今天的事你应该已经知道了吧?秦心亭郁郁反问:酒店大堂里的那个行凶杀人案?刘必定点点头,是的。片刻又强调说:凶手已经被抓住了。秦心亭看着刘必定,集资纠纷引发的?刘必定一声叹息,是,很突然,出乎意料。秦心亭进一步问:事情发生在海阳?死者是主持海阳集资的负责人刘昌平?刘必定苦笑不已,这个刘昌平从海阳调过来才一个多月!天哪,心亭,你啥都知道了？！

秦心亭看着布满夜空的繁星，继续展示自己掌握的丰富情报，凶手叫李福利吧，海阳城商行的信贷员？刘必定说：没错，心亭，啥也瞒不了你，所以，我对你襟怀坦白。宏远现在可能碰到了一个关键节点，一着不慎就可能全盘皆输，风暴将至，我得未雨绸缪。我已经在紧急收缩战线，该收的款也在往回收。秦心亭说：比如，任延安的红星重装，你就一直催他们还款，是吧？刘必定承认了，是的，今天我已经把任延安叫过来了，他再不还钱，我就拍卖他红星重装的股权。

秦心亭关心的不是红星重装的股权，而是宏远集团资金链断裂的危机，必定，你和我说实话，你们的集资是不是已经出现麻烦了？刘必定说：目前还没有，但我担心流动性出问题。秦心亭心里一惊，脸面上却一副诚恳的样子，我明白了，这种时候，我肯定得帮你！刘必定说：那就给我再发五六亿的信托吧！秦心亭故作爽快，可以！不过得有足够的抵押。哎，对了，这座大酒店转到祁小华名下了？刘必定道：怎么可能啊，抵押给你了，我敢转啊？再说，谁也不愿白交一笔增值税。秦心亭想想也是，商业酒店易名转手，税负颇重，就算离婚分家产，他们也不会这么做。于是，没和刘必定就这个话题再说下去。

重回舞厅，秦心亭注意到，杨柳也心不在焉，东张西望的，于是就问：老杨，你找啥呢？杨柳指着身边不远处的一个空位说：这家伙刚才还在这里，一转眼就不见了！秦心亭不明觉厉，谁呀？杨柳没好气，还能是谁？孙和平！这个不安分的家伙，又要给我搞名堂了……

61

十四

那晚，杨柳觉得孙和平要搞名堂，孙和平也确实在搞名堂。

这个名堂就是意外出现在同学会上的红星重装老总任延安。

任延安是位实干家，在重卡装备行业的威望很高，是刘必定的战略合作伙伴。美国卡明斯曾一度要入主红星重装，西川国资委想转让股权，却被任延安以一己之力死死顶住。刘必定在关键时刻出手，用十亿真金白银挡住了卡明斯，入主红星，成了第一大股东。刘必定后来在公开场合说过，他是学机械的，有一个做大重卡装备工业的梦想。

然而，世上没有永远的赢家，实业界也没有永远的财神爷，正如刘必定昔日所言：梦想是个美好的词，实现梦想是个残酷的过程。

残酷的过程说来就来了。浮夸的同学会上发生了一场血案，一个财务主管被刺，带出一场非法集资案，宏远这头骆驼极有可能被一根带血的稻草压垮。如果危机加深，倒下的骆驼就不止一个，红星的前途就不美妙。孙和平这才悟到，刘必定拉他火线起义，十有八九是盯上了北机募集来的二十几亿港币。他怀疑宏远资金链面临崩裂。果真如此的话，北机就有可能在宏远崩盘出局后插足红星。所以，他必须见一见任延安，和任延安深入谈谈，让任延安明白，在失去了宏远这个金主之后，红星最好的合作伙伴就是北机，这是一个双赢的机会。

孙和平像一只猎豹伏在草丛中一动不动，一直在等待机会，出击之前显得格外安静。可一旦看见了猎物,猎豹就会旋风一般地跃出丛林,以风驰电掣的速度展开追捕。是的,猎物出现了,就是任延安!

舞会开始前,孙和平把自己的想法悄悄和钱萍说了,是在舞厅门口说的。这时,舞厅里传来阵阵舞曲,宴会完毕,大家开始跳舞。舞厅连着大堂,大堂花岗岩地上的血迹早已擦洗干净,地面在璀璨的水晶灯照耀下泛着金光,刺杀血案了无痕迹,一片岁月静好的景致。

钱萍有些犹豫:现在和老任谈合作不合适吧?红星和汉重是市场竞争对手,接触红星谈合作,应该先和杨柳商量一下吧?孙和平手一摆,不能和杨柳商量,这事得防着杨柳。钱萍一副不解的样子,也不知是装的,还是真的,和平,你和杨柳怎么了?杨柳是咱们上级,也是北机的救星。孙和平没好气,还救星呢,白手拿鱼,智取北机!钱萍公然力挺杨柳,也不能这么说吧?杨柳当年不去拿鱼,北机这条鱼就死翘翘了!孙和平心中疑窦再起,这位青梅竹马的女同学该不会真的是杨柳派下的卧底吧?便放弃具体纠缠,以一副上级领导的口气教诲道:这是一个制造业市场群雄并起的时代,北机必须抓住机遇,知道吗?!钱萍没再争辩,孙和平也没再多说,现在他只能点到为止。

这时,任延安的电话打了进来,告诉钱萍,说是厂里二号生产线发生故障,要赶回去处理。他现在已经搭出租车从市内客户那里直接去机场了。任延安让钱萍向刘必定说明情况并代为道歉——预定的汇报只能另找时间了。钱萍说孙和平想见他一面。任延安一口回绝。孙和平夺过手机,想亲自和任延安通话,不承想,任延安那边已挂断了电话。孙和平当机立断,让司机开车带着他和钱萍去追赶任延安。

出了珠穆朗玛景区就是机场高速公路。桑塔纳开得很快,路灯带着灿烂的光尾流星般不断闪过。钱萍依照他的指示给任延安打电话。

钱萍很会说话:……任总,人家孙总这可是萧何月下追韩信啊,我看将来都能写进史书的!孙和平冲着钱萍直竖大拇指,以示赞扬。

免提开着,任延安的声音十分清晰,钱萍,你别说了,孙和平不是萧何,我也不是韩信,我们是市场对手,没啥可谈的。钱萍道:但是任总,就算孙和平是市场对手,双方见一见面也没啥坏处嘛……

这话说得不好!孙和平抢过手机,粗暴按断,哎,这叫啥话?啥市场对手?钱萍说:这是事实,不管咋说,咱们北机都是汉重旗下的二级企业。孙和平道:那也不能说,你刚才说得蛮好嘛,萧何月下追韩信!就是这个路子,重来重来!说罢,把手机又塞到钱萍手上。

钱萍又打通了电话,按下免提,对不起,实在对不起,任总,刚才电话掉线了。任总,我和孙总现在已经在去机场的路上了,你晚一点登机好吗?和孙总见一下,就算给我个面子!任延安态度决绝,钱萍,你不是我们红星的人了,没这么大的面子!说罢,又挂了电话。

孙和平脸色暗淡下来,这个任延安和他一样,真他妈倔种一个。

夜色沉沉,车窗外,无尽的黑暗将漫漫田野吞噬。只有零星的农家灯火,划破夜幕,透出一丝暖光。孙和平知道,任延安不会轻易接受自己,这个倔种不相信他和北机会脱离汉重集团。他现在要做的就是和任延安对上话,让任延安看到灿烂的明天!他脑子里冒出一个又一个方案，无论如何要追上任延安，纠缠粘贴，牢牢钩住他不放……

钱萍不理解孙和平的想法。片刻，她打破沉默，试图劝说，和平，算了，我们掉头回去吧！老任在竞争对手面前从不让步的。况且上个月红星还在全国重卡订货会上和汉重集团的人干了一仗，两边都动手打起来了。孙和平苦恼地说：可我们并不是老任和红星的竞争对手啊！钱萍叹了口气，这没法说清楚，我们现在是汉重下面的二级公司啊！孙和平恼怒了，行了，别说了，继续追！我既然当了萧何就当到底了！钱萍道：老任说了，他不做韩信！孙和平态度蛮横，他说了不算，我就让他做韩信，今天不做明天也得做！

转眼间，机场璀璨的灯光出现在眼前。司机停车，孙和平和钱萍下来急奔出发大厅。偏在这时，孙和平的手机响了，竟是周到打来的电话，问他人在哪里。孙和平应付道：喝多了，回家躺下睡觉了。周到意味深长说：睡觉好，能做点好梦。孙和平问周到有什么事。周到说：没什么事，礼节性问候。后来才知道，周到这是在查他的岗，而且是杨柳授意的。杨柳就是这么绝，隔着几里路都能嗅到他的气味。

在大厅里没见到任延安，孙和平就广播找人。任延安听到广播主动给钱萍打了个电话，让钱萍不要为虎作伥。孙和平仍不死心，想了想，命钱萍坐一小时后的下一航班追到西川去。孙和平布置说：你飞过去后，找任延安密谈，说明合作意向。明确告诉任延安，北机一定会从汉重集团独立出来！宏远之后，北机应是红星最佳战略伙伴！

钱萍怔怔的，一副六神无主的样子，这么说好吗？毕竟……

孙和平口气严厉，让你怎么说你就怎么说，一个字也别漏掉。

钱萍仍不想去，却不敢明着和他抗，退一步委婉地说：和平，你不知道，老任这人疾恶如仇，对盟友他可以低三下四，对市场对手，他绝不留情。我现在去和他谈，不但谈不成，也许还要当面挨骂。

孙和平宽慰说：别怕挨骂，这么多年我挨的骂多了，骂倒了吗？

钱萍说：可我还没办调动手续，理论上说，还算是红星的人，老任会认为我这是背叛，骂得会更狠。刚才都让我不要为虎作伥了……

孙和平这才火了，拉下脸训斥道：钱萍，这是北机给你的第一个任务，就算去挨骂你也得去！执行吧，这没啥好说的！

钱萍也火了，孙和平，你疯了？你……你这是逼我吗？

孙和平硬邦邦的，对，就是逼你，北机就是这样被逼出来的！

钱萍虽说很不情愿，还是按他的要求坐下一班飞机去了西川。据钱萍事后汇报，任延安连夜回厂还真不是躲刘必定的债，确是二号装配线技改出了问题。任延安在车间忙了一夜，早上又到办公室处理各种事务，没时间搭理她。直到任延安抽空吃早点的时候，她才把该说的都和任延安说了。任延安的回答只有一句话：独立之前一切免谈。

孙和平盯着钱萍，老任不相信我们能从汉重独立出来，是吧？

钱萍说：是，这话我也想说，从集团独立出来没那么容易！

孙和平与钱萍这番对话，是在钱家小院里进行的。钱萍刚到家，他就急火火找上门来。一天一夜，西川飞了个来回，带回这么一个结果，令他深感沮丧。他盯住钱萍看，心中难免怀疑，她尽力了吗？话说到位了吗？却也不好问。葡萄架垂下一串串青果，一片绿荫洒在地上，老黑猫趴在桌旁打盹，两只蝴蝶翩翩飞向院墙根底的向日葵……

  眼前的景象孙和平太熟悉了,他从小就来这儿找钱萍玩,写作业,嬉闹。每当他闯祸挨了骂挨了揍,钱萍就在一旁载歌载舞,做鬼脸。青梅竹马的小伙伴如今隔膜了,孙和平打量着哈欠连天的钱萍,脑海里总抹不去间谍卧底之类的狐疑。最后还是忍不住问了:钱萍,你和我说实话,你是不是真和老任交底了?这期间没和杨柳联系汇报吧?

  钱萍说:你领导派下的任务,我就是再不情愿,也得执行啊!

  孙和平紧追不舍,杨柳那里,你联系汇报了没有?

  钱萍苦苦一笑,你让我保密,我敢向杨柳汇报吗?!

  孙和平乐了,这就对了,记住,你是北机人,不是汉重人!

十五

  杨柳早上一上班,就在办公室门口碰到了周到。周到挂着脸,像谁欠了他钱没还似的。走进办公室,周到不动声色地把一封举报信和一张照片放到他办公桌上。杨柳放下公文包,疑惑地拿起照片看——竟是一张艳照——孙和平坐在一群漂亮的礼仪小姐中间咧着嘴笑。

  周到嘲讽,看看,啊?就他一个人种了,万绿丛中一点红啊!

  杨柳又去看信,发现是一封匿名信,便问周到:哎,这都是从哪来的?周到说:哦,这回咱孙总闹大发了,是刘省长批转过来的!

  杨柳有些不悦,这种生活上的事,你就不能替他解释一下?

周到一声冷笑，哎，杨书记，我为啥要解释？杨柳敲了敲桌子，周总，上次咱们不是已经达成共识了吗？孙和平的问题不在这里！

周到接上来，对，对！孙和平的问题在于是否忠诚于集团！

杨柳说：就是嘛，你知道就好，忠诚问题才是我们要警惕的！

周到声音低了下来，老杨，我看孙和平现在随时有可能背叛！你们同学聚会那晚，他很可能就和刘必定、任延安他们勾结上了。

杨柳摇摇头，没这么严重，估计一时也勾结不上，孙和平还是我们的同志，我们得保护。他目前的婚姻状况是离异，有恋爱自由。周到连连点头，对，他有恋爱自由，有！他指着照片数落起来，不过，杨书记，他这好像不是恋爱吧？你看仔细了，多少女人围着他啊？一二三四……好家伙，一共九个，正好够三宫六院了！这有照为证啊！

杨柳有点恼火——周到有时拎不清，尽在这种捕风捉影的事上做文章，便道：既然有照为证，那你说怎么办？把孙和平枪毙了？是你去毙还是我去毙啊？这事你定！周到知道他说的是气话，却仍然不依不饶，看看，一到关键时候你就死护着你老同学，血亲的老同学啊！杨柳没好气，行，我不护他，你去枪毙他，这就去毙，我不拦你！

周到气呼呼地走了，走到门口，又回过头说：老杨，现在大家都说要把权力关进笼子里，我们也得早点把孙猴子关进笼子里才是！

杨柳挥了挥手，行了，你去吧，我这笼子还没准备好呢！

周到走后，钱萍到了。据钱萍吞吞吐吐汇报，孙和平竟然搞了一出现代版的萧何月下追韩信。同学聚会那夜，他让钱萍追到红星厂，把试图独立的底牌亮给任延安看了。杨柳道：孙和平就是改不了猴急的毛病，你现在还在汉重旗下待着呢，任延安这种老江湖能信你的花言巧语吗？

钱萍一脸憔悴，要求留在集团，说她简直成了三姓家奴：端着北机的饭碗，当着集团的卧底，还得看着老东家任延安的眼色，实在难以周旋。不过，杨柳发现，钱萍还是蛮佩服孙和平的，说孙和平就是工作狂，让他这学长兼领导别太计较，还是多看孙和平的长处，毕竟北机在孙和平手上起来了，而且孙和平这都是为工作，没啥私心。

杨柳知道，孙和平和钱萍不但是大学同学，还是在北机院里一起长大的，曾有传言称，钱萍的父亲看上了孙和平，所以才提拔孙和平做了北机厂厂长。传言虽不可信，但钱父钱母对孙和平的感情却是真实存在的，孙和平离婚后，孩子一直在钱家养着，说不准哪一天钱萍就成了孩子妈。他的这个卧底不是太靠谱，却也没有办法，只能走一步看一步。杨柳便向卧底同志解释，其实他在集团处处护着孙和平。北机上市前有人就想把孙和平拉下马，硬被他拦住了……

钱萍，你不知道，我对孙和平好到啥程度，你可能想象不到——连他的私生活都关心帮忙，正给他介绍对象呢，还像求着他似的！

钱萍白了杨柳一眼，你这是吃饱撑的，管这些闲事干啥？

这不是怕他招蜂惹蝶犯错误嘛，后面那么多眼睛盯着他！说罢，杨柳把周到送上来的那张三宫六院的绯闻艳照摔到桌上让钱萍看。

钱萍用眼角扫了一眼照片，哟，孙和平的心还这么年轻嘛！

杨柳苦笑，那是，钻石王老五啊，据说追他的人不下一个连！

那好，集团给他组织个娘子军连，让他做党代表吧！哎，杨书记，玩笑归玩笑，这事你还真得问问他，让他别把大好前程给玩没了！

是，这个我要问的，钱萍，我们都得对自己的老同学负责！

第二天上午，孙和平到集团开会，会后，杨柳把孙和平叫到自己办公室，亮出艳照，让他解释是怎么回事。孙和平解释说：这是公司搞活动请的一些公关小姐，她们非要合影留念。杨柳问：人家为什么非要和你合影留念？咋不找我留念？孙和平大言不惭说：我是开拓进取的企业家啊，再说，我平易近人，不像你，高高在上，让人仰望。

杨柳心里不悦，却又不好明说，只道：孙董，历史的经验值得注意啊，大二那年，你是因为啥事差点被学校处分了？孙和平回答：帮刘必定打架，有个土木工程系的家伙追祁小华……杨柳一摆手，当时的情况不说了，我知道！哎，谁跑到秦校长那儿为你说的情？孙和平心虚气短了，当然是你杨主席啊！哎，这么点小事你咋就是忘不了呢？

这种事情杨柳当然不会轻易忘记。斗争未有穷期，老谱将不断袭用，孙董啊，北机发不上工资时，谁策划了一起银行骗贷案啊？孙和平老实回答：是刘必定啊，五千万，重复抵押，我和你说过的。杨柳歪着脑袋审视着对手，谁在关键时刻挽救了一个犯罪嫌疑人啊？孙和平坐不住了，啥犯罪嫌疑人？杨柳，贷款实施了吗？杨柳反问：为啥没实施？孙和平垂下头，你没让我去犯这个错误！杨柳语重心长，痛心疾首，错误？这可涉嫌犯罪啊！骗贷真出了乱子，你孙和平就完蛋了！你这猴就成了动物园里的呆猴，不会是花果山自由自在的猴了！

孙和平作缴械投降状，亲爱的杨书记，你到底想说啥？啊？

杨柳语调威严，最近，刘必定是不是煽动你叛变了？嗯？

孙和平连忙摆手，没有，没有，别说我对你和集团忠心耿耿，刘必定也没必要拉我叛变，他都成系了，宏远系，钱多得用不完，哪会注意到我？杨柳冷笑道：你们账上那二十几亿港币他会不惦记？孙和平支吾说：他惦记也没用，这是发股的募集资金，谁敢乱动啊？杨柳敲了敲桌子，对，这二十多亿港币，谁都不能乱动，包括你，明白吗？

那是！杨书记，今天是不是就到这里？我走了！孙和平想开溜。

杨柳说：还走啥？刘洪川省长要到总厂调研，你一起陪同吧！

去总厂时，杨柳把孙和平拉到自己的奥迪车里，继续做工作：有些事要想开些，铁打的营盘流水的兵，谁敢保证就打个万年桩啊？你孙和平敢说就永远都是北机股份的董事长了？孙和平摆手，不敢，你们多数股东提议换董事长，我就得下台！杨柳笑了，就是嘛！如果省委提拔你，让你负更大的责任，你走不走？也得走嘛，是吧？孙和平一副乖巧的样子，是，是，不过，杨书记，我不想升官，只想干事……

杨柳嘴上没说，心中苦笑：孙和平想干事，他的事就难办了。北机不是孝顺儿子，一旦叛变，后患无穷。真希望孙和平能时常做点升官梦。想升官的人比较好控制，不想升官就比较麻烦。杨柳认为，孙和平应该还是想升官的，对他赏的那个小括号就很在乎，甚至谋求做集团副董事长。他也明说了，做副董事长可以，但北机的董事长就不能兼了。孙和平立即把头缩了回去，又说想干事了。这狡猾的东西！

十六

刘洪川省长很关注北机，进了厂门就四处找寻孙和平。孙和平便被周到连推加拽奉献到了他的老领导面前。孙和平生怕刘洪川提起那幅三宫六院的艳照，礼貌地和刘洪川握了握手就往后缩。刘洪川却没让他溜成，拉着他的手不放，还拍着他的手背，表扬他干得不错，到底把平州的百年老厂成功搞到香港上市了。周到没容他回话，立即抢上来表功，老领导，这主要是得益于我们集团大力支持。为支持北机上市，我们集团差不多卖掉了裤衩。刘洪川很幽默，对自己的前秘书说话也随便，你少夸张，卖掉裤衩你们光腚啊？是不是啊，杨书记？

杨柳还是比较有水平的，是的，刘省长，北机成功上市主要是和平同志带着北机干部群众努力拼搏的成果！和平同志这几年太不容易了，去年在香港和欧洲路演时，经常用洗澡水泡方便面充饥。周到又抢上来，就是，光我和杨书记陪他吃掉的方便面就得有好几箱子！杨柳说：我们还不是应该的？我们是北机股份的发起大股东之一嘛！

刘洪川对孙和平说：看看，杨柳多公道啊。和平同志，你得庆幸有个好班长啊。孙和平点头说：是，杨书记上大学时就是我的好班长了。刘洪川十分了解情况，扳着手指头道：你孙和平一个，你们领导杨柳一个，还有一个宏远系的大富豪刘必定，啊？你们是汉江大学"动力系三杰"嘛！孙和平客气了一下，其实只有两杰：杨书记和宏远系的刘必定,我不算的。周到故意当着领导的面讥讽,哟,咱孙董事长难得这么谦虚啊,不会是心虚吧?孙和平瞪了周到一眼,说啥呢你?

刘省长兴致很高,一边参观生产线,一边谈笑风生,汉重集团发展势头很不错。有个国内上市的汉江重卡,现在又有了个香港上市的北机股份,国内国外都有了融资平台,集团就有了两只资本的翅膀。

周到把孙和平挤到一边,媚笑着讨好说:老领导,这全靠您和省政府的英明领导啊!刘洪川对曾经的秘书毫不客气,周到,你少拍马屁,领导再英明,也得靠大家干活啊!周到有些窘,是,这倒是……

孙和平见状,故意夸张地笑出了声。这一笑坏了事,让刘洪川想起了他的三宫六院,哎,和平同志,你笑啥?有啥好笑的?我听说你最近挺忙的,嗯?周到又找到了机会,立即告状,刘省长,你也知道他忙啊?正忙着选美呢!孙和平怒火中烧,正要骂周到,杨柳抢上前来,替他向刘洪川解释,刘省长,孙和平光棍一个,他可以选美,合法的。刘洪川批评意味明显,那也要注意影响,别弄出些花边新闻!

老领导有态度,周到来劲了,掏出笔记本煞有介事做记录,孙和平同志,刘省长这个指示很重要啊,一定要注意影响!别给组织丢人。

孙和平急欲解释,刘省长,您别听周总胡说,其实……

杨柳向孙和平使了个阻止的眼色,行了,说正事吧!

正事就是南港柴油机厂的划拨。也不知此前杨柳和周到怎么向省里汇报的，刘洪川开口又是北机，北机、南柴都是搞发动机的，南柴厂交到咱们和平同志手上就活起来了，是不是？杨柳满面春风，刘省长，我们和平同志那可真是大能人啊，南柴在别人手上我不敢说，可只要放在和平同志手上，嘿，那就是一只会下蛋的金凤凰啊！

孙和平苦笑不已，杨书记，别金凤凰了，我一身的毛都快被拔光了！刘洪川挺幽默，拔了毛的凤凰还是凤凰嘛，下的蛋还是凤凰蛋！

周到逼他上架，言词更是夸张，刘省长，你只要给孙凤凰一个支点，他就能撬起地球。孙和平白了周到一眼，说啥呢？再没事干我也不会去撬地球！刘洪川呵呵一笑，说：就是，撬地球干啥？有那工夫多下几个凤凰蛋才是正经，是不是啊，孙凤凰？孙和平不知说啥才好。

孙和平不时地擦着汗，跟前跟后围着刘洪川打转，结结巴巴地表达自己的看法——把南柴装入北机不合适，搞不好还会把北机再度拖下水，北机走到今天这一步太不容易了。刘洪川听出他的意思，驻足询问：和平同志，这么说，你和杨柳、周到的意见还没统一，是不是？

周到阴阳怪气说：现在这个北机呀，不是当年的困难企业了，它军阀割据了！孙和平立即反击，谁军阀割据了？我不能说看法吗？这是较真的关口，杨柳明白无误站在了周到一边，和平同志，有看法你当然可以说，但我们集体向刘省长汇报时，好像不宜只谈你自己的意见，不顾集团的大局吧？刘洪川也明确表态，杨柳说得对，和平同志啊，有看法可以保留，但要顾全大局！孙和平垂下头，是，刘省长！

这次调研前后不过两小时，刘洪川很满意，在车前和杨柳握手告别时说：汉重集团总体不错，要充分肯定，但也要容纳不同意见，比如孙和平的意见。刘洪川夸孙和平有开拓精神，市场适应能力强。

杨柳见孙和平不在身边，也说了实话，道是北机股份在香港上了市，孙和平翅膀硬了，只怕会一飞冲天。刘洪川不忧反喜，说不想做将军的士兵不是好士兵，不想一飞冲天的，八成是鸡不是鹰。是鹰就志在蓝天，肯定想一飞冲天！刘洪川希望杨柳把汉重集团变成鹰巢，不能搞成鸡窝。杨柳有苦难言，却也不好再说什么，只得点头称是。

这时，孙和平和周到又杠上了。孙和平上了他的NB9999要回平州，周到却拦住他不让走，说是下午集团还有会。孙和平气不打一处来，非要请假。周到不准，说是要在会上谈谈历史上各个叛徒的下场。

孙和平摇下车窗怒喝：周到同志，我警告你，我的忍耐是有限度的！周到也吼了起来，孙和平，我也警告你，请你摆正自己在集团的位置！孙和平从车内伸出一个大巴掌，晃了晃，知道，老子只是五把手！周到又攻上来，怎么？你还想当一把手吗？那请杨书记让贤……

这时，孙和平手机响了，刘必定约他到珠穆朗玛景区吃大餐。孙和平说：我哪有心思吃大餐？气都让他们气死了！刘必定门清，哪个他们？杨柳和周到吧？来，来，到我这儿诉苦申冤吧！我早就和你说了，你和他们不是一路人，你是志在蓝天的雄鹰，他们一个个都是地上的草鸡！孙和平说：他们要是草鸡就好了，可并不是啊！刘必定说：行了，来吧，我和你做桩大买卖，肯定让你一飞冲天不回还……

周到不依不饶,还想往车窗前凑,孙和平,我告诉你……

孙和平不再理睬,车突然启动提速开走了。

十七

珠穆朗玛原来叫"鸡公山",挺纯朴一个名字。此山状若金鸡,鸡冠峰悬崖挺立,冲天啼鸣。鸡身鸡尾群岭逶迤,渐渐消失于大海波涛之中。海边的山体因地壳运动特别陡峭,山岩毕露,突兀拔起,给人以俊朗的感觉。且山体单薄缺少纵深,宛如盆景摆在地平线上。站在山上眺望大海,水天一色,波澜不惊,令人心旷神怡。刘必定签下鸡公山二十年承包经营权后,更名为"珠穆朗玛景区",更让人耳目一新。刘必定认为,这个景区只要能持续开发,必将成为汉江著名景点之一。当然,这要有足够多的钱和足够长的时间,他现在恰恰缺少这二者。

刘必定在景区珠宫等待孙和平,不时看看手表。珠宫顶楼有一套环形办公室,落地窗三百六十度观望山景,他在此设立了作战室,应对即将来临的风暴。正面墙壁巨大的电子屏幕上,显示着宏远集团的全国形势图,东北、华北地区亮起了一片片红灯,且逐渐向中原地区蔓延。刘必定眼望红灯,在屏幕前踱来踱去,禁不住长吁短叹……

真没想到,危机竟在同学会上引爆!凶手李福利是东北海阳市城商银行一名贷款经理,胆大包天开假票据搞出两千万,交给死者刘昌平理财。不料银行提前查账,李福利找刘昌平要钱。财务公司经理不同意还款,集资是有期限的,不到时间哪来钱还?刘昌平调走,李福利跟踪追来,讨钱不果起了杀心。敢造假票据骗银行的钱,还有啥事不敢干?这致命一刀不仅要了刘昌平的命,也捅破了宏远集团的天。

星星之火,可以燎原,这句话用在金融领域再恰当不过。刘昌平被杀的消息传到海阳,这座小城市立即沸腾起来。参与集资的群众蜂拥而至,里三层外三层包围财务公司办事处,惊动警察出动,拘捕了正副三个经理以及个别打砸抢分子,才平息乱局。但挤兑风潮在整个东北地区漫延,很快把河北也卷入进来。电子屏幕上那一盏盏红灯,在刘必定眼中仿佛一只只秃鹫,黑压压地、劈头盖脸朝他飞来。在其个人创业史上从未有过如此险境,使他隐隐产生一种不祥的预感。

灭火!灭火!刘必定调动所有现金平息挤兑风潮,他命令投资部卖出国库券,抛售中短期炒作的股票,暂停已签约的投资,全力汇拢资金。他明白,资金就是救命活水,只要现金流充沛,没有灭不掉的野火。壮士断腕,刘必定抛弃能丢的子公司,全力保护主力部队进行敦刻尔克大撤退。同时,他还必须装×,制造出从容不迫、歌舞升平的假象。他妹妹刘必英过生日,他高调送了一台价值七百万的法拉利跑车。刘必英嫌贵不要,说是不喜欢跑车。刘必定说:你必须喜欢!非常喜欢!你要对法拉利情有独钟!这里面的广告价值比车贵多了!

与杨柳汉重集团的战略合作协议,刘必定毫不犹豫挥笔签字。杨柳听到关于他和宏远系的传言,怀疑他能不能拿出真金白银,小心翼翼探测他的底细,担心第一张多米诺骨牌倒下来。刘必定哈哈大笑,笑得爽朗而自信,放心好了,我们宏远几百亿资产,负债表很健康!

此时千万不能露出败象,否则宏远系股票在二级市场上的股价将受到严重冲击。的确,刘必定心腹之患正是股价,因为他把股票质押给了证券公司,套取了大量现金。借贷方设定了平仓线,一旦跌破约定价格,他们将毫不留情斩仓出局!到时候,以希望控股为代表的宏远系股票恐怕就会变成为秃鹫口中的腐肉,只剩下一具具白骨……

在这种背景下,能否和孙和平建立战略同盟,把北机那二十几亿港币弄到手就成了反败为胜的关键。事情很清楚,现在的北机股份是一家优秀的制造业企业,因为孙和平这疯子的存在,在可预见的未来有极大的估值提升空间。而躺在北机股份账上的二十几个亿不但能帮宏远系堵住资金漏洞,也是他度过这场危机、再次发动进攻的枪弹。

孙和平看穿他的心思,在电话里就和他明说了,杨柳、周到现在盯得正紧,整天敲打,不是起义的好时候。刘必定立即点题,那你还敢派钱萍去红星找任延安摊牌?和平,你烧香拜错了菩萨,红星股权在谁手里?嗯?你还月下追韩信呢,韩信在哪里你都不知道,瞎跑!

刘必定清楚,这根胡萝卜在孙和平眼前晃一晃,就不由得他不动心。果不其然,一听这话,孙和平不再推托,马上答应过来喝一壶。

……

孙和平冒着风险与刘必定密谋,不仅是受到红星股权的诱惑。

杨柳的步步紧逼，也是铤而走险的重要原因。孙和平知道，迟早有一天杨柳非把他关进笼子不可。他琢磨透了杨柳的狡猾企图：进，要把南柴注入北机，扩大集团的国有股权，牢牢控制这家上市公司；退，一旦北机独立，汉重可用南柴生产的发动机取代北机，保持完整的产业链。杨柳深谋远虑，早把他防贼一样防着了。甚至搬出刘洪川副省长表态，以组织名义迫使他一步步进入伏击圈，独立确已刻不容缓。

快到珠宫时，孙和平给杨柳打了个电话，说自己回平州了，厂里有急事，集团的会已经向周到请假了。杨柳说他知道了，其实这个会不议啥大事。孙和平说：我知道，我知道，就是传统教育嘛，周到同志主讲军阀割据，以及历史上著名叛徒的可耻下场。表示回去一定找时间自学。杨柳很尴尬，徒劳地为周到解释了一番，让他别多心……

刘必定把这场宴席设在鸡冠峰，这可是孙和平平生见过的最亮眼的酒席了。悬崖上建起一座凉亭，亭中央摆一张红木八仙桌，围一圈红木太师椅。四下里风景如画，酒不醉人人自醉，真乃世间罕见的宴会厅。服务员提着食盒坐缆车上山，摆上各色菜肴，热气腾腾保持着刚出锅的香气。孙和平搓手叹道：奢侈，奢侈，必定，你成仙了！

刘必定指点着牌匾告诉他，这亭子原名"养心亭"，亭子，小气！现在不怕犯忌讳被皇帝老儿砍头，何不叫"养心殿"呢？于是养心亭成了养心殿，他就成了当代乾隆，就到养心殿品茗饮酒，阅读财务报表。当然，风流倜傥是免不了的，避开祁小华的眼目，带一两个漂亮美眉对酒当歌，岂不快哉？孙和平感慨，必定，你能奋斗，也会享福啊。

酒过三巡，菜过五味，二人说起了正事。刘必定首先声明，他将拿出最大的诚意，促使他率领北机在资本战场上火线起义，来一个震惊历史的双赢。孙和平努力保持着警惕和定力，必定，不是起义，是合作。我愿收购红星重装的股权，也知道任延安借了你不少钱，抵押给你一亿股红星重装的法人股，对不对？刘必定说：没错，但任延安说了，一亿法人股转让给谁都可以，就是不能转让给汉重集团。所以，咱们必须合作成立一家公司，我把全部红星的股权拿出来入股，你们北机呢，以募集资金入股，这一来你不就和我一样涉足红星了吗？

孙和平大笑起来，看看，狗嘴里露出象牙来了吧？冲着我们募集资金来的吧？难怪杨柳说，你最大的本事就是知道世界上哪里有钱！

刘必定却说，他在构设汉重、宏远和北机的"三国演义"，要送一个伟大的机缘给他，让他抵定重卡装备工业的天下。刘必定呷着酒说起了他的思路，宏远集团旗下的希望控股是红星重装的第一大股东，北机生产发动机，希望控股生产车桥、火花塞、变速箱，只要拿下红星重装生产线，北机就打开了产品升级空间，一举实现整装制造。孙和平深受这光辉前景的鼓舞，与刘必定热烈讨论合作的细节。两个汉大机械系优等生做着同一个梦，激动的心按同一个节拍跳动起来……

午后的阳光特别热烈，山脚下，海水一片金灿，海礁腾起朵朵雪白的浪花。山风穿过亭子，带来野草蒸腾的香气。沟壑间，马尾松林涌起墨绿色波涛。山坡上，夏花灿烂，遍地红黄蓝白美不胜收。一只松鼠从亭子前穿过，忽然收住脚步，眼睛呆呆地盯着亭子里的人，既警觉又好奇。孙和平敲了敲酒杯，这松鼠不怕人哩，好像是你养的。刘必定擎起酒杯，那当然，景区的松鼠都是我哥们儿。来，兄弟，干一杯！

孙和平不无担心，怕刘必定把摊子铺得太大，资金链出问题。刘必定便适时谈起了手上几十亿闲置资金的投向，如何进军新能源——氢能源，语重心长地说：现在就必须高度重视氢能源的研究！氢能源是未来重卡机械的发展方向之一，我们得考虑把中国制造变成中国创造！孙和平不得不服，怪不得刘必定能发达起来，这厮的确有超前的眼光。孙和平承诺，回去后立即派田野过来商讨合作的具体细节。

十八

秦心亭这两天成了工作狂，大清早把厨房弄成了办公室，一边磨豆浆，切香肠，煮燕麦，一边开着免提和副总谈事。餐桌上竖着两台笔记本电脑，一台屏幕上显示股票走势图，另一台是分析员递交的最新报告。杨柳在走廊上就听见她高昂的声音，命令副总必须在今天找到一篇文章，题目是宏远集团的什么，专业性太强，杨柳没听明白。

在餐桌前坐下，吃早饭时，总算有机会与妻子对话了。杨柳漫不经心说：怎么跟打仗似的？炮声隆隆啊，吵得我回笼觉也睡不成。秦心亭反唇相讥，还说我呢，谁天不亮就在被窝里打开微信？把我弄醒了，顺便瞄了一眼，咦，怎么是祁小华的头像？说啥悄悄话呢？

杨柳告诉妻子，祁小华微信报告了个好消息，刘必定谋求和美国达摩产业合作，双方携手投资红星重装。华尔街关键时刻出手，宏远眼前的危机可能解决了。他向妻子解释，自己一直惦记着南柴厂改造项目，刘必定虽然签了合同，却不知能不能落实资金，所以托祁小华关注了一下。秦心亭冷笑，你等着吧，他不可能给南柴厂投一分钱。

秦心亭把掌握的情报抛了出来——刘必定这次站在悬崖上了，只是不知道什么时候往下跳。汉江信托专门成立了一个对策小组，调查宏远集团的财务情况。宏远的固定资产基本上都抵押出去了，连赠送给祁小华的珠穆朗玛大酒店也抵押给了农业银行，赠送金钥匙纯属作秀。挤兑风波尚未结束，刘必定不得不出售核心资产来对付这场危机。

你还听祁小华的？他们分居四年了，刘必定对祁小华还有几句真话？不是我多疑敏感，宏远集团的资金链肯定出了大问题！他们在金刚股份上猛烈出货了，出得很急很凶，让我们证券信托部门监控到了。秦心亭把股票走势图那台笔记本电脑推到丈夫眼前，你看，刘必定拼命抛售金刚股份，金刚股份昨天三次触及跌停板，终盘收跌停。这个信号可不妙啊！这只股是宏远系重仓持有的新能源概念股，买入价位很高，现在是赔钱出货。刘必定曾经说这是战略投资，是压箱底的宝贝，如今也只能当废铜烂铁卖了。老杨，你说说看，这意味着什么？

杨柳心里不由一惊，对了，你刚才说到有关宏远集团的一篇什么文章，又是怎么回事？秦心亭说：最要命的就是这枚核弹，一旦爆炸,刘必定必死无疑。有一家财经刊物,长期跟踪宏远集团,炮制了一篇重量级调研报告,叫作《刘必定和宏远系的非线性迷乱》,将于近期发表。杨柳问:什么内容?秦心亭说:具体不清楚,但我们判断,文章一旦发出必将引发宏远系股票的抛售潮,最终导致宏远崩塌。手下甚至向我建议,立即行动,现在就向法院提出资产保全申请,但被我拒绝了。

杨柳眉头紧锁,叮嘱妻子,不管咋说,必定是咱们的老同学,这种时候你可不能落井下石。秦心亭说:那是,你的意思我知道。但我是汉江信托的老总,在其位,谋其事,得对放出去的信托款子负责。我的团队日夜盯着有可能出事爆雷的受信单位和个人,信托是变相刚兑的,我们输不起。杨柳再次强调,这种敏感时刻,就算不能帮助刘必定,至少也别扔第一块石头,你汉江信托和宏远集团有战略合作关系!

光顾着说话,牛奶麦片潽了,溢得到处都是。秦心亭手忙脚乱擦灶台,火冒三丈。她的脾气一向急,这下点燃了炮仗,杨柳不是我说你,当官当惯了的人,一切以自我为中心。你护着刘必定其实是护着自己的计划,老婆的死活根本不在你心上。宏远爆雷我倒霉,撤职回家专伺候你你就满意了?杨柳气得说不出话,跟母老虎没道理可讲。

夫妻两个都窝了一肚子火出门,各自上班,分手时谁也没理谁。

汉重集团董事长办公室对面,有一间小会议室,杨柳让人做了一张重卡产业布局图挂在墙上。他忧心忡忡地站在图前,凝视着北方地区的铁三角:汉江重卡,红星重装,希望控股。刘必定真的跌下悬崖将会出现什么局面？他把希望控股的图标摘下，三角形出现了一处空白。谁来顶替这个位置？杨柳从盘中摸出达摩产业的图标，贴在刘必定的空位上。想了一想，又取出北机股份的图标，将达摩顶掉。歪着脑袋看一会儿，却把达摩贴回去，让孙和平与简杰克并排而立。

这局面让杨柳很不舒服。他在长条桌旁踱步几个来回。再次回到产业布局图前，让刘必定归位，拿掉北机、达摩。无疑，维持原来的格局对汉重最有利。杨柳很清楚，刘必定跌倒，对孙和平而言是一个天赐良机。不知啥时，周到来了，和他一起看产业布局图。杨柳再次把北机用图钉按在图纸上：中原逐鹿，北机怕是也要成为其中一方了。

周到把北机图标取下，不会！这不过是孙和平的疯狂梦想罢了！

杨柳忧心忡忡，周到，你别不信！要知道，历史有时往往是在一个瞬间被强者改变的。惊天动地的事变发生了，成为既定事实，成为历史了，回头一看，你才发现，原来我们曾经距离改变历史那么近！

周到怔了一下，这倒是，几年前，谁能想到北机会有今天？！

杨柳说：是啊，那时的北机濒临破产，孙和平改变了它的命运！还有我们——没有我们，北机就得破产，这是毫无疑问的事！

是的，这也是事实！不过现在想想，我们的决策失误不少啊！

周到脱口而出：最大的失误就在于没把孙和平消灭在萌芽状态！

杨柳脸一拉，批评说：你这个同志，怎么又来了，还消灭在萌芽状态，孙和平是敌人啊？我们的失误在于决策优柔寡断！说好三个亿注资，直到北机上市都进入既定程序了，我们仍未落实，是不是？！

可最后我们也不该让北机持股会跟着增资啊！

这我承认，我心软了，如果当时强硬点就好了！

老杨，现在孙和平当真要改变历史了吗？

大幕即将拉开，两个改变历史的人物呼之欲出了！

孙和平和——刘必定？刘必定现在能顾得上孙和平吗？

问题就在这里，刘必定的麻烦会不会成为孙和平的机会呢？

周到想了想，说：孙和平看到这个机会了吗？我表示怀疑！

杨柳说：你别怀疑，他应该看到了！现在还得加上简杰克的达摩产业。西川国资委希望由达摩产业掌控红星重装，他们的国资委主任汤家和激进能干，大力度在全球招商引资，达摩已经入驻西川了。

周到说：如此倒也是一件好事，孙和平就不会做梦娶媳妇了。

杨柳一声叹息，只是，将来的产业布局就更不乐观喽！红星重装本来就不好对付，达摩加盟以后，势必进一步抢占我们原有的市场份额。那么假如我们借力打力，利用孙和平的野心，拿下红星重装呢？

周到说：老杨，你可真敢想！孙和平拿下红星之日，必然是北机独立上路之时。北机当初进集团属于临时求援避难，你还没看清楚？

杨柳只好承认，是啊，孙和平不省心，司马昭之心，路人皆知！

周到不无傲慢地做出了结论：老杨，达摩只是可能的威胁，孙和平那可是现实的威胁啊，我宁愿将来对付达摩，也不愿看着孙和平拿下红星，和咱们平分天下！我这人就这样，宁予洋人，不给家奴！

杨柳立即制止，又胡说了吧？啊？孙和平是谁的家奴啊？这话传到孙和平耳朵里，他又得和你吵。好了，先不说了，都再想想吧……

这一想又想到了刘必定，老同学老朋友啊，战略利益也一致，能帮的忙一定得帮。可是怎么帮呢？这才想起，秦心亭大清早说起的那篇文章。仔细回忆了一下，记起了拗口的题目——《刘必定和宏远系的非线性迷乱》。应该及时告诉刘必定，让刘必定有个防备，能公关制止才好。

杨柳拿出手机，拨打刘必定的电话，不料这厮的电话竟然关机。

十九

这日，刘必定正在西川会见国资委主任汤家和，向汤家和求援。

会面在西川国资委旗下的永福宾馆西餐厅进行。长条桌上摆着亮眼的刀叉银勺，服务员端上烤肉熏肠色拉等冷盘，往高脚玻璃杯倒干红。谈判的便宴，简单而精致。刘必定和汤家和隔着餐桌面对面坐下。

刘必定开门见山，汤主任，我这边火上房啦，急需一笔资金。

汤家和乐呵呵的，笑得像个弥勒佛，知道，知道，必定，你电话里一说，我就帮你紧急落实了！不过，你可想清楚了，红星重装的第一大股东，你们希望控股当真不做了？理想抱负消弭了？

刘必定咧嘴苦笑，没办法，现在总要先救火啊！

汤家和说：当真就没办法了吗？你宏远系那么多企业！

刘必定道：办法当然有，但筹资都要有个过程，可火势不等人啊！

汤家和说：明白了，那就先谈事吧，华尔街那边还在等着呢！

正面墙壁上有一只宽阔的电视屏幕，汤家和拿起遥控器，对着屏幕按了一下。美国达摩集团执行董事简杰克及其在华尔街的办公室显现在二人眼前。汤家和微笑着和屏幕上的简杰克打招呼：哈喽，简！

电视屏幕上的简杰克也在微笑，嘿，汤！幸会，刘先生！

刘必定注意到，简杰克身后，一堵玻璃幕墙隔开了一片公共办公空间。简杰克踱着步和他对话，嘴里时不时地冒出一两句英语，刘先生，汤主任和我说了股权这件事，达摩产业有意加大对重卡机械装备的投资，用资本的力量改变中国重卡机械过于分散的市场布局……

刘必定不由得讥讽，简先生抱负好大呀，一进场就想改变布局？

简杰克说：那当然！市场秩序总是由强者安排的，弱者只能顺应！

这时，玻璃那边有位中年白人向简杰克做手势，似乎要汇报什么。

简杰克做了个阻止的手势，继续和他对话，达摩就是要影响甚至决定市场！刘先生，你们在红星重装的退出，给我提供了一个机会。

这赤裸裸的野心让刘必定警惕了，简先生，汤主任没告诉你我是学机械动力学的吗？没告诉你，我手上的资本也有着同样的梦想吗？

就说到这里，电子屏幕上的简杰克消失了。刘必定回头一看，却是汤家和用遥控器关了机，哎呀必定，你咋这么说话呢？不想交易了？

刘必定略一沉思，让我再想想吧！起码得和任延安商量一下！

汤家和说：商量啥？老任既没钱又没权，股份卖给谁我说了算！

刘必定道：我觉得有些亏心。我和任延安曾经拥有过一个相同的关于中国制造的梦想啊，我这突然把股权转让给了达摩产业……

我的天哪，刘总，你啥时变得这么天真善良了？真让我吃惊！

汤主任，我不和你开玩笑，把股权转让给老任拿去搞全员持股我可以接受，转让给外资达摩产业，我的民族感情很难接受啊！

那你还要不要我帮忙了？你还要不要华尔街的救命钱了？汤家和专注地看着刘必定，必定，我把话挑明了说，红星的股权或者归你们宏远，或者归达摩产业，就是不能分散到红星厂员工手上，更不能落到我们的长期竞争对手汉重集团手上，至于孙和平，想都别去想！

刘必定赔着一份小心，汤主任，就没有通融的可能了吗？如果任延安他们用自有资金和银行贷款买下我们希望控股手上的股份呢？

汤家和手一摆，别说了，我今天得来点美国人的直率了：No！

就在这时，杨柳的电话打了进来，让他注意一下，最近《财经时报》上可能会发表一篇有关宏远系的文章，叫《刘必定和宏远系的非线性迷乱》！让他千万小心。刘必定心里一惊，立即出了餐厅，到大堂和白晴通话，让白晴找《财经时报》紧急公关，千方百计找到那个写文章的记者，让他主动撤稿。白晴在宏远集团有个外号，叫"白骨精"，公关手段十分了得。白晴让他放心，说是自己马上飞北京处理此事。

刘必定在长条沙发坐下，虚脱似的浑身没一点力气。咖啡厅那边摆着钢琴，一位美女弹奏妙曼乐曲，琴声潮水一般弥漫在金碧辉煌的大厅里。坐在对面的秃头男人目光惊诧地盯住刘必定，仿佛错认他为昔日仇敌。衣着妖艳的夜莺女郎手里拿着一罐可乐，眼风飘飘从他面前走过。过一会儿又转回来，挨着刘必定身边坐下，酒店常见这类女性。耐心地等待客人有所表示，喝着可乐媚眼频频。若是往常，刘必定会主动搭讪。现在却视若无睹，像木头人一样失去了感觉……

简杰克的傲慢深深刺激了刘必定，当他讲什么强者弱者时，刘必定心中早就喊出了No！即便汤家和施加压力，断了他与任延安合作的念想，他也没有重回谈判桌旁的愿望。可杨柳的电话却抽掉他的底气，就像气球被图钉扎了一个眼。刘必定比谁都清楚这篇文章将产生的连锁反应，宏远系股票必遭受恐慌性抛售！只有海量资金才能顶住冲击，刘必定深知这几天的努力不足以备齐弹药：与孙和平的合作远水难解近渴，秦心亭答应发六亿信托产品也不敢指望，祁小华的汉江证券公司又不接受法人股做抵押。上哪里立刻拿到一笔救命钱呢？

刘必定站起来，拖着木头似的双腿，缓缓走向西餐厅。

人在屋檐下，不得不低头，现在他只能向华尔街低头了。

连接华尔街的视频又开通了。简杰克手举高脚酒杯，刘先生，我会证实这是一笔对双方都有利的交易！希望控股的转让价格可以略高于净资产！刘必定以为自己听错了。简先生，你知道希望控股今天在沪市的收盘价是多少吗？简杰克说：34.4元，没错吧？泡沫太严重了，一个制造汽车火花塞、变速箱的工厂怎么值这么多钱呢？动态市盈率高达121倍，许多人会让泡沫淹死的！刘必定说：但是，这家厂子是红星重装的第一大股东。简杰克耸耸肩，所以，我才愿意为它付出略高于净资产的溢价，难道不合理吗？刘必定说：你们总是乘人之危。简杰克十分傲慢，刘先生，不要这么说，你和宏远系现在需要钱啊,而达摩集团有的是钱!瞧瞧我身后的华尔街,这里聚集着全人类的财富,买卖着全人类的财富!刘必定火透了,即使这样,我也不会饮鸩止渴!再见了,简先生!简杰克脸色一下子变得很不好看,脱口说了一句英语,刘必定,你这家伙死定了!说罢,关了屏幕。

这个结果让汤家和十分意外。汤家和一时不知说什么才好,这个简杰克,怎么这样!刘必定叹息,汤主任,达摩也他妈的太黑了,不是吗?汤家和苦笑不止,不过也正常,华尔街嘛,金钱永不眠。刘必定说:金钱很毒辣!我本来还指望转让股权,筹集五到十亿美元。汤家和说:五到十亿美元?必定,你把简杰克当慈善家了?啊?刘必定心灰意冷,算了,汤主任,我再想别的办法吧,天无绝人之路!

这是一个失败的日子,虽说来时有心理准备,但还是没想到败得如此耻辱。这时正下雨,刘必定走出酒店,仰脸凝视阴暗的天空,任由绵细的雨水把面孔打湿。两行热泪在雨水的掩护下,悄然落下……

二十

周末难得清闲,钱萍一边说话,一边帮母亲切菜,切完土豆切黄瓜。孙和平说要来吃晚饭,自然得多加几道菜。妈妈开始炒菜,油烟气在屋内飘荡。钱萍顺手把房门推开,让院子里的凉风灌进来。

钱家有一个挺大的院子,靠墙种着一排月季,花香四溢。东边空地种着韭菜黄瓜西红柿,随吃随摘。窗前有一葡萄架,夏季葡萄已成形却未成熟,一串串青豆豆垂在藤蔓之间。葡萄架下有张青石方桌,父亲钱建国正坐在石桌旁边,捧着那把用惯了的工农兵搪瓷缸喝茶。父亲看见了她,向她招手。她擦了擦手来到院里,嗅到了一股茉莉花茶的香气。钱萍知道,父亲有话和她说,其实她也想和父亲交心谈谈。

父亲语重心长,萍儿,孙和平让你做董秘那可是重用你啊。钱萍苦笑,还是别重用了吧,我活得真累。父亲专注地看着女儿,哦?说说,怎么回事?钱萍说:你不知道北机和集团的矛盾吗?愁死我了。

钱建国说:有矛盾很正常,企业文化底蕴不同。北机能甘心屈居汉重之下?小萍,实话给你说,当初我就不同意北机进集团,孙和平为了说服我,做了不少工作,有一次我们爷俩喝了个酩酊大醉……

钱萍诘问:然后,孙和平借着酒意给你老许了愿,兵强马壮后再回来?钱建国笑了,哎,这是谁给你说的?孙和平?钱萍说:我猜的,你这种本位主义的师傅,肯定带出本位主义的徒弟。钱建国颇为自得,我徒弟哪个差了?孙和平、刘必定,机械动力行业的两条好汉!

钱萍拿过父亲面前的茶杯,喝了口水,钱书记,你这两个弟子图谋不轨啊,很有可能联手对付集团。钱建国接过话头,小萍,这事我正要说,今天你和我说实话,你不会背叛北机吧?钱萍叫了起来,哎呀,爸,你这叫什么话?我为什么要背叛北机呢?这是怎么了?

父亲直言不讳,和平和我说了,担心你和老同学杨柳走得太近。钱萍承认说:这我正犯难呢。做大做强汉重集团是杨柳的使命。你家这位孙徒弟自己做强了,就要拍屁股走人了,让杨柳怎么想?集团能支持吗?路子对吗?父亲挥了挥手,似乎又回到了领导岗位。天下大势分久必合,合久必分,没有永远不变的定势。更何况汉重现在是个鸡窝,不适合鹰的成长!你看看那个周到,就是个现代武大郎嘛……

钱萍说:周到我不了解,就算周到是武大郎,也可以通过合理合法的组织途径去解决嘛。爸,你我好歹都是党员。钱建国说:我不但是党员,还做过北机的厂长兼党委书记,所以我才理解孙和平。自从我把他扶上马,大家就看到了希望。你要是不能忠于北机的事业,我建议你别做董事会秘书。钱萍愕然一惊,你担心我是杨柳的卧底?钱建国说:我有这种担心,和孙和平说过,不要用你。钱萍苦笑,钱书记,我真服你了,怪不得孙和平找我谈话,和我谈忠诚与责任呢!

钱建国把手上的大茶缸子往石桌上一蹾,就是要有一颗忠诚之心嘛!闺女,人家是为了打造一个传之久远的伟大企业啊!钱萍夸张地叫了起来,哟,我的天,爸,你也能说出这么高大上的话了?这谁说的?钱建国说:孙和平说的,他这话好,我赞成。我问你,董秘是杨柳建议的吧?钱萍说:没错!杨柳不但是集团的领导,也是我们这帮同学的兄长!钱建国说:但是,你一定要把公私分分开。钱萍再也忍不住了,爸,你就不怕孙和平犯错误吗?北机现在归汉重领导。

钱建国想了想,小萍,要不,这个董秘你还是别做了,我来和和平说。钱萍怔了一下,这个?爸,你让我想想,今天吃饭时别和孙和平提。钱建国叹了口气,好吧,你想想,站在北机人的角度想想……

这时,老伴过来摘豆角,埋怨老头尽讲沉重话题,过个周末也不得清闲。钱建国赶紧闭上嘴,再也不言语。钱萍也暗暗下了决心,卧底这事要和杨柳说说清楚,她再也无法忍受自己的尴尬角色了……

周一一上班,钱萍就来到杨柳办公室,却还是晚一步。集团工会主席先进去汇报工作,她只好坐在走廊椅子上等待。如果说此前孙和平的劝导使她疑惑,父亲的态度却让她震惊。北机的立场与汉重集团不一样。她按组织原则办事,有可能背叛自己生长的老厂、小院,这是不可原谅的。然而,却也迟疑,大哥似的杨柳会陷她于不义吗?正派正义道德高尚的杨柳书记,会让北机这边吃亏或者利益受损吗?

一只蜜蜂在窗前飞翔,一遍一遍撞着玻璃,似乎要出去却找不到出路。钱萍奇怪,它是怎么飞进大楼的呢?也许保洁员擦窗放进来的吧?现在走不了了,前景一片光明,它却被困在无形的牢笼里,与外面的世界绝缘。钱萍心生怜悯,起身走到窗前,将玻璃窗打开。摆脱困境的小蜜蜂飞了出去。钱萍心中生出感慨,觉得自己现在就像那只小蜜蜂。摆脱困境的办法,就是让杨柳打开心头那扇窗。因此,工会主席出来,她进去,见了杨柳头一句话就是:杨柳,集团这个卧底我不能干了,我干不了。杨柳很意外,一脸惊讶看着她,钱萍,你怎么了?孙和平识破你了?欺负你了?钱萍说:哦,都不是,是我觉得不能这么做,我既然进了北机,就不能对不起北机,你说是吧?!杨柳拉着脸反问:那么北机进了汉重集团,是不是也应该对得起汉重集团呢?钱萍怔了一下,杨柳,你别逼我,这不是我应该回答的问题!

杨柳没作声，默默走到办公桌前坐下了，也不知心里在想啥。钱萍跟过去，在他对面坐下，和气地劝道：大家都是同学，你和和平还是多一些理解和商量才好。杨柳说：没法商量，孙和平真敢叛变，我就得把他压到五指山下去。钱萍忙说：那你别暴露了我啊，我爹和孙和平都防着我了。杨柳说：放心，我盯孙和平不是一天两天了，也不止你一人在盯。钱萍苦笑，你也是的，既然对和平那么不放心，当初为啥还让他进集团？杨柳怒道：他和你爹不是混不下去了吗？好，你困难，我帮忙，让你进集团，帮你去上市，集团贷款额度一多半让你北机用了。上市后，你们阔了，集团借了你们一点钱，你们就整天瞎叫唤，琢磨怎么拍拍屁股走人！请问，谁能容忍这种忘恩负义的东西？

钱萍的决心动摇了，杨柳讲得有道理。强大气场罩住了她，使她不得不顺着杨柳的逻辑思考。在大学读书，学生会主席杨柳总是高高在上，能力、做派，甚至形象，都是天然领袖范，一般同学无不俯首帖耳。钱萍很少看见他如此恼火。要不是让孙和平惹急眼了，杨柳怎么会在她面前如此失态呢？一时间，钱萍的同情心泛滥成灾，杨柳也难啊，执掌这么大一个企业集团，会有多少矛盾？得承受多少压力？

杨柳拿起茶杯喝水，又放下，显然是喝干了。钱萍赶紧拎着热水壶走过去，往茶杯里添水。添好水才发现，杯中茶色已淡，又把杯中的水倒掉，换上新的龙井茶叶，重新泡好，把杯子放在杨柳面前。她麻利地、默默地做完这一切，回到自己的椅子上坐好，安慰杨柳，好了，不说了，我理解你的心情！杨柳一声长叹，可你却不愿帮我盯着孙和平。钱萍苦笑说：要不，我留在集团吧，你让我干啥都行！

　　杨柳呷了口新茶，放下茶杯，算了，钱萍，集团不缺你一个，你还是待在北机吧。如果有一天你也看不下去了，发现孙和平违规违纪，要栽大跟斗了，不妨和我打个招呼，我们共同挽救他，好不好呢？

　　钱萍说：好的，这我答应你！我也不愿看着孙和平栽大跟斗！

　　这时，周到进来了，进门就说：老杨，听涛阁上涛声不小啊……

　　见她在场，周到没再说下去。钱萍知道两个集团领导要谈工作，识趣地告别离去了。当时，她并不知道听涛阁上的涛声来自孙和平……

二十一

　　听涛阁建在珠穆朗玛景区的半山腰，面向大海，气势恢宏。据说，刘必定找了专家，仿照滕王阁模样设计的。还把王勃名句作了改动，刻在廊柱上——落霞与白鸥齐飞，海水共长天一色。海比湖大，听涛阁比滕王阁高，登上听涛阁顶层放眼远望，着实令人心旷神怡。

　　田野与宏远的副总史庆达在此秘密谈判，享受了三天大好风光。

　　有人享福，有人遭罪。听涛阁对面的石峰上，是绵延连片的灌木丛。正值盛夏，林木枝叶繁茂，狂野生长，乌泱泱深不可测。两个精壮汉子潜伏其中，身穿迷彩服，头戴柳条编织的伪装帽，一副专业打扮。他们是周到派来的商业侦察员，又是望远镜，又是长焦

95

距照相机,二十四小时监控听涛阁。周到给他们的指示甚为严厉,你们都是邱少云,林子着火了身体烧焦了,也不许动!事实上比烧死稍好一些,他们脸上、手上被蚊子咬出一个连一个的大包,几乎痒死。战果也是显赫的,一张张照片通过手机传到集团,变成孙和平叛变的证据……

有图有真相,杨柳大为震惊,这泼猴一个跟斗栽出了界外,和集团玩起秘密战了,史无前例,前所未有。难道一场兄弟企业之间的竞争就这样开始了?周到提醒,不是兄弟企业,是父子企业,儿子不忠不孝,起兵造反了!杨柳让周到别急于下结论,让他再冷静想想……

杨柳皱着眉头,来回踱步。周到跟前跟后,亦步亦趋。办公室钻进一只苍蝇,落在杨柳肩上。周到本能地击了一掌,把杨柳吓了一跳。苍蝇,苍蝇!周到指着已飞向天花板的苍蝇道。杨柳没管那只苍蝇,皱起眉头,发出感慨:孙和平可是一位能横刀立马的大将、猛将啊!

周到说:这位大将、猛将若和刘必定达成协议,下一步再联合红星重装,重卡装备的市场格局就不是今天这样了,我看得行动了!

杨柳驻足站住,看着周到,怎么行动?嗯?你倒说说看!

周到说:对北机动大手术!把忘恩负义占山为王的孙和平坚决拿下,安排到集团工会喝茶,田野留在北机降职使用,任业务副总。你兼董事长,我兼总经理,一套班子两块牌子,北机就能长治久安了。

杨柳摇了摇头,周到,这个想法不现实,事情也没这么简单!停了一下,又说:不过,孙和平既然胆大包天跟刘必定上了听涛阁,我们也不必和这位同志玩含蓄了,今天得当面锣对面鼓警告他一下!

周到有些兴奋,好!老杨,你不好说的话,就由我来说!

你给孙和平打电话,马上打,限他一小时内赶到集团来!

周到拨通了孙和平的手机,要孙和平一个小时内赶到集团来。孙和平说,平州到省城二百八十公里,他两小时也到不了。周到这才明说了,从听涛阁到集团只十一点二公里。孙和平还在装,啥听涛阁?我又不在那儿!周到看了杨柳一眼,口气严厉起来,孙和平,你就不要掩耳盗铃了,我和杨书记已经看到你那根又粗又长的大尾巴了……

杨柳夺过话筒,和平啊,必定在不在你身边啊?我和他说两句。孙和平说:杨书记,必定不在,就我和田野。杨柳口气轻松,你们二位好悠闲啊,还有心思到听涛阁看海景?孙和平说:看啥海景啊,我们主要是考察一下地形……杨柳打断话头,别考察了,半小时内赶到集团来见我!孙和平说:哎,周总不说一小时吗?怎么又变成半小时了?杨柳并不解释,也不听孙和平解释,果断地挂了电话。

挂上手机,孙和平有了不祥预感。对面山峰的丛林翻卷绿浪,一阵风掠过,让他感到了一阵寒意。坏事了,集团盯上来了。哪个环节出了问题?孙和平一边思索,一边紧张地下楼,虽没发觉灌木丛中隐藏的秘密,但周到一提听涛阁,他就反应过来,身边有人盯住了自己。

孙和平很困惑,会不会带尾巴过来了?应该不会呀,他就怕被盯上,才简单化了装!田野也在怀疑:会不会因为化装太简单,反而引起了集团的注意?今天要和宏远签协议了,刘必定马上就要过来。

孙和平交代，你给刘必定解释一下吧，就说事发突然，小不忍则乱大谋！

海上飘来的乌云很快遮蔽天空，雷阵雨说下就下，上车时，孙和平差不多淋成了落汤鸡。他看看手机，时间紧迫，不能让杨柳抓住把柄，必须按时赶到！老破桑塔纳发出牛吼，一头撞入风雨之中……

夏季的天气就像小孩的脸，刚才哭得泪流满面，转眼间就笑成一朵花。赶到集团大门口时，又红日当空，阳光灿烂了，雷阵雨仿佛一场随风飘逝的梦。如果那个催命电话就像这场雨的话，孙和平真要念几声"阿弥陀佛"了，可惜事实并非如此，一场突发的危机正等着他。

孙和平一头撞进杨柳办公室的门，二位领导，我没晚点吧？杨柳看了看表，没晚，二十九分十秒！周到没容他接话，就插上来，孙和平，我说一小时你来不到，老杨说半小时，你二十九分就到了。孙和平支吾，是你没说清楚。周到自嘲：不对吧？是我这个集团总裁没权威吧？孙和平说：你多搞点敲诈勒索就有权威了！对了，别忘了那场拳击比赛啊！周到马上把脸转向杨柳，你听你听！他对我有起码的尊重吗？竟然以武力相威胁。孙和平说：周总，是你威胁我吧？花钱请了一个拳击冠军当教练，你一个集团总裁不把主要精力用在正经工作上，却用在拳击上，太不务正业了！周到说：我是被逼无奈……

杨柳听不下去了，行了行了，都别说这些无聊的事了！孙和平一副乖巧的样子，是，不说了，说了生气！杨柳横了孙和平一眼，你少生气，我再说一遍，在汉重集团是周总领导你，不是你领导周总。孙和平说：是，是，这很明确嘛，你杨老大，他周老二，我孙老五！杨柳拉下脸训斥：你梁山泊排座次啊你？请严肃些，现在是谈工作！

孙和平在两位领导面前老实坐下，那，谈，谈，咱们谈！

杨柳没绕弯子，和平，你和田野突然跑到听涛阁干什么？

孙和平说：我电话里就和周总说了，考察一下地形地势，准备组织一次北机员工的对抗演习。杨柳说：这种活动工会主席考察一下就行了，用得着你和田野亲自来吗？孙和平一本正经说：这不是怕发生意外嘛！杨书记，你知道的，上次宏远集团搞对抗演习时不就发生了意外吗？摔死了一个人。杨柳说：好，做工作就要做细，细节决定成败。孙和平煞有介事，而且，生命重于泰山，是吧？杨柳嘴角浮出明显的讥讽，对，生命重于泰山，你很有安全意识嘛。周到又插了上来，孙和平，光你们北机内部对抗有意思吗？要不，和我们集团对抗一下吧！孙和平连连拱手，不敢，不敢，和集团对抗，我找死啊？！

杨柳话里有话，孙董，你头脑蛮清醒的嘛，没发烧啊，起码没烧糊涂。那我们就和你正式谈谈：你从哪里来，要到哪里去，这是个问题。周到坐在孙和平对面敲打，一个人到底吃了几碗干饭，恐怕也是一个问题。孙和平赔着笑脸，周总，你看你，把杨书记从形而上一下子就拉到形而下了。杨柳像是没听见他们二人的话，继续着自己的思路，孙和平，你们北机股份公司从哪里来啊？好像不是从啥大富大贵中来的吧？不是含着金钥匙、抱着金娃娃到我们汉重集团来的吧？

这时，一只苍蝇从孙和平眼前飞过，孙和平的视线追随着苍蝇飘移，从办公桌到书橱、到龟背竹绿叶、到门把手。杨柳敲敲桌子，孙和平反应过来，哦，不是不是。周到讥讽，还金钥匙、金娃娃呢，就带着个破碗、一根讨饭棍吧？杨柳说：还有一堆负债！光全厂员工的集资就八千八百万了。孙和平争辩：不是集资，是员工自愿入股，大家和企业同生死，共命运。最终，杀出了一条血路。杨柳说：但别忘了我和集团及时向你和北机伸出的援手，这是关键的，决定性的……

那只苍蝇又行动了，像一架飞机从天花板俯冲下来，在孙和平鼻尖绕了一个圈。孙和平伸手一抓，抓了个空。周到也敲起了桌子，干吗呢？思想又开小差了？孙和平辩解：它影响你们领导训话。周到冷笑，那你就痴心妄想，手抓苍蝇？孙和平说：周总，敢和我打赌吗？我要是抓到这只苍蝇，你就趴在地上学狗叫？

赌就赌，抓不住苍蝇你做狗……话一出口，周到发现跑题了，转回来继续教训：还杀出一条血路呢！不是杨书记拉着你血糊淋剌的身子，你准死在血路上。孙和平说：你少添油加醋！我没那么惨。杨柳说：那谁站在北机厂党委六楼上要跳楼啊？孙和平说：没人要跳楼，这都是谣传。当然，我得承认，北机的确是在最困难时进的集团，我感恩，我千恩万谢……

杨柳和蔼起来，和平，那些困难情形，你还能想起来吗？全忘了吧？周到说：肯定忘了呀，人家阔了，连收养他的老爹都不认了，要起兵造反了，那真是大风起兮云飞扬，威加海内兮归故乡啊。杨柳语重心长，忘记过去就意味着背叛啊！孙和平说：是，我怎么能忘记过去呢？不能够的！我在北机大会小会上经常说，要懂得感恩，真的！

周到说：你没忘记过去，不想搞背叛，还往听涛阁跑啥？孙和平强压着心中的恼怒,周总,我不是解释过了吗?为了对抗演习看地形。杨柳说:好了,别解释了,是不是背叛,想不想背叛,你心里有数!

孙和平知道难以蒙混过关了,只得认真对待,杨书记,我想做大做强北机,这不能等同于背叛吧?杨柳说:好啊,和平同志,我们集团也希望你们做大做强啊!北机是集团大家庭的一员,你们下属企业都做大做强了,集团才能做大做强嘛!孙和平说:所以,杨书记,咱们实际上并不矛盾。杨柳说:矛盾还是有的,有时还很激烈。周到夸张地说:甚至你死我活啊。孙和平苦着脸看着杨柳和周到,周总、杨书记,做大做强的路子不止一条!杨柳踱起了步,对,条条大道通罗马!但是,孙和平,你不论走哪条道,都得向集团汇报、打招呼,不能背着集团另搞一套!你孙和平有雄心壮志,不愿屈居人下,好,很好!你想离开集团,可以!你打请调报告,我马上批准!但是,谁敢打北机的主意,哼!周到立即接上来,那他就是找死,而且会死得很难看,孙和平,你信不信?!孙和平赔着笑脸,我信,我信!哎,杨书记,周总,这误会太大了……杨柳说:别管是不是误会,孙和平同志,我和周总今天都要代表集团党委和董事会正式和你谈一谈了!说着,抓起电话,丁主任啊,你过来一下,做个正式的谈话记录!

片刻,办公室主任丁仁义进来了,在办公桌一侧支起一台笔记本电脑。杨柳一屁股坐在正中间大班椅上,周到拖了一把折叠椅,挨着杨柳坐下。三堂会审的架势正式摆开,孙和平独自坐在对面受审者的位置上。孙和平清楚,杨柳这次是下定决心给他上笼头钉马掌了。他只有忍耐装孙子,能不能熬过这一关,关系到北机下一步的行动。

孙和平耷拉着脑袋，努力作出诚惶诚恐的样子。周到眼看着天花板，口气傲慢地训话：别做贼心虚，也别自以为是！这个世界离了谁，地球都照转，坐地日行八万里，和平同志，你说是不是？孙和平说：是，我哪天死了，地球也不会日行七万九千里！周到说：你不要不服气！孙和平说：我服气，口服心服，周总，我被你彻底治服了！周到说：没那么彻底吧？你病根太深了，不是苦口婆心说说能治好的！孙和平说：要不，你大刑伺候？看是先灌辣椒水，还是先上老虎凳？

杨柳火了，孙和平，你以为是和你开玩笑吗？严肃一些！孙和平又老实了，是，周总，请继续你的苦口婆心！周到益发威风起来，孙和平，你现在对组织的态度很成问题，你不是瞧不起我，是瞧不起组织！可我告诉你，你就是再有本事，只要组织不用你，你就屁都不是！杨柳瞪了周到一眼，周到话头拐转，但我们敢用你，就不怕你翻天……

周到训完，杨柳接着训：重复的话就不说了，我现在对你只有一个要求，从思想上和组织上带好北机这支队伍！这支队伍不是你的，也不是我的，是汉重集团的！要一切行动听指挥，步调一致走正道。

孙和平一脸真诚地请教：那请问，市场经济行为和上战场打仗一样吗？要一样就别改革了！过去火柴肥皂涨价都得中央研究决定，结果呢，贫穷落后。杨书记，你不能把市场行为搞成政治问题，是吧？

杨柳说：孙和平，我不和你讨论，今天就是提出警告。未经授权不得擅自进行重大投资活动，我得把话给你说在明处。孙和平说：这个常识我知道。杨柳加重语气,资金尤其不准投给刘必定,宏远系现在有潜在风险。孙和平说:没风险我也不会投资给宏远。杨柳说:那就好。记住,你不但是北机董事长,还是集团党委委员,还有个维护集团权威的问题。孙和平说:知道,是不是就这样?家里一摊子事呢!

这时,杨柳似乎突然想起,对了,借一千万给集团,急用!孙和平心里一紧,又啥急用?杨柳没开口,周到先说了,和北机当年一样,工程机械厂这月发不上工资了!孙和平想拒绝,却没敢,毕竟当年北机发不上工资,他也向集团借过钱的,稍一踌躇,便识趣地答应了。

谈话过程中,办公室主任丁仁义一直在做记录。

这时,那只大胆的苍蝇又乱飞了。孙和平儿时练出徒手捉苍蝇本领,只是荒废了多年。此时看准机会出手如闪电,凌空一抓,苍蝇不见了。孙和平握紧拳头走到丁主任面前,很严肃地说:记下,孙和平徒手捕捉苍蝇一只,打赌赢了周到。说罢,他将死苍蝇扔到周到脚下扬长而去。周到被搞得一愣,直到孙和平昂然出门,才对杨柳叫:你看他?猖狂得很啊!杨柳咧了咧嘴,行了,他没让你学狗叫就便宜你了。

二十二

轿车冲出汉重集团大门,孙和平仿佛飞出笼子的鸟儿,立即给田野打手机。战略合作伙伴刘必定在听涛阁等他多时,应该很着急。

手机通了，田野说，刘必定并不急，断言他能逃出虎口，全须全尾活着回来。孙和平想到被迫承诺借出去的一千万，哀叹道：哪来的全须全尾？又被集团敲诈勒索薅羊毛了。田野问是怎么回事，孙和平却不愿再说了，让田野告诉刘必定，听涛阁去不得了，这个秘密联络点已经暴露了，他们要像地下工作者一样立即转移。所以，他临时决定在汉平高速公路川口服务区碰头见面。田野说：至于这么玄幻吗？搞得像谍战剧似的。孙和平没好气地说：你以为呢？咱这是起兵造反啊……

后视镜显示，有人跟踪，是周到的座驾，一辆黑色奥迪。司机问怎么办，孙和平让司机别理睬，直接上高速。上了汉平高速公路，车很少，司机把车子开得飞快。孙和平有一种起飞的感觉。这时，尾巴不见了，完成任务自动离去了。他可以想象周到接到报告，NB9999已驶上汉平高速回北机了，那张马脸上浮现如释重负的表情。两位领导会认为，敲打收到了效果，孙弼马温再顽劣，也不得不夹起尾巴。

可是他们错了，啥叫官逼民反、逼上梁山？这就是！他不是没良心，杨柳许多话说得也对，但他不反不行，这个官气浓烈的国企，早晚会陷入老北机的困境。现在他越看越清楚了，即便英明如杨柳，也无法摆脱体制的困扰。大大小小的周到层出不穷，一点点侵蚀着汉重的竞争力，让汉重像个泥足巨人，终将会在剧烈的市场风浪中倒下。

在川口服务区下车时，刘必定的劳斯莱斯已经先一步到了。刘必定、田野和史庆达三个穿着深色西装的汉子齐刷刷站在车旁，颇有点黑社会的气象。孙和平注意到，刘必定双手抱臂，一副轻松的模样。

和平，你至于吗？让我到这儿见面！孙和平一脸沮丧，还说呢，我差点被杨柳一棍子打死！史庆达赔着笑脸问：孙董，您没被吓着吧？田野讨好说：吓着？我们孙董是被谁吓大的吗？孙和平说：他们是官逼民反啊，老子不反也得反了！刘必定乐了，好，那我们今天就把战略合作协议书签了。孙和平有些意外，在这里？必定，你不是开玩笑吧？刘必定说：谈了好几天，战略协议书几易其稿，你反复看了。

孙和平迟疑着，可签订协议这么大的事，不能太草率吧？

刘必定说：是，必须正式，我把横幅、香槟酒都准备好了。

这倒是孙和平没想到的，看来刘必定为战略合作做了精心安排。

几天不见面，刘必定老了。老的感觉很难言传，人还是那人，却说不上哪里发生了变化。尽管刘必定兴致勃勃，吆五喝六，但难以掩饰老态从体内的悄然渗出。也许是气虚，也许是不易觉察的憔悴，刘必定呈现出衰弱的迹象。孙和平看着老同学，心头不禁有些酸楚。宏远系的危机究竟有多严重？刘必定不会忽然倒下，从此站不起来吧？

孙和平心里清楚，宏远没啥大戏了，很可能资金链已经断裂。刘必定如果不是急了眼，哪会轻易出让希望控股的股权，放弃红星重装第一大股东地位呢？有些机会没看清，或者看清了没力量抓住，那就算了，现在一个历史机遇就在眼前，北机二十多亿港币摆在账上，岂能不抓住？几天谈下来，双方达成共识：北机在三年内以三十亿人民币对价受让希望控股全部法人股，从而成为红星重装第一大股东。这意味着北机股份由此完成产业布局，历史性地进入了重卡整车市场。

这么重要的战略合作,签约地竟是服务区司机餐厅。这间餐厅很大,摆着一排排塑料桌椅,还真有点像会议室。不知是空调坏了,还是没客人时节约电,玻璃窗全部打开,屋里还是闷热得像蒸笼。田野、史庆达和两个司机不顾炎热,忙活着拉横幅,拼桌子。横幅很正规地书着大字:宏远集团公司、北机股份有限公司战略合作签字仪式。

这时,一个工作人员走过来,哎,你们这是干什么,啊?

史庆达说:哦,搞个小活动,马上就好,马上!

工作人员说:这是司机吃饭的地方,不是你们搞活动的地方!

史庆达塞了几百元钱给工作人员,我们付点场租费,不要发票!

工作人员四处看看,收了钱,你们快点,别让领导看到批评!

战略合作协议在餐桌上摆好,两位领导坐在塑料椅子上,准备签字时,刘必定的手机突然响了起来,刘必定看了一眼来电显示,招呼都没打,匆匆离去。孙和平看着刘必定的背影,不祥的预感雾霾一样弥漫开来……

这个电话是白晴打过来的,传来刘必定最不愿听到的消息,《财经时报》将在明天发表特稿:《刘必定和宏远系的非线性迷乱》。刘必定一脸震惊,拿手机的手都颤抖了,他强压着怒火责问白晴:这都是怎么回事?你们怎么还没把事情搞定?白晴的声音惊恐不安,我也不知道啊,我托关系找了他们报社领导,还请编辑记者吃了饭,该送的礼也送了,他们答应不发表的!刘总,我这就找他们交涉,马上去北京……刘必定痛苦不堪说：算了，来不及了，准备正面应对吧！

刘必定感觉自己仿佛一根独木，拼命支撑着风雨飘摇的茅屋。茅屋快要倒了，但是不行啊，必须顶住！顶住！只要今天把这个战略合作协议签了，北机股份的三亿定金一周内就会到账，年内还会有十个亿陆续到账，他就能顶住证券市场的抛压，避免宏远系股票的崩盘。

重回餐厅时，刘必定举止从容，面带微笑，好吧，可以开始了。

孙和平投过探询的目光，谁的电话？

刘必定在塑料椅子上坐下，还能有谁？你嫂子查岗！

孙和平说：哎，必定，你咋不让我替你做个证明？

刘必定一声苦笑，眼角溢出了一丝泪水……

孙和平没再追问，一切正常，刘必定没露出丝毫破绽。

双方趴在餐桌上签字，身后站着田野和史庆达，两个司机拿手机照相。签字后，刘必定和孙和平站起来握手。香槟酒打开了，气泡直冲屋顶。两位老同学交换着香槟，一人一口，对瓶喝酒以示庆祝……

刘必定说：和平，历史会记住这里，记住这一伟大的日子！

孙和平点点头，必须的！这个战略合作协议书得之不易啊！

刘必定感慨，是啊，是啊，杨柳这厮疯狂阻止，围追堵截……

孙和平手一挥，可是我们仍然实现了战略合作，而且签字了！

刘必定预言道：这就相当于红军长征路上的遵义会议啊！

孙和平说：可不是嘛，一举扭转了错误路线造成的被动局面……

二十三

镜子里映出一张女人的脸,这张脸洗尽铅华,显露岁月风霜。虽然容貌姣好,风韵犹存,但眼角细密的皱纹却泄露了年龄的秘密。祁小华发现了一道新出现的纹路,用手指揉捻了好半天,似乎没了,又似乎还在。她轻轻地叹息,怎能不生皱纹呢?糟心的事不断刺激她。

这时,外屋的电话铃声响了起来。祁小华离开洗手间,到办公桌前接电话。是证监部门朋友打来的,说本周末上面要查各证券公司的客户保证金,让她注意点,别弄出什么麻烦。这个电话来得很及时,她负责的汉江证券自营业务挪用了四亿客户保证金,必须尽快归还。

船破又遇顶头风。祁小华放下话筒,无意中看到了《财经时报》。报纸是一大早送来的,头版竟然是宏远系的新闻,标题惊心动魄:《刘必定和宏远系的非线性迷乱》。祁小华心里一惊。慌忙拿起报纸,浏览了一下,马上致电刘必定,怎么回事?怎么让这种文章发出来了?刘必定说:我正在研究这篇文章,必要时起诉!祁小华说:起诉是以后的事,现在希望控股可不能出现第一个跌停啊!刘必定说:放心,不会有跌停的!祁小华不敢放心,如果托不住盘,崩溃就无法避免。刘必定说:没这么严重,小华,你别给我添乱添堵了,我正忙着呢。

放下电话,祁小华陷入深思和恐惧之中。监管部门查保证金,偏在这种时候出现了这种文章!刘必定和宏远系大祸临头,她和她的证券自营部也要大祸临头了。她得向总经理吴向学报告，刻不容缓。于是，她拿着《财经时报》匆匆忙忙走进总经理办公室，进行了汇报。

吴总听了她的汇报，也惊恐起来，问：文章写的是事实吗？

祁小华道：我也说不清楚，我是担心希望控股万一崩盘……

是啊，是啊，就算报纸上说的不是事实，也能给希望控股造成三个跌停板！现在是啥市道？市场这么低迷，希望控股却高高在上。吴总的脑门渗出一层细密的汗珠。祁小华很贴心地递过去一张面巾纸。吴总抹着汗说：我们自营买希望控股用的款可都是客户保证金啊！

自营部挪用客户保证金，做一些自营业务，是业内的潜规则，吴总擅长此道，以往没少让自营部做，也没少领奖金。这个人既贪财又怕事，分钱发奖金时，那张肥脸上红光焕发，兴奋得眼珠都能鼓突出来。碰到麻烦就推三阻四，溜之大吉。祁小华不能等到这可怕的一幕降临，她必须自救，便指出：吴总，挪用保证金的事我请示过你的。

吴总真会装孙子，怔了一下，是吗？我怎么不记得了？

怕什么来什么。看看，人家吴总不记得了，责任全是她的。祁小华心里害怕极了，进一步提醒说：吴总，我为了避嫌，从没自作主张做过宏远系的股票，是你非要做，要我们自营部跟庄，我都有记录的。

吴总装不下去了，叹息说：算了，现在不是谈责任的时候，真败了，你进大牢，我肯定也逃不了。破裤子先伸腿，赶快出货跑路吧。

祁小华心里又是一紧，咱现在出货，就把刘必定和宏远系坑了！

吴总想了想,也是,那你赶快给刘必定打电话,看看能不能从他那里借两个亿顶一下呢?好歹本周凑够保证金,别让上面逮个正着。

祁小华连连点头,拨通了刘必定的电话。刘必定很不耐烦,让她有事快说。祁小华在吴总的注视下,和自家老公商量,能不能临时从宏远借两个亿冲一下账,上面突查客户保证金,弄得她和吴总措手不及。刘必定脾气很坏,一口回绝,说他还不知道找谁借钱呢!说罢就挂上电话。吴总让她再打,祁小华一次又一次拨电话,均是忙音。

吴总焦虑不安,搓手叹气,马上要开盘了,这可怎么好……

祁小华打定主意,算了,不求他了,出货,只是这一来,我就对不起刘必定了!当真夫妻本是同林鸟,大难来了各自飞啊?

吴总说:也别这么想,瘦死的骆驼比马大,宏远总比我们好过!

祁小华沉默了,目光停留在大班台摆着的金蟾身上。这是吴总的镇宅之宝,一只大肚子蛤蟆金光耀眼吐出一堆金币。它仿佛在笑,咧着大嘴给主人带来财富和好运。祁小华感觉蛤蟆在笑自己,关键时刻连自己老公都能卖掉。刘必定虽然寻花问柳伤透了她的心,但毕竟夫妻一场,在背后捅刀子,她于心不忍。可除了卖出希望控股,又哪来钱归还客户保证金呢?宏远是伤元气,她和吴总是要进监狱的。今天能在跌停价附近把五百多万股希望控股出掉,就是不幸中的万幸了。

没想到,希望控股以涨停开盘,涨停板上压着一万多手买盘。祁小华和吴总看着盘面目瞪口呆。吴总问:我们是不是上当了?《财经时报》的文章不会是阴谋吧?祁小华也有些疑惑了。吴总一只手按着桌面,一只手在金蟾金灿灿的蟾背上抚摸。也许这不是危机,而是一个赢利的大好机会？祁小华没有呼应吴总的新思路，作为自营部的主管，她操盘实战远比吴总有经验。祁小华心底对这位顶头上司的人品很不屑，有点像他抱着的东西，虽说是镀金的，毕竟是一只癞蛤蟆。

吴总说：你好好想想，刘必定最近有什么影响股价的动作没有？

祁小华回忆着，说是要动用六亿美元买海外矿产股权，说是和汉重联手收购南柴，又说是要在西川建个新能源汽车厂，谁知真假！

吴总说：这里面只要有一个真的，希望控股股价就能飞上天啊！

祁小华看着盘面，但它不太可能是真的，我觉得像涨停出货！

这话刚落音，涨停就打开了。祁小华当即拿起电话，对自营室下令：别犹豫了，快卖。吴总直咂嘴，刚才涨停卖就好了，现在简直是砸盘！祁小华说：该砸就砸吧！看着盘，继续下令：36元挂买的那一万手全给他！吴总阻止，哎，不要这么急，慢慢地卖。祁小华苦笑，这种大撤退的时候不能患得患失。说话间，电脑上出现了巨量成交：36元成交一百零三万股。吴总责怪，你疯了？就这么砸盘卖啊？祁小华说：就这样也才卖出了两百万股，还有三百万股没卖呢！

这时，电脑上的分时走势图上拉起一根直线，且巨量成交。吴总眼睛一亮，看，又涨停了，涨停价上成交了一百八十万股！这个量有些惊人，让祁小华的决心有所动摇，不敢再卖了，决定回自营室和几个操盘手商量一下再说。不料，这边刚要走，刘必定的电话打过来了。

祁小华当着吴总的面接了电话，必定，你现在有时间给我打电话了？我正要打给你呢！希望控股是咋回事？巨量涨停了！你们是不是拉高出货啊？刘必定说：我们怎么会出呢？一直在进，是不是你们在出啊？祁小华说谎：我们也没出啊，开盘前吴总还说呢，要和你们抱团取暖。刘必定说：那就好！这种时候不能自乱阵脚。祁小华说：放心吧，我们也就几十万股，就算出了也无碍大局。刘必定说：那也不能出，最好进一点一起托盘！祁小华应着，挂上手机，思索起来。

刘必定的电话令祁小华深感意外，丈夫的为人她最清楚，若不是心虚他才不会那么废话呢。他这是探底啊，怀疑到老婆头上来了，财大气粗时刘必定不会如此小心眼。这个涨停板必然有诈！不能跟着吴总做白日梦，也不能顾忌夫妻情了，当断不断，反受其乱。她必须在丈夫托盘的资金耗尽之前，抢先搂回客户保证金，把自己的窟窿补上。

回到自营室，祁小华对操盘手下令，出清希望控股。这期间，贪婪而怕事的吴总又打了几个电话过来，干扰执行，但自营归她管，她没理睬吴总。这种要命的时候，她很清醒，她绝不能冒坐牢的风险。

嗣后的事实证明，她是英明的，成功指挥了一场资金大撤退，一日之内卖出了五百万股希望控股，兑现一亿八千多万资金，冲出了突临的噩运。然而，宏远的防线却被冲开了巨大的缺口，风暴降临……

二十四

孙和平对着办公室的镜子打领带，怎么也搞不正领结。恰巧钱萍走进来，他便让钱萍帮忙。钱萍也不擅长打领带，好在她细心，解开一步步重来。两人贴得很近,脸对脸,呼吸也融合在一起。孙和平注意到,钱萍脸庞泛出一层奇异光彩,仿佛南海观音附身。他还头一次发现,钱萍跷起的兰花指很好看,孙和平有了异样感觉,脸竟红了。

  打好领带,钱萍说起了正事,和平,《财经时报》看了吗?刘必定非线性迷乱了。孙和平笑了,刘必定不迷乱,我们哪有机会?一条重卡产业链啊,重置价一百亿以上,我们三十亿就拿下来了。钱萍提醒,根据协议,我们马上要付定金的,本周就是三个亿,可这未经董事会批准是违规的。孙和平想了想,那把三亿定金分两期支付吧!回头我和财务商量一下,本周先付一亿五,下周一支付另外一亿五。

  钱萍说:收购希望控股法人股也违规,让杨柳知道了,肯定不会和咱罢休。孙和平说:所以,才不能让杨柳知道。我想好了,让海外大股东提出来,在将来的临时股东大会上决定。钱萍说:这风险是不是有点大?孙和平承认,是有风险,但这风险值得冒。一个伟大企业的历史往往是由关键时刻的几步决定的。今天这关键的一步不走,北机就只能是一个寄人篱下的配套公司,日后将悔青肠子,我们的后人会骂我们无能。所以做成这笔交易拿下希望控股,控盘红星重装,意义重大。钱萍说:那以后我们就是另一个汉重集团了?孙和平一时豪气大发,我们甚至可能反手吃掉汉重。钱萍大笑起来,孙和平,你真是个野心家。孙和平调侃说:我要是野心家,那杨柳就是阴谋家。

  一抹阳光投入室内,使钱萍的脸庞和半边身子沉浸在阳光中。孙和平不禁想起往事,他和钱萍同在北机职工子弟学校读书,从一年级开始做同学,直到汉大毕业。他因为调皮捣蛋很晚都没戴上红领巾,钱萍则是好孩子,老师把她的座位安排在他旁边,监督他学习。每当他犯错,钱萍便向老师报告。挨了老师的批评,他就朝钱萍翻白眼,却也无可奈何:人家是秉公执法,你有啥可说?这次钱萍回来,孙和平马上想起当年,觉得杨柳像当年的小学老师,他让钱建国及时做了工作。

然而,听涛亭秘密谈判点的暴露,还是有些可疑:好孩子没向杨老师打小报告吧?孙和平便似乎无意地问钱萍:哎,杨柳这几天和你联系过吗?钱萍说:没联系啊,怎么了?孙和平掩饰说:还是要多联系,集团的卧底不能做,侦察工作可以做。钱萍笑道:你当杨柳吃干饭的?能让我侦察到啥?孙和平也笑了,是,这阴谋家,大大的狡猾。

就说到这里,田野匆匆进来,说是杨柳和周到突然来北机了。

孙和平很意外,咋没事先通知我们?田野说:是啊,很突然,集团财务部的人也来了,让我们都去小会议室开会。孙和平预感不妙,想了想,说:走,去看看!说罢,率先急急地向楼下第一会议室走。

一进会议室就见到了杨柳。孙和平抢上去握手,哎呀,你大领导可来看望我们了。杨柳冷冷说:我再不来,你们就改换门庭投靠威虎山了。孙和平讪笑,杨书记真幽默。周到走过来,还有更幽默的,能让你终生难忘!孙和平心知肚明,你们要动我了?往哪动?周到"哼"了一声,我想把你一撸到底,你血亲的老同学保你呀,不但要在集团给你一碗饭吃,还要让你吃饱吃好,心旷神怡,孙董,你就幸福吧。

这时,该来的人都来了,杨柳在主持人位置上坐定,好了,同志们，开会！请大家把手机关了，都放到桌上来！孙和平抗旨说：我不能关机，那么多事呢，万一海外客户大股东来电话呢？杨皇上似乎很大度，好，孙和平，你可以例外，不过，也请你把手机放到桌上！

孙和平不太情愿地把手机放到了自己面前的桌上。

杨柳开始讲话：同志们，这个会不录音，不记录，集团党委正式文件下发前也不许传达……杨柳讲话时面无表情，眼睛平视前方，目光不与孙和平接触。孙和平内心忐忑，谁向集团告密了？钱萍不干卧底，还有谁会替集团当卧底呢？下一步，杨柳会对他采取什么措施？

正在揣测时，面前的手机忽然响起来，有一种惊心动魄的音响效果。杨柳、周到和与会者全盯着孙和平看。孙和平看着自己的手机，如同看着一颗点燃的炸弹，想接又不敢。手机显示：战略合作伙伴。

杨柳啥都知道，是刘必定的电话吧？接啊，孙总，别误了你们的大事。孙和平窘迫不安，刘必定能有啥大事，就是约我吃饭。杨柳煞有介事，告诉必定，有饭大家吃，我也去吃。孙和平有苦说不出，算了，谁都别去吃了，我关机，省得心烦！周到一脸坏笑，你还算聪明！

杨柳宣布，鉴于孙和平和田野未经董事会研究，涉嫌擅自从事违反公司章程的重大投资活动，给公司经营和存续带来极大风险，第一大股东汉重集团因此提议：免去孙和平北机公司董事长职务，调集团另有任用。免去田野董事职务。提名杨柳自己为北机股董事会董事、董事长！

孙和平一听，气坏了，他没想到杨柳和集团下手这么狠，"呼"

地站了起来,杨柳,你……你也太霸道了吧?!杨柳口气严厉,坐下!还没让你发言呢!孙和平看看周到和众人,很不情愿地悻悻坐下。

钱萍却站了起来,直面杨柳,杨书记,集团是不是太过分了……

杨柳看了钱萍一眼,口气缓和了一些,钱萍同志,你也坐下,集团的决定还没宣布完!继而继续宣布集团党委决定:暂停孙和平北机股份公司党委书记职务,在他停职期间,由周到代理北机公司党委书记。

孙和平再次站了起来,哭丧着脸说:杨书记,杨董事长,你……你总得让我申辩一下吧?在法庭上还可以自我辩护呢……

杨柳像没听见他的话,周总啊,请你宣布一下新的任命。

周到干咳两声,清了清嗓子,经集团党委研究决定,拟提名推荐孙和平为汉重集团工会副主席,原职级不变。任命田野为北机公司党委副书记,原职级不变,在新任总经理到任前,主持北机业务工作……

这时,主管会计贴着墙壁溜到孙和平跟前,递上一张字条。孙和平低头一看,一行潦草的字迹跳入眼帘:集团全面接管北机财务,集团总会计师宣布,未经集团财务部同意,北机账上一分钱都不能动。

孙和平盯着杨柳,眼睛都要喷出火来。没想到老学长下手又重又快,一把将自己培育已久的秧苗连根拔起了。怎么办?小不忍则乱大谋,只有忍耐,忍耐……他把字条周周正正叠起来,装在上衣口袋里。

杨柳结束了自己的讲话:……就说到这里吧!孙和平同志、田野同志,你们都是党员干部,对集团党委的决定要正确对待!说罢,站了起来,好了,散会!众人纷纷起身。孙和平环顾四周,哎,杨书记,我……我还没捞着说一句话呢!杨柳像没听见,大步向门外走。

周到收拾桌上的文件,孙和平,有什么话,到集团工会说吧!孙和平只得对周到说:周总,你们集团不能对我们这样斩尽杀绝吧?田野也凑过来,就是,就算犯了错误,也得让我们有机会检讨嘛!周到调侃说:你们犯错误了吗?没有啊!集团能给你们犯错误的机会吗?!哎,孙和平,让你到工会做专职副主席,分管员工体能训练,那可是我的宝贵建议啊!你这位同志不是热衷拳击吗?不是喜欢跑步吗?健康生活很绿色啊,那就好好干去吧!孙和平强作笑脸,周总,我真不知道,你对我那么情深义重。周到起身往门外走,目视前方,边走边说:情深义重谈不上,同志间的友谊还有一点。实话说吧,就算情深义重,我也不能以权谋私,让你孙和平分管这么重要的体能锻炼工作!

钱萍对面前发生的一切,目瞪口呆。她不相信一向敬重的杨柳学长竟会如此行事,一路追着来到走廊。她曾那么相信杨柳,甚至为他做了一段卧底,现在就翻脸不认人了?杨柳,你们集团做事不能这么绝呀,这也太伤人了!杨柳根本不在乎,伤啥了?不就是调整一下分工吗?你不要跟着起哄!钱萍气了,那你把我的董秘也调整了吧!杨柳说:可以,你交辞职报告,写清楚了,哪个岗位更适合你?钱萍赌气说:让我做公司清洁工吧!杨柳黑着脸,好,我批准了!钱萍驻足站住,失声高叫:杨柳,你就不怕我和孙和平,都到你家开伙去?

杨柳扬长而去，我不怕，想来都来，我专替你们办个小食堂！

孙和平能伸能屈，满脸堆笑追上杨柳，形象有点狼狈，头发搓揉乱了，松蓬蓬像鸟窝似的。那根领带还挂在胸前，领结却歪到脖颈一边去了。他的笑容真诚而灿烂，双手紧握着杨柳的一只手，哎，杨书记，你们是不是吃了饭再走？我请客！杨柳把手抽回来，别客气，孙副主席，就是吃也是我请你了。孙和平说：行，那你请我！杨柳脸一拉，我凭什么请你？你有功啊！孙和平一脸无奈，杨书记，我不是想趁机向你请示集团工会工作嘛！你说这么重要的员工体能锻炼……

后来才知道，是平州中国银行的戴行长把北机卖了。戴行长奉杨柳之命监视北机外汇账户，发现北机要兑换三亿人民币，就及时向杨柳报告了。这一来不但让孙和平和田野下了台，也坑死了刘必定。

二十五

刘必定做梦也想不到自己会败得这么惨。惨败导致上火。无形的火焰在他胸腔里翻卷，在血液中燃烧。鼻翼烧起了一个大包，眼看要鼓脓了。口腔里一片糜烂，外人看不见，只有他自己知道有多痛苦。

三天来，刘必定彻夜难眠，吃住都在集团证券部的办公室，直面自己和宏远系的敦刻尔克。正面墙壁上的电子屏显示着希望控股的K线图，三日三根放量长阴线，图形犹如阶梯。今天开盘后的分时图也很不好看，一道下跌曲线奔流狂泻，仿佛瀑布从天而降。电脑上数码跳跃，突然，一笔二百五十万股的大卖盘把股价直接打到底，死死封住了跌停板。这下没什么可看的了，中国股市有跌幅限制，跌停板上交易稀疏。分时图变成了一条横线，像死亡病人的心电图。刘必定看着那条线，嘴巴大张了好半天，似乎他就是一个心跳停止的病人。

地上扔着一张张报纸，报纸上全是他和宏远系的新闻：《宏远系兵败如山倒》《汉江信托起诉宏远集团》《刘必定的敦刻尔克大溃败》《泡沫的破裂：宏远系从起家到败亡　草莽英雄的末路余晖》……

背叛接二连三。直到昨晚刘必定才查清：在出货的机构中，最大的一个机构竟然是汉江证券自营盘，头一天卖出了五百多万股，严重消耗了宏远系的资金。这个自营盘的主管不是别人，是他老婆祁小华啊！这个该死的女人，没有金刚钻偏揽瓷器活，为争夺业内的自营业绩，挪用客户保证金悄然跟庄，关键时刻不惜把他和宏远系逼上悬崖。

宏远系已站到悬崖上了，多年的战略合作伙伴秦心亭又踹上了致命的一脚。这势利的女同学简直是冷面杀手，看到希望控股崩盘，昨天突然提起诉前保全，让法院查封了包括珠穆朗玛大酒店在内的二十亿资产。提诉前秦心亭连招呼都没打，还是法院的朋友和他通了个气。

最可恶的还是杨柳，他不知道哪辈子欠了这个老同学的！刘必定和孙和平么提防他，就怕他和汉重集团出手，他和汉重还是出手了。而且是突然袭击加伏击战，一举歼灭了孙和平的疯狂与梦想。孙和平的董事长和党委书记都被撸了，要到集团工会带领年轻员工跑步去了!

证券经理还心存幻想,说是现在要有三四个亿,不但能打开跌停,甚至还能拉一个涨停。刘必定知道证券经理还在指望北机的资金,便说:北机的资金没戏了,昨天孙和平被杨柳撤了。证券部经理说:那你直接找杨柳呢?刘必定叹息说:算了,找杨柳还不如找汤主任呢!

汤家和似乎在等他找上门,乐呵呵地和他通话,必定,我说啥来着?你和简杰克是一对英雄两条好汉啊!我告诉你,昨天夜里简杰克就和我说了,你最迟今天中午必来电话,来电话必谈融资。看,让他说着了吧。刘必定道:这么说,简先生已经给我准备了一笔资金?汤家和说:对,他从华尔街飞过来了,准备了四个亿。刘必定问:是美元还是人民币?汤家和说:他知道你要护盘自救,当然是人民币。不过人家是有条件的!刘必定声音颤抖起来,什么条件?汤家和说:收购你手上那两亿一千万希望控股的法人股啊!刘必定问:就用这四亿人民币吗?汤家和说:是,简杰克说,有这四个亿你就生,没这四个亿你就死。刘必定心凉了半截,他趁火打劫吗?四个亿收购我两亿一千万股法人股?今天希望控股的跌停价还在三十元呢。汤家和说:知道,可简杰克说,这跌停才刚开始啊!刘必定吼道:算了,不谈了!

太可怕了,一笔两千万的集资款就这样演变成了一场灭顶之灾。

刘必定站在窗前,看着波涛汹涌的大海。起风了,风很大,海面蹿起一朵朵雪浪花。他感觉自己就像浪涛间的溺水者,两只手拼命乱抓,企图抓到一支桨、一块船板,哪怕是一根救命稻草也好!然而,他什么也抓不到,除了风和浪,天地间只剩下他绝望的呼救声……

这时，两扇大门缓缓开启，祁小华走了进来。刘必定从沉思中醒来，挥挥手，示意证券经理出去。证券经理出去后，刘必定冷冷看着祁小华，嘴角抽颤，一言不发。这个无耻的女人显然很害怕，不敢正眼看他，讷讷说：必定，我……我也是没办法，我打电话借钱，你不理我，我们的自营盘不撤出来，客户保证金还不上，我得去坐牢……

刘必定听不下去了，不由自主抬起手，狠狠地打了祁小华一个耳光。打完后，他自己也愣住了，天哪，他怎么变得这么野蛮了？！

祁小华嘴角流出了血，过了好半天，才"哇"的一声哭了起来。她瘫坐在沙发上，任泪水冲刷着脸上的化妆品，素面朝天更显得楚楚动人，必定，对不起，实在对不起，我以为你和宏远系能顶住……

刘必定又烦了，哭什么哭？老子还没死！我们得离婚了！祁小华说：我不能在这种时候和你离婚。刘必定道：那要等到啥时候？等宏远成为世界五百强？等着瓜分财产？祁小华说：我……我是要和你共患难！刘必定冷笑，我不需要任何人和我共患难，尤其是你！

祁小华抹了把泪，你别这么气急败坏的。我知道你资金困难，我来的路上给杨柳打了个电话，让他帮你们想想办法。刘必定哈哈大笑起来，天哪，看把你单纯的，竟想到请他帮忙！老子这次就是死在这位杨大善人手上的！不是他卡死了孙和平，我也不会落到这步绝境。

祁小华怔住了，想说什么又没敢说，夫妻俩四目相对，沉默无语。

121

刘必定想，是分手的时候了，一段本已千疮百孔的婚姻，终于在外力冲击下走到了尽头。但是，张口毕竟不容易，多年的感情不是一刀能斩断的，痛楚难免，流血难止。这时，下午股市早已收盘了，外面天色渐渐暗了下来，可他们谁也没起身，去把头顶的水晶吊灯打开。

过了好长时间，仿佛有一个世纪，刘必定才近乎和蔼地说：小华啊，我们得立即离婚，否则你和孩子将一无所有。祁小华道：我们是不是都再想想？刘必定叹息说：不要再想了，你是证券公司老总，没有谁比你更清楚当前危机的了。祁小华不无羞惭，是，希望控股可能连续跌停。可杨柳要是能把孙和平的合同接过来，把这几亿定金付给你，你就有了护盘资金，连续跌停也许就不存在了，这不是没可能。

刘必定动了心，看了祁小华一眼，探问：杨柳和你怎么说的？祁小华道：他说，他要是想到了什么办法，就会来找你。刘必定缓缓摇头，他不会帮我想办法，但会为了汉重集团的利益，为了消除红星重装这个市场对手，谋求收容我的队伍。杨柳对这两亿一千万希望控股法人股也会有兴趣的，也想像简杰克一样，对我们来一场趁火打劫。

祁小华看着刘必定苦笑，必定，你咋把啥都看得那么灰了？我觉得于情于理，杨柳都不会趁火打劫的，他不是秦心亭。刘必定说：没办法，你们一场接一场的背叛，让我败得无地自容。祁小华赔着小心劝：必定，你还是和杨柳谈一谈吧，也许还有扳本的机会，如果杨柳手上的资金能及时到位，明天开盘后就能反手拉起来。刘必定说：拉起来后，你再把手上的股票卖给我？祁小华道：我们不会再卖了，我管自营，我保证！刘必定说：好了，你回吧，让我静下心来想想……

其实已经没什么好想的了，杨柳对这笔法人股再有兴趣，故事也讲不下去了，任延安和红星重装不会接受一个常年市场对手。西川省和汤家也不会允许汉重把触角伸到他们的资本领地。祁小华黯然离去后，刘必定想的是如何收拾残局。失败已经注定，抵抗毫无意义。他要进行一次敦刻尔克大撤退，把残余的资金撤出来。这是以后翻身的本钱，容不得半点闪失。此时此刻，刘必定格外冷静，像一头跌入陷阱的狼，哪怕咬断被铁夹夹住的腿，也要保全性命、逃之夭夭……

弟弟刘必然和妹妹刘必英掌控的几个公司必须和集团脱钩，尽可能存续下去。尤其是刘必英的凯旋公司，名义上是宏远集团的最大债主，明天就得到法院去起诉，提出诉前财产保全，查封宏远集团名下的两亿一千万股希望控股法人股。这是非常关键的一步。真是万幸，宏远没欠汉江信托那么多钱，秦心亭没要求查封他的这笔核心资产。

傍晚，西天边的火烧云正燃得热烈。云霞千变万化，呈现各种形态。路灯悄然亮了，目光所及处，高楼大厦上的霓虹灯闪烁起来。天光与灯光融合在一起，支撑着残余的光明，但注定挡不住夜的到来。

是的，长夜降临了，他是否还能看到长夜过后的那个黎明呢？

二十六

周到小时候得过哮喘病，那是痛苦而可怕的经历。他佝偻着脊背一口接一口艰难喘息，两眼像死鱼似的翻白，老觉得要死了——

下一口气喘不上来就憋死了。这阴影一辈子笼罩在他心头。疾病给了周到出人头地的动力，他从小拼命学习，一路学霸直至大学毕业。随着年龄的增长，哮喘病自然痊愈，却又落得一个深度近视。但这并不妨碍他的特殊嗜好，他喜欢看武打片。越是残酷，他越是兴奋，伸长脖颈看得起劲。弱者最爱把自己代入强者角色，周到也不例外。孙和平的挑战刺激了他的英雄梦，让他斗志昂扬地和孙和平明战暗斗了许多个回合。现在，这个找死的家伙终于被他一枪挑下马来，变成了弼马温。

这是值得庆贺的，杨柳召集七八个核心高管聚在小会议室，开了一个小会。会议室墙壁上挂着的重卡布局图上，三足鼎立的形势发生巨变——宏远的标志取下来了，刘必定退出已成事实。北机的小红旗虽然仍在飘扬，但它已经不再姓孙，成了汉重的亲儿子。会前，周到干脆把北机与宏远一块儿取下来，换上汉重的大旗。杨柳慎重，坚持保留北机，只让宏远的地盘空着。高管们看着布局图，一派胜利在望的情绪，重卡工业三国归汉，这个日子还会遥远吗？答案不言而喻。

周到谈笑风生，这个孙和平，不蹦跶了吧？找死他！军阀割据总算结束了。杨柳摆摆手，别这么乐观，麻烦也许刚开始！李副总也说：我也挺担心的，北机是混合所有制企业，咱这第一大股东只比北机多一千万股。杨柳说：就是嘛，北机持股会不仅是第二大股东，而且海外大股东的关系也掌握在孙和平手上，我请问各位，将来的北机董事会和股东大会能认可我们现在的措施吗？周到看看杨柳，怔住了。

杨柳敲了敲桌子，所以，都清醒些吧，别被胜利冲昏头脑！今天这个会不是庆功,是研究问题,看怎么分化他们的队伍?钱萍调来不久,没介入矛盾,可以保留原职位。田野管理协调能力强,只要能和孙和平划清界限,可以继续主持工作。犯了错不要紧,改了就好。周到强调指出,关键是田野要识趣,要认识到自己的问题,好好去改正。

周到保持着当年当秘书的好习惯,开会就要做记录,领导的话一句不能漏。杨柳讲话时,他一面记,一面点头插话,啥也不耽误。他还用眼角余光在会议桌上扫来扫去,看谁的面前没摊开笔记本。结果发现刘副总有问题——刘副总倒是做记录了,但只记杨书记的,不记他周总的。比如刚才那句话,他强调指出田野要识趣,要真正改。这同志就没记,还放下笔,目不转睛地看着杨柳。刘副总不把他周总放在眼里,都是跟孙和平学坏的。要治,要防微杜渐。得当场治。于是周到盯住这位刘副总,目光尽可能地严厉,盯得他不知所措,盯得他脸红,渐渐低垂下头颅。周到相信,他再讲话,此人一定会做记录的。

杨柳还在讲,至于孙和平,大家也不要想偏了,我们把他暂时从一线岗位上撤下来,是组织措施,让他借这机会反思总结,同时也体现了集团对他的关心爱护嘛。周到会意地插话:就是嘛!这些年为了北机的发展,孙和平拼搏进取,没日没夜,心里想着全世界,唯独没有他自己。和平同志那是常年以厂为家呀,前后两个老婆都受不了他跑了,一个闺女从小放在老书记钱建国家代养,事迹很感人哩!

说到这里,周到自己把自己感动了,眼睛里竟蒙上了泪光。杨柳看了他一眼,确定他插话完毕,才继续说:和平同志现在闹出了一身病，血压高了，血糖高了，血脂也高了。周到又来了灵感，杨书记让他带着员工做操跑步，算专业对口了！众人哄笑。周到佯作正经，大家笑啥？我是个实在人，说的这都是实在话嘛！杨柳又接上来，所以啊，同志们，我们要把暴风骤雨化为和风细雨，争取在风平浪静中和海外大股东做好沟通工作，到了有绝对把握时，再提议改组董事会！

周到瞄了刘副总一眼，还不错，刘副总在奋笔记录，应该是把他的话记录下来了。于是在刘副总抬头喘气的空当，赏了他一个笑脸。

会议渐入佳境，孙和平下场休息了，三国归汉了，宏远系那两亿一千万股希望控股法人股得议议了。这笔股权对汉重集团有着非同一般的意义，拿到它，就有可能吃掉长期以来的市场对手红星重装，改变重卡机械的国内布局，这真是机不可失，时不再来。孙和平这家伙还是很有眼光和魄力的，早早盯上了红星，巧妙地利用了刘必定和红星的结盟关系。杨柳指出，必须承认，孙和平的确是只冲天之鹰。

周到立即吹捧，孙和平是冲天之鹰，那我们这里就是鹰窠！同志们，咱杨书记厉害呀，眼观六路，耳听八方，鹰飞得再高，杨书记也能一把把它拽回窝里。刘副总哑然失笑。杨柳不高兴了，周总，你这是夸我，还是损我？周到有些窘，发现自己不小心犯了错误，用吹捧的形式诬蔑了领导。这是孙和平的伎俩，他耳闻目睹也受了影响……

杨柳扫视着与会众人，侃侃而谈，下面希望控股还有几个跌停板啊？三个、五个？十个、八个？这是刘必定必须面对的局面，他和宏远系既然制造了泡沫，就得负责任。周到又显示了自己的存在，这个事实说明，刘必定是吹泡泡的高手，在资金捉襟见肘的情况下，他还高调宣布和我们合作改造南柴厂呢，现在想想真让我后怕。杨柳转脸看了他一眼，周总，让你后怕啥？这项目要我们掏一分钱现金了吗？！

周到一怔，自知失言，对，对，这倒是！其实，我们杨书记是极为谨慎的，早就防着刘必定一手了，才不会像孙和平那么傻呢……

杨柳最后才谈到实质性话题，给刘必定和宏远系一个低廉的报价，收购这笔股权。周到调侃说：孙和平既勤劳又讲效率，已经把港币兑换成人民币了。会就开到这里，杨柳最后重申：孙副主席要在和风细雨的温暖环境中休息，大家没事少去干扰他，不利于团结的话不要说。

七八个与会干部离去后，周到提醒说：杨书记，还不快给刘必定报个价啊？杨柳声音很低，急啥？时候未到呢！周到小心关上门，杨书记，我这不是怕孙和平节外生枝嘛！杨柳说：咱们都把他关进笼子里了，他还生什么枝啊？周到笑了，也是，杨书记，你是孙和平的老对手，最了解他！杨柳说：和他纠缠这多年，倒也磨出了一些经验。

杨柳不怒自威，不好捉摸。周到觉得刚才的插话不妥，似乎在怀疑董事长的决策，就表达歉意说：杨书记，南柴的事我不是故意的。他说着，走到重卡产业布局图前，把南柴的标志从盒子里捡出来，插在宏远的位置上：南柴和宏远现在都是我们的了。杨柳浓眉一皱，把南柴厂标志取下，扔回盒子里：两回事，南柴是南柴，宏远是宏远……

二十七

平州市以落霞湖著名,北机厂离湖不远。孙和平约田野、钱萍来湖心亭碰头。钱萍先到了,两个人就在湖边漫步,脸上的表情都很沉重。夕阳西斜,晚霞缤纷,把湖水染得一片斑斓。湖岸老柳树很有年头了,树干粗壮、树皮皱裂,像一个个姿态各异的老人般地站立在堤坝上。时有鱼儿跃起,鳞光一闪,落入湖中,溅起亮晶晶的水花……

钱萍感慨不已,我真没想到事情会闹到这一步,竟让你和田野双双落马。但我们没完蛋,就是一个挫折而已,是吧?孙和平说:最多算一个回合失利吧。关键时杨柳还真不含糊,下手又快又狠,不服他还真不行。钱萍说:杨柳这么及时出手出乎我的意料。孙和平道:倒在我预料之中,不过钱萍,你有点冲动了,为啥要辞职?你新来乍到,又是杨柳信任的人,得保住这个董秘的位置,以后给我和田野提供情报啊!钱萍说:咱们和杨柳过去都是同学朋友,我真没想这么远……

孙和平看着阳光斑驳的湖面,要想远一点,还要讲韬略,这种时候别和杨柳硬碰硬。钱萍说:和平,这正是我想劝你的。我就怕你邪劲上来,和杨柳拼命。孙和平长长吁了口气,不会,我不是当年那个跟在他后面摇旗呐喊的跟班了,如果硬碰硬,他过来宣布时,我就能让他难看,我董事长不是党委任命的,他凭啥撤我?钱萍说:这话我当时也想说的。孙和平道:你幸亏没说,若说了,双方都没退路了。

钱萍心知肚明,和平,其实,我估计你也知道另一个事实,作为党员干部,杨柳和集团党委有权调动你的工作。孙和平说:没错,所以,我才忍了嘛!钱萍笑了,你们俩真逗,都揣着明白装糊涂!孙和平手一摊,没办法,儿子和爹的关系嘛!我对杨柳又不是第一次退让了。这不,又要卧薪尝胆了。钱萍说:再像大学时代一样,和杨柳打一场心理战?孙和平道:已经开局了嘛!现在他暂时赢了,我得去工会管员工体能,带着员工跑步。将来我赢了,我就派他去分管集团卫生,扫楼道,冲厕所。钱萍大笑不止,和平,你还是那么有想象力!孙和平一声冷笑,不是想象力,是我给杨善人判定的美好前程……

这时,田野到了,三人一起前往湖心亭。湖心亭在落霞湖东岸水中,一道九曲桥深入落霞湖,湖心有小岛,岛上有一茶室。他们在临窗茶桌前坐下,一人要了一杯新沏的龙井。眼前的落霞已燃尽,天空灰色渐浓。一轮圆月浮出湖面,白中泛着微红,似乎有点羞答答的样子。品茗赏月,也算苦中作乐,虽然遭受挫折,美景仍能抚慰人心。

孙和平直言卧薪尝胆,道是杨柳讲究分化对手的队伍,我们得投其所好,主动成全他。真正的决战是在将来的股东大会上,鹿死谁手还不知道。田野说:对,我们是上市公司,得股东大会说了算。孙和平说:我希望经过一段时间的卧薪尝胆,能多少缓解一些矛盾,主要是我和集团主要领导的矛盾,将来在股东大会上出现有利于我们的力量对比。田野说:那你得抓紧和海外大股东联系啊,最好能到海外走一走,和他们当面沟通一下。孙和平苦笑道:我也想到海外休息一阵子，可杨柳不批准啊，要我明天就到集团报到，在集团休息。钱萍叫了起来，哎，他怎么这样？他无权软禁你。田野说：就是，孙董，别睬他！孙和平说：别这么说，这是领导对我的关心爱护，得感恩！

此后有一阵子，他们久久沉默不语。茶凉了，服务员来冲水，将他们从沉默中唤醒。气氛又活跃起来，他们接着刚才的话题，继续谈论下去。孙和平说：杨柳的北机董事长和周到的总经理怎么兼？海外大股东和咱员工持股会能让他们兼吗？做梦吧！还有周到，真会到平州上班？田野应和说：就是嘛，集团那一大摊子怎么办？周到不可能来北机上班的！孙和平说：所以，田野，你能争取留下！赶快检举揭发我，到杨柳那儿站队去。田野道：哪能啊？孙董，我是你的人。孙和平手一摆，啥你的人我的人？俗！我有个怀疑，杨柳欲擒故纵，也许扮演了一只捕蝉的黄雀！钱萍悟道：你的意思，杨柳和集团故意利用我们，然后抢单？孙和平说：你认为不可能吗？田野也反应过来，杨柳故意等我们和刘必定谈妥了，把中国银行的港币兑换成人民币了，才突然出手，打了我们一个措手不及？孙和平说：起码我们得防他来这一手。又对钱萍交代，他被集团免职下台的事不要和她父亲钱建国说，免得老人家生气着急，老人家要问，就说他到省委党校学习去了。

这夜月色很好，三人在湖边分手时，竟有些白天的感觉。湖畔老人似的大柳树在风中摇摆，仿佛晃动着一头长发。近处林木扶疏，浓密的树荫幽暗深邃，阵阵虫鸣此起彼伏。忽然，一只水鸟从树丛中飞起，呼啦啦扇动着花翅膀，掠过茶室屋顶，直奔月光璀璨处……

……

一切全在孙和平的意料之中。老领导、老同学、老对手杨柳为他这次到集团休息做了精心安排。休息地点在集团的高管宿舍，是杨柳专门为他挑的房间，两面朝阳，采光很好。办公室主任丁仁义传达了书记的指示：孙和平同志这几年太辛苦了，要在温暖的环境中休息。

为了让他好好休息，宿舍的墙上挂了不少大学时代的温馨照片。

迎门悬挂的一幅大照片很醒目：年轻的杨柳一手搂着他，一手搂着刘必定，俨然一个老大哥。对着客厅沙发挂着的照片很别致：大学时的杨柳在主席台上招手，他端着茶杯，出现在杨柳脚下。因为拍摄角度的关系，给人的感觉是，他被踩在杨柳脚下。对着写字台的照片充满讥讽意味：杨柳满面笑容，高扬着手臂，意气风发地发表讲话，他在台下仰着脸听，还傻傻地鼓着掌。还有一张照片最是可恶：他穿着一个破围裙在煤油炉上炒鸡蛋，头上挂着汗珠，嘴咧着，一脸的蠢相。

孙和平惊异地问：哎，丁主任，这些老照片是哪来的？丁仁义一脸坏笑，杨书记送来的。孙和平自嘲：杨书记真是有心人啊，还保存了这么多珍贵的历史镜头！留下迎门那张大的，团结友爱的，其他的都取下来吧。丁仁义笑道：孙副主席，这你说了不算，是杨书记让我挂的。怎么，还满意吧？孙和平怒火中烧，想着得卧薪尝胆，便说：不错不错，尤其是这些老照片，看着就温暖，代我谢谢杨书记啊。

丁仁义走后，孙和平看着老照片，越看越来火。便把老照片一一取了下来，气狠狠地扔到一旁，然后，四下里打量这个变相拘禁地。

131

这是一个装潢很好的套间，里面一间卧室，带着卫生间。他进去看了看，浴缸、镜子、洗漱台样样齐全，并不比营业宾馆差。马桶有点漏水，冲一下就好了。外面一间客厅兼餐厅，还有厨房和一个挺宽敞的阳台。孙和平拉开玻璃门，到阳台上站了片刻，调节自己的心态。

集团公寓建在公园旁，刚下过雨，空气中弥漫着青草、泥土的芬芳。他深深地吸一口气，感觉肺部也湿润润的。阳台前面有一排梧桐树，宽大的叶面上雨珠闪亮，颤巍巍抖动着，吧嗒跌入泥土中……

孙和平冷静下来，回到客厅，把老照片一一原样挂好。小不忍则乱大谋，为了北机股份的未来，他必须忍，忍不住也得忍。从历史上看，杨柳就狡猾，想利用这些照片羞辱他，激怒他，他才不上当呢。

然而，让孙和平没想到的是，老同学竟然还想感化他。第二天晚上钱萍来了一个电话，说是杨柳要她带着他女儿玲玲到省城看望他。

这份温暖送得太及时了，杨柳当官当油了，知道花样翻新了。孙和平便向钱萍交代，既然杨大善人发了善心，也不能不领情，把玲玲带过来吧，玲玲正吵着要到珠穆朗玛景区玩漂流呢。钱萍说：杨柳还要专门派车来接我们呢！孙和平道：那好啊，咱就省车钱油钱了，对了，把这个月的资金审批表带过来，我批了你再带回去！钱萍说：资金表下次带吧，杨柳说要过来陪你，不方便吧？孙和平这才明白，原来老同学要在温馨亲切的环境中和他进行任职谈话，温柔一刀啊。

夜深人静，孙和平躺在床上翻来覆去睡不着。表面上满不在乎,其实他内心还是很受伤。自己为北机玩命拼搏,竟落得这样下场。陌生的环境,戏弄人的照片,丁仁义眼睛里闪烁的嘲笑,像电影里的镜头反复在眼前播放,让他烦躁不爽。虽然知道是卧薪尝胆,可临到头上还是难以忍受。还有,明天杨柳要和他谈啥?当真谈集团工会的员工体能锻炼吗?不太可能,杨柳不是周到,不会那么蠢。这厮下一步棋会怎么走呢?北机也难让他放心,他定下的那些规章制度不知能否继续严格执行?对了,得让钱萍死死盯住账户上的那些钱……

二十八

刘必定和宏远的危机,并没影响珠穆朗玛景区的生意,周末生意尤其好,游人如织,摩肩接踵。鸡公山虽说改了名,但山形依旧,那昂首引颈、冲天长鸣的金鸡顶,鼓舞人们奋力攀登。站在悬崖极目远眺,万顷碧波,星点岛礁,海洋向天际伸展,画出一道弧状地平线。

杨柳、孙和平坐在同一辆电瓶车上谈笑风生。身后坐着钱萍和玲玲。杨柳四处看着,刘必定真有眼光哩,把这鸡公岭景区承包了!孙和平说:是啊,鸡公岭如此多娇,全揣进了这厮的腰包。杨柳一声叹息,现在不在刘必定腰包了,所有收款账号都被法院查封了。孙和平道:你不说我差点忘了——秦老大就是秦老大,出手敏捷啊!

杨柳苦笑不已,秦心亭气死我了!当然,她也是没办法,职责所在嘛!钱萍从身后插上来,那也不能第一个去起诉保全资产啊,小华说，刘必定被她打蒙了。杨柳没接钱萍的话茬，只对孙和平说：和平，其实你也该跟刘必定一起去干个体。孙和平问：杨书记，这是啥意思？我不是太明白。杨柳说：装，给我装！你说哪个单位能容下你这种疯狂的家伙？孙和平笑道：你和汉重集团不就容下了吗？！杨柳苦笑说：可你知道我心里有多累吗？算了，当着孩子的面不说了！钱萍道：对，对，二位领导，咱们今天能不能彻底放松一下？都找点乐子？杨柳说：在轻松的环境中谈工作也是一乐嘛，是不是，和平？孙和平道：是，钱萍，你带玲玲漂流去吧，我和杨书记在岸上走走，看看溪边的风景。

钱萍带着孩子漂流去了，孙和平和杨柳认真谈了起来，不像商战的对手，倒像一对久别重逢的好友。杨柳让孙和平换位思索，站在他的角度上想一想，汉重集团这么多企业单位，怎么就北机股份不省心呢？而且他们二人之间又是那么一种亲密无间的同学关系。孙和平一脸诚恳地表示，他知道老同学想要感化他，他决定提前接受感化。

杨柳佯作不悦，和平，你这叫什么话？好像我虚情假意似的。

孙和平这才说：杨书记，那你今天愿不愿意听我说点心里话？杨柳道：说呗，我今天就是想和你交交心。孙和平说：杨书记，养一群鹰，和养一窝鸡，那花费的精力肯定不一样。杨柳道：你的意思，就你北机是鹰，汉江重卡和其他企业都是鸡？孙和平怔了一下，还是说了：没错！杨书记，你得重视鹰的价值，要认识到北机所起到的积极作用，北机正在打破一潭死水的僵化局面。杨柳叹道：这是事实，汉重呢，历史积弊较深，根深蒂固，想要打破就没那么容易！从组建汉重集团开始，我就一直想破局，可是……孙和平来劲了，可是，如果你们集团政策放松，北机就可以成为一个破局的榜样。而且北机一旦成功地起飞了，势必能改变集团的现状，甚至让集团成为一个鹰窠。

杨柳不无欣赏地看着孙和平，缓缓点头，似有所悟。

孙和平认为杨柳听进去了，这太难得了！进一步说：杨书记，你是我的领导，也是我多年的老学长，北机股份这只鹰能飞起来，你起了决定性的作用。但是，雄鹰一飞冲天后，就不愿做鸡了。杨柳皱眉思索着，有道理，很有道理，和平，你今天这一番话震动了我啊！

孙和平责怪说：那你还说我该去干个体呢！

杨柳不接他这个话茬，只问：和平，你能不能给我带出一批鹰来呢？这个，把整个汉重集团变成雄鹰的鹰窠。孙和平乐了，杨书记，你到底想明白了！杨柳一副大彻大悟的样子，想明白了，想明白了……

山道顺着峡谷蜿蜒伸展，谷底一条溪流奔流而下，溅起朵朵晶莹的水花。溪滩铺着大大小小的鹅卵石，色泽洁白，仿佛鹅群下了满地的蛋。溪流水量挺大的，可漂起橡皮小艇，人们穿着救生衣大呼小叫地玩漂流。山岭间回荡着欢声笑语，绿荫下弥漫着假日的喜乐……

这时，溪流中钱萍和孩子顺流而下。杨柳和孙和平冲着橡皮小艇招了招手，开始下山。杨柳变得热情洋溢起来，和平，咱们就从汉江重卡下手好吗？让这只鹰也飞起来，把你在北机的经验总结一下，推广到汉江重卡去！别让它戴上 ST 帽子。孙和平说：好的，杨书记，你先组织他们的人到北机参观学习吧，我欢迎，而且毫无保

135

留地把经验教训全告诉他们,这些年我们减员增效还是很有成果的。杨柳说:你们的管理经验也值得总结啊,北机分厂车间实行了全透明办公吧?孙和平说:没错,分厂、车间的沙发、椅子全让我撤了,面对生产线的墙壁也打开换成了玻璃。干部们上班时间干什么,生产线上的工人看得一清二楚!谁再想像过去那样,中午喝二两小酒,躲到办公室的沙发上睡个舒服午觉,那是不可能了!杨柳夸奖,好,好,太好了!

孙和平益发来劲了,我一直说,要换思想,不换思想就换人。杨柳说:对头,汉江重卡就需要像你这样一个人。孙和平叹息,汉江重卡上市后不思进取,周到又不管不顾,三天两头伸手要钱,难啊!杨柳神情庄重,所以和平,我想来想去,也只有派你去给我摆平了!孙和平很意外,瞬间石化,让我去汉江重卡任职?你不是开玩笑吧?

杨柳驻足站住,目光炯炯看着孙和平,不是开玩笑。和平,你和王小飞对调一下,去做汉江重卡董事长、总经理。孙和平心中暗暗叫苦,原有的热情消失殆尽,杨书记,这太突然了,你容我想想吧。杨柳十二分地热情起来,亲昵地拍打着他的肩头,语重心长说:那就好好想想吧!和平,你可是我的第一大将啊,我不用你用谁?当然,我也知道,这对你来说是个挑战,从一个好的上市企业调到一个相对困难的上市企业,除了自己经济利益上的损失,还要承担很大的责任。

孙和平心里翻江倒海,背对着杨柳,沉默不语。杨柳却自顾自地说:但是,天降大任于是人也,必先苦其心智,劳其筋骨,是吧?孙和平强忍着心头的恼怒,转过身说:杨柳,汉江重卡和北机股份可不是一回事啊！杨柳故意装糊涂，怎么不是一回事啊？你们都是集团的上市公司嘛。孙和平说：重卡是集团绝对控股，北机是混合机制。杨柳一脸萌态，这有什么区别吗？和平同志，别为退却寻找理由啊！

僵局形成，孙和平不想谈了，目光转向道旁的树林。这里的松树长得茂盛，墨绿色的松针散发着淡淡香气。松树下有蘑菇生出，藏在草丛间神秘诱人。最多的是野菊花，长得细长而高大，顶端一两朵黄花小太阳似的耀眼，在微风中摇摇晃晃，仿佛细高挑个儿的醉美人。

一只松鼠蹲在花草中，竟然不怕人，瞪着大眼与孙和平对视。杨柳还像唐僧一样在耳边叨叨，孙和平忽然对着松鼠笑了起来。他想起那天在养心殿喝酒，刘必定说景区的松鼠都认识他。看来这厮是吹牛，它们见了谁都不怕。也许景区的生态环境好吧，这里的松鼠傻大胆。

杨柳问他笑什么，孙和平没解释，又把话题拉了回来，算了，不说了！杨书记，我调走之后，谁来管员工体能呢？杨柳说：这是周总建议的事，让他兼职抓起来呗。孙和平开始表演，可我不放心。周总那么多工作，哪顾得上员工体能啊。杨柳不欣赏他的表演，自己却在表演，和平，你看啊，北机那么困难，你硬是杀出了一条血路，现在重卡呢，比当年的北机情况好，而且有我支持，你只管放手干。孙和平说：其实集团员工体能真得好好地抓一抓，这个工作很重要！杨柳有些窘，但仍顽强坚持，是，很重要！哎，和平，我继续说重卡……

孙和平摊牌了，杨书记，你别和我说重卡了，我还是在集团管员工体能吧!杨柳挂下了脸,图穷匕见,孙和平,你敬酒不吃吃罚酒是吧?孙和平也不客气,我敬酒罚酒都不吃,你和周到看着办好了……

这时,钱萍带着玲玲漂流回来了,二人阴着脸,都没再说下去。

与杨柳分手后,孙和平和钱萍带着玲玲去逛南大街。这里是省城的老城区,街道狭窄,所谓大街也就是能对开跑两辆汽车罢了。这里的特色商店餐馆很多,在一家小服装店,玲玲看上了一套少数民族服装,孙和平给女儿买了。接下来,三个人一起到老北京火锅店吃火锅。

吃火锅时,钱萍才问:和平,怎么回事?分手时,杨柳好像不太高兴?孙和平没好气,我还不高兴呢!钱萍问:你们俩又吵架了?孙和平说:我敢吵吗?是他忽悠我,让我和王小飞对调去汉江重卡。钱萍一听就明白,他要调虎离山?孙和平说:其实,我要想整他,完全可以先答应下来,然后让咱北机的员工三天两头来集团要人,可我没这么干。钱萍道:这种时候,又是这种大事,还是彼此坦率一些好。

二十九

宏远大厦的贵宾室装修豪华,尤其是墙上的油画,都是请高手临摹的世界名画。正面一幅大尺寸油画名为《九级浪》,杨柳出访俄罗斯时在圣彼得堡的博物馆见过。惊涛骇浪中,一艘帆船艰难前行,船身倾斜,眼看要翻了。刘必定的宏远现在就像这艘船,让人为它攥一把汗。

刘必定面对的九级浪是资本野蛮扩张的必然报应。《财经时报》上说的"非线性迷乱"言之成理。但杨柳却又无论如何也不能忽略自己老婆秦心亭所起的毁灭性作用,毕竟不是别人是他老婆第一个提起诉前保全,查封了宏远的二十亿资产,击倒了宏远系的第一块多米诺骨牌。

祁小华认为这是一场阴谋,是昔日情敌秦心亭算计她,搞垮了宏远系,让她和刘必定离了婚。大学时代的旧事被重提。祁小华一次次找杨柳,时而痛哭流涕,泪洒香腮,时而流波顾盼,拉拉扯扯,求他拉刘必定一把。祁小华这么纠缠不休,而且三天两头找上门,又引起了秦心亭无比深刻的怀疑。秦心亭以为他和祁小华的旧情复发了,和他闹个没完没了。这期间,刘必定竟然连一个电话都没打给他,这个死硬分子和祁小华不是一回事,虎死不倒架,倒让杨柳心里暗暗佩服。

等不到刘必定求援,又怕日久生变,杨柳不得不低下身段,带着周到找到宏远门上主动送援。杨柳握着刘必定的手,亲昵地说:必定啊,碰到困难为啥不打招呼?我们过去是大学同学,现在是战略合作伙伴,有啥不好说的?还让小华来说。刘必定道:杨书记,我可没让祁小华和你说,我宁愿死在战场上,也绝不向对手求援。杨柳呵呵笑着,一副大哥风范,谁是对手?我吗?我是你的盟友,给你带来了你想从孙和平手上得到的三亿现金。刘必定表情冷漠,就是说你愿意继续执行北机的合同了?杨柳摆摆手,不,我们单纯,拟出资八亿收购希望控股这两亿一千万法人股。刘必定大笑,好,又来了个趁火打劫的!

杨柳脸上挂不住了,必定,你这么说话就有些伤人了。我们给你的报价超过了目前净资产的价格,起码有三成的溢价。我们和简杰克完全不是一回事。刘必定说:但他的四个亿和你们的八个亿都远不是正常价格!杨柳想了想,好,那你给我来报一个正常的价格吧!刘必定立即报价,杨书记,周总,你们认为这笔控股股权不值三十个亿吗?

杨柳和周到都怔住了。周到说:刘总,你不是开玩笑吧?刘必定道:我给北机的报价就是三十亿,先付十亿,余款三年付清。如果你们能一次性付款,可以少三个亿。杨柳摇头,我们的分歧比较大,这笔交易恐怕不能成立啊。刘必定说:我本来也没想和你们达成交易。

这时,宏远集团财务总监史庆东走进门,与刘必定咬了咬耳朵,不知又发生了什么重要的事情。刘必定表示歉意,请杨柳和客人们稍等一会儿。出门前,刘必定和杨柳对了一下眼神,疲惫中透露出坚韧。

刘必定出门后,屋里只有杨柳、周到和财务总监田明。三人议论起来。田明说:按惯例对控股的主营核心资产要给予一定的溢价,我们加点价吧。杨柳想了想,十二亿怎么样?田明说:我看可以,但估计刘必定难以接受,距离还是太大。周到说:要不,再多报一些……

这时,门开了,刘必定和史庆达走进了门。刘必定笑眯眯地先报了价,杨书记,周总,我和宏远让一步,二十五亿如何?杨柳道:刘总有诚意嘛!那么,我和汉重也加四亿,十二亿怎么样?刘必定耸了耸肩,不怎么样,杨柳,你们没诚意,我只好送客了。杨柳急了,别急着送客,我们单独谈谈好不好?刘必定略一沉思,去空中花园吧!

空中花园是楼顶一片草坪,绿茵茵仿佛足球场。极目远眺,汉江省城尽收眼底。林林总总的高楼大厦像一群塔尖,刺向灰蒙蒙的天空。围栏处摆着大盆绿植,巴西木、凤尾竹、棕榈树排排成行,呈现出浓浓的热带风情。杨柳和刘必定扶着栏杆,看着这座繁华城市的景色。

刘必定感慨说:你厉害啊,孙和平到底没跳出你手心!杨柳笑了,你知道的,这疯子太没良心,过不下去奔我找饭辙,股票上市日子好过了,就想把北机拉出去单干了,这是我不能允许的。刘必定说:你没嫉妒孙和平吧?杨柳觉得奇怪,我嫉妒他啥?扯得着吗?刘必定说:怎么扯不着?孙和平和北机员工都持股。杨柳明白了,对,集团有人认为孙和平他们持股占了大便宜,甚至周到也这么想!我就批评他们,这是历史形成的。刘必定说:但这种气氛不好,加上周到又老琢磨打北机的土豪,所以,杨柳,你也别怪孙和平没良心。杨柳说:这倒也是的,还好,孙和平的闹剧结束了。咱们不说它了,还是说股权吧!

谈到股权,双方的眼睛又睁大了。刘必定态度恳切,叫价却仍不能让杨柳接受。杨柳不再还价,只道:必定,重卡装备真不是你老弟玩的,你还是搞资本运作去吧!制造业既累人也大量沉淀资金啊。刘必定哭也似的笑了笑,所以,你就卡住孙和平的脖子,断了我的后路。然后跑来劝我退出?真不愧是杨大善人。杨柳不愿和这死硬分子继续纠缠了,算了,这生意看来是没的谈了,必定,你好自为之吧。

回去的路上,杨柳心情糟透了。毕竟是"汉大三杰"啊,刘必定、孙和平没一个好对付的，一个霸着花果山就是不走，一个咬着块大肥肉就是不松口，他真不知道下一步该怎么办了。孙和平在高管宿舍住下后，也不知有没有违规的可疑活动？杨柳认为应该有。周到却说：丁主任盯着，迄今没发现什么可疑的情况。杨柳不信，认定孙和平不会认赌服输。丁主任打过电话给他的，说孙和平情绪不小，把他亲自安排布置的历史照片全扯下来了，后来想想，又老老实实给挂回去了。

周到突然想了起来，哎，对了，北机的党委副书记严格辉昨天来了一次，被孙和平骂回去了。杨柳很警觉，怎么回事？周到说：这位严书记想两面讨好，自找的。杨柳问：孙和平和严格辉谈了些啥？周到说：没啥实际内容，全是扯淡的话。杨柳说：让丁主任盯牢了，这个疯狂的家伙劲头大着呢，不会老实休息的。周到提醒，咱们也得和孙和平谈个话了吧？得让他带着员工跑步去了。杨柳苦笑，还真让他管体能啊？周到眼皮一翻，你还想重用他？杨柳说：孙和平毕竟是个人才，让他做个副总呢？周到立即大叫：老杨，我反对……

这时，车正行驶在海滨路上，杨柳让司机停车，自己下了车。

周到从车里伸出头重申，老杨，咱真不能重用孙和平这种人啊！

杨柳挥了挥手，行，行，知道了，周总，这事都再想想吧！

杨柳下车后，到路边一家小店吃饭，点一碗菜肉大馄饨，再加一盘锅贴，味道极好。吃完了，他沿海边散步回去，一路看着风景，一路想心事：和刘必定没谈成，祁小华肯定很快就会知道，知道后又要找他纠缠。这是坏事，也是好事，祁小华会成为他和刘必定沟通信息的一条管道。他不相信刘必定就能死硬到底，毕竟九级浪已经来临了。

海边的风景不错。正值退潮时,大海裸露出黄色沙滩,欢乐的人群追逐着浪花走向远处。几个渔民模样的汉子推花蛤,在浅水中来来回回走,竹筐盛满收获的海鲜。青年男女站在礁石上用手机照相,欢声笑语伴随着海鸥飞翔。有一种小螃蟹在沙滩迅速爬行,孩子们一扑一扑去捉它,尖叫声此起彼伏,仿佛小手指被蟹钳夹着了……

这情景挺美好,让杨柳不禁感慨起来,觉得做个普通渔民其实也不错。面对朝阳大海,潮起潮落,钩心斗角的烦心事就不会那么多。

三十

孙和平房间阳台上挂着拳击袋,黎明即起,面向朝阳跳跃挥拳,这既是锻炼,也是发泄。其实他可以上拳击馆的,谁也没禁他足,但他为了表现闭门思过的虔诚足不出户。孙和平确信,他周围有隐蔽的眼睛盯着,监控人员和监控设施应该十分齐全。干事无能、整人专业的领导周到对他的关照一向很到位,他已经吃过他不少亏了,必须谨慎。

然而,手机不可能被监听,所以,孙和平照样可以用手机指挥北机工作。比如今天,他把田野狠训一顿,三分厂厂长复辟,把撤掉的沙发皮椅子又搬回办公室。怎么的?难道孙董事长真出事了?定下的规章制度作废了?田野承认失职,连连检讨,估计心里也诧异,孙董消息咋这么灵通?田野不知道,他在北机角角落落布下了许多眼线。

夜里就更热闹了,他与海外大股东煲电话粥,一煲就是个把小时。时差是个好东西,中国这边夜深人静,纽约、法兰克福、伦敦那边正忙着交易呢。孙和平上大学时英语就好,在东南亚搞销售又磨炼了五六年,口语不是一般的好。监听者十有八九听不懂他的英语通话。

珠穆朗玛景区一别,杨柳似乎把他忘了,任他在这里吃饭拉屎自生自灭。据严格辉密报,这期间杨柳和周到,还有集团财务总监集体拜访了刘必定,双方进行了亲切友好的会谈,会谈内容不得而知。孙和平让钱萍以同学的身份找刘必定打探。钱萍没找刘必定,却找了祁小华,探得实情后,让司机小刘带了一张纸条过来,密报说刘杨会谈确凿,但没谈成功,双方正在讨价还价,距达成协议隔着一条银河系。

孙和平不相信银河系真的存在,"汉大三杰"啊,谁不知道谁?刘必定和杨柳都是聪明人,权衡利益后,随时都有可能把银河系变成小河沟,抬腿跨过去。这天晚上,正琢磨呢,杨柳和周到一起过来了。孙和平不敢怠慢,赔着笑脸跟前跟后,努力做出一副受宠若惊的样子。

杨柳表现也颇有风度,满脸笑容,嘘寒问暖,还指着对门墙上的三兄弟合影,对周到介绍,瞧这幅照片,三巨头相会。周到故作惊讶,三巨头?咱们孙副主席也算巨头吗?孙和平很识趣,自嘲说:不算不算!实际只有一个巨头,就是杨书记!我一直跟在杨书记后面拎包,上大学时就积极拎包。周到很满意,难得肯定他,哎呀,我今天才发现,孙副主席有个优点,善于自嘲。孙和平连连说:应该的，应该的，与其让你们领导费力气骂，不如我先把自己骂趴下了，让你们领导既解气又省力气，能把节省下来的精力用到咱改革大业上。周到再次夸赞，好，这话说得好。有水平，有觉悟，哎，还有一定的温度哩！

杨柳一副自我感动的样子，周总，你不知道，大学时代我就是他俩的大哥，对他和刘必定，我既团结又斗争。孙和平说：还是团结的多，斗争的少。杨柳道：斗争并不少。大三那年，刘必定想把我的学生会主席选下来。我采取了各个击破之法，先击破了刘必定，又击破了你，对不对？孙和平争辩说：别呀，我是主动向你和真理投诚的啊！

杨柳指着一张照片，哎，和周总说说这照片上的故事吧！孙和平说：这不是你栽培提拔我当了新一届学生会的娱乐委员嘛！杨柳意味深长，是啊，我对投诚过来的人得团结啊，正招呼和平主席台就座呢！孙和平说：于是我就出现在你脚下了。杨柳没完没了了，还有这张，也意味深长啊！孙和平装糊涂，这好像是我们到你宿舍聚餐时拍的吧？怎么又意味深长了呢？杨柳说：我提示一下，这是为我成功当选省党代会代表聚餐庆贺的！而你呢，并不拥护我做代表！你拥护谁？拥护刘必定嘛！刘必定连党员都不是，你也拥护！孙和平似乎才想起来，是，是，我故意和你捣乱，破坏你的崇高威信！杨柳得意忘形了，结果呢？你失败了，惶惶不可终日了，就跑到我这儿表演汉大名蛋了，哎，这还不意味深长吗？孙和平被迫承认，意味深长，意味深长！

好了，不谈历史了，历史毕竟是历史，今天，我们要一起面对现实。孙和平松了口气，对，对，面对现实好！话音刚落，周到就从包里拿出几张大照片摔在桌上，孙副主席，瞧，这些现实主义的照片多风趣啊！孙和平一看，傻眼了，这些照片竟然是他和刘必定在川口服务区餐厅签订战略合作协议书时的场景。周到的卧底系统真是不可小觑。杨柳评论照片：丑态百出！孙和平，你们这战略合作仪式也太简陋了吧？周到讥讽，人家可说了，这是我国装备制造业的一次"遵义会议"，将来要上史书的！省平高速公路李总给我送照片时还说呢，他和刘必定当时太振奋了，以后还要让省平高速公路改道，要在这发生了伟大历史事件的地方建纪念馆。杨柳和周到配合默契，哦，还有这事啊？李总怕高速公路改道经济上受损失，就和我们通气了？周到说：是啊，杨书记，咱汉重集团笼子太小了，蒸不了北机这种大馍馍了！

孙和平哭丧着脸，这从哪来的谣言啊？杨书记，历史上我就不是野心家，对吧？我一直跟在你后面拎包，一拎就是大半辈子！你权大嘴大，一个命令，我就在这里休息了。杨柳道：所以你不服气嘛，又来了一次野性大发作，瞧瞧，今晚我们又要和你谈谈心了……

杨柳在唯一的一张沙发上坐下，周到坐到写字台前的椅子上。孙和平只有餐桌可用，可吃过晚饭还没收拾，碗筷剩菜摊满桌面。孙和平手忙脚乱好一阵拾掇，先把碗筷放到水池里，又用抹布擦桌子。两位领导很有耐心地等待着，嘴角挂着嘲讽的笑意。孙和平拾掇完，老实在餐桌前坐下，规规矩矩打开笔记本，准备记录二位领导的指示。

杨柳官腔十足，和平同志啊，集团高度评价你在北机做出的突出贡献，要真诚地对你道一句：同志啊，辛苦了！孙和平貌似谦虚，应该的，应该的，组织上要是信任我，我愿意继续回去辛苦。周到手一挥，现在不可能信任你了，孙和平，请你想一想，你干了些啥？叛变啊，性质相当严重，够枪毙的！田野、严格辉已经反戈一击了！杨柳或许觉得周到吃相难看，阻止道：周总，怎么说话的？啥叛变？啊？

周到立即改口，对，不是叛变，是违规投资。你不向集团汇报，不开董事会，竟敢签三十亿的合作合同！杨柳把一沓打印材料递给孙和平，看看，这是田野送上来的检查和揭发材料。总的来看，田野还是好同志，关键的时候抵制了你，也帮助了你！孙和平说：最主要的还是你们集团行动及时，阻止了我的违规投资活动，挽救了我，感激啊！杨柳道：所以，和平，我和周总希望你边休息边反省。孙和平认真记录，具体反省啥，请二位领导指示清楚！我一心为北机发展，是不是好心犯错误了？杨柳道：这要问你自己！这次的违规投资，当真是好心犯错误吗？主观上有没有错误想法啊？你思想上是什么时候，从哪里开始滑坡的？嗯？周到有些不耐烦了，杨书记，咱们别和这皮厚肉粗的主含蓄了，得直来直去！孙和平说：对，直来直去好……

就在这时，杨柳的手机突然响了。孙和平不说了，恭敬地提醒杨柳，哎，杨书记，您的手机！杨柳在手机的来电显示上扫了一眼，乐呵呵地接起了手机，哦，必定啊，怎么？想通了？好，好，请稍候！说着，起身走到门外，周到也随之出了门。

孙和平的反应只能用触电来形容，刘必定想通了什么？决定跨过那条莫须有的银河系了？忍辱负重多少天，终于等到了这个机会，天助我也。这些天，孙和平的注意力一直放在杨柳与刘必定暗中进行的交易上，夜里睡不着，反复琢磨反击方案，沙盘推演一般将可能出现的情况一遍遍盘算。他和北机不能违规投资，集团就更不能违规投资了。他现在要的就是集团违规的证据，证据出现在眼前，他岂能放过？

孙和平躲在房门后，支着耳朵听门外的通话声。杨柳站的地方距门不远，虽说声音不大，但孙和平听得清楚，北机三十亿的交易，集团竟然十二亿拿下了，这阴谋家，心狠手辣啊！但是集团一下子拿不出这么多现金，北机结汇只三个亿，杨柳说这三个亿可以马上支付。

杨柳和刘必定通话结束，和周到一起重新走进门，神情大变，不想和他继续谈了。孙和平却笑眯眯地要杨书记、周总继续指示。杨柳已经走了神，这个，和平同志，我刚才说到哪了？孙和平翻了翻笔记本，哦，你问我思想是从哪里开始滑的坡，我刚才想了一下，应该是从你们——主要是周总的压迫开始滑坡的。你们压迫，我就反抗；你们权大嘴大，我就犯错误了。周到已无心恋战，行，行，就按这思路反思吧。杨柳也想溜，我们的压迫以后讨论，今天就先谈到这里吧！

走到门口，周到想了起来，对了，孙和平，你也得上岗了，明天就把这楼里的年轻人发动起来，锻炼。杨柳说：上岗还是不要这么急吧？再等等，让人家多休息几天！周到说：人家早坐不住了，说了，幸福生活等不来。杨柳说：是吗？那就带着年轻同志跑跑步吧，生命在于运动嘛！孙和平一脸萌态，也要博弈竞争！我想搞个拳击台，让有兴趣的同志练习拳击！周总，你就有兴趣是吧？拳击台建好后，咱们俩先打一场友谊赛如何？周到冷笑，想趁机殴打革命干部是吧？孙和平笑道：周总，别这么低调嘛，没准是你击败我优秀企业家呢？

三十一

杨柳、周到走后，孙和平反手闩上门，迅速拨通了钱萍的电话，问钱萍财务章交出去没有。钱萍说，财务怕担责任，把财务章交给她了，她正不知怎么办呢。孙和平立即指示：出去躲躲，这几天别去上班了，章说啥也不能落到集团手上。又通报说：杨柳胆大包天，真打北机的主意了。钱萍十分惊愕，挪用上市公司资金违规，他不怕犯错误吗？孙和平讥讽说：利令智昏嘛，但我们不能看着他这么不负责任地自毁前程。所以，不论杨柳和你说啥，都别把财务章交给他！钱萍明白了，提醒他说：这种事该找领导就得找领导，让领导制止杨柳。

钱萍提醒得没错，是该找领导了。他就不信哪个领导敢支持杨柳违规乱来。杨柳抓住他违规，把他关进了笼子，他抓住杨柳违规的事实，领导也得把杨柳关进笼子吧？这个领导得足够大，比如刘洪川省长。孙和平便又拨通田野的手机，把田野从床上揪起来，让田野连夜动身，带着公司章程、上市承诺书等材料，明天一早和他一起找刘洪川省长告状去。二人约定八点在省政府大门口见。考虑到此次告状的高度秘密性质，和面见省委领导的必要礼仪，孙和平特意让田野给他带一套西装过来。这套黑色西装挂在他办公室衣柜里，田野知道。

遭遇战就这么打响了。这夜孙和平思绪万千，难以成眠，站在阳台仰望星空。钻石似的繁星闪闪烁烁，映衬着宇宙的深幽。月亮挂在树梢上，弯弯的下弦月如一把冰晶打制的镰刀。孙和平宁静伫立，一动不动如雕像，内心却波涛翻卷、奔腾不息。他要像猎豹一样纵身一跃，粉碎杨柳的抢盘图谋。杨柳敢豪赌啊，都进入副省级后备了，还来这一手。他这辈子倒了血霉了，碰到这样的对手，让他心力交瘁。

天光渐明时，田野来了电话，说是没堵到刘洪川省长，堵到他秘书了，约好八点半在刘省长办公室汇报，汇报时间只有十五分钟，刘省长今天有外事活动。孙和平听后，精神为之一振，十五分钟足够了。

七点整，孙和平要带机关员工跑步，这是和办公室主任丁仁义约好的。六点半，他换上耐克新球鞋、运动服。这是他买回多时一直没怎么穿的藏品，今天总算派上用场了。转眼间，太阳升起来了，金光耀眼，空气清爽。他在阳台上蹦了蹦，新球鞋舒适合脚，人一弹跳就像起飞似的。他估计借着跑步锻炼，奔向省政府大有希望。六点五十分，他快乐地关好房门，蹦跶着下了楼，没暴露出任何出逃的苗头。

头一天履职的情况不是太理想，公寓年轻员工二百多，只有二十多个参加跑步。丁仁义说：就这二十多人，也不是冲着运动来的，而是冲着运动服来的，每人一身运动服都是工会出钱买的。孙和平觉得问题很严重，集团领导抓体能抓得太及时了。丁仁义气喘吁吁，孙主席，你身体真好，常锻炼吧？孙和平边跑边说：那是，出差在外我都得跑两圈，早上不跑一跑，一天不舒服。丁仁义抹了把汗,所以,咱们集团领导知人善任啊。孙和平说:我正做计划呢,下一步,准备开展多项有益于身心健康的体育活动,比如拳击、剑术等竞技项目。你们办公室要积极配合啊,丁主任道:好,配合,一定配合……

这时,孙和平快步跑离了队伍,回过头,对丁仁义大声说:带着大家继续跑,跑起来!我去买箱水!丁仁义应着,又跑了几步,瘫软倒地。孙和平却在门口拦下了一部出租车,顺利赶到了省政府门口。

然而,田野竟然没能如约赶到!孙和平不时地看着手机时间,心急火燎。他的模样有些怪异,穿着一身红色运动服站在那儿,汗水沿着脸颊蜿蜒流淌。巡防的特警在省政府门前的人行道上走来走去,一直用警惕的目光关注着他,随时准备在他图谋不轨时把他一举拿下。

夏天的早上,天气炎热,但阳光没晒着孙和平,省政府门前的法国梧桐宛如巨伞,洒下一片浓浓的阴凉。微风吹过,巴掌似的树叶欢欣鼓舞,却灭不了孙和平心中渐起的怒火。这该死的田野,怎么回事?

正要打电话过去问,田野的电话先过来了。田野语气急促,讲了一段堪称传奇的经历:车上香山西路,他屡屡遇险,先是车轧黄线被叫停,继而闯红灯被抓。打这个电话时,田野已穿上了黄马甲,手里拿着小红旗,当上了协警,得抓住下一个闯红灯的人,才能交班。田野认为这是阴谋,说周到的弟弟就是交警队政委,正好管着香山西路这段。孙和平说:别阴谋了,快想想怎么办吧!田野没办法,建议他一人去汇报,有关材料后面补。孙和平大怒,我汇报个屁!我是穿着一身运动服溜出来的,西装在你那里呢!这时,已是八时三十一分。

八时三十六分，省长刘洪川的汉A0002号奥迪车驶出大门。怎么办？车只要从面前过去，就是他孙和平爽约，以后再想见省长，更是难上加难。关键是错过了时机，谁也拦不住杨柳了，这家伙就把生米做成熟饭，他能奈他何？红星重装花落谁家，就由这一刹那决定了。

想到这些，孙和平不顾一切地扑向车前，一声大叫：刘省长！

两个巡防特警见状，从人行道上敏捷地冲过来，欲拿下孙和平。还好，在特警下手之前，刘洪川省长认出了他，让司机停了车。刘洪川摇下车窗问：孙和平，你这同志怎么回事？为啥爽约？怎么这身行头？孙和平苦着脸，别提了，刘省长，真是一言难尽，我都急死了！

刘洪川想了想，下了车，那到传达室简单说说吧！

进了传达室，听了孙和平的解释，刘洪川乐了，我的天，孙和平，你这是虎口脱险啊。孙和平说：差不多吧。杨柳、周到整我，日夜派人盯着我，就怕我来向您汇报！所以，刘省长，您别怪我爽约……

这时，田野一头大汗进来，匆忙递上西装，孙董，快换上！

孙和平没好气，还换啥？！咱们抓紧向刘省长汇报吧！

田野抹着汗，手忙脚乱地从公文包里掏出材料，好，好……

刘洪川说：别急，别急，慢慢说，给你们十分钟！

孙和平半个屁股坐在沙发上，抹着汗，说了足足五分钟。田野补充了三分钟。最后，孙和平点睛说明：杨柳和集团没这权力撤我，北机董事长是股东们选的，但我顾全大局。刘洪川说：就是要顾全大局嘛，这一点要肯定，要表扬。孙和平说：我可以顾全大局，但我不能不顾北机的死活存亡啊！刘洪川说：这么严重啊？和平同志，你夸张了吧？孙和平说：刘省长，就在今天，也许就是现在，杨柳正召开集团董事会议，研究用我们上市公司的募股资金去为汉重集团支付对价受让股权，违规违纪啊！刘洪川一下子认真了，有这种事？孙和平苦着脸，还不是沪深股市呢，是香港啊，会产生很坏的国际影响！田野也说：刘省长，就为了这个，杨柳才故意把孙董从北机调开的。孙和平说：刘省长，你说，杨柳这也太恶劣了吧？让我们忍无可忍啊！

刘洪川脸上看不出任何表情，只道会找杨柳了解一下情况。孙和平希望省长同志能给杨柳做个电话指示。刘洪川却起身走了，说是时间到了，外宾还等着呢。孙和平追到车前，刘省长，杨柳眼看要犯错误啊！刘洪川这才说了句模棱两可的话：我不会让他犯错误的……

三十二

集团董事会八点准时开会，研究这桩有可能改变装备制造业历史的交易。杨柳热情洋溢地做了主题发言，道是机遇奇迹般地送到了面前，这场交易将来说给后人听后人也许不会相信。十二亿一下子控制了两个大企业。周到和董事们对交易表示赞同，会议气氛相当热烈。

当然，也有人提出，拿上市公司北机的钱从事这笔交易，是不是违规。杨柳解释说：北机的钱只是暂时用一下，银行贷款批下来就还上。又有人提出，万一贷款下不来怎么办。周到不耐烦了，让大家不要跑题，就交易谈交易，至于到哪弄钱不是他们的事。如此一来，大家都不说话了，周到提议表决。杨柳看了下手表，这时是八时四十五分。就在这时，丁仁义进门，让他到办公室接电话，说是刘省长找他。

杨柳当时的感觉不是太好。刘洪川省长怎么这时候突然打电话找他？咋不打他手机，非打办公室座机？从董事会开会的会议室到他办公室要穿过一条走廊，走廊也就几十步，杨柳却觉得漫长。保洁员挂着拖把，站在墙边向他问好，他略微点头。秘书拿着文件匆匆走来，问他要不要先看看刚打印的文件，他轻轻摇头。他审视着这场交易的每一个细节——是不是哪里出问题了？当然，也许刘省长有别的事。

到办公室接了电话才知道，怕啥来啥，被他压在五指山下的孙猴子一跟斗十万八千里，翻到刘洪川省长面前去了。这混账东西在省政府门前拦了省长的车，告了他和集团的刁状。杨柳暗自叫苦，这猴咋那么难缠呢？他上辈子作了什么孽，非得跟孙和平共事、做同学？！

刘洪川在电话里态度强硬，严词警告他：汉重集团无权挪用上市公司北机的资金，一分钱都不行。杨柳争辩，其实，类似的事情在上市公司里也没少发生，你当省长的没必要管这么细。刘洪川说：现在我知道了，孙和平反映到我面前了，我就不能不管。你给我打住，不要和我讨价还价！杨柳不敢作声了。刘洪川又说：我到汉重调研时提醒你，汉重要成为鹰巢，不能成为鸡窝！对孙和平这种鹰要放飞,不能圈养!你倒好,把孙和平撸了,让他管员工体能锻炼,像话吗?害得人家今天像越狱似的,借晨练的机会,穿着一套运动服跑来见我!

刘省长,要不这样吧,我当面汇报一次!杨柳请求。刘洪川说:算了,你忙我也忙,你是个讲原则听招呼的同志,还要听招呼啊,北机和汉江重卡这两家上市公司的资金一分钱都不准动!如果你们集团用自有资金,或者用银行贷款去受让这笔股权,我不反对。杨柳坚持说:我马上过去汇报一次,行吗?刘洪川这才松了口,那下午吧!

下午去省政府见刘洪川时,杨柳的思绪没来由地回到小时候的一件玩具上。那时家里很穷,父亲病逝,只有当小学教师的母亲抚育他成长。他在表弟家看到一盒玩具,可以组装飞机、卡车、坦克等各种机械。他顿时着了迷,央求妈妈买。可这么一盒玩具要两块钱,这在当时可不是小数。妈妈没拒绝他,但提出长长一大串条件,从学习到劳动、体育锻炼、帮助邻居老奶奶,多达三十八条。他接受了这三十八条,整整一个学期,一丝不苟地按照母亲的要求做。三十八项条件全部达标,没出一点差错,他终于赢得了梦寐以求的那盒玩具……

进了省政府大楼,脑子里还是摆不脱那盒玩具。杨柳多么希望刘洪川省长答应他的要求,让他有条件地拿下希望控股股权。不管省长提出多少条件、什么条件,他都保证一条条做到。他愿意为目标支付对价。做大做强汉重集团是他的梦想,汉重集团的发展规划也得到了刘洪川和省政府的肯定,杨柳认为,努力争取一下,未必没有希望。

刘洪川没把他当外人，和他的对话不是正襟危坐进行的，是很随意进行的。刘洪川在文件柜前收拾着文件，听他倾诉。杨柳跟前跟后喋喋不休，刘省长，我向您和省政府汇报过的，未来的汉重集团应该涵盖以重卡为代表的所有道路工程机械的制造，应该在我国甚至全球有话语权。可如果仅靠产业资本的一步步发展积累，这条漫长的产业链就不知哪年哪月才能看到了！刘洪川说：也不能急啊，饭总要一口口吃嘛！杨柳道：现在呢，资本市场给我们带来了机会，在一场三国四方的立体博弈中，突然出现了希望控股这么一笔股权，真是意外的惊喜。拿到这笔股权，汉重集团就能控股两家重卡制造业的企业，重置价值高达百亿以上啊，而我们现在仅仅只需要拿出十二亿……

刘洪川在文件柜前回转身，目光炯炯盯着他，打住！杨柳，有个问题你想过没有？资本市场涨涨跌跌，水无常势，今天是十二亿，明天可能会涨到一百亿，也有可能跌成几个亿，是不是这样啊？杨柳回答说：是，资本市场从来都是波动的嘛。刘洪川道：波动的？涨了那是应该的，跌了呢，你杨柳就要负责任了。杨柳说：刘省长，我不怕负责，我怕负责就不做这个国企集团的董事长了。刘洪川脸一拉，可我怕呀！杨柳，你已经进了副省级干部后备名单，岂能乱来呢？杨柳恳求道：这不是机会难得吗？刘省长，我马上向国家开发银行申请贷款。贷款下来有个过程，你看北机和重卡这两家上市公司的钱能不能暂时借用呢？就是借用，真的！刘洪川手一摆，不行，请你记住，市场经济必须是法治的经济！好了，就这样吧，我马上还有个会……

刘洪川下了逐客令，杨柳只得黯然离去，向刘必定报丧。

当晚，刘必定请杨柳在珠穆朗玛大酒店吃饭，宽阔的宴会厅中央只摆了一张餐桌。曾几何时，这个宴会厅人声熙攘，庆祝宏远集团成立十周年时，刘必定把大酒店作为生日礼物送给祁小华。当晚因集资引起了凶杀案，危机爆发，宏远大厦呼啦啦倒塌了。现在宴会厅空空荡荡，水晶灯照射的花岗岩地面泛出点点金光，寂寞空虚令人黯然神伤。

刘必定触景生情，对杨柳叹息说：一个月前，在这里聚会为祁小华庆生时，我根本没看到危机的影子，也没嗅到灾难的气息，我野心勃勃，别说对孙和平，就是对你和汉重集团，也没多拿正眼瞧。

杨柳说：是啊，谁能想到呢，仅仅一个月，宏远系竟然崩盘了。必定，这真不是我想看到的，今天为了你，我厚着脸皮和刘省长磨，直到刘省长把我轰出门。刘必定哭也似的笑了笑，尽说好听的！杨柳，你是为我吗？你是为了汉重集团的一个扩张机遇！咱们多年老朋友，谁不知道谁啊？杨柳点点头，是，现在机遇没了，让孙和平给玩丢了！

刘必定一杯杯喝着酒，也让杨柳喝，边喝边说：杨柳，你别骂孙和平了，你也不是省油灯！我和孙和平好不容易达成了协议，你先冲过来，一脚把摊子给踢翻了。杨柳放下酒杯，哎，必定，这可是性质完全不同的两回事啊！宏远是你的，北机却不是孙和平的，它是汉重勒紧裤带扶持拉扯大的孩子！北机当年的情况你知道。我没想到孙和平会这么没良心。刘必定叹了口气，这不是良心上的事，就是市场博弈嘛，你别装无辜，也别以为我不知道，你对孙和平也够狠的……

这时，宴会厅出现奇幻一幕：一只全身油亮的灰老鼠忽然从阴暗处窜到灯光璀璨的大厅中央。它仿佛迷失了，在强光照耀下原地转圈，肥壮的身躯一扭一扭，像醉酒汉子似的，既恶心又可笑。刘必定吼了一声，门口守候的服务员冲进来，老鼠箭一般窜出宴会厅……

刘必定脸上颇有些挂不住，解释说：酒店地处荒郊野外，近来闹鼠患，管理人员想了许多方法，就是治不住讨厌的老鼠。杨柳一听笑了，你怎么忘了咱们老同学？孙和平不是治鼠专家嘛，你怎么不找他呀？刘必定一拍大腿，嘿，我咋把这茬忘干净了？对，回头跟他讨老鼠药去。刘必定由此又感慨了一番，现在谁还会把老鼠药和孙和平联系在一起呢？才几年啊，孙和平就要问鼎中原，欲成一方诸侯了。

这话触动了杨柳，这次怪我大意了，被他表面的顺从欺骗了。刘必定说：杨书记，你这么注重细节，也有疏忽的时候？杨柳苦笑，谁都不是圣人，都会犯错误。这次我就犯了错误，得意忘形了嘛。刘必定叹息，教训啊，咱们俩竟然败给了孙和平，历史罕见。杨柳说：可不是嘛，周到多了个心眼，安排在香山西路拦了拦，可没拦住，到底让孙和平穿着大裤衩子跑到刘洪川省长面前告了状。气死我了都！继而，杨柳又试探着问：那么，这笔股权最终会落到谁手上呢？刘必定说：可能作为抵债资产被债权人分割。杨柳叹了口气，这就太可惜了！

刘必定眼中浮出泪，所以我更愿意它落到你或者孙和平手里，这你信吗？杨柳说：我信，咱们仨不管咋说都有一个共同的梦想。停了一下，又说：必定，我最后申明一下，秦心亭那边落井下石也好，防卫过当也罢，都和我没关系，一点关系都没有，真的，信不信由你！刘必定凄然一笑，现在说这个还有啥意思呢？一切都无法挽回了……

是的，一切都无法挽回了。刘必定和宏远系像一支骤然升空的烟花，在爆发出夺目的灿烂之后，迅速湮灭在黑暗中了。杨柳突然有些后悔——也许他不该这么性急，抢先踢翻刘必定和孙和平的摊子？也许该让他们把摊子铺大一些，战线拉开后再出手？可惜了这局好棋！

三十三

从中午到晚上，消息一个接一个不断传过来，先说是刘洪川省长拒见杨柳，全天都在陪同外宾；其后又说，刘洪川在杨柳的纠缠下勉强接见了一下，只谈了三分钟，训了几句话，就对其下了逐客令。田野因此感到欣慰，当晚在北机办事处和孙和平一起吃晚饭的时候，趁机慷国家集体之慨，让办公事处王主任开了一瓶茅台，以示庆祝。

孙和平一听就火了，还庆祝呢，关键时刻闯红灯，轧黄线，不但误了事，还误得五彩缤纷！他让田野付那瓶茅台的钱，田野不干了，说那就不喝了。孙和平非要喝，让田野付愚蠢费买酒，还威胁要把田野这个月的奖金全扣了。田野委屈极了，说他霸道不讲理。这五彩缤纷的事有客观原因，香山西路交警是周到的关系户，周到故意设局。孙和平让田野少强调客观，回去重读《没有任何借口》，要把没有任何借口的理念转化为自我责任，停止寻找借口，伟大的事情就会发生。

田野自嘲：是，是，伟大的事情不是已经发生了吗？你都到集团卧薪尝胆了！孙和平说：你不服是吧？你这次严重败坏了我们的企业形象。你想杨柳能不利用这事做文章吗？这事传出去就会走样，我运动服就可能变成大裤衩，甚至变成光着腚勇闯省政府！气死我了你！

田野咧着大嘴，一副可怜相，可是，扣我一个月的奖金，处罚是不是有点重了？孙和平说：不重！领导犯错，处罚加一等，约法五章上有。上个月在我办公室发现了一个烟头，你们罚我，对我客气了吗？还发了个通报，是吧？那个烟头不是我扔的，我不吸烟，也不准客人在我这里吸烟，你和钱萍不依不饶！田野咕噜，那你还表扬钱萍敢于碰硬呢，今天又找我报复。行，那你也发通报就是！孙和平说：你这错误就别通报了，丢人，连我的脸都没地方摆。你说我怎么用了你这么个愚蠢的总经理呢？平时看不出来，关键时刻，你大放异彩啊。

孙和平对田野的恼怒不是没来由的。分厂、车间撤掉的沙发椅子，不少又搬回去了，他几次电话提醒，田野就不重视。田野太软弱，遇到矛盾绕道走。田野苦着脸解释说：这不是非常时期嘛，有几个家伙闹复辟，搞回潮也正常。孙和平认为不正常，如果一项制度离了哪个人就执行不下去了，那叫人治。孙和平要田野回去后开会重申厂规厂纪，违纪者一律按规定处理。田野仍不想干，这好吗？不少人在告你！这种时候别激化矛盾了，这些小账，以后再算。孙和平说：这可不是小账，一支队伍必须令行禁止。田野道：可有些同志说，你对集团也没令行禁止。孙和平火了，这是两码事！咱北机本来就不属于集团。

田野咂着嘴,继续狡辩:孙董,其实这里面还有一个对下面干部的信任问题。分厂车间办公全透明了,生产线上的工人分分钟都能看到干部在做啥,也不是什么好事!你比如说三分厂老刘就和我说……

孙和平抢上去截住话头,别说了,老刘在分厂办公室摸人家女工的腚,让生产线上的工人看见了,有这事吧?田野支吾,这我不太清楚。孙和平说:你最好去搞搞清楚,把这个老刘从现岗位换下来。田野问:你说换哪去?和一二分厂的干部对调一下好吧?孙和平早有了主张,外派吧!派个艰苦地方,让他去中东吧,咱的产品刚打进去,正缺人!田野表示赞同,也好,老刘当过兵,比较适应战争环境……

孙和平语重心长,田总,我暂时不在,你可要给我挺住啊!田野说:真希望你能早点结束卧薪尝胆,赶快回来。孙和平说:我也想赶快回去,可估计办不到,杨柳好客,不会轻易放我走。对了,迪拜又怎么回事?阿拉伯市场怎么还没打开?让海外销售部找出症结,对症下药。田野说:症结其实找出来了,阿拉伯人一天要做好多次祷告,往往生意谈了没几句,祷告时间到了,祷告完了再谈,前面谈的啥全忘了!孙和平咂嘴,你别说,是有这个情况啊!田野,你看这样行不行?让海外销售部到宁夏招聘一些员工进来,强化培训后全送到阿拉伯国家搞销售!田野眼睛一亮,哎,这办法好!孙和平说:好就赶快去办吧,让人事部和海外销售部密切合作。我也得找咱杨领导汇报谈心去了!现在该他难受了……

……

杨柳不在家,据秦心亭说,他们夫妻再不举案齐眉、相敬如宾了，而且杨柳还要收拾她。起因是汉江信托第一个抛出了希望控股股票，又最先到法院起诉，提出财产保全，击倒了刘必定的多米诺骨牌。

这些情况孙和平都知道，却装作不知道，夸张地叫：我的天，秦心亭，你也太绝了吧？当年你和刘必定多么亲密啊，又是资金池，又是战略合作！可怜我孙某在一边吃着虾，眼睁睁地看着你们表演……

秦心亭当时正在砍一块老腊肉，听得他这话，把沉重的菜刀往桌案上一拍，孙和平，你什么意思？讽刺我是吧？我请问你，发现了问题，我能不采取措施吗？信托责任大如天，职责所在，我没办法！

哎，哎，老大，你咋冲着我来了？咱们现在同病相怜！

我没病，是你和杨柳有病，都病得还不轻！

这个观点我不同意，杨柳是治病救人的好医生！知道他现在在哪里吗？出诊去了，在刘必定那里安慰刘必定受伤的心呢，真让人感动！

秦心亭问：你这情报准确吗？他今晚在刘必定那里？

孙和平说：情报很准确，老大，不信你打电话给他！

秦心亭想了想，杨柳不接我电话了，和平，你打！

孙和平便打了电话，问杨柳：这么晚了怎么还不回来？嫂子还等你吃饭呢。杨柳问孙和平在哪里给他打的电话。孙和平说：在你家啊！我汉大名蛋都给你炒好了！杨柳恼怒道：孙和平，你信不信，我马上报警。孙和平和颜悦色地说：别这么气急败坏，想报警你就去报！我就不信咱人民警察会干涉我看望大学女同学！等着，我女同学和你说！

秦心亭接过手机，我说老杨啊，你这黄鹤还真一去不复返了？

电话里传出一片忙音,杨柳那边挂了电话。秦心亭气得大叫:你看看他,还是个东西吗?!孙和平劝道:老大,估计你这次把他得罪得狠了。秦心亭说:我怎么就得罪他了?是你得罪他了吧?你也真够混账的!上市阔了,马上翻脸。还敢光着腚跑到省政府告状,把他一桩大买卖搅黄了,你说他能轻饶了你?孙和平说:我到刘省长那里不是告状,是挽救他,让他悬崖勒马!刘省长都夸我大事不糊涂!秦心亭说:这倒新鲜,你孙和平挽救起他了?太阳从西边出来了?说说!

孙和平道:在说这事之前,我先解释一下,我不可能光着腚跑到省政府去,这又是杨柳恶心我的伎俩。我到省政府大门口见刘省长时穿的是运动服。我们北机账上这三个亿他这次真要动用了,就得犯大错误!我若不是和他情深义重,就等他犯完大错误再揭发!可我和他是老同学,用周到的话说,是血亲的老同学,他一直帮助我,我也得帮助他啊,他偏不这么想,反怪上我了!你说我一个香港上市公司董事长就这么好撤吗?他胆大包天,就敢宣布撤我!宣布之后又不敢公告。行,我看他怎么收场!秦心亭问:那你估计会怎么收场呢?

孙和平揣摩,也许他正琢磨这事呢,估计还得放我回去干活!

三十四

怎么处理孙和平?这是个问题。就像手上捧着一只刺猬,放了不行,拿着扎手,捧久了会把手心都刺出血来。但杨柳不露声色,按部就班度过每一天。和老婆吵翻后，他就独自住到了高管公寓，每天一大早从公寓顶层三十六楼下来，先在楼下健身房的跑步机上跑半小时，而后冲洗一番，到机关食堂吃早餐。餐毕，气定神闲走向自己十五楼的大办公室上班。不过，健身房的一排跑步机正对着集团大院，隔着落地窗可以看见孙和平，这让他身心受到严重折磨。孙和平每天早上领着一队年轻的员工跑步锻炼，脚上的白球鞋格外亮眼。这厮精神抖擞，带的队伍也越来越大，像是干上瘾了，甘心一辈子当个管体能的工会副主席了。这孙刺猬不仅扎手，还扎心，竟劝他也参加跑步，不要脱离群众，光在跑步机上跑。他给孙和平的回答只有一个字：滚！

对孙和平的事，得有个正式说法了。杨柳找到周到商量，周到早就等在那里了，好，那我安排发公告。杨柳皱眉，有啥要公告的？周到说：北机开会换董事长啊。杨柳苦笑，真能这样就好了。你以为孙和平是吃干饭的？当真给咱管体能了？你查查他电话费花了多少吧，全是海外大股东的电话。三天两头和海外股东通话，也不怕让咱们知道。周到说：这么说，他一直没放弃东山再起的妄想啊？杨柳说：不是妄想，也不需要东山再起，人家硬邦邦戳在那儿呢。刘省长对他也欣赏，谁能光着腚一状就告赢了咱们？他就告赢了，让我挨了批。周到说：老杨，我知道你的意思了，咱还得让他回平州官复原职……

杨柳说：不是官复原职，根本就没撤职这回事。宣布了？下文件了？周到说：对，对，没宣布，也没下文件。杨柳说：所以我们还得团结他，要学他能屈能伸的精神。让他回平州吧，你安排一下，咱俩请孙和平过来撮一顿，给他送个行。周到惊叫：我的天，给这个反叛的猴王庆功啊？杨柳道：叫啥叫？刚说过要能屈能伸，转脸就忘了？

集团大厦有个高管用餐的小食堂，环境雅致，饭菜可口，几个包间布置出家一样的感觉，很是温馨亲切。这顿颇为棘手的送行，安排在小食堂还是比较合适的。周到点菜，杨柳嘱咐他简单一些就行，关键在酒。酒是好酒，杨柳贡献出一瓶茅台，周到一看年份，啧啧赞叹不已，拿在手上掂了掂，说是有挥发，分量轻了，可见老茅台的历史久远。还夸张地感叹，孙和平到底是你血亲老同学，好酒留给他喝！

孙和平到了，一见那瓶老茅台就乐了，杨书记，我能给周总说说这瓶酒的历史吗？杨柳说：酒就是酒，有啥历史？别胡说八道。孙和平益发来劲，这瓶酒有故事啊，凝聚着我们三兄弟的情义！周到欲擒故纵，不就一瓶酒吗？有啥故事？还情义！孙和平说：这是杨书记结婚前送的彩礼，我和刘必定帮着一起凑钱买的。杨柳：你这就是胡说八道！我买酒送节礼，要你们凑啥钱。孙和平说：忘本了吧？当时大家都穷，我上大学时，一身西装是我爹穿了十几年传给我的，你那一双黄皮鞋是三个亲戚凑钱买来送你的！你当时穷小子一枚，送得起贵重的节礼吗？国酒茅台啊，可不是我们北机生产自救的火焰山！

周到来了兴趣，两眼在镜片后闪光，孙和平，原来你们还帮老杨集资娶过媳妇啊？细说说，这个有意思！孙和平说：杨书记当年在学校看上的是祁小华，祁小华偏跟了刘必定，杨书记就落入了女强人秦心亭手里。杨书记后悔了，想悔亲。刘必定就找我商量，说是得让杨老大尽快把生米做成熟饭，免得再和他争夺祁小华。杨柳争辩，胡说啥？我和祁小华分手后再没后悔过，你们俩是瞎猜。孙和平说：这瓶酒我和刘必定出了钱，对不？杨柳说：但我把钱还你们了。孙和平说：没有没有，绝对没有！所以，在相当长的一段时期里，我一直认为是我们三兄弟共同投资了这瓶茅台酒。周到戏谑道：换句话说，就是你们三兄弟共同投资了一个丈母娘啊。杨柳自嘲道：是，我们哥仨真叫情深义重啊，都快超过刘关张桃园三结义了！周到问：怎么送出去的彩礼又回来了呢？孙和平说：杨书记的丈人秦老先生不喝酒，前几年把酒又还给杨书记了，我一见就乐了，就惦记上了。杨柳说：所以今天就拿来喝了，让贼惦记不是啥好事！来，开喝吧……

酒真是好东西。有酒助兴，还有什么感情上的槛过不去呢？还有什么思想上的疙瘩解不开呢？三人频频举杯，酒桌上气氛空前友好。

孙和平说：杨书记，我们之间那是既讲原则，又讲感情啊！杨柳说：一点不错，你看这一次，我挽救了你，你也制止了我，互相帮助啊。不过，和平，你是出于怨愤才去找的刘省长吧？孙和平说：不是！我才没怨愤呢！你要我一边休息，一边反省，还要我从历史上挖根源找原因。你知道我找出的都是啥吗？全都是好东西，咱们这大半辈子在一起学习奋斗的美好感情，咱们亲如一家的团结友谊啊！感动得我睡不着，经常半夜起来在大阳台上看星星。抬头望见北斗星，心里想念杨柳兄。说句交心的话，我觉得倒是你挺失落的，对我有情绪。

杨柳掩饰说：我有啥情绪？和平，我一片诚心可对天。孙和平脸上浮出讥笑，那你还精选了几张照片挂我宿舍，故意刺激我？杨柳心里暗火蹿升，孙和平，你受刺激了吗？没有吧？当然，现在想想，我也有些后悔。孙和平说：知道后悔就好，我不能得意忘形，你也不能得意忘形。杨柳的脸不禁拉了下来,我怎么得意忘形了?说说!孙和平一副识相的样子,不说了,说了你也听不进去,杨书记,喝酒吧!

恰好上菜。这道菜比较火爆,是川味锅巴,锅巴刚出油锅还嗞嗞冒泡。服务员把一盘佐料浇上去,噼啪爆响,氛围很是热闹。但是出了小小的意外,一丁点葱叶崩到了杨柳脸上。周到瞪起眼睛,呵斥服务员小姑娘,你是新来的吗?就不能注意点?杨柳拿餐巾纸擦脸,对惊慌失措的小姑娘说:没事没事,你可以走了。说罢,拿起筷子,让大家趁热吃锅巴。这一小插曲,使刚才有点紧张的气氛又缓和了下来。

杨柳重又绽开笑颜,怎么不说了?说,咱们同志加兄弟,今天一定要交心嘛。孙和平放下刚夹起的锅巴,你还真要我说?杨柳享用着锅巴,说:一吐为快。打都打过了,还怕说一说吗?

孙和平极端严肃起来,杨柳同志,过去我一直认为,像得意忘形这种肤浅毛病,只有我会犯,你领导同志不会犯。没想到你也有得意忘形的时候。你怎么能当着我的面接刘必定的交易电话呢?太不把我当回事了吧?你不知道我也一直在关心你吗?杨柳有苦说不出,端起一杯酒,和平,有你这样的诤友畏友,是我的幸运。我敬你一杯!孙和平把酒喝了,天理良心,杨柳,我是真心为你好!你不是我,你是副省级后备干部,前途无量。所以,刘省长评价我大事不糊涂……

这顿酒喝得好,领导和下级都很满意。喝罢,出了小食堂已经很晚,夜空乌云密布,要下雨的样子。不过,对面大厦霓虹灯亮得灿烂,红光蓝光闪烁跳跃,映得人脸花花绿绿。孙和平喝得有点高,说话声音嘹亮，且有语不惊人死不休的架势。这厮有些装疯卖傻，一手钩住一位领导的脖颈，把领导的两颗脑袋使劲往自己这边凑。杨柳、周到努力挣扎，费了好大劲才摆脱他，把他塞进了汉 NB9999 桑塔纳车里。

孙和平离去后，杨柳和周到脸上的笑容不约而同都消失了。

周到沉思片刻，说：我有个建议，不知当说不当说？杨柳道：什么当说不当说的，想说你就说。周到说：让孙和平和重汽王小飞对调一下好不好，都是上市公司董事长嘛。杨柳苦笑，这招你才想到啊？周到说：怎么，你已经想到了？杨柳叹了口气，我不但想到了，也试探过了，他不同意，一心要搂着花果山。周到说：所以我们才要想法把他和花果山分开。杨柳摇头，无法可想。除非他自愿，否则做不到。周到说：他是党员干部啊，集团党委当真不能调动他吗？杨柳说：你调动他辞职，这话他说过。北机高管和员工都持股，权重还很大——当年孙和平摊派扩股，逼着一大批干部群众跟着他致了富，他成他们的神了。周到咂嘴，也是，孙和平真辞了职，就更不会听咱们的了，刘省长那儿也没法交代。杨柳一声叹息，是啊，真让我头疼啊……

三十五

离婚后，祁小华住到西安路一座老旧的法式别墅里。这是刘必定发达时掷重金买下的民国建筑，买下后成了她名下一家创投公司的注册地。别墅院子不大，院内有一片绿草坪，一棵香樟树郁郁葱葱。离婚析产时,房子分给了她,刘必定说这是想尽可能多给她留点财产。

祁小华不知该如何定义刘必定,聪慧的天才?狂热的疯子?风流纨绔的情种?大方负责的丈夫?宏远系垮台了,刘必定分分钟都有可能进监狱,但他仍然一意孤行,和一个叫马怡的姑娘整天厮混在一起,这几天二人竟双双跑到了深圳,据他妹妹刘必英说,刘必定要远走高飞了。当然,这一切与她无关了,她没必要再为此伤心难受。

让她没想到的是,杨柳倒担心起刘必定了,找到门上,说:刘必定的电话老联系不上,不会出啥意外吧?祁小华说:能有啥意外?他正忙着谈恋爱呢。杨柳听了一怔,谈恋爱?这种时候?祁小华苦笑,是啊,女的叫马怡,在秦老大手下打工,兼职为《商情》杂志写爱情专稿。说罢,看了看墙上的挂钟,今天他们应该在深圳,明天有一班飞机飞多伦多,他妹妹刘必英早做好了安排。刘必定黄鹤一去不复返了。

杨柳说:不对吧?必定和我说过,要去自首的。祁小华说:后来改主意了。他这人你又不是不知道,有女人和自由,他才不会自投罗网呢。杨柳咂了咂嘴,也是,必定这家伙太爱冒险,有时难以捉摸。

祁小华泡了杯普洱茶放在杨柳面前的茶几上,在对面的沙发上坐下,情不自禁地向大学时代的老情人倾诉起来,杨柳,你来之前我还在想呢,刘必定到底是怎么一个人?我现在也不知道是该恨必定,还是该感谢他。我没勇气破茧而出,离开这种提心吊胆的冒险生活,现在他把它打碎了,我被动接受了,也许更好?杨柳品着茶说：起码不是坏事吧？早在大学时代我就和你说过，必定是朵恶之花，有着一种邪气的美，有时真的令人无法抗拒。祁小华深有感触，杨柳，还真让你说着了！这么多年我一直在纠结抗拒，可我的决心总是不断被他融化掉。不过这次真是怪我，我怎么这么糊涂呢，真是害死他了……

杨柳安慰说：小华，你也别再自责了，你的行为是一种本能的自我保护。因为没有安全感嘛，你不指望必定来保护你，也只能自己保护自己了。祁小华手一拍，杨柳，你这话说得不错，还是你真正理解我。杨柳说：假若你们婚姻里没有那么多不安全因素，也不至于有这个结局。祁小华说：就是，就是，你知道的，必定有多少女人啊，我对他能放心吗？杨柳又想了起来，小华，我现在也不放心必定啊！你说他今夜真要是跟那个马怡一起逃出境了，此生还能回得来吗？宏远系这么多公司，一大堆烂账谁理得清？必定在好说，他不在，再有人赖他，把下属企业非法集资甚至诈骗的事都算到他头上，那可就……

祁小华怔了一下，这倒是，我有他的新电话，我打通，你来和他说说。杨柳道：行，劝劝他，这时候不能逃，得正视现实，自证清白。祁小华把电话接通后，杨柳直言不讳对刘必定说：必定，你是不是要远走高飞了？刘必定问：是小华说的？杨柳说：你别怪小华，是我坚持要给你打这个电话。刘必定道：劝我回头？杨柳说：不，我不劝你，你决定自己做，我只是要提醒你注意一个事实，类似海阳的非法集资甚至诈骗在宏远恐怕不止一起吧？据说涉及金额近四十个亿是吧？

刘必定道：杨柳，这事我和你说过，是下面合作企业乱来。杨柳说：但你远走高飞了，谁来替你辩白？刘必定那边沉默了。杨柳又说：你真要走，就得做好思想准备，承担重罪罪名，永不回国。必定，好好想想吧。刘必定这才说：杨柳，你把电话给小华，我和她说。

杨柳把手机给了祁小华。刘必定在电话里问祁小华：你说，我当真去自首吗？杨柳不会坑我吧？祁小华说：人家干啥要坑你？不是让你自己拿主意吗？你想逃就逃啊！刘必定道：杨柳说得有道理，我要逃了，许多事情就说不清楚了，可是，我要真的去自首坐牢呢，也不是太理想，监狱那鬼地方限制自由，束缚创造力……

祁小华禁不住笑了，要是监狱不限制自由，还能激发创造力，那人人都想进去了！刘必定说：可小华你说把像我这样的大能人关在监狱里，是不是太可惜了？祁小华这才问：哎，必定，你该不是被那个马怡迷住了吧？刘必定承认说：惭愧，入戏有点深，差点无力自拔了。祁小华心里一阵酸楚，在这种危机四伏、面临深渊的时候，你还能这么疯狂而认真地谈一场恋爱，我真佩服你！要不，带上你的爱情和不安分的心，继续逃亡？刘必定道：别讥讽我，说说你的意见！祁小华眼圈红了，我的意见重要吗？刘必定说：重要，说吧！祁小华略一沉思，必定，我劝你去自首，几年后出来，又是一条好汉……

电话那边沉默了好半天，才传来刘必定沉重的声音：好吧。

刘必定到底去自首了，是祁小华陪同去的。登上公安局台阶，刘必定的腿脚好像灌了铅，每一步都沉重艰难。短短的距离，竟使他额头冒出黄豆大的汗珠，气也喘不匀溜。祁小华知道，这是人生转折点，进了前面那扇玻璃门，刘必定就成了另外一个人。香车宝马美女如云的日子一去不复返了。他将成为一名囚犯，在监狱里度过一段岁月……

两年之后，宏远系列案审结，刘必定以虚构注资罪、操纵证券市场罪，获刑五年。随着宏远系的垮台，一个草莽英雄的时代结束了。

三十六

孙和平再次见到刘必定时，发现刘必定胖了，不是虚胖，是心宽体胖那种胖。老同学面色红润透出光泽，似乎不是坐牢而是疗养，活得挺滋润。记得出事之初，刘必定表面镇定自如，孙和平却感觉他忽然老了，憔悴是从心底生发出来的。现在这厮放下负担，接受命运的惩罚，新的生命倒在生长。孙和平暗自感叹人生无常，福祸相依。

心里这么想就这么说了，必定，两年没见，你还是老样子嘛！精气神反而比自由时期还好哩，看来我也没必要对你来一番行礼如仪的慰问了。刘必定打量着他，老同学，这你还好意思说？怎么直到今天才来看我？不大够朋友吧？孙和平说：我倒是早就想来看你，可见得上吗？你这案子曲折复杂，大案套小案，涉及中国大半个财经界，判下来才几天啊。刘必定说：要不是为了希望控股股权，判了你也不会来。

孙和平老实承认，也是，这种地方谁来心里都不爽。可你两年前给我画了个大饼，我直到今天都没吃上，不来不行。刘必定说：这怪不得我，我败走麦城了嘛，好在股权让我妹妹保住了。孙和平说：

那我就汇报一下，得知刘必英控制股权后，我们一直和她谈着。刘必定说：和她谈没用，你还得来和我谈！孙和平说：所以我就及时过来了嘛！说着身体不由向前一倾，脸差点碰到隔离窗上。这才发现，屁股下的椅子有问题，一条腿好像短了点，重心移动就会向一边倾斜。

孙和平努力坐正，保持平衡，让自己不要显出猴急的吃相。但已经晚了，刘必定两眼直视着他，仿佛看出了什么破绽，意味深长地笑了笑。孙和平犹豫着，心想要不要解释一下，和刘必定讨论一番椅子的问题。刘必定却把话题转了，扯到风马牛不相及的法国哲学家头上。

和平，你知道吗？我现在又研究萨特了，正在重读他的《存在与虚无》。孙和平讥讽道：又来了，想再上演一次大学时代的无知者无畏？刘必定说：咋就无知无畏了呢？重读经典嘛，经典还是要读的。

孙和平说：经典那么好读啊？这本书太难读了，据说全世界真正读完的只有十个人。刘必定说：起码是十一个人。说罢，眼望着黑黢黢的天花板，轻声背诵起来：近代思想把存在物还原为一系列显露存在物的显像，这是一个很大的进步。这样做的目的是消除某些使哲学家们陷入困境的二元论，并且用现象的一元论来取代它们……

想不到刘必定竟然成萨特的第十一个读者了！这背诵声平静从容，就算装 × 也装得挺像回事。看看，境界高了，连这么难读的哲学书都读得下去了。而且人家还能掰一块给你尝尝，坐牢都坐出品位来了。

和平，太想念你和杨柳了，要是你们能再来和我做一次同学多好啊，咱们还是"三杰"！孙和平立即呵斥，屁！你栽了，也巴不

173

得我和杨书记也栽进来啊？哎，哎，说事说事吧！时间宝贵，咱们说股权。

刘必定东拉西扯，孙和平不免着急。他有自己的计划：趁刘必定服刑期间，把两亿股权拿下来。可是这位老同学古怪精灵，人虽然在监狱，却眼观六路耳听八方，对外面世界的变化搞得门清。一会儿哲学，一会儿友谊，上天入地就是不谈正事，好像故意回避这个话题。

孙和平多少有些紧张，上身挺直，脚尖点地，小心翼翼维持着椅子平衡。今天不顺，坐了一把瘸腿椅子。曾经的战略合作伙伴今天能不能给他一个满意的回应？终于，刘必定耷拉着的眼皮睁大了，孙和平，股权是不是转让给你们还不一定呢。孙和平赔着笑脸，必定，你可别开玩笑啊！咱们当年可是有过战略合作协议书的，忘了？在省平高速服务区，那个光辉的历史性日子，咱们签订了一份伟大的协议！

刘必定笑了，老同学，这么说，你还承认当年那份协议？那咱们履行那份协议呗！孙和平眼皮一翻，那个协议就算了，时过境迁，已经不合时宜了。刘必定说：所以你的激情最好压抑一下，论演戏，我的水平不在你之下。孙和平苦笑，是，你是戏精，我这一不小心班门弄斧了。刘必定这才说：咱俩老朋友，明人不说暗话，我估计杨柳马上也要来了，而且鉴于杨柳的一贯风格，应该会在你们报价基础上多少加一些吧?！孙和平一脸愕然，哎，必定，那你的意思是？刘必定没明说，和平，你觉得我能放弃这种主动送到嘴边的利益吗？嗯？

孙和平沉吟着，这个，当然不能放弃。只是会有这种利益吗？

刘必定说：怎么会没有啊？鹬蚌相争，渔翁得利嘛，一个很老套的故事。孙和平一脸的自我感动，必定啊，这世界上没有一成不变的关系，当年的鹬蚌它不争了。刘必定讥讽，是吗？你们鹬蚌亲密合作，共同对付渔翁了？真新鲜。孙和平一本正经，哎，这种新鲜事还真就出现了嘛，这是一个奇迹不断的时代嘛。刘必定说：哦，两年前的风波让你和杨柳都接受了教训？你们变得团结和谐了？孙和平连连道：对，对，我们现在大事讲原则，小事讲风格，团结一致向前看。刘必定大笑起来，孙和平，你官话说得很溜了嘛，还大事讲原则，小事讲风格？在资本市场上有啥风格好讲？我认为，你们又一场博弈在所难免……

孙和平担心的就是这个，心一急忘了瘸腿椅子，刚要说话人就失去平衡，一头冲向隔离窗。刘必定笑了，老同学，坐稳了，别这么紧张。孙和平赶快端正身体，谁紧张了？我稳如泰山呢！刘必定一脸坏笑，我看你一头一头乱撞，像一只不断碰壁的苍蝇。孙和平想告诉他椅子腿瘸，却又怕他借题发挥把话头扯远，只得打住，回到主题。

刘必定，你别以小人之心度君子之腹！我和杨柳都不是你这种奸商！而且现在集团正在开展学北机争先进活动，钱萍带着宣讲团四处做报告，我也被评为了全国机械装备行业的创业标兵、优秀企业家。

刘必定冷冷地说：和平，我提醒你一下，大学时代你也这么先进过。还被杨柳拉拢做了一年学生会什么狗屁委员吧？结果呢？不还是被杨柳压到泥里去了？孙和平说：这不能比！你当杨柳还是学生会干部？早不是了！他是省属大型企业集团的党委书记、董事长，

175

有责任把旗下企业搞好！北机的成绩是我的，也是他的。他肯定北机，就是肯定他自己。所以，你就别指望两年前的博弈再重演一回了，这是不可能的。刘必定说：可能不可能，你说了不算，请你少安毋躁，啊？

孙和平一脸无奈，冲着刘必定苦笑，必定，这么说，我这次白来了？刘必定说：怎么叫白来呢？不算白来，你老弟尽了同学加兄弟的情谊，亲切地探望了我，我们就双方共同关心的问题愉快地交换了意见，是不是？孙和平气呼呼的，是，刘必定，你就在这里好好研究萨特吧！刘必定说：萨特要研究，市场也要研究，房地产很火爆呀，房价比我进来时涨了一倍，你说我出去后要是把这座监狱给拆迁了，盖商品房多好？！孙和平讥讽，行，那你现在就和监狱长好好谈吧，没准还能立功受奖呢！刘必定说：我真得谈一下呢，市区里的一块黄金宝地用在监狱上，资源浪费嘛。孙和平说：刘总，你真是身在监狱心系天下呀，坐牢都能坐出生意来！不过，你住过的号子是不是就别拆了？保护起来，留给后人瞻仰？刘必定说：免了，别搞个人迷信了。

孙和平不愿再谈了，起身作别，行了，刘渔翁，不和你扯淡了！忽然感觉扫帚星就在屁股底下，遂一脚踢翻瘸腿椅子。这鬼地方，连一把正经椅子都没有。0765号犯人刘必定这时正跟着狱警往号子走，就扭过头来嘲笑他，孙总，买卖不成仁义在嘛，别拿椅子撒气。孙和平没机会解释瘸腿椅子的混账了，憋着一肚气走出了监狱会见室。

出门见了严格辉，孙和平开口就批评，你们怎么联系的？就不能换个地方见刘必定？这不是一般探监，是谈工作。严格辉赔着小心解释，说是人家刘监狱长想和北机战略合作，可是……孙和平这才骤然想起，因为刘必定的关系，那位监狱长找过严格辉，为监狱新生厂生产的螺丝钉找销路。可堂堂上市公司北机怎么能给监狱小作坊下订单呢？他没同意。所以，他探监只能享受隔着铁窗坐瘸腿椅子的待遇。

和刘必定的谈判不简单，这座监狱以后怕是要常过来走走了，订单必须下，得给人家点想头。因此一上车孙和平就对严格辉交代，尽快让外包部门到监狱新生厂考察，落实人家殷切希望的战略合作……

三十七

就在孙和平探监的那天，王小飞也接到指示去探监。指示是杨柳下达的，让他以汉江重卡的名义，去和刘必定谈希望控股的股权，争取把股权拿下。领导指示明确：两年前的教训要汲取，集团不能再冲在第一线了。这次是重卡和北机两家公司的博弈，和集团层面无关。

王小飞觉得有些荒唐：重卡欠了一屁股债，ST加星了，哪有实力吃下这笔股权？能吃下的只能是北机，孙和平对股权有兴趣，志在必得，让他和重卡怎么去博弈？转念又想，难道杨柳是让他出来搅局吗？于是找到周到办公室，向周到求教，说被杨书记弄糊涂了。

周到看着电脑，漫不经心说：你挺聪明一个人，怎么会糊涂呢？王小飞说：我不知道杨书记是啥意思，你看这阵子，他大会小会猛夸孙和平，要我们学北机赶北机，听说还要推荐提拔孙和平，一边又让我们去竞争股权,这哪个是真的?我心里挺疑惑,还不敢问杨书记。

周到像没听见,仍看着电脑上的材料,王总,北机和孙和平的先进事迹材料你看了吧?王小飞说:还没来得及呢,里里外外那么多的事。周到说:再忙也得学先进争上游,王总,你看这个,北机三高试验队事迹就很感人!王小飞扫了眼电脑材料,应付了一句:是,很感人……心里暗骂:装什么×啊,谁不知道你周总和孙和平是死对头。

其实,从某种意义上说,周到也是他的对头。汉江重卡是上世纪五十年代苏联援建的老厂,设备老旧,人员超编,包装上市后好了没两年,又沦落了,周到应负主要责任。周到不但是集团老总,还兼任汉江重卡的董事长,两本账就弄成了一本。上市募集来的资金全替集团还债补窟窿了。一到发财报时就犯愁,得想方设法编造谎言欺骗股民,还得防着证券监管部门,弄得内部人心惶惶,股市上也骂声一片。有时就想,哪天他也得学学孙和平,对周到大吼一声No。可他却也知道,吼没用,集团是大股东,对汉江重卡绝对控股,他说话不如放屁。那还说啥?跟着领导混呗,领导不下台他就不完蛋。杨柳是副省级后备干部,周到做过刘洪川省长的秘书,都不可能轻易下台。

周到把材料看完,眼睛离开电脑,说起了正事,王总,你不要疑惑,这次北机股份受让希望控股履行了手续,在董事会上研究了,而且,孙和平还要专程过来汇报。王小飞说:那你和杨书记还让我们去和北机竞争啊?周到说话比杨柳痛快,竞争啥?让你去搅黄它,挫败这笔交易,维持咱集团团结统一。王小飞问:杨书记是这意思吗？周到说：杨书记的意思能直接和你说吗？给你说了，让你看出杨书记搞阴谋诡计好吗？你不会揣摩啊？笨吧你！王小飞想了想，这倒是。

说到推荐孙和平上厅局级，王小飞来了情绪，道是自己资历比孙和平老，力没少出，活没少干，怎么这回非要推荐孙和平呢？自己正处级都十二年了。周到脸一拉，十二年就该上了？排排坐吃果果啊？王小飞心里委屈极了，想争辩，又不敢，却也不死心，便对周到说：周总，省里这次公推公选机会难得，而且有四个块块上的位置，都是能干事的平台。周到没好气，你先把重卡这个平台干好吧，等有了北机的成绩，我推荐你。王小飞婉转说：周总，话不能这么说吧？重卡是集团亲儿子，集团股权占百分之七十，绝对控股，集团说啥是啥，我不当家。北机是困难企业改制的混合所有制，管理层控股，孙和平说了算。

周到不高兴了，眼镜片后面的两只眼睛阴阴地看着他，王总，你的意思，重卡没搞好，责任是集团的？或者是我这个兼职董事长的？

王小飞怕了，忙说：不是，不是！周总，我不怕受委屈，就怕领导偏心。谁不知道孙和平和杨书记是血亲的老同学？你看这两年，啥好处没有孙和平的？不公平啊。周到口气缓和了一些，这世界上哪有绝对的公平啊！这才压低声音，说了实话：把孙和平推荐上去，既输送了人才，也安定了内部嘛，孙和平走后，没准让你去坐镇北机呢！

王小飞一怔，他要真能到北机去坐镇、做董事长就太好了，肥缺啊，不贪不捞，工资加奖金也超过百万，据说孙和平身家过亿了。

于是表忠心说：周总，我听你和杨书记的。周到声音低了下去，那就把这次推荐工作做好，发动大家推荐孙和平，把孙和平踢升走！王小飞益发快乐，踢升？哎呀，周总，您又创造了一个新名词啊。想了想，又问：咱们一脚把孙和平踢飞，他要是摔到地上就惨了。周到愉快地笑了一声，身子往椅背上一倒，升天还是落地，那就看孙和平的造化了。没准人家还就升天了呢，哪天回来做集团的老大，领导你我。

王小飞认为这不可能。一个不管不顾、只知道埋头拉车、不知道仰脸看路的家伙，怎么可能走上人生的快车道呢？又怎么能爬得上去呢？像杨柳，分明是孙和平的政治资源，孙和平却不好好利用，反而浪费糟蹋政治资源，让王小飞看了都心疼。王小飞有时就想不通，孙和平是真傻还是装×？难道真的不了解中国官场吗？中国官场规矩大着呢，许多事能做不能说，许多事能说不能做，比如眼前股权的事。

周到继续交代，你们的人不是又和红星厂的人打架了吗？别轻易收风，让子弹多飞一会儿，看孙和平怎么去和任延安谈合作！只要任延安不认可，孙和平就算从刘必定那儿拿下了红星的股权，也很难收服红星公司。王小飞说：那是，那是。周到最后说：记住，这事搅黄就行。王小飞胸脯一拍，周总放心，谈成我没把握，搅黄我有办法。

后来的事实证明，搅黄也不容易。刘必定太狡猾了，人在监狱待着，却啥都知道，和王小飞一见面就说，汉江重卡都ST加星了，双方没有谈的基础。王小飞很雄辩，道是正因为企业遇到暂时困难，才要重整装入优质股权。他让刘总说个价。刘必定没明说，亲切回忆历史，两年前杨柳就开价十二亿了，今天怎么也得加两亿吧？王小飞便问孙和平和北机的报价是多少。刘必定先是不说，后来诡秘地透露，离十四亿相差无几。王小飞就报了个十四亿五千万，希望刘必定给个准话……

刘心定隔着铁窗摆手，不要急，你们和北机的报价来了，还有一家报价没来呢。王小飞不明觉厉，哪一家？刘必定说：简杰克的达摩产业。王小飞说：算了吧，达摩产业不是中国企业，没有振兴中华的义务。刘必定似乎看出了什么，你好像也不愿尽这个义务吧？王小飞笑了，看出来了？所以，咱们直来直去，我对你的股权没兴趣，可领导有兴趣，我只好来探监。刘必定心里明白，杨柳让你来的吧？给北机下套使绊子？王小飞呵呵直乐，哎，看透别说透，都是好朋友嘛！

三十八

北机董事会通过了收购希望控股股权的方案，孙和平又一次到省城向集团汇报。虽说是先斩后奏，但符合上市公司程序。杨柳就算心里有气，也挑不出什么毛病发难。事实也是如此，二人见面后既礼貌又亲切，不像彼此提防的对手，倒像一对割头换的好兄弟。杨柳亲自为他泡了壶大红袍，孙和平也嘘寒问暖，关心起了领导的私生活。

哎，老学长，怎么听说你和秦心亭真要离了？杨柳一声苦笑，叹息说：冷战两年，我实在是受够了，她倒好，越战越勇了！上周竟然给刘洪川省长写了一封信,说我有作风问题,气死我了。孙和平坐在沙发上喝着香浓的大红袍,秦总是说你和祁小华的死灰复燃吧?杨柳说:是,她要求刘洪川和省委撤我的职。祁小华呢,也纠缠不休,我被她们俩前后夹击,有苦难言啊。算了,不说这个了,说了烦。孙和平劝道:其实,秦心亭还是不错的,能不离最好还是别离了吧。杨柳苦笑,和平,你可离了两次了,我离一次就不行?啊?孙和平说:老学长,这你不能乱羡慕!你可不是我,你是当代圣人,坐怀不乱的!

这时,办公室门开了,周到端着一只大茶杯,摇摇晃晃走了进来,谁坐怀不乱啊?孙和平看了周到一眼,还能是谁?我们杨书记啊!杨柳摆了摆手,好了,和平,别闲扯了,言归正传,周总,开始吧!

周到在孙和平对面的沙发上坐下,摊开笔记本,和平同志啊,你电话里汇报说是,上周开了董事会,要相机收购一笔股权?是不是刘必定宏远集团遗留下来的那笔股权啊?孙和平说:是,一直谈着呢!周到意味深长,为这笔股权,咱们可是闹过不愉快啊!孙和平说:岂止不愉快?教训深刻啊!当年我一时冲动,未经董事会批准,也没向集团汇报,就让田野和刘必定接触谈判,受到了杨书记和您的严厉批评。

杨柳笑道:所以,这次你先开了董事会,而且还把这项收购预案通过了?孙和平说:是,北机董事会认为,收购这笔股权,利在当前,功在长远。而且红星重装公司经过这两年的积累,资产质量进一步提高,值得收购。杨柳沉吟着,孙总,我和周总同意你这个判断,支持北机实施这次收购。孙和平说:太好了!杨书记,周总,北机董事会研究时认为，目前股市低迷，大量股票跌破净资产，收购宜早不宜迟。

孙和平这么说着，心里却也有些诧异，杨柳这么轻易就让他过关了？这时，窗外阴云密布，一场暴雨即将来临，天气预报说今天有台风过境。墙上挂着石英钟，秒针嘀嗒走着，给他莫名的压迫感。孙和平把目光投向周到，这位老对头面无表情，难得的沉寂。孙和平闭拢嘴巴，等待杨柳出招。他坚信，不动声色的老学长肯定埋伏着一步好棋，在他想不到的地方、以他料不到的方式，给他来个迎头痛击……

杨柳一脸亲切的笑容，探问：和平啊，你这次去探监，刘必定给你报的是什么价啊？孙和平恳切地看着杨柳，杨书记，这报价我不能说，是商业机密。杨柳表现得比他更恳切，和平啊，我们集团既不是你的竞争对手，也不是你的交易伙伴，我们是第一大股东啊！你对我们有啥商业机密可言？周到笑道：开个玩笑啊——除非你又想把队伍拉走，另立山头。杨柳说：孙总怎么会另立山头呢？孙总，说说！孙和平想了想，你们不但是北机的第一大股东，还是我领导，我对你们不保密，但你们要替我保密，不能把报价传到重卡王小飞那里去。

周到装糊涂，为啥？你们和重卡干上了？不应该啊！孙和平只得亮出明牌，据说王小飞他们也看上这笔股权了。杨柳一脸诧异，哦？周总，这事你清楚吗？周到说：不是太清楚，孙总对我们保密，王总对我们也保密啊。杨柳说：现在孙总对我们不保密了，哎，和平，说呀，你们报价多少？孙和平压低声音，十二亿八千万。周到一怔，这么少啊？不是说十四亿吗？！孙和平说：我这数不算少了，现在资本市场上遍地黄金啊！杨柳说：没错，和平，和他们慢慢谈，不要着急。

正事说完，周到走了，孙和平也起身告辞。不料，倾盆大雨浇了下来，雨水如泼，打得玻璃窗噼啪作响。这样的天气走不了了，杨柳留他再坐一会儿。于是，孙和平便留下来继续喝茶。喝茶时，杨柳透露说：和平，知道不？这次公推公选，你可是第一名啊！咱们汉重集团一共有八十八名副处以上干部推举，你得了八十六票，前所未有。

孙和平眼睛一亮，这么说，只有两人没投我票？杨柳说：是啊，所以我说是前所未有嘛！孙和平感慨起来，我可知道啥叫公道在人心了。杨柳说：就是嘛，大家的眼睛是雪亮的。哎，和平，如果省委让你离开汉重，你舍得吗？孙和平很恳切地说：当然舍不得，可得服从组织安排啊。杨柳说：对，党员干部就是要服从组织安排。孙和平想了想，又说：不过，也得看咋安排，如果是市长、书记那种干事的位置，我当仁不让，一般的厅局就不能考虑了。老学长，你说呢？

杨柳笑了，孙总，你也太牛了吧？连一般厅局都不考虑了？孙和平发现失言，忙道：我也就随便一说。杨柳话里有话，怕是没那么随便吧？你这同志很有想法嘛。孙和平不敢讨论下去，调转话头问：杨书记，你咋回事？听说你只得了两张推荐票？杨柳脸一拉，谁在那里乱说啊？孙和平有些得意忘形，探问：杨书记，你是不是因为工作得罪人了？杨柳说：干工作总要得罪人，这是没办法的事。孙和平立即感慨：所以现在混日子的老好人太多！像我们真正想干事又能干成事的人就显得很宝贵了。杨柳说：但事情正在改变，你这次不就上来了吗？孙和平咂嘴，可老学长，你受了委屈了还这么大度，让人佩服。杨柳淡然一笑,别佩服了,我早正厅级了,不在推荐之列。孙和平一怔,惭愧了,我还搞错了?杨柳说:可不是搞错了吗?你呀你……

这时,外面的雨小了,孙和平起身告别。杨柳送到门口,又交代说:和平啊,你给我记住了,关键时候一定得稳着点!像这次和刘必定的交易,要时刻想着,刘必定不是别人,是你我的老同学,得慎之又慎。孙和平说:我知道,所以我想速战速决,不给刘必定抬价的机会。杨柳有些意外,哦,又要去探监?孙和平说:必须的,总是夜长梦多啊。杨柳说:一定要慎重啊。孙和平说:是,慎重,肯定慎重!

三十九

雨后,一道彩虹跨过东山角,落到白花涌动的海面上。早年间据说可以看见海市蜃楼,现在大城崛起,能看见彩虹已经难得。杨柳和周到约定要去见刘洪川省长,刚走出集团大楼,就被眼前的景色迷住了。彩虹当空,一群海鸥在海面盘旋,转了一圈又一圈,似乎像人类一样迷恋美景。最后,它们索性展开白色翅膀,奋力向彩虹飞去。

在门厅上了车,杨柳对周到通报说:咱们孙总一得意就忘形,以为自己德高望重,一般厅局都不考虑了。周到说:那咋办,咋把他提拔走?杨柳说:这次有几个地方位置,帮他跑跑看吧。周到咂嘴,这事闹的?替他跑官,还得给他弄个书记、市长干干?杨柳说:看这话说的？我们弄得了啊？推荐！给个市长，王小飞干不了，孙和平就干得了，像平州，有老伍这种市委书记把着，让孙和平拼搏去嘛！当年的北机，眼见要破产了，死马当成活马医，孙和平不就创造了奇迹嘛。

周到说：那也不是孙和平一个人的功劳，你我、咱们集团起了决定性的作用。杨柳说：这也要实话实说，没有孙和平，就不会有今天的北机。我们只是给了孙和平一张集团入门券，北机活下来，而且活得这么精壮，孙和平功不可没。周到说：所以，他现在进入了省委领导视野，成了风云人物。杨柳说：是啊，刘省长就很欣赏他，这次得了这么多票，提拔不是没可能！在刘省长面前，你我可得配合好了……

工作汇报进行得很顺利，刘洪川对南柴厂的技改项目做了重要批示，让有关部门给予政策性支持，随后问起了孙和平，哎，对了，和平同志怎么样啊？好久没见他了。周到本能地讥讽，刘省长，您说他能怎么样，花果山上美猴王，牛啊。杨柳发现不对劲，打断周到的话头，哎，该牛就得牛，理直气壮地牛嘛！就像刘省长说的，把企业搞上去了，就该理直气壮前排就座！周到说：对，对，理直气壮……

刘洪川想了起来，哎，这次公推公选，孙和平的呼声很高啊！杨柳说：是的，是的，刘省长，这我正要说呢。孙和平作风正派，真抓实干，尽管没出任副厅实职，可这括号也括了两年多。刘洪川挥了挥手，什么正厅级、副厅级，还括号？！搞企业就是搞企业，世界五百强都啥级别？比尔·盖茨、巴菲特是什么级别？杨柳温和地干笑着，多少有些窘，刘省长，咱这不是在中国搞企业吗？干部配备讲级别也不是一时能改得了的。是吧？周到说：就是，国企领导不就图个级别吗！刘洪川显然有些意外，看看杨柳，又看看周到，哎，你们二位还嫌级别小吗？杨柳忙摆手，哦，不是，不是，我……我们说的不是自己。周到说：刘省长，我们是替孙和平说的！刘洪川一脸讥讽打量着杨柳和周到，你们替孙和平邀功讨赏来了？看来孙和平官瘾见长啊！杨柳忙道：刘省长，您别误会，千万别误会，这不是孙和平的意思……

周到说：老领导，是我们要为孙和平说点公道话。杨柳也说：不能让好人吃亏嘛，是吧？刘洪川笑道：杨书记啊，我告诉你，在我这里，好人吃不了亏！但是，孙和平的事不好办啊，你们说怎么提拔他啊？集团再增加个正厅级？说得过去吗？杨柳说：我们也知道在汉重集团安排有困难，可咱们的省厅局级单位多着呢，就说这次公推公选民主推荐吧，除了厅局，不还有市委副书记、副市长的岗位吗？周到呼应，就是，刘省长，你都不知道孙和平现在威望有多高……

刘洪川似乎动心了，领导同志缓缓踱步，像是在思考他们的建议。杨柳努力控制着情绪，眼睛朝阳台看去。敞开的玻璃门飘来阵阵桂花香，阳台上几盆金桂开得正旺，风一吹，米粒般的花心便吐出醉人的芬芳，宽敞的办公室因此有了公园的气息，秋天的风景在人们的嗅觉中呈现出来。杨柳静静地吐纳呼吸，品味桂花带来的独特香气……

刘洪川似乎想定了，停止踱步，双手抱臂，站在他们面前，你们觉得让孙和平去哪个市当市长书记合适吗？杨柳说：我看挺合适。您对孙和平同志比较了解，他可是个能开拓局面干大事的人啊，我觉得他不比现任的市长、书记差！刘洪川说：这倒也是事实。行了，你们的意思我听懂了，不就是想把孙和平给提拔调走吗？孙和平这次是不是就安排、怎么安排，不是哪一个人能定的，省委常委会上看吧！

杨柳和周到对视了一下，抢着和刘洪川握手。周到握着刘洪川的手，激动得有些过头，老领导，孙和平这次要真能给安排了，我们汉重集团三万员工感谢您，感谢省委省政府。杨柳说：哎，周总，你别这么激动。刘洪川笑道：还别激动呢，杨书记，连我都被激动了。杨柳又解释：刘省长，我们可没推荐孙和平到哪个地方做一把手啊。周到说：就是，孙和平是平州人，在平州做个管工业的副市长挺好的。刘洪川脸一拉，周到，组织部部长啥时让你当了？你把孙和平安排到平州了？杨柳赔着笑脸解释：刘省长，周到就是在您面前建议一下。

刘洪川问：你们集团班子没出啥问题吧？杨柳说：我们班子咋会出问题呢？我们现在大事讲原则，小事讲风格，是个特别团结战斗的领导集体。周到也说：我们和孙和平团结得很好，就一个全国劳模都给了孙和平。刘洪川说：好，你们团结就好。带个话给孙和平，让他好好搞全系列发动机，少考虑啥厅级、副厅级的！杨柳苦起脸，刘省长，我不是说了吗？孙和平没考虑这些，是我们替他考虑的。刘洪川不悦地说：你们少替他考虑，给我耍啥心眼啊？回去该干啥干啥！

说这话时，刘洪川心里一阵不安：汉重看来有问题，杨柳、周到竟然来为孙和平跑官要官，怕是要把孙和平礼送出境，实施削藩吧？

中午，在机关食堂门口碰上了省国资委主任陈丽娟。陈丽娟和刘洪川开玩笑说：哟，刘省长，你亲自来吃饭了？刘洪川笑道：本想让你替我吃，肚子不干啊！哎，丽娟同志，我正要找你，过来过来，咱们一起吃，我要向你咨询点事！陈丽娟跟着刘洪川进了小餐厅。

这是一间普通餐厅，只是位置隐蔽安静，在机关食堂后面的一片小树林旁。屋内布置简洁干净，墙壁雪白，桌子擦得明晃晃，餐具能照出人影来。吃的是自助餐，长条桌摆着各种菜肴，丰盛而不奢侈。

刘洪川和陈丽娟边吃边聊，汉重和北机班子目前是个啥情况？有没有不团结的苗头？陈丽娟没说班子团结不团结，只道：北机上市后飞速发展，产值利润倍速增长，日渐壮大，全系列发动机的产量质量都上去了，国有资产实现了保值增值。刘洪川说：这我都知道，所以一直让孙和平前排就座。陈丽娟不动声色，刘省长，枪打出头鸟，是不是谁又找你告北机的状了？刘洪川吃着饭，没人找我告状，我是想听你说说情况！怎么，孙和平是不是想跳出如来佛杨柳的手心？想把国有股权从汉重划到省国资委来，这样杨柳和周到就管不着他了。

陈丽娟一脸萌态，哎，刘省长，你这个意见不错，我们国资委赞成。刘洪川脸一拉，陈丽娟，你也支持孙和平闹独立性啊？陈丽娟忙否认，不，不是，刘省长，这是你的指示嘛，我就随口呼应了一下。

刘洪川思索着问：你说，杨柳和孙和平是不是调走一个呢？陈丽娟没作声。刘洪川用筷头点点桌子，问你话呢！陈丽娟说：我可不敢乱说，你领导定！刘洪川感慨，终究是一山不容二虎，孙和平和杨柳都太强势了。陈丽娟问：那把哪只虎调出去呢？刘洪川说：这不是征求你的意见吗？说说！陈丽娟试探说：杨柳不一直是副省级干部人选吗？这都后备了两年了吧。刘洪川明白了，你说调杨柳？哎，你没吃孙和平的回扣吧？陈丽娟说：我吃啥回扣？是你省长征求我意见的。

刘洪川想了想，算了，算了，不和你说了！丽娟同志，你给我听好了，我既不赞成孙和平把北机独立分出去，也不允许杨柳排挤孙和平。让他们都好好待在汉重集团里做大做强。陈丽娟说：是，是，刘省长。刘洪川强调：谁内讧谁走人，没提拔升官这回事，就是撤职走人！陈丽娟似乎想说什么，又没敢说，随口应着：是，撤职走人……

四十

因为那笔股权，一拨又一拨的访客络绎不绝来探监。孙和平前脚走，王小飞后脚来，刘必定心里有数，这是杨柳出手了，王小飞只是跑腿探路的。因此底气更足了，孙和平再来看他时，他端详着孙和平直乐，孙总，看来你对我感情还挺深的呢。孙和平说：那是，一日不见如隔三秋啊。刘必定说：那你干脆开个房在这儿住下得了！这笔股权让你牵肠挂肚是吧？孙和平说：是，咱俩知根知底，两小无猜，谁也瞒不了谁啊。刘必定说：那你还不愿陪我多聊聊天？王小飞这两天过来陪我聊了两次。孙和平说：所以我又过来了，陪你聊个透！瞧，还帮你换了个好地方。为此我们和监狱方面达成了一项战略合作意向。

因为达成了战略合作意向，这次会见得以在监狱图书室进行。

刘总，你看咱们今天从哪里聊起呢？要不，你再给我背诵《存在与虚无》导言的第二段？孙和平说。刘必定品着茶，还背诵啥？我今天没心情。孙和平笑道：你是背不出来了吧？就会那几句吧？那咱说现实的。王小飞给你报价了？刘必定说：没错，比你们的报价高一大截。孙和平说：是吗？那你还不和王小飞成交吗？刘必定讥讽地看着孙和平，难道你就不愿为你未来大北机的梦想多付点对价吗？

孙和平说：不，我不为讹诈付费。刘必定说：王小飞怎么是讹诈呢？杨柳听见绝对饶不了你！孙和平说：我还饶不了他呢！杨柳是故意搅局。他们就算有钱，也进不了西川省，任延安不会答应的！

刘必定道：你这一说，我倒也想起来了，和平，你也得先做好任延安那边的工作，然后再来找我拿股权，否则就算我们达成协议，你也同样进不了西川省！孙和平说：这还要你提醒？我早想到了，我们打前站的已经过去了，我这边和你谈成了，立即飞西川去。刘必定笑道：你先去会见任延安吧，看这个倔驴能不能让你进他红星厂的门！

孙和平说：这不用你操心！必定，你给我个话，十二亿八千万行不行？刘必定道：和平，这笔股权的市值当时可是六七十亿啊！孙和平说：可杨柳截和时，你们的协议价就是十二亿了，我今天给出十二亿八千万，不少了。你未了的民事官司十几起呀，我有个担心，万一涉及你妹妹刘必英，这笔股权再被冻结，然后被债权人分割……

刘必定打断孙和平的话头，和平，我得承认，你比两年前成熟多了，考虑到了每一个细节，都有点让我肃然起敬了。但是，如

191

果你能再加八千万的话，咱们今天就可以成交了。孙和平手一挥，No！刘必定报怨：孙和平，不是我说你，你这个人一现实起来就不好玩了！

孙和平说：刘必定，你更不好玩！见钱眼开，啥理想情怀都不能说服你。刘必定道：那你少和我谈理想情怀，我可不愿为此付费。孙和平一脸庄严，俗，刘必定，你怎么变得越来越俗了？太让我失望了。刘必定说：和平，今天先不说了，你回去想想，我也再想想吧。孙和平既恼火又无奈，你还想啥？刘必定，我不信你为了多卖八千万，就毁掉咱们的一个伟大的梦想！刘必定道：别咱们，是你们，我已经完蛋了。孙和平说：未来的北机也有你的份，你出狱后，我高薪聘你做副总，行不行？刘必定摇摇头，我此生再也不会为别人打工的！我上次就和你说了，你和杨柳鹬蚌相争，我渔人总要得一些利的！孙和平无奈，气道：好，好，刘渔翁，我他妈的认你狠，咱们都再想想吧。

刘必定还在等一条大鳄，鬼佬简杰克应该现身了。这位中国通肯定知道目前的形势，来晚了股权就没他份儿了。入狱后，刘必定一直怀疑身边有简杰克的卧底，一个鬼佬怎么对宏远的情况这么了解？刘必定揣测，来监狱谈生意的人肯定是简杰克的心腹，这人他也许认识。

然而，真正面对简杰克派来的代表时，刘必定还是狠狠地吃了一惊。说狠，是因为他的心被锥子扎了一下似的，扎得又深又重。隔着大玻璃，他看见白晴精心化妆的脸，一瞬间明白过来，那神秘的卧底正是这个漂亮女人。他最信任的办公室主任，她和他保持了很长时间的暧昧关系,她竟然做了外资的奸细,真叫刘必定大跌眼镜,羞愤难当。

白晴看着铁窗内的刘必定,微笑着向他报价:刘总,达摩产业向您报价十四亿。刘必定看着白晴,淡然问:怎么是你代表达摩产业来向我报价啊?白晴说:刘总,您落败后,我就去了达摩!

刘必定嘴角浮现出一丝嘲讽,是我落败后,还是落败前啊?

当然是您落败后,白晴目光游移,两年前,您投案自首,我按您的要求留下来配合史庆达清理集团资产。后来又协助清理相关债权债务,一搞半年多,再后来,史庆达也被抓进去了,我就走了……

白晴的脸渐渐变得越来越大,只剩下一张红嘴唇在上下张合。刘必定的思绪飘远了,当初公开招聘办公室主任,白晴以出众的英语口语、精明强干的办事能力引起他的注意。以后她陪同他多次出国,接待一个又一个中外客户,签下一张又一张合同。应该说白晴是伴随他和宏远共同成长起来的,是有功的。因此,白晴的漂亮度虽不比别的女人高多少,却赢得他这风流老板格外青睐。他们无数次在宾馆里缠绵,他也大手笔给她金钱礼物,感情远超一般艳遇。祁小华很快发现了蛛丝马迹,警告他,敲打他,他全然不听。祁小华知道他的网游毛病,通常也能容忍,唯独对白晴耿耿于怀。兔子不吃窝边草,你不把工作和荒淫无耻分开,早晚要吃大亏!还真被前妻说中了……

白晴注意到刘必定走神,哎,刘总,您在听我说吗?刘必定怔了一下,哦,我在听,白晴,你继续说!白晴说:是猎头公司把我挖过去的,我当时并不想走,可您不在了,史庆达又进去了,我也只能到达摩产业去了。刘必定道：这很正常，人才都是流动的嘛，何况达摩是美国大公司。白晴说：刘总，您别误会，我忠于新东家，不忘老东家，我知道，当年达摩对这笔股权报价四亿零一元，让您很气愤。这次达摩研究报价时，我力排众议，提出了十四个亿。刘总，祝贺您赢了达摩一局！刘必定仍是那么平淡，谢谢您，白晴！白晴以为大局已定，那么，我们哪天去和刘必英的凯旋公司签合同？刘必定说：等几天吧，我会让刘必英找你的！白晴问：为什么还要等几天？刘必定淡然说：我总要对汉重和北机有所交代嘛！白晴说：这倒也是。

此后，刘必定眼睛微闭，不再言语。白晴犹豫着想说什么，又没说，场面有点尴尬。最后情人兼商业间谍长叹一声，起身告辞。白晴眼里闪烁着泪花，回首望着刘必定，我在你身边度过人生最重要的时光，我永远不会忘记这份情，请你相信这一点。刘必定站起来，那好，你给我一句真话，简杰克什么时候找到你的？白晴迟疑一会儿，终于回答：希望控股上市时，他派人找到我在美国留学的侄女⋯⋯刘必定一挥手，知道了，这么早就对我下手了，这鬼佬不愧为华尔街大鳄。

刘必定在监狱中睡眠一直很好，这一夜却失眠了。破产是最好的历练，一下子看清许多人和事。但有些细节很折磨人，刘必定翻来覆去想着一件事——一元钱！那次与简杰克见面，他怀着最后的希望期待股权的报价，简杰克竟然只加价一元钱！四亿零一元，还说这是出于对他的尊重，这是多么侮辱人啊！在宏远破产过程中，孙和平、杨柳，甚至秦心亭都没有侮辱过他。他们是出于各自的立场参与博弈，只有这个鬼佬，带着难以描绘的恶意侮辱了他。一元钱是一道刀痕，让刘必定永远铭记在心。现在报价十四亿真算他赢吗？他是不是应该为了自己和中国企业家的制造梦，做一回民族主义者了呢？

于是，孙和平第三次探监时，刘必定把达摩产业十四亿报价摆到了桌面上。不料，孙和平啥都知道，见面就说：你那个办公室主任白晴可是达摩产业的卧底，她报的这个价有些可疑。刘必定说：没啥可疑的，达摩志在必得，而且有西川国资委汤家和支持。杨柳和汉重集团却不支持你，还让王小飞和你捣乱，你面对的麻烦不小，可以说是内忧外患。孙和平说：但是，我会争取任延安和红星的认可！你妹妹刘必英告诉我，说你要做一回爱国者，所以我才又急忙赶来，第三次探监！这差不多可以和刘备的三顾茅庐比美了吧？刘必定搓着手说：和平啊，尽管我的良知选择了你，可达摩报价毕竟是十四亿啊！

孙和平说：是，是，这里有一亿二的差价，这是事实。刘必定说：一亿不计，你起码得再加两千万吧？十三亿！孙和平叹息，必定，增加两千万不是不可以，实事求是说，也算公道，可一旦独立不成，杨柳和集团就会收拾我！罪名是现成的：向你输送利益。刘必定说：王小飞不是率先暗中抬价八千万了吗？我只要你加两千万。孙和平说：但是，只要杨柳当我的领导，我就说不清，这厮能假公济私整死我！刘必定，你这么善良，一直同情我，肯定不愿看着杨柳再次收拾我吧？

刘必定不高兴了，要不，和平，你先去向杨书记汇报一下？孙和平想了想，下了决心，汇报个屁！我这次就冒着杨书记的炮火前进了！刘必定说：这就对了嘛，该出手时就出手，不能老算计后果。

孙和平苦笑，你敢不算计后果，我可不敢，我上面可是压着五指山啊！刘必定说：所以有时我就想不通，你说你这么拼命，图啥呢？孙和平说：雄鹰一心想飞上蓝天，你说雄鹰图啥？刘必定一怔，明白了，这是本性使然。和平，真诚地祝你和北机成功！孙和平有些感动，后退半步向刘必定深深地鞠了一躬，谢谢你，必定，现在我可以鹰击长空了⋯⋯

四十一

任延安号称民族主义者，却从未放弃有利可图的对外合作。尤其是宏远垮台、刘必定入狱之后，引资动作频繁，但没一桩谈成的。业界的评论是，任延安是葛朗台式的老狐狸，谈不成正常，谈成倒奇怪了。最近，和美国卡明斯长达十个多月的战略合作谈判又在最后时刻谈崩掉。偏在这时，孙和平带着北机班子的主要成员过来了。这让任延安大喜过望，这真是想睡觉来了枕头，必须认真对待。于是，在得知孙和平确定行期后，任延安就交代手下李副总，多管卡明斯的洋鬼子两天好饭，继续谈下去，让洋鬼子暂且留步。李副总不解，问他啥意思，任延安说：北机来了嘛，得让卡明斯帮着烘托一下气氛。

李副总眼睛亮了，太好了！北机现在厉害了！孙和平亲自来了吗？

任延安很快乐，亲自来了！孙和平、田野、钱萍、严格辉，来了四个正副总，要和我不见不散，我推托说在和卡明斯谈判，没空见他们!

李副总明白了,这么说,好戏又开场了?任延安说:是不是好戏我不知道,但孙和平和刘必定关系非同一般,很有可能从刘必定手上拿下咱红星的股权。不过,对孙和平我还没看准!这局棋很大,成败都不是小事。成则两利,大北机扬帆起航,红星就上了顺风船;败则双输,都会头破血流!李副总试探说:所以,任总,您还想看一看?

任延安道:是要看看,看看孙和平是不是另一个刘必定。李副总叹息说:刘必定毕竟输了,宏远远去了。任延安说:但我们赢了,宏远系投了十个亿,让我们在行业最困难时活过来了!李副总乐了,对,对,而且还活得挺滋润,这有点像诸葛亮草船借箭啊!任延安意味深长,现在看出来了?没有刘必定加盟,我们哪是汉重的对手啊!李副总说:那咱们这次还得抓住机遇,毕竟机会难得,万一孙和平他们不等了呢?任延安不在意地说:他们愿意走就走呗,又不是我让他们过来的。李副总有些疑惑,任总,你不再来一次草船借箭了?任延安胸有成竹地说:这次是另一种玩法了,姜太公钓鱼。李副总猜测问:愿者上钩?任延安点头,你放心好了,孙和平比我固执,你赶都赶不走!

李副总还是担心,现在的北机不是过去了,在业内大名鼎鼎,孙和平更是一个传奇,便小心建议说:任总,你姜太公也得把渔竿伸出去啊。任延安道:我渔竿早伸出去了,孙和平也早看到了,否则他能屁颠屁颠过来?任延安让李副总密切监视孙和平一行的举动,自己跑到内部招待所躲了起来,连晚饭都没回家吃。这期间,李副总不断向他汇报,从孙和平一行进入厂区,进入公司,直到进入工人新村，到他家门前守候等他。李副总认为他应该出头了，否则说不过去。任延安心里一热，几乎要出头了，可走到招待所门口，又缩回了头。

他不怀疑孙和平和北机的诚意，但怀疑合作的可行性。汉重集团和杨柳不是吃干饭的，怎么可能轻易放手麾下的北机呢？两年前孙和平蠢蠢欲动，想火线起义，和刘必定合作，结果被汉重和杨柳一举拿下，按在地上打屁股，害得刘必定和宏远一起完蛋，殷鉴不远啊！

挣脱汉重的绳索不容易，他要看看孙和平的决心。现在障碍不在他这边，他只能做姜太公，看鱼咬不咬钩，有多大的决心咬钩……

太阳西下，天边一片橘红色。孙和平几个人站在任延安家门前的小花园旁，望眼欲穿。眼看一个多小时过去了，仍不见任延安下班归来。田野认为这么多人来这儿罚站，有点说不过去，传出去会让业界笑话。孙和平却觉得是一段佳话——刘备三顾茅庐请出了诸葛亮，他和钱萍两年前追了任延安一次，加上今天也不过两次。田野说：那咱们还要再来一次啊？钱萍说：这次见不着，就得再来嘛。田野说：我可不来了。我可没想到，当年困难的时候求人，今天财大气粗了，还要来求人！孙和平说：但性质不同了。过去求人是为活下去；今天是为壮大自己。不抓住机会壮大自己，将来咱们还会为了生存去求人。

不知啥时，天黑了下来，大家都饥肠辘辘。钱萍熟门熟路，在小区门口的朝阳饭店买了一大袋包子，热气腾腾捧到孙和平面前。孙和平抓起包子就往嘴里填。田野、严格辉也不讲究，纷纷伸手，塑料袋里的包子转眼间就没了。孙和平擦着嘴边的油水,呜呜噜噜地道:钱总,你们红星新村的包子咋这么好吃?胜过下馆子。钱萍笑道:你是饿的,我们住在这里多少年,从来没觉得这包子有什么好的。孙和平点头说:有道理,我老妈在世时常说,饱时蜜不甜,饥时甜如蜜。

这时,孙和平发现严格辉有点不对劲,长时间仰望星空,一言不发。干吗呢,你在数星星?孙和平问。严格辉小时候爱好天文,参加少年宫活动,学了不少东西。说是猎户星座今天特别亮,可能受到太阳黑子活动的影响。孙和平听严格辉这么一说,也来了兴趣,问严格辉猎户星座在哪里,严格辉就指指点点,教孙和平辨识星座。钱萍暗自叹息,觉得这个任延安也太不像话了,整得一大群人数星星等他。

又过了好半天,任延安终于回来了。一道雪亮的车灯划破夜幕,任延安的专车在门前停下。任延安从车里下来,和孙和平、田野、钱萍、严格辉一一握手,哎呀,你看看你们,怎么非要见我呢?我皮黑肉粗的,又不是大熊猫,有啥好看的!钱萍赔着笑脸说:任总,孙总两年前就想见你了。孙和平乐呵呵的,是啊,是啊,任总,两年前我和钱萍都追到飞机场了,上广播找你,你就是不理我们。所以,这次我和他们说了,和你是不见不散了!任延安淡淡道:都屋里坐吧!说罢,径自进门上楼。孙和平、田野、钱萍、严格辉也跟着上了楼。

进门后,任延安让远道而来的客人在客厅的老式沙发上坐着,给每人倒了一杯白开水,自己就在老婆的伺候下,耷拉着眼皮吃饭。

孙和平像是没看出任延安的怠慢,任总,您吃您的饭,我说我

199

的事，我知道您很忙，绝不多耽误您的宝贵时间，我们话说完就走，给您和红星提供一种选择。任延安喝着小米粥，咬着馍，不冷不热地说：我们没啥要选择的，我们正和卡明斯谈合作，谈得呢，也比较顺利。

钱萍说：任总，就算您选择了卡明斯，听听我们的想法总没啥坏处吧？任延安耷拉着眼皮喝粥，喝粥声很响，好，那你们说，随便说！

孙和平看着任延安，任总，您想引进卡明斯我不奇怪，就像当年我不得不投奔汉重一样。但这里有个区别，北机当时别无选择：厂子停产瘫痪，银行停止贷款，资不抵债。红星不存在生存问题。你们在国内市场是汉重集团最强大的竞争对手。你们有成长为一个伟大企业的可能。任延安说：多谢你恭维，我想，卡明斯就是一个伟大企业。

但它不是您参加缔造的伟大企业。加盟卡明斯，红星就成了卡明斯的一部分，中国民族工业伟大企业的名录上将永远不会有红星的名字。其实，你们还有另一个选择，那就是参与缔造一个伟大企业。

这个伟大企业是不是叫"汉重"？任延安问。孙和平说：不，这个企业叫北机——北机集团！任延安说：北机不就在汉重的旗下吗？孙和平道：将来的北机集团肯定不在汉重旗下，否则，我没必要来见您！

任延安不接话，拿起一只烧饼翻来覆去地看，好像在琢磨孙和平的话，又像在研究烧饼。孙和平环视屋内，让他慢慢思索。老任这个人生活过于简朴，餐桌、椅子、橱柜都是老式的，与老房子相配，想必是结婚时置办的。只有墙上的液晶大彩电跟得上潮流，也许是孩子长大成人后送的。屋角一只古董级立式木钟，当当敲响十一点，声音喑哑，仿佛从久远年代传来。看这些家具摆设，就能看出主人风貌。

任延安似乎想明白了，孙总，说说你和北机的想法吧。孙和平眼睛一亮，说了起来：我的想法是，取代当年的刘必定，和您进行战略合作。具体设想是，将红星和北机资产进行整合，利用北机股份的融资平台，扶持红星做大做强。最终北机股份、红星重装和希望控股合三为一，以北机集团的名义在香港和内地两地整体上市，实现共赢。田野及时插上来说：未来的北机集团将实行股权激励，高管集体持股。

任延安眼睛明显一亮，刘必定早就向我提出过，员工持股，混合所有制。钱萍说：现在北机的体制就是混合所有制，高管层治理结构非常有效。任延安这才说了实话，这我都知道，你们研究我，我也在研究你们！孙和平感慨说：我们其实早该见面了。两年前，我们就追过您，萧何月下追韩信嘛，在汉江都成新经典了。任延安笑了，那晚有月亮吗？没有吧？我记得是个阴天！钱萍说：反正我们追过你吧？

孙和平趁热打铁，今天我们又在这等了您四个多小时，说是程门立雪也不为过吧？任延安不解，程门立雪？什么意思？钱萍解释：任总，这是个典故，说北宋大学问家杨时拜见老师程颐，见程颐在睡觉，就站在门外等。这时天下大雪，等到老师醒来，杨时已经成了雪人。

任延安明显动了心，把碗一推，不吃了，孙总，刘必定手上的股权是不是落到了你们手上？孙和平说：我三次探监，已经谈得差不多了，只是股权转让合同暂时还没签订。任延安问：为啥暂时没签？你们又在想什么呢？孙和平笑道：没您任老总认同，无法入驻红星，刘必定手上的股权还有意义吗？任延安也笑了，孙总，你真是明白人！

气氛产生了变化，任延安切了一只西瓜——递给大家，北机股份整合红星重装和希望控股，做成了拥有整装能力的上市集团，汉重集团咋办呢？钱萍说：这个好办，我们目前正在做的工作就是这个——申请把北机股份的国有股权从汉重集团划拨到省国资委直管，这样也就形成平行的两大集团企业。任延安问：未来的两大集团是什么关系？合作，还是竞争？孙和平说：有可能合作，有可能竞争，顺其自然，市场经济嘛。任延安说：汉重集团曾经救助过你们北机股份，汉重集团的杨柳还是你大学同学，你背叛汉重集团和杨柳，心能安吗？

孙和平说：这是两回事，和心扯不到一起。一个伟大企业的成长必然伴随着无数血泪，自己的血泪和别人的血泪。伟大企业的文化是非凡的文化，不是俗人能理解的。如果杨柳认为这是背叛，那我只能认为他是个二流角色。任延安说：好，你的想法我知道了，容我再想想吧，也和班子里的同志商量一下。刘必定的合同，我建议你们尽快签下来，免得夜长梦多。孙和平大喜过望，一把握住任延安的手，任总，谢谢您的提醒！任延安说：孙总，我可没答应你们什么啊！孙和平说：您没答应什么，我们也没说什么呀，我们大老远来了，能到厂里看看吗？任延安说：可以，我让办公室安排，想看哪，你们随便！

四十二

孙和平怎么突然带着田野和钱萍、严格辉空降红星了？这不会是旅游观光吧？意味着啥？反叛和独立呼之欲出。听罢周到的汇报，杨柳就想，希望控股的股权对北机来说应该不是问题了。他这么防范，还是让孙和平这只神猴一个跟斗栽出了界外。这两年他忍辱负重，对孙和平和北机那么好，可还是没留住他们的心，该来的还是来了。

杨柳背着手在办公室落地窗前站住，久久眺望远方。海面耸立着几个小岛，被当地人依次命名为"大蛋岛""二蛋岛""三蛋岛"，椭圆形的岛礁由大到小排了一溜儿，还真像鸥鸟在波涛中下了几个蛋，颇有趣味。这些无人岛是海鸟的天堂，产卵季节，各种海鸥就成群地在空中海面上盘旋，嘶鸣声随风遍洒大海。看着风景，杨柳的心境渐渐又开朗起来。他对周到说：现在我们还有一张王牌可打，就是刘省长……

可能是心有灵犀，这时，桌上电话响了。杨柳抓起话筒，突然一个激灵，哦，是刘……刘省长啊！您怎么突然想起我来了？有啥指示？

电话里，刘洪川口气轻松，哪这么多指示，随便和你聊聊天！杨柳说：刘省长，您开啥玩笑，上班时间和我聊天，是有啥事吧？刘洪川说：是，有好事找你，估计你会高兴，经你和周到大力推荐，省委常委会慎重研究以后啊，决定调孙和平任平州市副市长、代市长……

杨柳兴奋地看着周到,大声重复:什么?让孙和平去平州做副市长、代市长了?哎呀,好啊,刘省长,我们这个有能力的好同志到底用起来了!我相信,在孙和平的主持下,平州经济肯定会跨上一个新台阶!周到也激动了,先是冲着杨柳晃大拇指,后又把脑袋探了过来。

话筒里传出一阵莫测高深的笑声,笑罢,刘洪川说了实话:你和周到就做梦娶媳妇吧!别以为我看不透你们那点小诡计!你们不就是要踢走孙和平吗?老九不能走!你要敢削北机的藩,我就建议省委免你俩的职!杨柳说:刘省长,这哪来的事啊?集团啥时想过要削北机藩啊?这……这肯定是孙和平同志的误会!哎呀,这误会大了……

刘洪川口气缓和下来,我知道,孙和平呢,也不是太安分,日子好过了,就想独立门户自己开伙了,这也是胡闹嘛!我要找他谈的!杨柳问:孙和平若是坚持从集团分出去呢?刘洪川说:那省委先撤他的职!杨柳,你一直是听招呼的,我对你这同志比较放心,咱们今天就算谈过了!杨柳说:孙和平的情况,我想正式汇报一下!刘洪川说:别汇报了,你们那点事我都知道!哦,对了,发改委来了一个正部级副主任,分管制造业的,你过来陪一下吧!杨柳应了。刘洪川又说:就是陪客人啊,别又缠着我汇报工作。杨柳连连应着,行,行!

放下话筒,杨柳苦笑着,冲着周到手一摊,咱们继续陪孙和平练吧!周到叫了起来,刘洪川也真是的,他当省长的也这么开玩笑!杨柳苦笑,就是,开始把我高兴得啊,还真以为孙和平要调走了呢!

不过,事情没完,既然帮省长陪客,总能见缝插针汇报的。领导也是人,也容易受影响。他已经想出妙招,很可能摆平孙和平。玩笑里面有真意,机会难得,他必须说话。因此,杨柳赶到国宾馆一见刘洪川的面就汇报说:刘省长,在电话里我不好多说,这回我还真找到了一个好机会呢!咱省今年有几个到北京国家部委挂职的名额吧?

刘洪川不在意地问:是啊,你啥意思?是想毛遂自荐呢,还是推荐孙和平去啊?杨柳说:刘省长,您太英明了!当然是推荐孙和平去嘛!刘洪川呷了口茶,你不说我也猜到了。杨柳,你贼心不死啊!

杨柳有些怯,哦,不,不!您……您听我把话说完。刘省长,我推荐和平去国家部委挂职不是为了削藩。挂职期间,孙和平董事长的身份不变!我只是想利用这一年的时间,对北机进行必要整顿……

刘洪川看一下手表,杨柳的心悬起来,客人快到了?省长烦了?对他的想法不感冒?杨柳在官场混了大半辈子,察言观色、揣摩领导心思是很有基本功的。刘洪川一个看表的小动作,就像石子扔进水潭,引起杨柳一串联想。当务之急,必须把自己的思路完整表达出来,要有勇气,要坚定!向大领导做汇报,最考验一个干部的心理素质。

杨柳挪动了一下身子,向刘洪川面前靠近了一些,益发急切,刘省长,如果说我们汉重集团是一只大鹏的话,汉江重卡和北机股份这两个上市公司就是两翼,我不能让任何人以任何形式折我一翼啊!

刘洪川端起茶杯喝茶，杨书记，瞧你这话说的，没人要折你的翼啊！杨柳苦起脸，我这不是担心孙和平嘛！刘省长，我动削藩之念真是迫不得已，我是为了保护我的两翼，我不削藩，但要力保不折翼。

刘洪川不动声色，给你一年时间，你具体干些啥？杨柳说：重组管理层，不能让北机形成事实上的铁板一块。刘洪川说：给孙和平套上一个笼头也不是坏事，制约他想入非非。杨柳说：他一直想入非非，这不，和他三个高管现在跑到红星重装去了！干啥呀？卖发动机吗？刘洪川说：不卖发动机，难道不能去听听音乐吗？据说西川省的交响乐团很不错！所以杨柳，你别把孙和平想得那么神！西川的大型企业没那么好收购的，西川省汤家和尽搞地方保护主义，据说叫远交近攻！

杨柳说：是，汤主任思想解放，把红星的股权都解放到达摩产业去了。刘洪川判断，孙和平基本上是在做大头梦。杨柳说：他就是个疯狂的梦想家，搞不好会坏事的！刘洪川摆摆手，敢想敢干还是好的嘛！孙和平要是能好梦成真，把西川省的红星重装搞到手，我奖他一个大勋章，不过很难！杨柳说：是根本就不可能，这是异想天开……

服务员进来倒茶，谈话暂时中断。杨柳发现秘书看了一眼手机，匆匆走出休息室。他知道秘书的手机一般调为振动模式，有来电出去接听。莫非客人已经到了？休息室的门通宴会厅，杨柳隐隐约约听见秘书在门外说：省长等了一会儿，正在谈事。他知道汇报得结束了，必须抓紧时间把问题谈透。趁现在刘洪川情绪好，他的话能听进去。服务员走后，杨柳又对刘洪川说：刘省长，不说这个了，说挂职吧！

刘洪川说：国家部委的挂职得对口啊。杨柳说：对口，我了解过了，是机械工业口正司级巡视员，而且还是项目司，一般人想去也去不了，孙和平要真去了，能美死他。刘洪川疑惑地问：你估计这位有梦的同志会去吗？杨柳推测说：估计会去，这些年建新厂上项目，他没少和这个司打交道。刘洪川略一沉思，那好，我就给你一年的时间整顿北机。杨柳兴奋地说：刘省长，我就知道会有意外的惊喜。刘洪川说：但是，如果孙和平不愿去挂职，你就别勉强他，别再激化矛盾！

杨柳说：那当然，放心吧，刘省长，我会把握火候的！

这时，秘书快步走了进来，刘省长，发改委的客人到了！

刘洪川和杨柳同时站了起来……

四十三

夜幕笼罩大海，乌黑的远方有大船航行，灯光闪烁如流星在海上划过。孙和平与钱萍内心情愫生长，在夜色中漫步更有味道。起风了，月亮冲出厚重的云块，露出皎白的脸庞。海面顿时活跃起来，波浪跳动，银光闪耀。潮水哗哗扑上沙滩，吟唱着海滨特有的小夜曲……

孙和平沉浸在挂职的喜讯中，突然觉得杨柳变得可爱起来了，这厮让他去国家部委项目司，项目司啊，一个可以钩挂八方的平台！钱萍一脸不屑，认为他又利令智昏了，搞企业就是搞企业，不能想得太多。孙和平迎着海风,豪放地说:我怎么能不想啊?站到项目司这个平台上运筹帷幄,全国一盘棋,可以看得清清楚楚。钱萍说:但现在不是时候!一场大戏好戏就要开场了,你这个扛大旗的怎么能走呢?

钱萍的话有道理,孙和平沉默了,低着头踢脚下一块小石子。月亮又被云层遮住,浓浓的夜色将大海重新掩盖。唯有浪涛拍岸发出的喧哗,彰显着海洋的活力。孙和平思忖良久,渐渐清醒,长长地叹了一口气。他转过身,面对钱萍站住,脸上浮现难以觉察的笑容。一点草屑不知何时沾在他头发上,钱萍伸手取下,弹到海里。孙和平握住她的手,在岸边的长椅坐下。谈话继续,声音语调变得温柔起来——

钱萍,你说得对!北机、红星、希望控股的整合还没开始,我走了,对大局可能不利。咱们萧何月下追韩信、程门立雪、三顾茅庐没准都白费了。

钱萍说:就是嘛,虽说你还是北机的董事长,但真到北京挂职就鞭长莫及了。孙和平笑道:咱杨书记不会闲着,会趁机清理门户。钱萍说:对,等你从北京过足官瘾回来,别说田野他们,也许我都不在了!孙和平彻底清醒了,钱萍,你把我点醒了,谢谢,谢谢。

钱萍动情地说:和平,因为你有了梦,咱们北机人才有了梦,我才有了梦!你就像团火,熊熊燃烧,点燃了我和许多人的生命啊!在调到北机来之前,我的生命中只有一家家医院,我心如死灰,没有任何生活的激情。孙和平叹息道:我能理解,能理解,长期照料一个病人,哪还能会有啥激情?钱萍说:可回到了北机,到了你们身边,在你们温暖火光的照耀下,我冻僵的生命解冻了,苏醒了,活了过来！这两年做董秘，我也比较深入地了解了市场规则，市场的事情就得按市场规则来办，不能按命令原则来办，不能一切行动听他杨柳的指挥。

孙和平说：就是嘛，让杨柳按命令办试试，看红星重装、希望控股谁会听他的！钱萍说：所以，和平，你不要给任何人留下破坏市场规则的机会。我们现在不但要催生一个重卡整装企业，还有一个捍卫市场规则的问题。孙和平开怀大笑，哎呀，钱萍，我可真没想到，你竟然捍卫起市场规则了？！我若不走，那就要做好再次博弈的准备！

钱萍说：是，我提醒一下啊，集团上半年该付的一亿三千万货款一直拖着呢。孙和平说：我今天还催过周到，说批了，下周付款。钱萍又说：还有个事，集团又来了个五千台发动机的大单，要求尽快发货。孙和平一怔，这好像不在我们和集团的年度供货计划之内吧？钱萍摇头，不在！销售部的储总在我面前嘀咕，说是也不知该不该签？

孙和平想了想，签吧，告诉储总，库存的先发过去，一些不急的小订单往后压压，先满足咱上级集团的需要。钱萍提醒，和平，你就不想想，杨柳和集团要这么多发动机干啥？孙和平手一挥，你管他干啥？想倒卖都行啊！我不怕杨柳要货，就怕他不要货！现在不是过去的内协价了，是市场价，咱们卖一台赚一台的钱，赶快签。钱萍有些担心，杨柳要拿咱的货不付款怎么办？孙和平说：他敢！没王法了？

夜已深，路上行人渐少。仍是云遮月的天气，海面时明时暗。潮水越退越远，裸露出大片的沙滩。有人在放孔明灯，红灯笼内部

209

受热飘摇高升，飞往大海深处。几盏孔明灯同时升空，宛如红玫瑰在黑色的天幕绽放。孙和平与钱萍回办事处休息，一路看着孔明灯啧啧称奇。两个人的手始终握在一起，开始没注意，后来发觉了也没松开……

次日一早，孙和平赶到集团去汇报。杨柳打着哈欠，走进办公室时，孙和平从身后赶了上来，老学长！杨柳回头看了孙和平一眼，什么"老学长"？注意点场合！孙和平马上改了口，称起"书记"，杨书记，你精神不太好嘛，昨夜没休息好？杨柳强打精神说：老毛病了，失眠！

孙和平说：你看，我就是怕你失眠，所以昨夜没敢给你打电话。杨柳很随意的样子，我失眠与你无关，哎，怎么，准备去北京了？

孙和平在沙发上坐下，不，不，不准备去了，但名额不能丢，这个平台很宝贵，我们北机党委研究决定换一个人，郑重推荐钱萍去！

杨柳没好气地说：北机没名额，让你去挂职是省里定的，是刘省长亲自点的名！孙和平似乎又动了心，刘省长亲自点的名？杨柳强调说：刘省长对你有啥设想我不知道，你不去，刘省长会怎么想呢？

孙和平怔了一下，哎，这……这倒也是啊！杨柳拍了拍孙和平的肩头，和平啊，人生的成败有时就关键几步啊！孙和平迟疑说：杨书记，你的意思，我的机会来了？杨柳意味深长，和平，你想呗！刘洪川省长亲自点的名啊，他亲自！孙和平搓手，是，那真是太不容易了！

杨柳益发亲切，谁说不是呢！那我给刘省长回个电话，就说你同意去挂职了！孙和平说：哎，别，别，杨书记，代我谢谢刘省长，就说我走不开！杨柳心里不悦，却极力压抑着，这个电话你自己打吧！

孙和平说：不必了吧？刘省长这么忙，我这么干扰领导，不合适吧？杨柳无可奈何，一声叹息，好，那你请回吧，这个电话我来打……

孙和平走后，杨柳眼睛盯着天花板怔了好半天。没想到，这猴连仙桃都不吃了，这反倒让他有点佩服孙和平了，士别三日，当刮目相看。官迷始终是孙和平的弱点，他当学生会主席那会儿，给孙和平仨瓜俩枣就打发了，封一个娱乐委员都哄得他屁颠屁颠的。如今一心要干大事，竟把这么个美差给辞了，颇有鸿鹄之志呀！那就更危险了。

杨柳只好打电话向刘洪川汇报，刘洪川听后也很惊讶，问杨柳是不是告诉孙和平，挂职是他亲自点的名。杨柳道是说了，孙和平根本就不动心。又说，孙和平分分钟都可能把北机这支队伍拉出去。刘洪川很恼火，让孙和平过来汇报，他要听他说说怎么把这支队伍拉走！

四十四

现在真是信息时代，和刘必定的股权转让合同一签下来，广东一个金局长就找到平州来了，要商量股改的事。说是他们手上的股权经过一次次转让，只有六千二百万股，已经是小股东了，希望北机把他们的这点股权收了，或者协商一个方案，启动股改。若再不股改，他们所在的地方政府就要丧失在证券市场融资的资格了。孙和平想都没想就一口回绝，让田野去应付，自己上了那辆NB9999汽车去了省城。

通往省城的高速公路，孙和平走了无数次。每一个出口，每一块路牌，甚至隔离带的绿植，他都烂熟于心。说实话，跑省城他真跑够了，可是只要待在汉重集团他就必须跑。不过，今天跑的意义有所不同，他不是去集团向杨柳汇报工作，而是到省国资委讨一份解放证书。

秋色尽染田野，金黄成了主调。成熟的玉米秸秆开始枯焦，腰间显露鼓胀的棒子，穗缨也发紫了。沟渠边丛丛野菊绽放，金灿灿耀人眼目。鸿雁南飞，队列整齐地划过蓝天，寻找温暖的冬栖之地。孙和平望着远去的雁群，渐渐变成黑点，思绪也追随它们飞向天际……

国资委主任陈丽娟见了孙和平很热情，像久别重逢的老朋友。孙和平感激这位女领导，当平州市长时就支持北机股改，没有她就不会有今天的大好局面。两人之间似乎有默契，每一步都能相互理解。遇到一个好领导是缘分，孙和平相信陈丽娟是自己的贵人，象征着某种力量，冥冥中助他成事。办公室摆满绿植，女主任爱养花，绿叶花枝渲染出浓浓的春意。孙和平特意带来一盆君子兰，悄悄放在窗台上。

陈丽娟不官僚，啥都知道，一落座就乐呵呵说：和平同志，没想到一条黄金产业链还真让你搞成了！希望控股的股权不会有变化了吧？孙和平说：不会了，股权合同签下来了，否则我不敢来见您。陈丽娟说：好，好，祝贺你们！孙和平说：现在该您和国资委履行诺言了吧？陈丽娟装起了糊涂，履行啥诺言？孙总，我答应过你啥吗？孙和平说：哎，你答应过帮我说服刘省长，让北机股份独立出来啊！

陈丽娟沉吟片刻，和平同志，这样吧，你找个时间先向刘省长汇报一次！孙和平心里有些虚怯，陈主任，这么越级不好吧？我向您汇报，您向刘省长汇报嘛！陈丽娟说：咱们双管齐下，就算我汇报，你也得先向刘省长汇报！把你萧何月下追韩信、程门立雪说说，带着感情说，先把刘省长给感动了！孙和平苦笑不止，刘省长啥没见过，早铁石心肠了，他这么容易感动啊？陈丽娟说：我也不知道，你试试嘛！

孙和平想了想，好，我试！陈丽娟又说：另外，西川省国资委的态度也要搞清楚。孙和平说：搞清楚了，他们不欢迎我，不愿看到北机杀入西川。陈丽娟说：意料之中。所以汇报时要向刘省长求援，让他帮你想想办法。孙和平惊呼：我的天，陈主任，你可真敢想……

就说到这里，杨柳的电话过来了，说刘省长下班前要见他。孙和平不无警觉地打探原委。杨柳说是不知道。孙和平想，十有八九应该和挂职有关。杨柳这厮调虎离山没成功，就把省长大人搬出来了。陈丽娟劝他别多想，趁此机会向刘洪川省长做个正式汇报，包括求援。

陈主任，我怎么求援？请您点拨！陈丽娟声音压低了，西川省委林书记和咱刘省长曾经在一起搭过班子，最近林书记要带着西川党政代表团到我省访问，谈劳动密集型产业向西川贫困地区转移的事，这是个好机会！让刘省长出面做做林书记的工作，汤家和就好对付了！

孙和平乐了，太好了！汤家和媚上，只要上面有话，他就老实了！略一沉思，却咂起嘴，问题是，刘省长会帮我吗？他不帮杨柳压我就谢天谢地了。陈丽娟说：怎么这样想问题呢？刘洪川这省长又不是替杨柳和汉重集团一家当的。你和北机也是汉江的企业，而且是发展最快最有潜力的企业，我相信刘省长会支持你的！孙和平并无信心，长长叹了口气，老市长，谢您吉言，但愿吧！陈丽娟说：行了行了，别唉声叹气了，去吧，去吧，你天不怕地不怕的主儿，还怕刘省长啊？

　　孙和平在省长办公室外面等候，茶几上的热茶都凉了，刘洪川还没有传他进去。形势不妙。省长点将让你挂职，你竟然给推了，省长肯定很恼火。杨柳再跟着上点眼药，还不够你喝一壶的？孙和平因此忐忑不安，两眼瞅着紧闭的办公室橡木房门，猜测各种可能性……

　　直到下班前十分钟，孙和平终于被召见了。他在省长对面的沙发上坐下，捧上了一杯白开水。也不敢坐实在，只是半个屁股挨在沙发上。刘洪川埋头看文件，眼皮都不抬一下，仿佛他根本不存在。他极少如此紧张，关键是不知道省长大人会怎样收拾自己，就像一把利剑悬在头顶。时间一分一秒过去，他真希望刘洪川张开尊口，哪怕臭骂他一顿也行！在市场上飞天入地的孙猴子，现在一点辙也没了……

　　正紧张地想着，刘洪川走到沙发前。孙和平放下水杯，从沙发上站了起来，刘……刘省长……刘洪川自己坐下，做着手势，也让孙和平坐下，绷着脸问：孙董事长，怎么听说，你不愿到国家部委挂职啊？

孙和平说：刘省长，其实我也很想去，但事太多，走不开。刘洪川说：我知道，你现在忙啊，快把北机搞成一个大集团了吧？哎，你是不是向我省政府汇报一下你们北机集团的最新进展情况啊？

孙和平立即打开手提电脑，好，好，刘省长，我早就想向您做个汇报了。刘洪川讥讽道：孙和平，你还当真了？以为我真要听你汇报吗？孙和平说：刘省长，您……您这还是假的啊？逗我玩的？刘洪川说：孙和平，我正话反话你听不出来啊？是你胆大包天逗我玩吧？孙和平苦起脸，刘省长，我……我哪敢逗您啊？您是领导，那么繁忙……

刘洪川说：知道我繁忙你还添乱啊？我亲自点名，让你去国家部委挂职锻炼你还不去！孙和平说：我怕杨柳、周到他们关键时候拆我的台啊！刘洪川说：这个不要怕，他们拆不了，他们俩比你听招呼！

孙和平说：刘省长，我……我还是汇报吧！刘洪川火透了，我不听你的汇报！孙和平硬着头皮坚持说：您刚才说要听的，过去皇……皇帝是金口玉言，现在您……您……刘洪川口气十分严厉，我不是皇帝，是公仆，人民公仆，你我都一样，我们都是为人民服务的……

省长一开口，孙和平反倒不怕了。他可以纠缠，甚至耍赖，无论如何也要把自己的想法说出来！忽然一阵香气扑面而来，孙和平抽抽鼻子，闻出是桂花香。省长办公室哪里来的桂花啊？孙和平脑子转了一下，赶快把注意力收了回来。假痴假呆，貌似开玩笑，继续跟刘洪川掰扯：刘省长，您……您是大公仆，我小多了，我其实是企业家！

刘洪川敲了敲茶几，孙和平，你不但是企业家，还是副厅级国企干部。孙和平说：那我副厅级干部向您领导同志汇报工作，您总得听一听吧？刘洪川手一挥，好，好，孙和平，你说你说，随便说吧！说罢，刘洪川起身离开沙发，重到办公桌前坐下，不再理睬孙和平了。

孙和平干咳一声，看着电脑，朗声道：刘省长，那我开始汇报了？

刘洪川不理不睬，喝着茶，看起了文件。

孙和平不像个犯上作乱的下属，倒像个打了胜仗的将军，洋洋洒洒汇报了足有半小时。在他以汇报名义进行的描述中，北机不但在市场博弈中壮大起来，具有了和汉重集团平起平坐的实力地位，甚至某些方面超越了集团。这故事起伏跌宕，孙和平自己把自己感动了，觉得刘洪川应该有所感动，可刘洪川头都不抬，也不知听没听进去。

桂香更浓郁了，孙和平这才发现，阳台上有盆金桂，从落地窗的一角可以看到。金桂在秋风中抖动着，小小花心吐出浓郁的芬芳……

突然，刘洪川放下手上的文件，直白问：你们股权合同签下来了吗？孙和平兴奋了，签下来了！刘洪川哼了一声，签之前不来向我汇报，这时候来汇报了，你啥意思啊？孙和平脸上的兴奋消失了，我……我现在汇报您……您还不愿听呢。刘洪川皱着眉头，说：继续说，希望控股不是红星重装第一大股东吗？孙和平说：是，我们的目标就是红星重装。现在已经和红星重装基本谈定了，受让他们所持的部分国有股权。这一来，我们又成了红星重装集团的控股股东。刘洪川十分吃惊，哎，孙和平，你说什么？你们竟成了红星重装集团控股股东了?

孙和平说:是的,我们事实上已经成了和汉重集团同类的重卡装备制造商。刘洪川不由得叹息,我的天,孙和平,你是眼睛一眨,老母鸡变鸭啊!孙和平将一沓报表材料双手捧着,恭敬地递到刘洪川面前,我刚才汇报的,这份综合材料上都有,请您和有关部门审阅!

刘洪川接过材料,翻看着,沉思起来。

孙和平的眼睛忐忑不安地看着刘洪川,等待命运的裁决。

刘洪川抬起头,孙和平,你就没想过我和省委把你撤了吗?

孙和平说:我想过!我和杨柳产生矛盾,你肯定支持杨柳!刘洪川说:我不是支持哪个人,是支持一级组织!北机是汉重的一员,你是汉重领导班子的一员,有个下级服从上级的问题。孙和平争辩说:市场博弈中也有上下级吗?刘洪川说:怎么没有?你是国企干部!孙和平掏出事先准备好的辞职报告,放在桌上,那这干部我不当了……

刘洪川怔住了,片刻,把手上那份汇报材料怒摔到桌上,你……

汇报材料落了一地。翻车了!省长火了!孙和平发现,现在拿出辞职报告火候不对。心中不禁暗自叫苦,没想到刚有转机就被自己弄丢了。他迅速判断形势,辞职好像有点过,但覆水难收,也只有硬着头皮往前闯了。只要刘省长对北机收购红星感兴趣,就还有机会,现在让领导消消气,然后,把该说的话都说透。这是关键一搏,能把刘洪川说通,就再也不怕杨柳兴风作浪了!孙和平蹲下来,收拾起掉落在地上的汇报材料。把一沓 A4 纸撞齐,重放到省长的办公桌上。

刘洪川余怒未消,好,好,孙和平,你这胆子可够肥的啊?博弈到我这儿来了!孙和平说:刘省长,我不是和您博弈,我说的都是实话。刘洪川这才说:都是实话?你真想辞职像刘必定一样去发大财?

孙和平说:我没想发大财,也没想当大官,我当年是被逼上梁山的,并不想当这个官!我本来在海外搞贸易,家里一个电话把我召了回来……刘洪川说:这我知道,你在北机困难的时候挺身而出,那是好样的!孙和平说:我今天挺身而出,您……您就不高兴了。刘洪川摆摆手,这是两回事!今天你不服从汉重集团的领导,是错误的!孙和平说:可您也希望汉重成为鹰窠,让一只只雄鹰冲向蓝天!

刘洪川自嘲道:这么说,你这么肆无忌惮闹独立性,还是我支持的了?孙和平说:刘省长,起码您鼓励了我,从精神上……刘洪川似乎被将军将住了,好,孙和平,你先回去吧,等着,我还会找你的!

孙和平赔着小心,看着刘洪川的背影,怯怯地退出省长办公室。

四十五

孙和平走后,刘洪川渐渐冷静下来。平心而论,孙和平说得有道理,他对重卡企业布局有自己的思路,按这个路子走,没准会闯出一片新天地。这真是不听不知道,世界真奇妙。短短两年多的时间,儿子企业竟强大到要和老子集团平起平坐了?这是个意想不到的格局。

敲山震虎的想法先是动摇，继而消失得了无踪影。事情很明白，汉重集团山头上两只虎的地位发生了巨大变化。孙和平与杨柳、北机与汉重的矛盾，愈发难以调解了。孙和平看来是压不住的。那么，是不是可以根据新形势新情况，以让孙和平创造出的北机股份集团取代杨柳和现在的汉重集团为前提，继续执行做大做强汉重集团的既定方针呢？动孙和平有困难，动杨柳和周到倒是很容易的，国企干部就得服从组织调动。可这样做合理吗？公道吗？能被杨柳、周到接受吗？

孙和平尽管能创造奇迹，开疆拓土，可毕竟是在抗命，在犯上作乱！如果让这个犯上作乱者大获全胜，不要说杨柳和汉重集团班子不干，他和省政府也不能干。真这么干了，以后谁还听他和省政府的？

唯一的选择只能是把孙和平和北机股份这只猛虎放出汉重集团的笼子，让它到外面世界去冲，去咬，去进一步占领国际国内市场。

然而，这又是多么无奈而痛苦的选择啊，在刘洪川此前的从政历史中还从未出现过。古时候有挟天子而令诸侯的事情，孙和平今天呢？分明是挟市场而令权力嘛！怪不得杨柳这么敏感，在昨天晚上的电话里还提醒他和省里不要动摇，现在他不就动摇了吗？真是的！

刘洪川思忖良久，让秘书通知国资委主任陈丽娟过来商量。

陈丽娟一过来，刘洪川就对陈丽娟说：我就没见过像孙和平这样的疯子！陈丽娟赔着一份小心，刘省长，我有话直说，您别见怪！刘洪川说：我叫你过来，就是听意见的，你开诚布公说。陈丽娟说：刘省长，您说孙和平是疯子，我看他也像疯子！敢和您这么叫板的没几个。刘洪川说：在我省，几乎就一个也没有！陈丽娟说：但是刘省长啊，乔布斯可这样说过：我们要向这些疯狂的家伙致敬！他们特立独行，他们桀骜不驯，您可以反对他们，质疑他们，唯独不可漠视他们。

刘洪川说：我哪敢漠视他们啊，我知道，有时候正是这种家伙在改变世界。陈丽娟说：是啊，您和省委能撤孙和平的副厅级，但撤不了他董事长的职。海外大股东不会同意撤掉孙和平这么一个能疯狂扩张、给公司创造利润的董事长的。刘洪川思索着，我知道，人家也不会接受一个我们指定的董事长。陈丽娟说：就是嘛！这种事情过去发生过，都弄成了市场笑柄。刘洪川想了想，陈主任，说说你的意见！

陈丽娟想了想，刘省长，我的意见，要尊重市场，尊重人才。孙和平是个能创造奇迹的人才，如果我们容不下孙和平，那就悲剧了。

刘洪川沉默着，走到阳台上。省政府院子里种着一排白杨树，有近百年的树龄了，风一吹，巨大的树冠卷起绿色波涛，滚滚扑到刘洪川眼前。他深深呼吸，清新的空气令人放松，一丝丝桂香沁入肺腑。

陈丽娟跟到阳台上，所以，刘省长，您就别生气了……

刘洪川说：可孙和平这是挟市场之力逼我的宫啊！陈丽娟说：他也是抓住机遇，要完成自己企业家的使命嘛！孙和平真的是一位很出色的企业家。刘洪川直言不讳：可这个出色的企业家让我很不爽。陈丽娟说：但孙和平一举为我省拿下了两个重点装备企业啊，刘省长！

刘洪川转身进屋，翻了翻孙和平留下的材料，拿起来朝陈丽娟晃了晃,这个孙和平,在战场上打仗好样的,这个我们必须承认!

陈丽娟说:就是,这两家企业,汉重是拿不下来的,汉重有局限性。

刘洪川心知肚明,这种局限性,在我省国企中普遍存在,不仅一个汉重。

陈丽娟说:所以,国企需要孙和平这种博弈精神。刘省长,我的意见,要给孙和平和北机颁发解放证书了,把他们从汉重集团分出来!

刘洪川带着明显怨气说:也是,孙和平本事大呀,人马拉起来了,总得给他个番号。丽娟同志,你给孙和平打电话,让他再过来汇报!

陈丽娟应道:好的!又说:刘省长,你既然认下了孙和平,就把好人做到底,找个机会做一做杨柳的工作,别让杨柳太失落。

刘洪川说:这还要你提醒啊?我肯定得找杨柳好好谈一次了!

陈丽娟说:还有,西川省的国资委主任汤家和很难对付,不希望看到汉江资本和企业进入西川,这对孙和平和北机是个难题!

刘洪川说:那是孙和平的事,他没金刚钻就别揽瓷器活。

陈丽娟说:咱能帮的忙还得帮啊!

刘洪川不悦地说:我才不帮呢,市场博弈嘛,让他们博弈去!

孙和平再进省政府时,天已经黑透了,只有刘洪川的办公室还亮着灯。刘洪川见他就说:孙和平,你赢了!孙和平一脸茫然,我赢了啥?刘洪川说:我和陈丽娟研究了,同意省国资委在北机直接持股。

孙和平乐坏了,这就是说,汉重集团不是北机第一大股东了?刘洪川说:是的,大股东变更为省国资委,所以,我说你赢了嘛!

孙和平说：但博弈没有输家。刘省长，您和省政府，还有杨柳也都赢了。

刘洪川在屋里踱起了步，纳什的均衡博弈理论我也略知一二，我并没说谁成了输家。孙和平跟在刘洪川身后，刘省长，我就是想搞好北机，为我省，也为咱们国家民族打造一个传之百年的伟大企业，我做大北机，真的没有什么私心。刘洪川说：所以啊，尽管我心里很不爽，还是决定向你和市场让一次步。但是，孙和平，组织原则我还是要和你讲清楚，你下级不服从上级，在战场上是要执行战场纪律的！

孙和平争辩说：可现在是市场，不是战场！就算是在战场上，胜利者也是不受指责的。刘省长，我不相信您和汉江省会不要我了！刘省长，为了赢得这场装备市场的大博弈，我真是忍辱负重啊，两年前我萧何月下追韩信！两年后才追到红星重装老总任延安家门口，又在那里程门立雪，让人家罚了四个小时的站。刘洪川被打动了，怔了一下，说：孙和平，你能在人家门口站上四小时，北机就能在市场上站稳四十年！孙和平说：刘省长，您……您终于说了一句暖心的话……

此刻，省长和企业家的心靠拢了，贴近了。窗外升起一轮明月，银辉洒入阳台，夜色迷人。刘洪川拉着孙和平，走出玻璃门，极目远眺。无数高楼大厦灯光辉煌，燃亮了远方天际，云块也在霓虹中悠悠飘荡。白杨树叶在风中抖动，一片窸窣声宛如小手鼓掌。月光在树叶间跳跃，泛出晃眼的银色。省委大院静悄悄的，唯有树叶在低吟浅唱……

我不光说暖心话，也做了不少暖心的事吧？和平同志，你还记得吗？两年前，你和田野狼狈不堪跑到省政府门前拦车向我告状时，我也是同情和支持你的吧？我及时制止了杨柳和周到，这也是事实吧？

孙和平说：是，这是事实，您当时还说了，市场经济必须是法治的经济。刘洪川说：对，这话也是我今天要和你说的，要在法治范围内活动！随即一声叹息，你呀，你说说看，你这一独立，杨柳、周到那里，我怎么做工作啊？孙和平说：还做啥工作啊，您是省长，下个命令给他们就是了。刘洪川说：那么简单啊？我下命令，点名让你去挂职，你听了吗？孙和平说：刘省长，现在我愿意去挂职了……

刘洪川手一挥，没那好事了，你集中精力搞你的北机集团吧！先别得意忘形，在省政府的正式决定出台前，别轻举妄动增加不必要的麻烦。孙和平激动起来，是！刘省长，我向您保证，我和北机继续摆正位置，照样向汉重集团党委、董事会，向杨柳汇报工作，直到您给我们发解放证书！刘洪川说：那就好！回去吧，先把你的大尾巴夹起来，别举在手上当旗摇！孙和平连连应道：是，是，是，刘省长……

四十六

这真是一场惊险的阻击战。也许许多年过后，杨柳都会为关键时刻的决断自豪不已。细节果然决定成败。他对细节的关注，让汉重集团在关键时点上抢占了先机，既有效遏制了达摩产业和简杰克，也牢牢拽住了孙和平的猴尾巴。如果不是他敏锐发现希望控股那六千二百万国有股上的漏洞,果断决定吃进,汉重集团就只能处于被动挨打的地位了。后来的事实证明,在红星重装的激烈争夺战中,不论是孙和平赢了,还是简杰克赢了,汉重集团都是输家。他让周到如愿拿到了金局长手上这六千二百万国有股权,就占据了主动,成了关键的力量。

周到大事不糊涂,周六得知金局长被北机轰走,周日一早,就带着相关部门几个头头和法律顾问,紧急飞广东,而且在当天晚上就和金局长以及两个副局长"顺便"在广州一家五星级宾馆见面了。今天一早,周到在电话里汇报说,简直是险象环生。据金局长透露,简杰克也要过来考察希望控股,同时到他们县国资局拜会。简杰克这种大人物拜会一个县国资局干啥?必然是冲着那六千二百万股权去的。

杨柳认为周到分析得对,简杰克之所以对国资局只谈拜会,不提股权转让,也是在做局,和他一样,想以"顺便"的手法,以尽可能低的价格拿下这笔股权。简杰克和达摩产业不做正常买卖,非暴利而不为,看看达摩产业这些年收购的那些国有资产就知道了,哪家不是黄金货垃圾价?可这一回简杰克和达摩产业失算了,他和汉重抢到了他们前面。杨柳便在电话里指示,价格合适就行,快把合同签了吧。

周到说:股权转让还没和金局长他们正式谈。昨晚吃饭,金局长和两个副局长都喝多了,现在还在宾馆睡着呢。杨柳恼火透顶,批评说:你是咋掌握的?酒瘾也上来了?周到说:我哪来的酒瘾啊?是金局长他们有酒瘾,我又不能不让他们喝,他们毕竟是我请来的客人。

杨柳恨不能扇周到两个大耳光,这家伙啥都好,就是喝酒误事!

周到却安慰说:杨董,你放心,我这酒不是白喝的,和金局长他们加深了感情。我看他们好对付,也许用不了三元一股就能拿下来。

杨柳没好气道:行了,别说了,现在谈都没谈呢,你瞎吹啥!我提醒你注意一个事实,希望控股上周最后两个交易日都是涨停,你知道的,今天是周一,如果开盘再涨停板,三元一股这价可就悬乎了。

周到没底气了,如果金局长的报价超过咱们定的底线咋办?

杨柳说:还能咋办?该拿还得拿啊,你们随时汇报吧!反正我今天哪也不去了,就在集团办公室等你们的消息,两个手机也都开着!

考虑到希望控股没准真会开盘涨停,杨柳吃了早饭赶到集团办公室,头一件事就是打开电脑。这时才八点半,股市还没开盘,但希望控股的公告出来了,因原第一大股东宏远系向北机股份转让两亿一千万股份,第一大股东易位,控股权发生转移,希望控股停牌一天。这就是说,起码在今天希望控股不会发生涨停板的事实了,杨柳多少松了口气,将这一有利情况转告了周到,给周到及时注入了一些底气。

也正因着希望控股的这则停牌公告,杨柳的火气又猛然蹿上了心头:孙和平这混账东西可真有胆!和刘必定签了转让合同不汇报,发了公告也不和他、和集团这边打个招呼!这是儿子公司干的人事吗?

正思索着,是不是该打个电话给孙和平,敲打敲打。不承想,孙和平的电话倒先一步打进来了,口气十分谦和,说是要做个汇报。

杨柳心道，你和北机股份胃口真好，拿下希望控股，掌握红星重装，哪天脸一翻，只怕要成集团的爹了，嘴上却很和气，你汇报啥？

孙和平说：哦，是这样，杨书记，我们到底把希望控股那两亿一千万股权给拿下了！和刘必定那厮讨价还价半年多，真累死我了。

杨柳道：这我知道了，你北机不是发了公告吗？还加价两千万！杨柳心头的火有点压不住了：集团现在了解你们的情况也只能看报纸了。

孙和平叫了起来，杨书记，你还说呢！不是王小飞暗中捣乱，我和北机能加价吗？这事我向你汇报过，你说刘必定诈我。杨柳的火只得转向王小飞，煞有介事道：我已严厉批评了王小飞，而且果断制止了他。孙和平似乎很痛心，本是同根生，相煎何太急？大教训啊！

杨柳说：是啊是啊，就是个大教训嘛！我们集团下属的两个上市公司，啊？一母所生的亲兄弟啊，竟然为这笔股权争打了起来，让刘必定占了个大便宜！他突然想起来，刘洪川在电话里说过，要找孙和平谈话的，也不知谈得咋样？便又问：听说刘省长找你谈话，谈过了？

孙和平道：哦，谈过了。杨柳试探问：刘省长有啥新指示？能向我和集团传达一下吗？孙和平称呼变了，口气也变了，老学长，刘省长有啥指示，你会不知道吗？领导为啥找我？还不是你一直吹冷风？

看看，我就知道好心没好报吧？还吹冷风！我每次到省里汇报工作，对你和北机股份都是高度评价的，周总也是！别看周总表面不待见你，可关键时候能说话公道。我和周总都认为，你迟早还得上台阶。

孙和平口气恳切，上啥台阶？官当多大才叫大啊？老学长，我就愿跟你干，死心塌地跟你，和咱汉重集团荣辱与共。谈话时，我对刘省长和省政府表了态，在集团里一定摆正位置，该汇报的事全汇报。

看来刘洪川批评了这厮，所以这厮今天知道汇报了，虽然汇报得晚了点，希望控股的公告先出来他后汇报，可总是个进步。却又觉得孙和平的电话有表演的痕迹，有些起疑，莫不是刘洪川向他许了什么愿？会不会是把他"踢升"出局？这不是没可能。孙和平是上市公司董事长，用行政手段拿下来不容易，他是国企干部，却随时可以调换……

他怀疑孙和平可能隐瞒了什么重要事情。和孙和平的博弈不能不小心，有时候已经把这只臭猴子掴在手心里了，可你稍稍揭开一点缝隙，他就蹦出十万八千里。现在，他一场漂亮偷袭，直奔那六千万红星股权，孙和平真没觉察吗？孙和平会不会留着什么后手？这件事关系到今后的重点博弈，他必须仔细盘查，绝不能遗漏任何细节……

正想着，周到的电话过来了，激动得变了腔，老杨，成了，喝个早茶的工夫，我们就谈成了，转让价格你都想不到，每股才两元！杨柳道：好，这太好了！又有些不相信，价咋会这么低？周到说：孙和平给我们打下了个好基础啊！金局长主动提出来，要把这笔国有股转让给北机股份，孙和平连价都没问，就一口回绝了，他竟指望人家股改时送对价！这一听说我们有兴趣，金局长就甩包袱了。

227

可人家也说了，我们必须一周内付清一亿六千四百万转让款。杨柳道：告诉他们，一周内付款没问题，你趁热打铁，到他们县里去，把合同签了再回来。

一颗心终于放定了。慢慢放下话筒时，杨柳又想起了孙和平。

这个老同学，真是机关算尽太聪明，反而误了卿卿的性命。你忽略了这六千二百万国有股的战略价值，本来就是个大错误，人家给了你一次弥补错误的机会，找到平州和你商量股改，把股权转给你，你竟然为了不付对价就回绝了，这真是天作孽犹可恕，自作孽不可活！

四十七

简杰克最后悔的事，莫过于逼压刘必定太狠。当初宏远系危机爆发，他出价四亿元。若是再加一个亿，也许那两亿一千万股权就拿到手了，达摩产业也早就控股红星重装了。可惜，他只加了侮辱性的一元钱！是人都有毛病，他也不例外，得势时太傲慢了，太轻看中国企业家了。等到局势发生变化，就是慷慨出价十四亿，刘必定也不卖给他了。直到这时，简杰克才想起了一句中国老话：士可杀，不可辱。

好在有汤家和这么个老朋友，关键时刻给了他和达摩产业决定性的支持。汤家和让他过来商谈，还亲自陪同他们一行去了红星厂。

任延安似乎不太买汤家和的账，没带着一班人到厂门口迎驾，而是在生产线上忙活，让汤家和觉得没面子。简杰克注意到，汤家和见到任延安时，脸色不太好看。任延安用棉纱擦着手，直解释，说是正想去迎接领导，不承想生产线上出了故障。汤家和说是可以理解，但脸还是挂着。简杰克倒是有些感动，用自己白软的手，将任延安的一只粗糙的手举了起来，对汤家和说：汤主任，你看这是一双多么伟大的创造之手啊！汤家和说：是啊，劳动创造世界，劳动创造财富嘛！

今天在这里，看到任先生这么一双粗糙的大手，我才明白了红星重装为什么能坚持到今天！汤主任，有任延安这样的好厂长，我很有信心！任延安不无困惑地看着汤家和，试探问：汤主任，您和简先生这是……汤家和脸色这才温暖起来，老任啊，来好事了！达摩产业看中咱们红星了。任延安说：可是北机现在已经是我们第一大股东了。

汤家和说：这个我知道，北机接手了刘必定手上的股权，成了第一大股东，但并没有实现控股嘛！老任，我告诉你，我是不会让北机控股红星的！任延安似有所悟，所以，您就把达摩产业带过来了？汤家和说：没错，北机能和华尔街的达摩产业比吗？华尔街啊，老任！

任延安心里很不舒服：简杰克这位不速之客突然出现，意味着红星的股权博弈进入了一个新阶段。碍着汤家和的面子，任延安也不好多说什么，只得陪同参观。他们坐着电动车，沿整装线缓缓行进。

在宏远系的支持下，红星已经旧貌换新颜，自动化程度很高，机器手臂有节奏地摆动着，工人们守着电脑台操作。面对这样先进的现代化车间，简杰克依然指手画脚，高谈阔论：任先生，刚才我

229

赞扬了您劳动和创造的手,请相信我是真诚的。可我现在要说的也许你不太乐意听,作为一个现代企业的管理者仅有一双粗糙的手是远远不够的,甚至不是必需的!管理者不能把有限的时间浪费在低效的简单劳动中,劳动有分工,您我的劳动的分工是头部高层。所以,任先生,您更应该拥有一个优秀大脑。请记住我们达摩产业的原则——用优秀的大脑去驱动创造。比如对你们红星重装,如果我们入主,就会在世界范围内聘请最优秀的专家进行管理改造,使它进入世界一流行列……

任延安听不下去了,决定回击。他摇晃着两只大手,笑着对简杰克说:简先生,我听明白了,其实你对劳动和创造的手不太欣赏,我这双粗糙的手已经成了落伍的标志。简杰克一怔,忙说:任先生,您千万别误会……任延安说:我没误会,真幸运啊,红星重装的第一大股东是希望控股!汤家和插上来,老任,你不知道吧?很快就会变成简先生了!任延安不由一惊,这不会吧?希望控股刚发过公告……

汤家和说:老任啊,希望控股达摩系的公司也有一亿多股啊!凭简先生和达摩的实力,只要在股市上继续买进股票,希望控股的第一大股东是谁可就说不清了!任延安像挨了一枪,一下子都怔住了。汤家和说:老任啊,人家简先生布局红星三年多了,志在必得啊……

简杰克马上掩饰,任先生,你们别太多想,对希望控股我们只是财务投资。任延安态度却变了,汤主任,我听明白了,简先生志在必得,我们不合作也不行了,反正是引资,谁条件好就引进谁,市场经济嘛!汤家和说:这就对了!接下来你们两家好好谈,我支持……

汤家和、简杰克走后,任延安马上通知在家的班子成员开会。夜幕已降临,星斗满天。他站在厂部会议室门口,等待与会者到来。这是非常时刻,红星重装何去何从将见分晓。达摩产业蓄谋已久,控股红星进入中国装备市场。这可是诱人的大蛋糕,中国基建热潮经久不衰,重型卡车供不应求,谁不垂涎三尺?刘必定都有情怀,都做了民族主义者,他任延安岂能轻言放弃?这时,班子成员陆续到了,他最后看了一眼星空,星空上那份神秘隽永,仿佛给他某种启示……

任延安在班子成员的目光注视下,用免提电话和孙和平通了话,告诉孙和平,情况很严重,汤家和要把红星重装国有股权转让给简杰克,希望控股也不妙,简杰克可能会在市场上继续买进。这一来达摩有可能成为红星第一大股东。孙和平显然极为震惊,好长时间沉默无声。任延安急了,说话呀你,我和我的班子成员都在这儿等着呢!

孙和平低沉的声音这才响了起来:任总,那还有啥说的?准备博弈吧!你们一定要守住阵地,挡住达摩。任延安说:我们省国资委和汤家和不好办啊!孙和平说:我知道,汤家和我们一起来想办法对付,你们不要太担心,还是要看到光明——北机马上就要从汉重集团独立出来了。只要我挣脱了汉重集团的束缚,就会获得一个极为广阔的生存空间,一切皆有可为。任延安问:北机股份独立的事宣布了吗?孙和平说:还没有,不过快了,估计省领导这几天就会找杨柳谈话!

四十八

接到刘洪川约谈通知，杨柳提前半小时来到省政府等候。因为前面一位市长汇报时间延长了，他就在办公楼前的白杨林里转了转。阳光透过枝叶洒在甬道上，落叶在脚下窸窣作响。杨柳预感谈话与孙和平有关，或许会产生出乎意料的结局。这场谈话可能不会愉快。不过杨柳仍然希望刘洪川能持中立态度，他相信刘洪川是公正的。几只乌鸦飞来，落在树干上哇哇乱叫，杨柳心中烦躁，转身走进楼里。

那位市长谈完了，刘洪川正在收拾桌上的汇报材料。省长同志目光游移地扫视着他，斟词酌句地说：杨柳啊，向你通报一个情况，其实你一直也有数，就是这个，你们汉重集团和北机股份的关系……

听刘洪川一说才知道，孙和平的北机和他领导下的汉重集团这一回真的要分家了。孙和平这混账的独立梦竟然实现了，而且是在刘洪川的支持下实现的！他怎么也想不通，这是怎么回事？他和汉重集团班子坚定不移执行省里做大做强的精神，最终竟落得这么个结果！

刘洪川看出了他的不满情绪，和气地做工作说：杨柳啊，这不是我和省政府的本意，是市场化的结果，股份制和市场化已经不是行政命令能制约的了。其实这也正常，这世上哪有一成不变的东西啊，我们都是党员干部，都懂得唯物主义和辩证法的道理。现在出现了新情况新问题,我们就得去面对,哪怕再不情愿,也得去面对,去适应。

刘洪川喝一口茶,盖上杯盖。刚放下杯子,又掀开盖子喝茶。

这些细微的动作表明,省长同志进行这场谈话也很艰难。

杨柳极力压抑着情绪问:刘省长,这事不可改变了吗?

刘洪川没正面回答,你是个好同志,请你给我一些理解。

杨柳这才爆发了,刘省长,我不理解!这都怎么回事?我们按您和省政府的指示,顾全大局忍辱负重,怎么落得了这么一个结果!

刘洪川微笑着,杨柳啊,我再强调一下,这不是我和省政府的本意,是市场化的结果!股份制和市场化,不是行政命令能压制的……

可您说过,既不能削藩,也不能分裂,谁不听招呼撤谁的职,现在倒好,让孙和平修成了正果。您公道吗?刘洪川承认不公道,但却说:这有利于汉江重装工业的发展。南柴已经划给汉重了,省里可以考虑再把林业机械厂或者道路机械厂划一个给汉重。杨柳说:我丢不起这人,刘洪川说:不能这么想问题!该向市场让步就得让步嘛,让步是一种大智慧!杨柳说:还大智慧?您这么大领导就不嫌丢人啊?

刘洪川叹息说:也许丢点面子,但我不能为了面子去犯愚蠢的错误!杨柳不管不顾地嚷:我没看到有啥愚蠢的错误!刘洪川说:我们不能犯计划经济年代的老错误,不能搞命令经济嘛!杨柳发狠道:真要是当年的命令经济,孙和平他敢不听令吗?敢和我们集团摊牌吗?!

刘洪川语重心长说:但是,杨柳啊,那是一条走不通的路啊!命

233

令之下商品没有了，只有产品；市场就没有了，只有票证；我们就这样辛苦试验实践了三十年，白白丢掉了三十年宝贵的发展时间嘛！

杨柳一脸无奈，所以，孙和平厉害，要和我们市场博弈！刘洪川说：博弈有啥不好？博弈产生公允价值，博弈产生市场效率。杨柳根本听不下去，抱着渺茫的希望再次问：刘省长，分家真的无法挽回了吗？

刘洪川略一沉思，我已经找省国资委陈丽娟同志征求过意见，也和分管副省长研究了，就这么定了！不过，汉重集团还要继续做大做强！北机走了，还可以整合其他企业！而孙和平独立所起的作用，是你们谁也起不到的。杨柳有些意外，孙和平还有功了？刘洪川说：杨柳，你是聪明人，你想想，我为啥要答应这场独立？杨柳说：因为您偏爱孙和平，您早就想放飞这只鹰了。刘洪川说：对，这话我两年前就和你说过，不要把汉重集团变成鸡窝！正确对待吧！队伍大了总要分嘛。天下大势，就是分久必合，合久必分，分分合合都很正常！杨柳眼圈红了，是，刘省长，我……我今天总算明……明白了！

刘洪川拧了杨柳一眼，你明白啥了？你没明白！我对你和孙和平的要求是不一样的！你先回去，改天等你冷静下来，我们再谈吧！

走出省长办公室后，杨柳情绪沮丧到了极点。这是他从政以来遭受的最沉重的一次打击，也是他与孙和平关系史上第一次大败。他不是不明白刘洪川的大局意识，可却觉得刘洪川此事处理不当，会留下后患。官场是有规则的，人家下级服从你，你就有责任维护下级。这是一个潜在的体系，坏了规矩就难以持续。刘洪川却屈服于市场，在孙和平这里开了个坏头，刘洪川怎么可以这么只看经济不考虑政治呢？

他必须考虑政治。政治经济学嘛，政治摆在经济前面。他的政治就是服从，不服从，不会有好结果。服从了，经济利益就来了。首先要从省里敲一笔，省长同志内心是有愧疚的，承诺给补偿。那么，道路机械、林业机械，统统要过来！堤内损失堤外补，跑了北机起码要补给汉重两块优质资产。其次，对孙和平和北机要痛下杀手……

幸亏他和集团一直防着孙和平这一手，及时把南柴拿到了手，并在此之前以投资的方式，对南柴进行了发动机生产线的技术改造。这段时间又超量多进了北机股份一万五千台发动机。周到现在该明白了吧？对南柴的投资太及时了，就算省里不整体划过来，因其生产线业经改造，也能替代北机股份长期为集团提供发动机。而没有他严令积备的这一万五千台发动机，他们现在就要被动挨打了。孙和平和北机月内就可能大幅提价，你不答应，他就会以停止供货相威胁。还有占款，那一亿三千万要不是及时被他拦下，孙和平又多了笔进攻的子弹。

更重要的是，六千二百万希望控股国有股已经落入他的手中。转让合同签字的次日，杨柳就下令财务部将股权转让款打过去了。

如此一来，在即将爆发的内战中，他和汉重集团就有了相当大的主动权，南柴厂替代发动机生产线今年年产可达四万台，下个月生产线就可以剪彩开工。北机股份的一万五千台发动机也拿在手上，汉重集团全年原计划中的发动机缺口也就五千多台，在市场上适时调配毫无问题。孙和平呢？一旦失去了汉重每年六万台发动机的大订单，必将手忙脚乱，香港市场上的H股将跌得看不见路，香港可没涨跌限制。

奥迪开出省政府大门时,杨柳脑子里已冒出一大堆制裁措施……

四十九

汉重大厦后街有一小花店,孙和平与田野约定在这里碰头。收购红星节奏加快,资金筹集迫在眉睫,孙和平命田野亲自出马,催讨集团欠北机的三亿六千万货款。可是,田野到财务处没人理他,好不容易找到处长,却说上边扎死口子了,资金只进不出。孙和平一听,大事不妙,亲自赶来汉重集团。两人搞得像地下党接头似的,田野手里还擎着一枝红玫瑰。他解释,站在花店大半天了,卖花的小姑娘老问要什么,他实在不好意思就买了一枝玫瑰花。孙和平见姑娘的目光正追着自己,便也买了一盆蝴蝶兰,准备回头送给杨柳,以示亲切友好。

田野苦着丝瓜脸汇报,道是集团的钱要不回来了,感觉可能上了杨柳的当。孙和平问:上什么当?田野说:集团要了咱这么多发动机都没付款啊!孙和平这才想起后来计划外两次追加的发动机,咱全供货了吗?田野说:供了,还是特事特办紧急供的,库存全掏空了!孙和平懊恼说:哎呀,这一次你们行动真快,都有内奸嫌疑了!田野苦笑,这不是你指令的吗。孙和平有苦说不出,唉,上杨柳的当了!杨柳哪像领导?简直是奸商!田野突然想了起来,对了,还有三千台发动机,集团今天要提货!孙和平急了,快通知下去,不发了,这个,把他们的运货车也给我扣下来抵债。田野拨手机,好,好！哎，扣人家的车不太妥当吧？孙和平说：有啥不妥的？扣车也能多少抵点货款。

捧着那盆蝴蝶兰走进杨柳办公室时，孙和平察觉出气氛不对。杨柳见他来了，连个招呼都没打，他把那盆蝴蝶兰放在窗台上，杨柳也当作没看见。他说起要汇报工作，杨柳才不冷不热说：孙总啊，你就别汇报了，我现在没资格听你汇报了。现在你和平起平坐了，分属两大企业集团了，我再恬不知耻听你的汇报，你心里不笑我弱智吗？

孙和平心知肚明，刘洪川应该找杨柳谈过了，否则杨柳不会有这种反应。他心头一紧，摊牌的时刻到了。刘省长揭开了锅，饭不熟也得熟了。杨柳的愤怒可以理解。孙和平赔着笑脸，给自己倒了杯水，为杨柳换了一杯茶，心里告诫自己，说一千道一万，把钱讨回来最要紧。

杨柳拾掇着桌子——实际上桌子干干净净，没什么要拾掇的，刘省长对你很欣赏啊，指望你和未来的北机集团给他和省政府长脸呢！不过，我没说你好话，这么多年了，我尽说你好话，这次不说了。孙和平赔着笑脸，你肯定也不会说我坏话吧？杨柳桌子一拍，不，我说了你不少坏话！我明确地告诉刘省长，我养了一条叫孙和平的狼，最终被这条狼咬了，你现在解放了这条狼，没准将来也会被它咬！

孙和平脸上的笑僵住了。

杨柳厌烦地挥挥手，像赶一只讨厌的苍蝇，走吧，走吧，别在我这儿泡了。孙和平偏在办公桌对面坐下了，杨书记，不是泡啊，只要省政府文件没到，您就是我的领导，我该汇报就得向您汇报。

我向刘省长保证过的,直到最后一分钟都摆正位置。杨柳说:这么摆正位置可太累了,别累着你啊!孙和平说:看您,又开玩笑!杨书记,我们北机上半年生产和销售形势都不错,但大客户欠款情况比较严重。杨柳自嘲说:最大的欠款客户是我们汉重集团吧?孙和平说:不好意思,确实是咱们集团!根据香港联交所的规定,要出半年度财报了,为了半年度财报好看一点,咱集团拖欠北机的三亿六千万是否能还了?

哦,孙总,你这是以汇报为由讨债啊!哎,现在是谈债务的时候吗?孙和平苦笑不止,杨书记,我们现在连进材料的资金都没了!杨柳走到窗台前,看孙和平送来的花,这盆蝴蝶兰真不错,朵朵花瓣仿佛蝴蝶翩翩起舞。据说蓝色蝴蝶兰名贵,杨柳偏偏喜欢白色的,那更像常见的蝴蝶。他不愿意落入讨债的话题,谈钱干什么?俗。既然开始一场战斗,就要找好阵地,站得高,看得远,易守难攻。他为蝴蝶兰喷了一点水,抓住自己的要点开始发挥,孙总啊,我们彼此之间应该很了解了。可今天刘省长找我说到这分家的事,我还是很吃惊啊!

孙和平讪笑着,其实,杨书记,这也在情理之中。杨柳说:啥情理啊?你和北机的背叛太不可思议了!孙和平说:咋不可思议呢,分久必合,合久必分嘛!杨柳冷笑一声,是,不是我果断阻止,两年前我们就分了。孙和平说:就是,其实对今天这个结果,你我心中都有数,分是必然的。老学长啊,这么多年了,我不能总做你的跟班吧?

杨柳手一摊,看看,终于吐露心机了!哎,孙和平,你好像和刘必定说过,你今生有个梦想就是独立成为一方霸主,甚至能爬到我头上,让我跟你去当跟班吧?孙和平说:这话你也信?老学长,你说我有这么好的想象力吗?杨柳说:你的想象力太好了,不是一般的好!在你的想象中,我应该是你手下分管楼道厕所卫生的一个勤杂工吧?

天哪,这都哪来的传言啊,杨书记,不利于团结的话不要听!说真的,我只对刘必定说过这样的话:希望有一天,我能走到你面前,骄傲地告诉你,老学长,咱们现在平起平坐了!真的,我就这么点小小的愿望!杨柳夸张地鼓掌,哎呀呀,真是一个有理想有志气的好青年,为这准备了好久吧?孙和平赌气说:那是,时刻准备着,我火热的心一直坚守着理想和梦的家园!你应该知道,我是个有梦的人……

天哪,天哪,所以我就上了当嘛!当年是我,而不是别人,坚持把一具叫作北方机械厂的企业僵尸送到了手术台上……

哎,哎,怎么是企业僵尸呢?北机当时只是遇到了困难……

这困难不小吧?你们困难到要破产了,破产预案都制定好了!我可怜你们,给你们输血,帮你们改制,让你们以北机股份的名义活了下来,但我和集团得到了什么呢?得到了一个不知报恩的对手!

孙和平很窝火,放弃忍气吞声的策略,与杨柳正面开火了,杨书记,弱弱地问一句,我和北机股份为啥要对你报恩呢?你把自己当啥了?基督上帝吗?救世主吗?《国际歌》里早说了,从来就没有救世主!有些话我一直想说,却又不敢对你说,但今天我必须说一说了!

好,把肚里的汤汤水水全倒出来,咱们来个清清楚楚明明白白!

239

杨柳，北机最初是要进汉重集团吗？我是找你担保贷款的吧？你花言巧语引我入套！你看中了北机的百年招牌，看中了北机员工勒紧裤带集资八千八百万上的那条德国二手生产线，看中了上面拨下的那个上市指标，是你，而不是别人，把一场担保巧妙地变成了入伙！

是又怎么样？我问你，北机不进集团，集团凭什么给北机担保？

但你不能因此以恩人自居，长期占据道德制高点对我无限施压。

哟，你还委屈了？即使这样，也是我和集团帮了你和北机吧？！

这我承认！北机困难时，集团收编后给它输过血，主要形式就是担保贷款！但这是哪一个人的恩德吗？不，它是一种信用支持……

信用是个好东西啊，有信用谁都愿意借钱给你，没信用呢，你说破大天也没人理睬你，当年的北机信用也破产了吧？你承认不承认？

我承认！所以，我对信用万分珍惜！我接手北机后，再没有一笔贷款融资出现展期违约，我宁愿饿死自己，也不能坏了借来的信用！

真是好汉一条！集团财务说，我们借给你的信用价值不菲啊！

孙和平警惕地看着杨柳，你什么意思？有话请明说！杨柳说：好，那我明说！账务向我汇报说，这笔信用价值高达三亿六千多万！孙和平失声叫了起来，哪来的三亿六千多万？杨柳，你想赖账讹诈是吧？

杨柳好言好语，哎，哎，别叫嘛！孙和平，信托贷款你们没少用吧？利息是多少啊？集团给你额度的银行贷款利息又是多少？说三亿六千多万都便宜你了！孙和平苦笑起来，杨书记，你真有出息，对自己的下属企业放起高利贷了！杨柳说：问题是，你现在不是我的下属企业了，你独立了嘛，展翅高飞了！孙和平说：好，我就算你们的信用支持价值三亿六千万好吧……杨柳却又变卦了，细算算，也许不止三亿六千万啊！孙和平大叫，杨柳，你得寸进尺，没完没了了？杨柳说：孙和平，我是要把话说清楚——说个清清楚楚，明明白白！

孙和平气呼呼往沙发上一倒，好，你说！我也希望咱们之间清清楚楚，明明白白！杨柳说：集团的信用担保没风险啊？你孙和平搞砸了，谁托底？是不是集团？孙和平说：是，所以我并不否认信用支持的价值，正因为如此，我才让集团入股五个亿！这五个亿现在市值五六十个亿了，实现了保值增值！这是不是事实？杨柳说：这也是事实。孙和平说：那我为啥要对你报恩呢？你不觉得这种逻辑很奇怪吗？！

杨柳怒道：不奇怪！孙和平，因为当时求到我门上满脸的眼泪鼻涕哭诉的，不是别人，是你！你已经无法对北机厂干部群众负责了……

孙和平手一摊，看看，看看，又夸张了吧？哪来的眼泪鼻涕？我这个人冻死迎风站，饿死不低头，就像你说的，好汉一条！杨柳讥讽地看着孙和平，孙好汉，难道你就真的没有一丝一毫的愧疚吗？

这时，财务处处长有重要单据需要杨柳立即签字，满脸歉意地敲门进来了。财务处处长浑身不自在，避开孙和平的目光，使劲朝杨柳跟前凑。孙和平站到窗前，眺望辽阔的大海，胸襟渐渐放开。

财务处处长的出现提醒他，北机与集团分家还有漫长的道路要走，不是讨债那么简单。不可意气用事，不能跟杨柳闹翻！财务处处长离去后，他长长舒一口气，转身面对签完字的杨柳，说：对不起，杨书记，我刚才有些话没过脑子，脱口而出了！从对你的个人感情上说，我也许有些欠缺。

杨柳"哼"了一声，仅仅是欠缺吗？孙和平，你的信仰是不是也有问题啊？孙和平说：这好像没问题吧？我们都是党员干部，有共同的信仰啊！杨柳冷笑，共同的信仰？哎，今年平州大报恩寺头炷香好像是你拍得的吧？孙和平说：是，这又怎么了？我拍了头炷香为我们北机讨个吉利，不行吗？！杨柳又说：我们去伊斯坦布尔考察，你是不是又变成了信徒？我们急着飞罗马，你偏在大清真寺门口不愿走。我没冤枉你吧？孙和平说：我难道不能接近一下他们吗？为了开拓阿拉伯市场，我不但研究接近他们，还特别招了一大批员工去做产品推销工作呢！哎，你绕了半天想说明什么？杨柳说：我想说的是——孙和平，你的信仰很值得怀疑！

孙和平论战的劲头又被挑起，这你不必怀疑，我优秀共产党员的称号是中共汉江省委授予的。杨柳说：你欺骗了省委！你宣称的什么理想家园，梦的坚守，都是扯淡！孙和平手一摊，杨柳同志，是我扯淡还是你虚伪啊？你集团欠我们三亿五千多万货款，我的总经理来要都要不到，逼得我不得不放下重要工作，亲自来向您讨债，您呢，绝口不谈债务，却和我谈起了信仰！天哪，你这战术也太高明了吧？

杨柳说：债务会有人和你讨论，但不是我，我是党委书记，就得和你讨论信仰！我也弱弱地问一句，孙和平，你信仰的是钱吧？

孙和平火了，对，就是钱，就是企业的效益！我这样回答你满意了吧？杨柳说：这就对了嘛，你就是这么一个人嘛，为了利益不顾一切。孙和平说：这正是一个优秀企业家的本质！没钱我就没法和你这么对话！只要你今天能还我这三亿五千万货款，我明天就把你供到神龛上去！

杨柳夸张地摇着头，孙和平，你真让我开了眼！一个忘恩负义的背叛者竟然能这么理直气壮！但是背叛就是背叛，它不会因为你的狡辩变得崇高伟大起来！孙和平毫不退让，也不会渺小到哪里去！一个伟大企业正在诞生，改革开放的中国给了北机崛起的机会！杨柳手一挥，好，孙和平，那就让我们放开手来博弈吧！让历史来证明，汉重集团和北机股份谁会最终成为一个伟大的传世企业，谁将笑到最后！

孙和平难得如此放肆地爽朗大笑，杨柳同志，这还用说吗？当然是我们北机！北机卧薪尝胆，砥砺前行，已经赢得了市场，并将继续赢得市场，一个伟大企业已像东方的朝阳，喷薄欲出了！哈哈哈……

杨柳责问：你真的尊重市场吗？如果是真的，你怎么敢对希望控股的股改不屑一顾？怎么不愿见那个金局长？全国的股改早就结束了，你还想让希望控股的股改拖到哪一天呢，我的第一大股东先生？

孙和平警惕地看着杨柳，这事和你、和汉重集团有关系吗？

杨柳哈哈大笑起来，笑得浑身直抖，这事怎么会和我没关系呢？金局长的六千二百万国有股，已经转让给了我们汉重集团，我们可是你希望控股的股东啊！孙和平十分惊愕，你们成股东了？杨柳说：是啊，你北机这第一大非流通股东难道就不该和我们汉重集团这第三大非流通股东，还有达摩产业这第二大股东一起研究一下股改方案吗？

孙和平语无伦次了，杨书记，你等等，这……这事有点乱……

杨柳说：不乱，清楚得很！孙总啊，我们汉重集团和达摩产业在希望控股的股权合在一起，已经超过了你第一大股东北机股份了！下面的博弈会相当精彩啊，精彩到能让你哭天喊地！信不信在你……

孙和平呆住了，中了枪似的怔在那里。

不得不佩服杨柳，老学长厉害啊，走棋看三步，早把前方可能出现的情况研究透了！孙和平这才发现了自己的盲点，是的，希望股票的对价问题形成了他的盲点。他怕股改送股失去第一大股东地位，又不舍得拿出真金白银补贴股民。结果因小失大，让杨柳看见了这一步漏棋，钻他的空子实施偷袭，漂亮地抢得先机。这个错误太严重了，搞不好满盘皆输。孙和平嘴里苦涩，喉咙干渴，胸腔着火似的焦灼。

杨柳看着孙和平，一副猫玩耗子的神态，孙总啊，我们汉重集团呢，既不排除和达摩产业合作，也不排除进一步增持希望控股的股权！

孙和平底气不足了，你们在证券市场上增持吗？杨柳说：是啊，现在是熊市，股价这么低！另外，我们也不排除以适当的价格向简杰克的达摩产业转让这笔股权，做一笔有利可图的好生意！孙和平嘴角抽搐起来，杨……杨书记，你……您说啥？您向……向谁转让股权？

杨柳说：向简杰克的达摩产业转让啊！你请回吧，我这马上还要给集团各部门和下属几个重要子公司、分公司老总开个会。说罢，杨柳端着大茶杯，旁若无人地出了门。孙和平怔了一下，也跟着追出门。

五十

孙和平沿着长长的走廊前行，头脑渐渐清醒起来。如果杨柳和简杰克结成战略同盟，希望控股保卫战就不必再打下去了！老二老三一联手，就把他这个老大给掐住了。希望控股新一届董事会很可能会被简杰克和杨柳掌握，他北机这第一大股东甚至连董事席位都得不到。

这时，田野来电话，说是仓库保卫战打得不错，虽然损失了二百五十二台发动机，但扣下了集团四十台重卡。孙和平觉得不对，躲到厕所，对田野发布电话指示，让田野放人放车。田野是明白人，连连应着，并主动承担了责任。这就好，扣车抵债的事他不知道，独立尚未成功，他还要卧薪尝胆，还得和杨柳继续纠缠。省政府的分家文件毕竟没到呢，北机还在集团，他有必要参加杨柳主持召开的会议。

走进会议室时，杨柳见了他，显得很意外，却也没说什么。他走过杨柳身边，含笑问了句：杨书记，今天会议啥内容啊？杨柳向他招了招手，他走了过去，把脑袋凑上前。杨柳这才低沉地耳语了一句：孙总，请不要这么无耻！孙和平并不吃惊，煞有介事地点点头，说：知道了，杨书记，请您放心，您的指示我全照办！说着，在王小飞身旁坐下了。

王小飞拍了拍孙和平的肩头，模样很亲昵，孙总，你们北机股份是不是马上要脱离集团，独立升空了？找时间，和我说说你们的好经验啊！孙和平很是正经，王总，谁告诉你北机股份要脱离集团了？

这时，杨柳敲敲桌子，宣布：好了，同志们，我们开会！

孙和平和王小飞停止了交谈。

杨柳扫视着与会者，极力压抑着自己的情绪，语调平和地说：同志们，现在我来宣布一件事，根据省政府指示精神，原属汉重集团的北机股份公司即将脱离我们汉重，成为和本集团并立的又一个独立的重卡机械装备集团。现在让我们用热烈的掌声，向北机董事长孙和平同志表示热烈的祝贺！说罢，杨柳一人面无表情地独自鼓起了掌。

一片愕然的目光投向了孙和平。

杨柳讥讽的掌声停止后，会场上一时间静得吓人。

孙和平心里清楚，这静寂中隐含的绝不会是对他和北机股份的赞赏，而是恼怒与怨恨。杨柳干得真绝啊，公然违反保密纪律，在正式文件没到之前，就宣布分家决定。孙和平倾向于认为，杨柳原定召开的这个会没这项内容，是因为他摆正位置参加了会，才临时来了这一手。杨柳既然来了这一手，他就得接招。股权突然产生变数，他刚挺直的腰杆又弯了下来。现在他与杨柳、与汉重集团千万不能破裂。脑海里及时蹦出两个历史人物，一是韩信，一是刘邦。有这二位前辈做榜样，他有信心表演出彩！真诚不是装出来的，声音必须带着磁性……

于是，在一片静寂中，在杨柳、王小飞和与会者阴冷目光的注视下，孙和平缓缓站了起来，面带笑容道：同志们，本来分家的事杨书记不应该在今天宣布，但杨书记宣布了，我就得有个态度。众所周知，北机股份是在汉重集团温暖的怀抱里长大的。没有汉重集团长期以来的呵护支持，就没有今天这个强大的北机股份，对这一点，我和每一个北机股份的员工都将永志不忘。在这里，请允许我以个人的名义，并代表北机股份高管层和全体员工，向杨书记，向汉重集团，向所有到会的同志们致以深深的敬意和谢意！说罢，先对着杨柳的主持人位置，又对着会议桌三面与会者的位置，深深地鞠了四次躬。鞠完躬，又表情恳切地说：但是省政府的文件毕竟没到，我和北机股份现在还是集团的一员，还在杨书记领导之下。我仍想以一个下属公司的名义坚持开完最后一次集团会议。说罢，坐下来，打开了笔记本。

没想到杨柳做得比他还绝。他这边屁股刚坐下，刚打开那本印有"汉重集团"字样的笔记本，杨柳却已站了起来，手一挥，宣布：散会！

这场面相当尴尬。孙和平在一片静寂中，在与会者冷峻目光的注视下，缓缓站了起来，面带笑容。自尊顾不上了，他心中只有一个执念，六千万希望控股股票必须找到解决之道。这是定时炸弹，一旦爆炸，就没有那个崭新的北机集团了，他得黏住杨柳，继续谈判。孙和平在散会的人流中穿梭，快步超越了王小飞和几个与会者，急急忙忙地追到杨柳身旁，杨书记，我还得向您汇报，希望您给我一个机会。

247

杨柳大步向前走着，根本不看孙和平，孙总，我现在真是不能再听你的汇报了，你要摆正位置，我也得摆正位置啊！以后我们两大集团好好合作吧，啊？孙和平身后，周到也追了上来，哎，孙总，我得和你说件事！孙和平不睬周到，紧紧地纠缠着杨柳，杨书记，我想向您汇报的就是今后合作上的一些想法啊。杨柳说：这你也未免太急了一些吧？啊？事实上你们北机股份的国有股权划拨还没开始啊，我们两大集团之间要算的账可不是一笔两笔啊。孙和平忍着气，继续跟着杨柳的话题转，所以杨书记，我们双方才更得早些交流一下啊，双方都把账算算清楚，免得将来扯不清，伤了和气！杨柳这才吐了口，好啊，这我不反对，不论是父与子还是兄弟之间都得明算账！

周到抢到二人前面，气急败坏说：已经伤和气了！老杨，咱四十台重卡被孙董事长下令扣了！杨柳怔住了，哦？孙总，你还在我这儿摆正位置啊，就让家里下手了？孙和平做出一副吃惊的样子，怎么会有这种事？不可能！我找田野。说着他拨通田野的电话，大骂田野，让田野把车立即马上送还集团！挂上手机，孙和平换了副笑脸，杨书记，周总，误会，一场小误会！杨柳和周到对视了一下，没作声。孙和平说：不过，也是事出有因，咱们集团财务部的做法也太过分了……

杨柳不愿听，转身就走。周到接了上来，集团财务部怎么了？慢待你们田总了？孙和平不想和周到纠缠，越过周到又去追杨柳。

重回办公室，杨柳把门一关，拉下了脸，孙和平，今天扣车的事我不和你计较，可历史账你想怎么算？当年三亿六千多万财务信用成本，北机想怎么还？孙和平很恳切，杨书记，你说呢？你肯定有想法!

　　杨柳说:那就用集团现在欠你们的三亿五千万货款抵扣吧。孙和平摇头,这肯定不行。就算我承认这笔财务信用成本,也没法做账。再说这笔既往的财务费用也真上不了台面,我要使坏给公开了,你和汉重集团可就……杨柳说:你少来,我不怕你公开。孙和平说:你怕我也不会公开,家丑不外扬。杨书记,正因为如此,集团才做了北机第一大股东嘛,你有付出也有收获!杨柳道:可现在第一大股东不是集团了,变更为省国资委了,我和集团只能自认倒霉了?是不是?

　　孙和平手一摊,很遗憾,杨书记,事实上就是这样!他略一停顿,又试探说:不过,我这个人知恩图报,不愿欠人情债——我可以想法变相补偿你们!杨柳看了孙和平一眼,怎么补偿啊?孙和平说:以集团欠北机的三亿五千万货款,换取那六千二百万希望控股股权吧!听说你不到两块一股进的货是吧?我给你六块一股,每股让你赚四块!

　　杨柳呵呵笑了,哎呀呀,我的孙总啊,我真想不到你会如此仁慈大方!孙和平说:所以你别说我不知报恩!人非草木,岂能无情?我们多年的同学朋友,我冲动之下才说了些伤感情的话,你别介意!杨柳略一沉思,好,我不介意。孙和平自我感动着,事实证明,我也不是不知道报恩的,你说是不是?杨柳缓缓摇起了头,不是啊,老同学!你不是大方仁慈,更不是知恩图报,而是担心失去希望控股的控股权啊!我和洋鬼子简杰克一联手,你和北机就别玩了!红星重装这块大肥肉就要从你嘴边溜走了,你伟大企业的梦就做不下去了……

孙和平强作轻松地笑着，老学长啊老学长，你呀，有时就是想得太多！杨柳说：老同学，要我说，作为一个伟大企业的缔造者，你还是欠把火啊！说罢，拍打着孙和平的肩头，益发和蔼亲切，孙总，咱们谁跟谁？你肚子里那点汤水我能不清楚？孙和平说：对，我这人就这样，从不藏着掖着，透明！不像你，老让我猜谜！杨柳说：那我也透明一回，这六千二百万股我不会向你们北机转让，就算价格提高十倍也不行，如果简杰克报出较好的价格，我倒可以考虑转让给他！

孙和平怔住了。

杨柳新泡一杯龙井，吹着漂在水面上的绿芽，眯缝眼睛望着孙和平，一脸心旷神怡的表情。孙和平实在是可笑，现在才明白如来佛掌心有多大。他敲打孙和平不仅为眼前算账，也是为了更大的棋局。现在开始的一场博弈，很可能关系到未来重卡工业的格局。

孙和平的沮丧无法掩饰，老学长，你这次干得太绝了点，利用我的疏漏掐住了我的命门！杨柳哈哈大笑起来，笑罢，感叹说：孙和平啊，我咋也没想到，你这机关算尽的疯狂家伙怎么没算到这对你和北机性命攸关的六千二百万股国有股权呢？孙和平有苦难言，我承认犯了一个该挨枪毙的大错误，但是我的错误，不该成为你犯错误的理由。

杨柳微笑着，我犯错误？我能犯什么错误啊？啊？孙总，你倒说说看！孙和平说：哦，你不惜代价争夺希望控股股权竟然是为了对付我和北机？那么得益者是谁呢？是洋鬼子简杰克的达摩产业，是来自华尔街的资本巨狼啊！杨柳拍手，哎，正确，判断正确，完全正确！

孙和平痛心疾首，北机会丧生狼腹，杨柳，你汉重集团也会落入狼口啊！杨柳一副惊讶的样子，是吗？哎呀呀，孙和平，你还很有危机感嘛！孙和平冲动地叫道：杨柳，我真没想到你会这么糊涂啊！连基本的民族感情和立场都不要了！醒醒吧，我的老学长，不要让愤怒欺蒙了你的眼睛和良知！杨柳咂嘴，哎呀，哎呀，孙和平同学啊，你这是在我背上猛击了一掌啊你！孙和平慷慨激昂，想一想吧杨柳，当年我们为啥报考汉江大学，为啥选择机械动力专业啊？不都怀着一个相同的强国梦吗？为崛起的中国提供强劲动力！让中国制造昂首阔步走向世界！我记得，在学生会的一次演讲中，你曾经这样说……

杨柳做了个暂停的手势，打住！孙和平同学，请不要在我面前表演热血沸腾，更不要来狭隘民族主义的那一套，你最早说过的，资本无国界！孙和平争辩，可我们辩论时也说过，资本的所有者有祖国！杨柳不耐烦了，行了，我不和你讨论这个了，大学时代结束了，永远结束了！孙和平说：但那崇敬真理的演说声还时常在我耳畔回响……

孙和平说不下去了。此时，他真正体会到黔驴技穷的含义，即便用尽浑身解数，他也无法打动杨柳冷酷的心。后悔如毒蚁噬骨，那种疼痛无法描述。怎么会漏失了这关键的一步棋呢？孙和平恨不得使劲撕扯住自己的头发，扇自己一个大耳光！然而，事已如此，他啥也做不了，他眼中含泪，无力地仰靠在沙发上，无奈地连声叹气。

杨柳收拾着公文包，老同学，还泡啥呀，你不下班我也得下班了！

孙和平抹了把泪，我不是泡，杨书记，我的事还没完。杨柳放下公文包，还没完？好，你继续，你现在和我平起平坐嘛，我得尊重你了！

孙和平说：杨书记，既然如此，三亿五千万的货款，希望集团能及时支付！杨柳说：该付总会付。不过以后别再找我了，请直接找财务部。我的意见，这种具体事情你一个集团企业的一把手就不必亲自过问了。孙和平说：我希望咱们能好说好散，你们集团别赖账！杨柳说：没人会赖账，该算的账我们肯定要一笔一笔和你们算清楚！这话说罢，他做了个手势，孙总，现在可以请了吧？你总不至于让我再请你吃一顿散伙饭吧？孙和平无奈，只得摇摇晃晃站起来，悻悻离去。

顽强的努力在同样顽强的对手面前惨遇失败。就像拿破仑在滑铁卢碰上了惠灵顿。孙和平在心里默默想，今天这痛苦而耻辱的经历也许将会伴随他今后的一生一世直至永远，直至他拥抱着一个缔造于世的伟大企业长眠于九泉之下。但还会有那个梦想中的伟大企业吗？命运之神会再次向他微笑吗？上帝会原谅他这次犯下的愚蠢错误吗？

强力支撑着精神走出汉重集团大楼时，孙和平眼前已是一片模糊，用手背一抹才发现，遮住他视线的竟是聚在他眼中的泪水……

五十一

杨柳站在落地窗前，目睹了一个叛逆者蹒跚踉跄地渐渐远去。

孙和平走了，带着独立后的满足和被揪住猴尾巴的剧痛走了。

再不会像大学时代玩学生会游戏那样,今天翻脸走明天又回来。如果在今后资本和市场的双重博弈中,他和汉重集团不能获得压倒性的绝对胜利,哪怕揪断他的猴尾巴,只要给他留口气,他都不会再回来。这只跳出界外的孙猴子,就像当年的刘必定一样,就此成了一路诸侯。

当然,他们之间也有区别,刘必定是草莽英雄时代的枭雄,孙和平是资本市场时代的霸主。瞧孙和平今天说的——北机股份赢得了市场,还将继续赢得市场,作为一个伟大企业,已像东方的朝阳,喷薄欲出了!当真喷薄欲出了吗?他忘记了一个事实:我们国家的经济叫社会主义市场经济,市场要服从和服务于社会主义!也正因为如此,刘必定的草莽英雄时代不会长久,孙和平以市场挑战权力能得胜于一时一役,却绝不可能在今后漫长的发展过程中永远得胜。

更何况在此一役中,谁胜谁负还难说得很。孙和平和北机股份前有简杰克和达摩产业的正面进攻,后有他和汉重揪住尾巴的痛击。在腹背受敌的这场复杂恶战中,孙和平凶多吉少,甚至会以完败告终。

对杨柳来说,与孙和平的分手并不轻松,理智感情都付出了沉重的代价。毕竟同学同事多年,又长期在汽车机械行业共同奋斗,打断骨头连着筋,这份情谊是难以割舍的。杨柳觉得他和孙和平之间有点像夫妻闹离婚,闹了多年,真的离婚了,恨爱交织,很不是滋味。

不知啥时候天气起了变化,落地窗外的天色变得阴沉起来,海水随之泛出灰色,浪涛也变得浑浊。几只海鸥从浪峰掠过,在岸边盘旋一阵,展翅向深海飞去。杨柳的心情与天水一色,也是灰暗忧郁的。

这时,周到敲门进来了,赔着小心问:孙和平就这么走了?

杨柳惆怅地点点头,走了,像做梦似的,老同学,老部下啊!

老杨,我能理解你现在的心情……

周到,我告诉你,这一天是我千方百计想避免的!

我知道,为了留住他,你就像当年曹操对关羽,上马金下马银!

杨柳一声长叹,我爱才呀,不希望他走啊……

但他非要走,留不住啊!

远处停泊着几艘货轮,那里是锚地,等待卸货的船只集中在东山脚下。夜色渐浓,海面被夜幕笼罩,霓虹灯光像火树在水中摇曳。周到指着一艘轮廓模糊的巨轮告诉杨柳,集团新进的一条生产线就在那船上,今夜不起风暴,明天就可以卸船了。杨柳默然点头,汉重发展形势喜人,可是成长的烦恼难以避免。北机的独立使集团折损一翼,今后的局面将发生重大变化,必须及时拿出应对之策……

当晚,杨柳主持召开了集团董事会闭门会议。指出,北机独立出去后,汉江就有了两个整装集团,汉重就多了一个市场竞争对手。这是坏事也是好事,会逼着我们练好内功!杨柳要求大家少发牢骚,把力气都用到自身的锤炼上,别等哪一天败在北机手上,让孙和平反过来收购兼并汉重。周到应和说:这种时候发牢骚没用,要准备博弈!

汉江重卡的王小飞最为激动,多一个竞争对手对他很不利。他算是集团的元老级人物,是杨柳最早提拔的一批少壮派之一。自从做了重卡总经理,又和周到走得很近。周到怀旧,有一阵子想吃农村风味的大包子大馒头,在家里搞了一个土灶,王小飞就买了一口铁锅，亲自背到周到家里。为啥不叫车？无非是演苦肉计，周到就吃这一口。

王小飞知道杨柳和周到讨厌孙和平，表态最为激烈，那还等什么？我们既然揪住了孙和平的尾巴，何不给他致命一击，粉碎他的独立梦呢？杨书记，周总，我和达摩产业的简杰克熟悉，我可以和简杰克联系，争取让简杰克以翻倍的价格，吃进咱们手上的这笔关键股权！

集团刘副总鼓起了掌，好！说文点，这叫四两拨千斤；说武点，叫借刀杀猴！集团监事会李主席笑了起来，这一来，孙和平整装集团的梦想就破灭了，那还不如留在咱们集团里呢！周到乐呵呵地插了上来，孙和平想留下也行啊，北机股份的董事长是不能让他当了……

杨柳注意地看着周到和发言者，若有所思。待大家说到无话可说了，才扫视着众人，做了个简短的总结发言：同志们，你们的意见怎么这么一致啊？就没有谁想过把这笔股权转让给孙和平？让孙和平带着北机去做大做强？大家不要忘了，北机是我省的上市公司，是我们集团含辛茹苦一手扶持起来的优秀企业啊，怎么非要把它搞垮台呢？一个企业垮台都是自己垮的，博弈需要智慧和远见啊，同志们！

与会众人——包括周到，看着杨柳，全都怔住了，眼里满是疑惑。

杨柳没去释疑解惑，挥了挥手宣布散会。散会后，杨柳和周到一起在大厦门厅等车。时近午夜，秋风劲吹，乌云散去，半个月亮爬上夜空，一片清辉洒在石台阶上，仿佛铺上一层盐屑。杨柳知道，周到今天肯定心满意足,老对头孙和平走了,没人敢在他面前秀肌肉了。

这时,周到正仰望星空,满脸专注神色,也不知在想些什么。

司机从停车场把专车开过来有一段时间,杨柳就利用空隙又和周到聊了几句。杨柳说:周总,孙和平走了,你是不是心中窃喜啊?

周到抱怨:还说呢,大家恨不得掐死他,你还为他说好话!

杨柳说:你蹦得那么高了,我也一起蹦?传到领导耳里好听吗?

周到似有所悟,怔了一下,哎,这我还真没想到呢!

杨柳讥讽说:等你想到,黄花菜都凉了!

是,是,所以你是一把手嘛,党委书记兼董事长!

周总,记住,我们一定要维护刘洪川省长和省政府的权威!

周到装傻,这……这和省政府、刘省长的权威有关系吗?

怎么没关系?刘省长愿意看着我们伙着别人打杀自家企业吗?

周到只得苦笑承认:哦,这……这倒是!

杨柳提醒:这里还涉及咱们的实际利益,你可别糊涂啊!

周到心里门清,老杨,你的意思,听话的孩子有糖吃?

杨柳四处看看,所以咱们得表现得像个听话的孩子!

周到连连点头,是,是,我们不做孙和平!

但要学习孙和平,必要时不惜和魔鬼结盟!

你的意思,我们还……还是得和达摩产业联手?

杨柳并不明说,让王小飞去摸一摸简杰克的底牌吧!

周到想了想,声音低了许多,杨书记,这种大事最好你我出面!

杨柳立即否决,不!我不能出面,你也别出面,就让王小飞秘密去谈。希望控股的股权不是挂在重卡名下吗?让王小飞出手试试吧!

周到乐了,好,好,我明天就安排。

这时,杨柳的专车到了。杨柳上车前,又对周到叮嘱了一句:这个事要绝对保密啊,不管结果如何,都和我们集团层面无关……

五十二

北机办事处在一条小街上,原是一栋居民楼,孙和平拍板整体买下。员工经常跑集团,业务繁杂,北机需要这么个据点。小楼既能办公,又有许多房间住宿,临街门面还办了食堂,十分方便。孙和平来省城从不住酒店,办事处就像家一样。距离汉重大厦两条街,去集团办事步行即可。离开杨柳办公室,孙和平都不知道是怎么回来的。他神情恍惚,梦游似的走着,还没走出集团,就出了洋相。他前面走着一个女干部,人家走进女卫生间,他也木然跟着走进女卫生间。人家回过头一声尖叫,孙和平才警醒过来,哦,对不起,对不起。从电梯下来,他身子一软,要往地上倒。身后有个高管及时扶住了他,问他怎么了。孙和平说头有点晕,这才想起,自己忙得一天没吃饭……

回到北机办事处,在食堂喝了两碗面条,孙和平才缓过劲来。

这时,钱萍刚好从西川红星重装回来,见他有些不对劲,没急着汇报,而是听他诉说。钱萍由此得知了情况的极端严重。原来对手只有一个简杰克,现在加上杨柳和汉重集团,连天不怕地不怕的孙和平都害怕了!不过,钱萍不太相信杨柳会和简杰克联手,觉得这不可能。

孙和平觉得完全可能，英国首相丘吉尔当年怎么说的？如果希特勒的法西斯进攻地狱，大不列颠就和魔鬼合作。丘吉尔和大不列颠都设想过和魔鬼合作，杨柳和汉重集团为啥不能和魔鬼合作一次？博弈就是博弈！如果杨柳和简杰克联手，北机的独立梦就被掐灭了……

钱萍说：要不，我以老同学的身份去找杨柳谈谈，摸摸底？孙和平心灰意冷，算了，大学时代过去了，哪个老同学这厮都不会认了。说罢问起钱萍：红星那边情况怎么样？国有股转让汤家和怎么说？钱萍叹息道：还能怎么说？他不愿见我和老任！正常程序根本走不通！

孙和平心里有数，汤家和怎么这样？他是不是吃了简杰克的回扣？！钱萍道：这正是我要和你说的！老任告诉我，说是汤家和与刘必定关系很不一般，当年刘必定入主红星，得到了汤家和的支持，老任建议再探一次监！孙和平心领神会，老任的意思是，从刘必定那里挖料，然后摆平汤家和？钱萍说：就是这个意思，不过老任有城府，没和我明说！孙和平想了想，否决了，这种手段咱不能使，不地道！

钱萍问：刘省长能帮着做工作吗？孙和平说：不知道，陈丽娟找过刘省长了，西川党政代表团马上要过来。钱萍眼睛一亮，和平，这种时候，你该再闯一次省政府了！孙和平看着钱萍，真去向刘省长求援？你觉得刘省长能给我这么大面子吗？钱萍说：这不是你的面子问题，是汉江省的大局问题。我觉得刘省长不会看着汤家和阻止咱们和红星的合作，更不会允许杨柳和达摩产业结盟，干掉我们北机的未来。

孙和平略一沉思,道理是这个道理,让我再想想吧!对了,你还没吃饭吧?钱萍说:这几天哪有心思正经吃饭啊,还真饿了呢,我去煮碗方便面吃吧!孙和平自告奋勇,我给你炒个汉大名蛋吧!

房间带厨房,孙和平穿上围裙干起来。当年上大学,他炒蛋小有名气,葱油蛋,蟹黄蛋,通称"汉大名蛋"。孙和平炒着蛋,和钱萍继续聊,难得这么温馨,钱萍,你怎么也跟我过上流浪汉生活了?也一天没吃饭?你不心疼自己,我还心疼你呢!钱萍一脸的不相信,心疼我?和平,你真的假的?孙和平说:真的,家里厂里,你现在里里外外一把手啊!钱萍说:没办法,谁让我碰上了你呢!孙和平说:蛋嫩一些好吗?钱萍说:就是外焦内嫩那种,你的绝活,吃过一次念念不忘!

孙和平说:你也吃过我的汉大名蛋?不会吧?当时我没有理由给你炒啊。钱萍说:是,当年你光忙着巴结刘必定和杨柳了,但我跟着杨柳沾过两次光。孙和平说:看看,大学时代杨柳就把我的灿烂光辉遮挡住了!说着,把炒好的蛋盛出,端了出来,吃吧,相信你能吃出点青春的滋味。钱萍尝了一口,不错,不错,和平,你也一起吃吧。

二人吃着泡面炒蛋,看着落地窗外的月亮,孙和平的情绪又低落下来,现在我也后悔,和杨柳吵架说了不少伤感情的话,把退路都堵死了。如果这一仗真打败了,我就回家看孩子!钱萍说:行了,别想这么多了,让心静一下,咱们今天好好看一次月亮吧。孙和平说:你看你的月亮,我说我的事!我不是开玩笑,杨柳如果真的和简杰克的达摩产业合流,咱们几乎没有赢的希望,我只有下台谢罪了。钱萍说:你情绪怎么这么低迷?不说了,你看,是云在走,还是月在云中游?

259

孙和平看了看夜空，打了个大哈欠，谁知道呢！我可不操这份闲心。他略一停顿，又说：现在能帮我的只有刘省长，可刘省长又不大喜欢我！钱萍，要是刘省长能出面和西川省林书记打个招呼，汤家和就挡不住我们了！刘省长要是和杨柳打个招呼，杨柳也得老实执行……

钱萍劝道：行了，和平，不说了，也别想了，这么好的月亮，就让心静一静吧！孙和平说：好，不说了，不想了，咱静，咱静……

月亮确实很美，美在月晕。一圈乳白色的光环套着月亮，犹如披上纱巾，更显出朦胧美。这是风晕，明天又要刮大风；也可能是雨晕，秋雨绵绵。钱萍分不清风晕雨晕有什么区别，只知道有这么一说。她的心情发生了微妙变化，突然间有了一种青春的愉悦，她想起了一首歌，《月亮代表我的心》。那是一首属于青春岁月的歌，一首爱情之歌……

钱萍凝望着月亮，深情述说着，你问我爱你有多深，月亮代表我的心，哎，和平，当我第一次听到这首歌时，你知道我想起了啥吗？身后却传来孙和平的呼噜声。钱萍回头一看，孙和平竟趴在桌上睡着了，口水拉得老长。钱萍苦苦一笑，推醒孙和平，哎，哎，醒醒！

孙和平醒过来，立即进入博弈状态，又怎么了，哪里出事了？钱萍说：哪里都没出事，和平，你这几天太累了，快洗洗睡吧！孙和平抹去嘴角流下的口水，也好，明天还得见刘省长！哎呀，困死我了！

……

孙和平本来有些担心，省长哪是说见就能见到的？没想到他给陈处长打了个电话，刘洪川答应当天见他。孙和平的心情好了一些，想起了贵人之说，刘省长也许是他的贵人吧？不是刘省长，北机哪能翻身得解放？尽管刘省长并不喜欢他。那天刘洪川见他进来就问：你怎么又来了？孙和平说：向您做个紧急汇报！这么说着，快步向刘洪川面前走时，孙和平不小心被厚地毯的边沿绊了一跌，踉跄了几步，冲到刘洪川面前，差点没跪在地下。刘洪川当即开涮，孙董啊，你别给我行这么大的礼啊，我消受不了！快请坐！说你的事，抓紧时间！

孙和平把半个屁股搭在沙发上，好，好！刘省长，杨柳这个大阴谋家，他快把我逼死了他！刘洪川不在意地摆了摆手，别这么夸张！杨柳要是大阴谋家，你就是大野心家。有事说事！实事求是说，别夸张。孙和平说：是，是，刘省长，我现在分分钟都可能被杨柳逼死啊！

刘洪川口气轻松，就算死也不会死得这么快吧？故意送我一个惊喜？孙和平苦着脸，刘省长，您还开玩笑！您不知道杨柳那个狠啊！省里的分家文件还没下达，他就宣布分家！还做了我的手脚——打白条骗走了我们北机一万五千台主力发动机，连定金都没付一分。刘洪川说：这在意料之中嘛，有啥好奇怪的？这不都是市场行为吗？！

孙和平说：杨柳不讲武德，所谓市场行为坑死我了！刘洪川手一挥，哎，哎，孙和平，我可警告你啊，你不能市场有利就要市场，市场不利就找省长啊！你要紧急汇报的，就是这么一个事吧？行了，我知道了，你们回去好好谈判协商解决，不行就到市场上博弈解决，大战三五回合！孙和平说：哎呀，我主要说的不是这个！我是说希望控股股权！刘洪川觉得奇怪，你不是希望控股第一大股东吗？和杨柳、汉重有啥关系？孙和平说：杨柳暗中受让了六千多万股国有股，和我明说了，他要和第二大股东达摩合作！杨柳要借华尔街美国资本之手宰杀我们北机，你说杨柳怎么能这样做呢？刘省长，请您……您设想一下，如果杨柳和汉重当真把这六千二百万股权转让给了简杰克的达摩产业，那……那会出现什么局面啊？我和北机就太被动了！

刘洪川沉默起来，起身在屋内踱步，不知在想什么。

孙和平跟在刘洪川身后，刘省长，您是了解我的，我不是为自己。刘洪川回转身，意味深长地开了口：现在知道市场的复杂了吧？别以为这个市场只属于你，看看，被杨柳掐住喉咙了吧？是个教训吧？孙和平连连点头，是教训，大教训啊，我……我都恨不得毙了我自己！

刘洪川打量着孙和平，那你下一步想怎么办呢？说说看！孙和平说：刘省长，您得让杨柳顾全大局啊。把股权转让给我们！这得您出面。刘洪川做了个手势，打住，孙和平，我凭啥要出这个面？孙和平有些心虚，您是省长嘛。刘洪川说：我省长是为你一家企业当的吗？

孙和平怔住了，目光虚怯地看着刘洪川，不知该如何应答。

直到这时，孙和平才明白，哪有什么命中的贵人？刘省长不会无条件支持自己。不仅不支持，还指出他的逻辑缺陷：当初既然口口声声强调市场博弈，为何又企图借助权力之手，干预博弈的结果呢？刘洪川说得对，赢了找市场，输了找省长，天底下哪有这等好事？孙和平发现，刘洪川在以其人之道，还治其人之身，一下子把他将死了。

刘洪川拍了拍他的肩头,慢吞吞地说:其实孙和平啊,你和北机还有另一条路好走,那就是重回汉重集团。孙和平直摆手,不,这不可能!刘洪川说:怎么不可能?在希望控股,你是第一大股东,杨柳是第三大股东,你们的股权合在一起,简杰克和达摩产业还有啥戏啊?孙和平急了,但是,刘省长……刘洪川替他整了整领带,你这个孙和平,听我说完嘛!红星重装就更没有问题了,可以让汉重集团出面整合。南柴厂呢,交给你们北机,北机集团就争取做专业发动机的大制造商,做成国内海外最大的龙头企业,这不也是伟大企业吗?!

孙和平苦着脸争辩:是,是,但是,汉重集团是不可能整合红星重装的,汉重和红星在市场上博弈了十五年,西川国资委也绝不可能同意汉重吃掉红星。刘洪川说:怎么不可能啊?我看是可能的!实话告诉你,陈丽娟找过我了,我也答应了,代表省政府和西川省协调这事!现在还真是个机会,西川和我省建立了一个战略合作框架,我省腾笼换鸟,劳动密集型产业要向西川逐步转移。孙和平眼睛亮了,所以,北机进入西川,汤家和是挡不住的,对吧?!刘洪川说:没错!西川国资委包括汤家和也要服从服务于这个战略大局!孙和平提醒:刘省长,陈主任可是让您帮我们北机协调的!刘洪川说:北机、汉重在我眼里全一样,我的建议你再想想吧。孙和平沮丧地点头答应了。

离开省长办公楼,孙和平又陷入昨天那种可怕的状态,晕乎乎似乎灵魂出窍,飘飘然仿佛脚踩棉花。刘洪川的设想,对汉重和北机,可能是一条不错的出路,然而,对他孙和平绝对是死路!再哄弼马温回马厩？打死他也不干！这不仅是面子问题，孙和平有强烈的直觉，在汉重现有的机制下，北机不会有辉煌的明天！他的追求、梦想，他所付出的一切努力，终将是竹篮打水一场空，必须向国资委求援……

不料，在国资委门前的十字路口，孙和平被一辆汽车撞倒了。

五十三

杨柳最近改变了晨练方式，不在跑步机上跑步了，每天到附近小公园打太极拳。这种形式好，入静放松，意随气行，达到心旷神怡的境界。而且贴近自然，可触可感，草坪满是露珠，在朝霞映照下闪闪发亮。枫叶红了，柳枝渐残，麻雀在树丛中跳跃，叽叽喳喳迎接日出。秋虫躲在隐秘的角落，发出响亮的鸣叫，仿佛宣告自己才是真正的主角。杨柳沉浸在生命的律动之中，感觉一呼一吸与天地融为一体……

练完太极，杨柳心清神爽，沿着公园小径缓缓前行，这时，周到的电话来了。欢天喜地，声音活色生香，老杨，真是天灭孙和平啊！简杰克昨夜找到咱这儿来了，受让这笔股权，出价两个亿，小飞和他谈了一夜。杨柳说：让小飞谈吧，你别出面！周到说：人家点名让你我出面，我已经到宾馆了。杨柳想了想，那这样吧，你开价三亿六，看对方怎么说！周到叫了起来，你狮子大开口啊？咱一亿多拿下的，转手三亿六？杨柳说：这是孙和平的出价！这笔股权具有战略意义，简杰克知道，否则就不会到这里来了。你好好和他谈吧！说罢，挂机。

小公园外有一排小吃店，杨柳要了一碗豆腐脑、一笼包子、两个茶蛋，美美的一顿早餐。正吃着，周到的电话又打来了，报喜说：真绝了，三亿六成了！这下子，孙和平要哭昏在厕所了！简杰克要见你！

交易这么轻易谈成，倒让杨柳警觉起来，哎，别，千万别！我可不能见他们！周到很麻木，老杨，你怎么这么低调？汉重的一把手是你，又不是我。杨柳说：所以我才不能出面。周到在电话里嚷：孙和平美梦破灭了，这种心旷神怡的时刻不能少了你啊！杨柳说：你少心旷神怡，尤其在领导面前，更别得意扬扬。周到说：我也没必要装作一脸痛苦吧？杨柳说：一脸痛苦很有必要！我们这是挥泪斩马谡啊！周到，你好生揣摩一下诸葛亮先生斩了马谡以后的心情吧……

现在事情变得有点麻烦，当真三亿六转让股权？简杰克搞死了孙和平，刘洪川能饶了他和周到？在去上班的路上，杨柳反复思考着。这笔交易是一步险棋，得想深一些，看远一些。走这步棋必须得到刘洪川的默许。杨柳估计，孙和平不会闲着，有可能会去找刘洪川求助。

果不其然，当天上午，刘洪川的电话就过来了，说是孙和平一大早就过来紧急汇报了，问他手上那笔股权打算怎么办，当真转让给简杰克的达摩产业吗？杨柳汇报说：现在有三个选择，第一，转让给简杰克，让达摩产业吃掉北机；第二，转让给孙和平，让北机战胜达摩产业；第三，自己留着，以小搏大制约他们双方。杨柳恭敬地请示，刘省长，您认为哪个方案比较好？刘洪川说：我的意见，第三种最好，达摩产业没戏。对孙和平也有个制约，对付孙和平这种疯子，必要时也得给他念上几声紧箍咒。杨柳说：不过，简杰克过来了，和周到他们谈了一夜，已经初步达成了协议，人家高价收购，我也挺动心……

电话里，刘洪川口气突变，哎，杨柳，有个话我现在就得和你说清楚，对孙和平和北机，你下手时心里要有点数，博弈也不能不顾大局，让渔人得利。杨柳故意问：刘省长，那您的意思是？刘洪川也是高人，偏不说自己的意思，让他看着办，说是相信他的情商和智慧。

现在清楚了，刘洪川和省政府不愿意看着孙和平完蛋，那还有啥可说的？交易必须否决。杨柳把周到叫到自己办公室，交代说，股权转让给达摩不能考虑。孙和平的失败是注定的，但不应该败在我们借刀杀人上，我们的刀尤其不能借给掠夺性的海外资本。

周到很意外，苦着脸说：老杨，你怎么说变就变？让我怎么和简杰克交代？杨柳说：好交代，就说我和董事会不同意！汉重集团的董事长是我不是你！周到明白了，怪不得你不愿见简杰克，留着后手呢！

杨柳说：那是！刘省长不希望股权落到简杰克手上，明确和我说过，南柴不算，下一步可以考虑把林业机械厂或者道路机械厂划转给我们汉重集团。我们争取一下，让刘省长别或者了，两个都要，它们一个是上市公司，一个正准备上市！周到这才乐了，如此说来，咱们不但不亏，反倒多赚了个企业？杨柳道：就是，听话的孩子有糖吃嘛。

这时，办公室主任丁仁义汇报，有客上门，竟是钱萍。这个当年的卧底怎么这时候突然来了？杨柳马上传见。钱萍带来了一个意外的消息：孙和平出了车祸，被撞断四根肋骨，住进了医院。钱萍说：孙和平这几天尽是心事，恍恍惚惚的，还真不怪人家开车司机，是孙和平魂不守舍闯了红灯。好在没生命危险，也算是不幸中的万幸了。

杨柳心里很难受，孙和平欢蹦乱跳的一个人，忽然倒下，实在让人无法接受。好在并无大碍，真出了三长两短，孙和平可以说是倒在股权博弈上的。杨柳内心有探望的冲动，却又觉得不妥，作为博弈对手，他们绕不开股权话题。见面说啥？怎么说？孙和平耍赖要股权，他给还是不给？这种事孙和平干得出来。还是保持冷静，把话跟钱萍说透吧。他揣摩，钱萍也许是来探底的，孙和平最关心他和简杰克的动向，他不把股权转让给简杰克，就是治疗孙和平伤势最好的良药。

于是，杨柳很含蓄地对钱萍说：钱萍，请你转告和平，昨天他走后，我耳畔也回荡起了那些崇尚真理的声音。钱萍心知肚明，那就好，其实我也不相信你杨书记会做汉奸。杨柳说：就算我和达摩合作，也谈不上做汉奸。钱萍连声应和，就是，就是。杨柳说：孙和平不是个东西，说起来真让我伤心。你不知道昨天吵架他都和我说了些啥！没人敢这么和我说话呀，我气得浑身直抖，枪毙这厮的心都有！钱萍笑道：你们俩是啥关系？打断骨头连着筋，他也只能在你面前撒个娇！

杨柳说：他不是撒娇，是狂妄。算了，不和你说了，你是他的内当家，代我问个好吧！钱萍说：你不去看看他吗？杨柳叹了口气，既无大碍我就不去了，见了面又得吵架，不利于他养伤。钱萍说：这倒也是。杨柳说：让他别急，好好养一阵子，伤好利索了再分家不迟。

钱萍明确问到那笔股权。杨柳想想还是说了，开口就是谎言，三亿六变成了六亿三——达摩产业出价六亿三啊，我硬没同意。我对周总说了，达摩产业今天是孙和平的对手，明天就是我们的对手，这里有个面对未来的问题！钱萍乐了，杨书记，你就是有水平，站得高看得远。那能转让给我们吗？杨柳摆手，六亿三你们要吗？回头又要骂我奸商。钱萍说：价格可以商量。杨柳说：算了，集团留着，分享你们北机的成长吧。孙和平很迫切地想分家，是吧？钱萍说：是，他怕煮熟的鸭子飞了。杨柳说：就算飞了，我相信他也能跳起来，一把把鸭子抓住！钱萍笑了，杨书记，了解他的人还就是你呀！杨柳说：也有你！你现在成了孙和平的化身了，他躺在床上啥事也没耽误……

五十四

简杰克怎么也没想到，他会两头落空。汉重集团这边，六千二百万股希望控股的股权出了三亿六千万的高价都没拿到手。红星重装那边又出了故障，西川省国资委竟然也向他和达摩关闭大门，停止了红星股权转让谈判。简杰克不明白是怎么回事，心急火燎地面见汤家和。

这次见面和上次完全不同了。华尔街不重要了，甚至没再被汤家和提起。简杰克带来了一幅中国清代古名画，汤家和看了看，又还给了他，并直言不讳说，全结束了，简先生，红星的股权你就别想了！简杰克只得自己强调，汤主任，达摩产业可是来自美国华尔街啊!

汤家和皮笑肉不笑地说:但是,我的上级领导既不是美国人,也不在华尔街!简杰克觉得奇怪,股权这件事和你上级领导有关吗?汤家和说:当然有关了,我的上级领导发了指示,要我尊重任延安和红星重装的选择。简杰克明白了,就是说,要你把红星重装的国有股权转让给北机?汤家和点了点头,是的。简杰克问:就没有商量的余地了?汤家和摇头。简杰克沮丧极了,真没想到,这一局我会离开牌桌,会输在孙和平手上。汤家和说:这也正常,牌桌上没有永远的赢家。

简杰克感慨不已,你们中国的许多事真是透着神秘啊,让人难以捉摸!汤家和莫测高深,是吗?说说看。简杰克说了起来,你看,有时候很难吃到嘴的天鹅肉,有意无意地张了张嘴,偏偏就吃到了,就像做梦。有时候紧火慢火炖一只鸭子,炖到熟透上桌,鸭子却飞了。

是啊,是啊,是有这种情况啊,这里有个机遇问题!

汤主任,你和西川国资委可能做了一个错误的选择……

不说这个了,任延安他们既然看中了北机,那就是北机了!

汤主任,你就不怕北机垮台拖累红星啊?你知道吗?汉重以闪电速度拿到了希望控股六千二百万国有股权,就是想逼死孙和平啊!

汤家和啥都知道,未必吧?你亲自跑到汉江,也没见上杨柳吧?

简杰克说:这事有些怪,本来都谈定了,杨柳却没批准这笔交易!

汤家和说:其实不怪,杨柳是国企官员,和我一样,也要听上面的招呼。简杰克明白了,他和达摩这一回是输给了上面,输给了中国的体制。汤家和显然不愿再谈了,拿起报纸看了起来,哎呀,不错不错,中国足球还是很有希望的嘛,昨天战胜了尼泊尔。简杰克发现,汤家和手里的报纸拿倒了,这才突然省悟了中国式的逐客令……

一场博弈就这么输了,达摩产业数年的努力毁于一旦。

汤家和就是个混蛋,好处拿了不少,最后却让他离开牌桌。

事情总是那么难以预料。从西川回到上海没多久,又一个消息让简杰克吃惊不已——得了手的孙和平,突然要造访达摩。孙和平来干什么?总不会向失败者致敬吧?应该是来摸底的。达摩手上既有希望控股又有红星重装,任何时候有所动作,都将给孙和平造成麻烦。

那么,应该在孙和平掌舵的这艘大船上制造麻烦和动荡吗?简杰克内心的回答是:No!资本是理智的,没有仇恨只有利益。他和达摩现在的利益是要套利下船,从希望控股和红星重装战略性撤出!他从未像现在这样渴望和平,渴望在和平的气氛中全身而退。因此,对孙和平一行的造访,简杰克表现出了非同寻常的热情,好像他们此前不是对手,而是盟友。得知孙和平是车祸后带伤来上海的,他甚至出面联系了一家外资医院的美国专家,准备为孙和平做一次全面的体检。

接待孙和平一行的是白晴,她衣着时尚,笑容可掬,站在浦东一座著名的写字楼门厅,恭候贵宾光临。乘上高速电梯,转眼间来到五十八层,达摩产业中国总部就在这里。开阔的落地窗展现着大上海风貌,大厦云集犹如一片森林,疯狂生长直至天际。脚下黄浦江在陆家嘴拐了一个漂亮的弯儿，仿佛谁将黄丝带一抖，甩向遥远的海洋……

孙和平、钱萍在白晴的引领下，穿越达摩开放式办公区。办公区里电脑键盘的敲击声，各种语言的对话声响成一片。钱萍看着格子间里的异国男女，感叹说：瞧人家这里，简直是个小联合国啊！孙和平四下看着，也很感慨，是啊，今天的这个世界已经证券化了。孙和平觉得白晴眼熟，随口问：我好像在哪里见过你？白晴启齿一笑，我在宏远集团做过办公室主任！孙和平乐了，哦，原来是刘必定的人……

开放式办公区的顶头，是简杰克的办公室，一面落地大窗正对着黄浦江。简杰克将孙和平和钱萍迎进办公室，一坐下就问：二位，我能否先请教你们一个有趣的问题？孙和平看了钱萍一眼，有趣的问题？简先生，您请讲，只要是我能回答的。简杰克微笑着，您和北机是怎么获得红星重装国有股权的？这里面是不是有什么不可言传的秘密？直白地问一句，你们给了汤家和什么肥大的承诺？孙和平说：肥大的承诺？简先生，您真是太幽默了！如果说到承诺，我们的承诺就是把红星重装打造成一个国际一流的伟大企业，是不是这样，钱萍？

钱萍说：对，对！就是这个承诺打动了任延安和汤家和。简杰克哈哈大笑起来，你们笑死我了。钱萍说：这有啥可笑的？简先生，难道您发现什么秘密了吗？简杰克手直摆，No，No，我没发现秘密，只是……算了，不说了！来请，达摩的咖啡还不错，请品尝品尝。

喝着咖啡，孙和平和简杰克恳谈起来，简先生，我这次是带着一片真诚之心来谋求合作的！我希望达摩产业派员出任希望控股

271

CEO,组织高管团队进行经营管理。简杰克很意外,你说什么?希望控股让我们经营?白晴也不太相信,这么大的事,你们北机董事会是否讨论过呢?钱萍说:董事会已经讨论过了,大家一致认同孙董的建议!

孙和平说:是的,和你们结盟,是我提出来的。我说服大家的理由是,要打造一个伟大企业,就要有不同常人的博大胸怀,就要善于吸收利用成熟的好经验。简杰克说:我们可是对手啊!孙和平说:可这不妨碍我们基于共同利益合作共事嘛!我知道,你们的经营管理团队一流,成功地改造了不少企业,比如,MG液压动力公司。

简杰克不禁感叹,孙先生,你真是一位有心人,而且,那么有胸怀!孙和平恳切地说:简先生,其实是您提醒了我!您在红星对任延安说过,您赞赏劳动的大手,但更赞赏优秀的大脑!我们双方理念相同,合作不存在障碍。我支持达摩产业在世界范围内聘请优秀专家进行现代管理,我们共同分享它的成长。简杰克连连点头,OK,OK!

孙先生,我无法怀疑您的真诚。如果您这真诚长期有效,我和达摩产业将视希望控股和红星重装为自己的企业,不再考虑斩仓出局。

孙和平品着咖啡,简先生,我劝您别把合作基础建立在谁的承诺上,双方利益不一致,甚至利益相反时,再真诚的承诺都是不值得信任的,难道不是吗?简杰克手一拍,好,这话说得好,直言不讳!孙和平说:我看好你们手上的MG液压公司,据我所知,你们准备出手?

简杰克眼睛一亮,是啊,出让股权,全身而退,你们有兴趣接手吗？孙和平说：有兴趣，很有兴趣。简先生，不瞒您说，液压系统是北机产品的弱项。简杰克试探问：据悉，你们下一步准备向工程机械、道路机械扩张？孙和平说：是的，有这个构想，简先生，我们是不是应该在产业链上拥抱得更紧密一些呢？简杰克乐了，OK，OK……

对北机股份的未来具有重大历史意义的上海会谈进行得十分成功。因为两个资本运作高手的高瞻远瞩，北机股份和达摩产业一举从资本市场上的敌手，变成了战略合作伙伴，让市场人士大跌眼镜。

在国资委大楼的一个礼仪性场合，杨柳当着国资委主任陈丽娟的面说，这是利益的结合，道德风险极大。孙和平的回答充满智慧，说是如果惧怕风险，汉重可以考虑转让希望控股这笔国有股权，战略性退出。杨柳手一摆，No，当风险来临时汉重会果断退出，但不是现在，汉重既然进入了角色就要把角色演好。孙和平心里明白，杨柳希望获得由达摩团队经营希望控股带来的高回报，同时也用自己手上少数股权，对他和北机进行有效遏制，这可恶而又让他无奈的家伙……

五十五

孙和平适应并赢得了市场，和简杰克及达摩产业的战略结盟，既引进了优秀管理团队，也消除了一个竞争对手。让他和北机股份获得了宝贵的喘息时间，为整合红星重装、迎战汉重集团提供了条件。

种种迹象显示，分家后的汉重集团已准备在香港市场打响内战第一枪了。北机股份的股价结束上升趋势，持续走软。坊间传闻说，来自华尔街的著名分析师李约翰先生随时可能抛出一份分析报告，内容是，北机股份在失去汉重集团的常年大订单后，投资价值将直线下降。

香港股市一头连接中国大陆，一头连接国际资本市场，藏龙卧虎，大鳄出没，素有水浅风浪大的特点。李约翰专找有毛病的公司，发布利空报告，引得一众做空投机者乌鸦似的扑向目标，短时间内啄光其血肉，使一家企业变作一具白骨。李约翰盯上北机，可能引发一场突如其来的危机！他必须赶在这份致命报告发表前，公布控股红星重装，打造整装集团的重大利好，以体现北机股份的投资价值和大好前景。

没想到在一个细节上出了问题：红星重装国有股转让协议报送汤家和审批时竟被卡住了。任延安的电话一打过来，孙和平马上意识到，可能是自己这边出啥麻烦了。根据钱萍和汤家和最终达成的协议，北机股份要以广告代理的名义，向汤家和儿子汤强的广告公司打入五百万，由其代理西川省境内三年标版广告。找财务一问，果不其然，财务总监拒绝打款，说就算照顾，这笔广告代理费最多也只值二百万左右。

孙和平火透了，对财务总监大发雷霆，命令他们立即打款。五百万广告代理费经钱萍的手打了过去，汤家和才把股权转让协议批了。然而，这么一闹，李约翰抛出那份致命分析报告时，关乎红星重装的这一重大利好没法及时宣布了，股权转让协议签字晚了仅仅几天，就在香港市场上造成了一场地震。北机股份股价在李约翰报告发表当天暴跌32%，从18.6港元跌至12.6港元，一天市值损失高达十二亿港元。气得孙和平在田野面前大骂不止，声称应该把财务总监枪毙十次……

华尔街和香港大股东纷纷致电公司，询问内情。香港联交所也要求公司做出解释。孙和平却没法解释，直到这时汉重集团还没下战书呢。孙和平便要钱萍按规定准备公告，内容是：北机股份仍系汉重集团控股公司，公司迄今为止未接到集团拟取消其常年发动机订单的信息。同时也承认，公司和汉重集团下半年的发动机供货合同尚未签订。

不料，钱萍这边刚拟好公告，还没来得及发给香港联交所和相关媒体，先是省国资委关于国有资产划拨的67号文件发下来了，宣布将汉重集团持有的国有股划归省国资委。孙和平真有些哭笑不得，此前他那么想拿到这份文件，却迟迟拿不到；现在他希望文件能晚些时下达，给他和北机股份一点缓冲时间，甚至为此给陈丽娟打了电话，陈丽娟也答应了，可文件偏偏这么快就下来了。更要命的是，仅仅两小时之后，杨柳又亲自签名发来的一份传真，彬彬有礼地宣布：鉴于北机股份已不是汉重集团的控股子公司，自今年下半年起，汉重集团将不再订购北机发动机，并声明，这一决定将在明日香港报纸上公布。

情况糟透了。汉重要公布，北机股份也要按规定立即公布，控股红星重装的利好又没法及时跟上来，股价肯定要继续下跌。果然，因为利空消息被证实，北机股份次日继续放量大跌12%，报收于11.01港元的历史最低价。孙和平对这场暴跌深感震惊，他预计会大跌，却没料到会跌得如此惨烈，两天跌掉了近一半市值！

整整一天，孙和平在办公室转来转去，像被关在笼子里的孤狼。

收市后，孙和平出去透了透气。他来到那棵老槐树下，马彼德的塑像在夕阳下凝视着他。几只乌鸦落在树枝上，哇哇叫着令人心烦。飘落的槐树叶在脚下簌簌作响，孙和平来来回回踱步，目光始终没离开马彼德的塑像。孙和平在心中暗暗发誓：前辈，看着吧，我会渡过难关，把北机带上重装行业的高峰！你在这里静静地等着看吧……

香港媒体一片指责之声，骂他和北机股份董事会对市场投资者不负责任，和原控股大股东无端内讧，让投资者蒙受重大利益损失。李约翰认为，北机股份唯一正确的选择只能是向汉重集团谢罪，以期获得稳定订单，才能保障股东长远利益。国内一些媒体也跟着起哄，指控他在香港市场上造成了国有股权市值的重大损失，说他为争个人意气，置国家利益于不顾，是资本市场上的内战高手和麻烦制造者。

刘洪川看了相关报道，打电话过来责问。孙和平嘶哑着嗓门，解释了半天，领导却听不进去，要他拿出应对措施！没有金刚钻，你揽啥瓷器活？告诉你，孙和平，对这种内战损失，我是不能接受的！

国际投资者更不能接受这种因中国境内两大企业内战造成的巨大损失。最大的H股股东、华尔街FTOP基金经理人琼斯先生，在北机股份第二次暴跌后，发了份英文传真过来，质疑北机股份脱离汉重集团的合理性和必要性。明确提出，如果现任董事长先生和董事会不能做出让各H股大股东满意的解释，FTOP不排除提议改组公司董事会。

这才是最可怕的。如果琼斯先生代表FTOP提出改组董事会，把他从董事长的位置上赶走，他此前的一切奋斗都将归零。根据北机股份的股权结构，琼斯先生真的联合其他H股大股东改组董事会不是没可能。他若不能挽狂澜于既倒，就将倒于狂澜之下。于是，孙和平当机立断，指令钱萍立即分头联系华尔街、欧洲和香港的各大股东，准备连夜召开全球视频会议，解释阐述股价暴跌的背景。他相信，以后的事实会说服市场停止对北机股份的非理性抛售。同时也会让H股大股东们相信，他才是海外投资者在中国最好的代理人。他们今天损失的只是一时的市值，得到的将是一个足以雄视天下的伟大企业集团。

为了方便美国和欧洲大股东，视频电话会议安排在夜里二十二时。

二十二时之前半小时左右，孙和平挺意外地接到了简杰克一个电话。

简杰克说：香港市场胃口不好啊，闹肚子了。更让人担心的是，如果您不能给它止泻，欧美的洋医生就会出场了，他们会下虎狼药的！我和达摩产业不愿因为他们的入主，失去和你们的战略合作机会。

这鬼佬真是厉害，已从股价的暴跌中嗅到了危机的气息。

简杰克又说：孙先生，您知道吗？今天如果不是我和达摩产业果断进场的话，北机股份的股价就不止跌12%啊，很可能再跌30%！

天哪，这市场魔鬼，竟在这时候进场了！这是看着底牌下注，包赢不亏啊！还有谁比简杰克更清楚他的战略布局呢？心里不禁暗自叹服，简杰克又打了场漂亮仗，今夜的视频会议结束，利好一见报,简杰克在恢复性上涨中反手抛出,一笔暴利就到手了。利好你还不能不出,简杰克是何许人?他早就算定你迟早要出利好,而且还得早出!

这时,全球视频电话会议的准备工作已经就绪。孙和平、田野、钱萍等人都坐到了电脑前,严阵以待,准备对付琼斯先生和各位国际大股东提出的任何尖锐问题。

屏幕显示,琼斯先生正置身于曼哈顿FTOP的经理人办公室。这间办公室他和田野为北机股份搞全球路演时去过,琼斯在那里热情接待过他。现在琼斯的热情荡然无存,焦虑不安地坐在转椅上,一双鹰也似的眼睛向这边扫视着,似乎随时准备越过太平洋向他发起攻击。

德国法兰克福中国投资公司代表卡尔、香港大亨刘查理、法兰西西川KUDR投资银行首席分析师雷曼等八大股东代表人也一一在屏幕上露面,表情看上去都不轻松。北机股份的股价两天跌掉40%多,这些大股东市值损失惨重,这时候谁能高兴起来啊?必然要兴师问罪的。

会议开始后,孙和平刚说了几句客套话,琼斯便第一个发难。这个有着三分之一犹太血统的新泽西人用汗毛毕现的拳头擂着桌面,严厉指责说:脱离汉重集团的决定愚蠢至极,是狗屎!我想不明白,你们为什么要放弃能给公司带来稳定利润的控股股东,另立炉灶?卡尔马上从法兰克福予以呼应,资本市场不是你们阶级斗争的战场,德国投资者要赚钱,对这种造成巨大损失的斗争毫无兴趣。KUDR投资银行首席分析师雷曼是位漂亮的法国姑娘,事先显然做了准备,当场提供了一份分析报告,和李约翰报告大同小异:因为失去了汉重集团的长年订单，公司2005年年度利润将骤减45%，未来的市场风险更难以预料。雷曼要求孙和平和董事会解释，替代汉重集团的新用户和新市场在哪里，在可预见的未来，公司是否还有新的利润增长点。

孙和平面带微笑，开始了解释和阐述：女士们、先生们，很高兴能有机会和大家进行如此坦诚的交流。首先要声明的是，控股股东的变更，是中国国资部门根据标的企业的发展状况做出的决定，不以本董事会和各位的意志为转移。但是，我不反对在此讨论这个问题。脱离汉重集团是否像琼斯先生说的，是愚蠢至极的狗屁决定呢？我的答案是No！因为公司已不再是单一的发动机制造企业，已经成为一个不亚于汉重集团的具有整装能力的重卡机械企业了。琼斯先生，几年前的那个婴儿现在已经长大了，大到让汉重集团无法容纳的地步了。

屏幕上的琼斯一脸惊讶和茫然，孙，告诉我们，到底发生了什么？

孙和平指了指身旁的钱萍，那就让钱萍女士讲讲一个婴儿的成长奇迹吧！女士们，先生们，我希望你们能和我一起来见证这个奇迹。

钱萍说了起来，从抗衡原控股股东汉重集团，以北机股份的名义受让宏远系两亿一千万希望控股股权，相对控股希望控股；到对决简杰克和达摩产业，成功受让红星重装国有股权，进一步控股红星，并转而和达摩产业结盟，引进达摩产业管理团队。钱萍边说边看面前的资产报表，罗列了一连串数据。证明这一系列复杂的资本运作，使北机股份的资产控制能力大大增强，大幅提高了资产质量。更重要的是，在重卡机械行业拐点出现前，完成了未来发展的战略布局。

孙和平笑呵呵插了上来，关于失去的六万台订单，我们已在被控股的红星重装找回了四万台，其他两万台就算一时找不到市场，希望控股和红星重装带来的整装利润也足以弥补了。我和董事会可以预告诸位的是，本公司今年的利润非但不会下滑45%，反而会有超过50%的增长，年报绝不会让市场失望。至于雷曼女士所言的可预见的未来，我在这里简单报告一下——公司已在考虑吸收合并红星重装和希望控股的优良经营性资产，以换股和定向增发的形式分别注入公司。此番整合完成后，公司资产规模将扩大三倍，赢利能力将一举提高250%至300%，更有趣的是，伴随着公司高速发展期到来的是整个行业拐点的出现，女士们，先生们，请好好想象一下这个公司的未来吧！

琼斯率先鼓掌，OK，我收回开始时说过的话！但是，孙，你们仍然犯了一个错误，为什么不及时公布这些好消息呢？如果有这些鼓舞人心的好消息，那个该死的李约翰报告就不会造成股价这么暴跌。

孙和平说：完全正确！事实上我已经预料到未来的市场对手汉重集团会抛出这个报告，本准备在此之前或者与此同时公告上述好消息，但是，非常遗憾，命运在我们得意的时候，惩罚了我们一下，这个报告发表时，我们还没拿到红星重装的国有股权转让的批准文件。可这又有什么关系呢？明天这些好消息都将公布，北机股份股价预计会回到它应有的位置。退一步说，就算股价暂时无法上去，女士们，先生们，难道你们就会丧失信心，而抛出这个伟大企业的股票吗？请相信我，你们买入的这个伟大企业，正伴随着中国经济的增长高速成长着，我甚至不能想象它未来是什么样子。

视频电话会议非常成功。次日香港市场开盘，北机股份跳空近1港元高开，一路震荡走高，买盘强劲。至前市收盘，已大涨28%，报收12.99港元。周四利好消息公布，股价再度大涨48%，以19.23港元报收，不但收复了此前的全部失地，比暴跌前还略微上涨了一些。

然而，孙和平却不满意。在他的设想中，股价不但应该收复失地，还应冲得更高些。他宣布的不是一般的利好，是一个伟大企业的隆重登场啊，市场应该给它热烈的掌声——更高的溢价。后来他才知道，破坏了市场掌声的家伙，除了达摩产业，竟还有杨柳的汉重集团……

五十六

看着一只屁股着火的猴子龇牙咧嘴，猴爪乱抓四处扑火，委实是件很有趣的事。尤其有趣的是，屁股着火之前，还是这猴自己抢着非要坐到汽油桶上的，拦都拦不住。这猴凶啊，是它的不是它的都抢，还说这叫博弈。那好，当老子的让你，不但连这桶汽油和桶都给你，适当的时候，再随油奉送你火种一粒，孙和平先生，你就搂着油桶好好玩吧！待得你玩昏了头，火种出其不意扔给你，老子还不负纵火之责。

杨柳觉得，李约翰报告发表后的孙和平，就像那只屁股着火、被烧得惨不忍睹的猴子。北机股份既然独立了，汉重凭啥再常年使用你北机的发动机？发表公告宣布这一事实很正常，这是按香港证券监管部门的规定办事嘛。李约翰据此做出分析判断也很正常，正确引导投资，不能误导市场嘛！再有偏见的人也不能说汉重集团和李约翰报告有啥不对。为了借分家拾点洋落，杨柳也着实消耗了不少脑细胞。在许多细节上下了大功夫，还到香港去了一趟。他就相信细节决定成败。

首先，李约翰报告的发表时机必须选准，要在他和汉重集团三亿港元的伏兵布好之后，战而不宣，闪电出手。在香港密谈时，李约翰说，根据一般情况，应由你们汉重先出事实公告，再推出我的分析报告，否则违规。杨柳说：我不让你违规，北机独立市场早有传闻，你就分析，如果独立会是啥后果？看看市场是啥反应？李约翰说：几乎可以肯定会暴跌，香港没有停板制度。杨柳道：这就构成了第一轮打击。接下来，汉重发表正式公告，证实你报告中的传闻，岂不又构成第二轮打击？我和汉重要的就是这种结果，先战后宣，战果最大化。

要实现战果最大化，还必须了解对手的反击能力。红星重装的股权转让虽说谈成了，但一时没批下来，急于独立的孙和平就反常地要求国资委和陈丽娟不要急于下发资产划拨文件，也没告诉陈丽娟具体原因。杨柳分析，孙和平是想真正把红星重装拿到手后再独立，用利好对冲他和汉重放出的利空。杨柳便及时跑到国资委，督促分家。陈丽娟不知道这其中的门道，麻利地下文，落实分家，上了杨柳的当。

这一来，好戏开场了。战况比杨柳预料的还要好。李约翰报告发表当天，北机股份股价竟然暴跌了32%，从18.6港元一路下滑，收盘时跌至12.6港元。第一轮打击获得成功。集团驻香港办事处下属公司按他的指示，于当天下午在13港元附近分头试探买进，一天甩出去六千多万港元。次日，汉重集团的正式公告出来，第二轮打击开始，北机股份继续放量大跌12%，前市盘中竟出现了11.01港元的历史最低价。杨柳在网上看着盘面情况，摸起电话果断命令香港，悄悄地全仓吃进。结果，两个多亿又甩了出去，收盘竟然就收在11.01港元。

香港办事处主任有些担心，不安地在电话里问：如果明天再跌咋办？杨柳平静地说：再跌我们就拿着好了。北机股份毕竟是我们一手扶植起来的嘛，这种危难时刻，我们不支持谁支持啊？弄得那主任一头雾水。陈丽娟也一头雾水，打电话过来问，北机股份咋跌得这么凶啊？杨柳说：就是，很意外，很意外啊！你看看啊，孙和平控股了希望控股，拿下了红星重装，这全都是大利好嘛，咋会被我们一个公告弄成这样？可这公告又不能不发。陈丽娟有些怀疑，哎，杨柳，你没套我吧？杨柳口气严肃起来，陈主任，这种话不能随便说啊！我套你干啥？北机暴跌是我们抛售打压造成的吗？我就算想打压也得有股票啊！他口气缓和了些，又说：出现这种情况我也很着急、很痛心啊，这不，我让香港那边用出口设备的外汇紧急入场，为北机托盘，花了将近三亿港元！陈丽娟没话说了，那就好，杨柳，我可能也是多心了。

香港战场的战况完全按他的预料向前发展着，几乎没发生任何意外。他和汉重集团在低位吃足货后，北机股份的利好全公布了，股价强劲反弹，恢复性上涨。杨柳立即下令兑现伏击暴利，于是，香港公司在19港元附近拼命抛售，两天内抛空了全部股票。后来杨柳才知道，那当口，若不是以美国FTOP基金为代表的海外资金在不断坚决吃进，接手他们一轮又一轮抛盘，北机股份的股价肯定还会有所回落。

香港伏击战结束后，北机股份集团正式挂牌，要举行隆重的挂牌仪式。孙和平请了刘洪川省长和王副省长，也请了杨柳和周到。周到一口回绝，坚决不去，也劝杨柳别去。杨柳说：你可以不去，我得去捧个场，表示下祝贺。北机毕竟是咱一手拉扯大的，我们又是当年同学。

去的路上，杨柳就想，孙和平虽然极端可恶，可和他斗颇有意思，也算棋逢高手了。然而，他和孙和平，谁更棋高一着呢？显然不是孙和平，而是他。孙和平的独立扩张搞得好辛苦啊，在市场上东奔西突，为希望控股和红星重装，搞得疲惫不堪、晕头转向。他和汉重呢，几份报告往上一交，林业机械厂、宁川路机厂，还有南柴厂都拿到了手，刘洪川答应全面满足他的要求。我们毕竟是社会主义的市场经济啊，像汉重集团这种大型国有企业，是国家的基石和支柱，既可以代表国家资本在市场上进行利益博弈，又能享受到其他经济体无法享受的政策优惠。你孙某和北机股份会是汉重集团的对手吗？一边做梦去吧！

车进平州，经解放桥驶入了平州国际工业园，杨柳远远看到北机股份那座熟悉的奶黄色十五层大厦，心里却又不是滋味了：过去来这里是检查工作，是老子看儿子，现在成了客人，再没资格说三道四了。

这日，北机大厦门前摆满了祝贺的花篮，其中就有他们这个前老子集团现兄弟单位汉重集团送的，既大又醒目。孙和平西装革履，带着田野、钱萍等一帮高管人员，全像新郎新娘似的站在大厦门厅前,一一和前来祝贺的贵宾握手。和贵宾们握手时,孙和平和这帮"新郎新娘"们都是手动脚不动,不离站立的位置。贵宾他们也不送,由迎宾小姐引领。可见杨柳到了,先是孙和平离了站立位置,紧跑几步,上前和他握手。接下来,田野、钱萍等人也一一抢上来握手,都说着对他和汉重集团感恩致谢的堂皇好话,也不知是不是孙和平交代的?

在这种公开而特殊的场合,孙和平热情洋溢,话也说得得体:老领导,老学长啊,您今天能来真是太好了!送请柬时我还想呢,您这么繁忙,也许自己没空来,八成会让周总或者哪个副总代表来一下!

杨柳笑着,哪能啊,再忙也得来啊!我们两家是啥关系?过去是一家人,现在是兄弟单位,就算砍断骨头也还连着筋啊!是不是?

孙和平一副感慨的样子,是啊,是啊,没有您和汉重集团,也没我和北机集团今日的辉煌嘛!说着,引着他走进了专为刘洪川和其他省领导安排的休息室。刘洪川和领导们还没到,孙和平便喝着茶,一副随便的样子和他聊了起来,老同学啊,我过去真小瞧你了,你进步咋这么快?仗越打越精了!用李约翰报告在香港打压北机股价,趁机低位进场,分手前还揪了我一把上好的猴毛,毒辣手段不亚于简杰克啊!

杨柳很严肃,一脸的正经,孙董,你咋这样想问题?别忘了,你我掌握的都是国有控股公司,有个国家利益问题,北机股价暴跌不符合国家利益,我当然要进场护盘嘛!护盘任务完成了,自然要退场,哪来的啥毒辣手段?至于说到上好的猴毛,对不起,孙董啊,你又错了!这是市场对我善良举动给予的回报,与你和北机可毫无关系啊。

孙和平说：但你明明和简杰克一样，是看着底牌下注，才赚了两亿多港元，这是不是事实？还有谁能比你和简杰克更清楚北机的底细？现在倒变成了市场对你善良的回报，还扯上了国家利益。老学长啊老学长，你这种深刻而伟大的谦逊真值得我好好学习啊！我以后也不能总以狼的面目出现了，也要披上羊皮，还得牢牢裹紧在身上。

杨柳苦笑摇头，和平，知道你的毛病在哪里吗？就是常把美好的新世界看得一片灰暗。这件事情在我、在很多善良人们的眼里是为你和北机托盘，是鼎力相助，在你眼里竟如此糟糕，还扯上了狼……

孙和平嘴直咧，老学长，咱们别这么虚伪好不好？我承认我是狼，可你别干着狼的勾当，还把羊皮蒙得那么紧。现在没外人，我得一吐为快了，你要不是狼，能暗中布置以南柴取代北机吗？能用希望控股的少数股权死死掐住我和北机的命脉吗？杨书记，你还不是一般的狼啊，那是狼中的高手，如果换一个人，只怕早被你咬死了。

杨柳宽容地微笑着，孙董，你又想错了！我和集团拿下南柴的最初目的是想交给你，注入北机让你做大做强，成为国内外发动机的龙头企业。以闪电速度受让希望控股的少数股权更是为了你，我若晚动手两天，这笔股权就落入了简杰克和达摩产业手上了，今天就没有你这个正式开张的什么北机集团了。而在我手上，北机集团仍能开张。

是的，北机集团开张了，孙和平在各路资本的剿杀和权力的压追中,硬是凭市场的力量突出了重围,让他不得不服。于是,杨柳由衷地说:和平,我承认,你这些年太不容易了,创造了一个市场奇迹,你是一位市场英雄。所以,我要向你和北机表示真诚的祝贺!

孙和平口气缓和了,你也是位英雄啊!过去我真没看透你,以为你只能在官场混,没市场意识。没想到你会绸缪于我独立之前,伏击我于独立之后。还精心布局向我反击,打得如此成功,经典至极……

就说到这里,刘洪川和王副省长在钱萍引领下进来了,见杨柳和孙和平谈得这么融洽,怔住了,哎,你们这对冤家是不是又准备合作了?

杨柳反应机敏,对,正商谈以后两大集团的相互支持和协作哩!

孙和平就是不会揣摩领导意图,领导希望你们两家以后再死掐呀?当然希望相互支持和协作嘛,顺着这话说多好啊?可孙和平偏说:哪呀,我老领导正教训我呢!刘洪川笑道:好,你是欠教训,以后还得给你多念紧箍咒。孙和平趁机叫了起来,还说呢,刘省长!今天北机集团挂牌了,您又亲自来了,就不能给我们北机人一个贺礼吗?您下个令,让杨柳和汉重集团把希望控股的那点股权转让给我们吧。

刘洪川哼了一声,孙和平,连你都不听我的,杨柳就听我的了?这事我早说过嘛,你们的市场问题到市场解决去!杨柳心道:你真是找不自在,还想要这份贺礼呢!如果不死死揪住你猴尾巴,只怕你要跳到刘洪川的桌上翻跟斗了!嘴上却笑眯眯地说:孙董啊,你咋就不能让我们也分享一下你北机集团未来的发展成果啊?不够意思吧?

王副省长也说：就是嘛，孙和平，今后你们两家既要在市场上竞争，又要像杨柳说的，相互支持，好好协作，实现北机汉重的双赢！

刘洪川道：我看是三赢！我们省里也赢了嘛，同志们，孙和平同志不简单啊，认准目标勇往直前，咬定青山不放松！没有他危急时刻的挺身而出，没有他冒着风险破釜沉舟的艰难改革，北机也许早就消失在历史烟云中了！嗣后，没有他的萧何月下追韩信，没有他的程门立雪，没有他的顽强意志和疯狂博弈，也就没有今天这个北机集团。孙和平同志是我们的英雄，是这个社会主义市场经济时代的英雄！

杨柳注意到，刘洪川话一落音，孙和平眼中的泪水哗地下来了。

刘洪川没注意到孙和平在流泪，手一挥，起身站了起来，走吧，同志们，让我们为一位市场英雄缔造的这个新企业集团揭幕去吧！

众人纷纷起身，随着刘洪川往外走。孙和平抹去了眼中的泪，拉过田野抢先一步出了门，杨柳估计，这二位主角要到现场先做安排。

这时，门外的鞭炮、锣鼓声响了起来，礼花满天，一片欢腾。

跟着刘洪川、王副省长往门外走时，杨柳又本能地敏感起来，揣摩起了刘洪川这番话的含意，是对孙和平的高度评价，还是场面上的官话？好像不是官话，刘洪川是有个性的强势省长，就算说官话也不会在他和孙和平面前说。那么，刘洪川对孙和平的评价这么高，对他和汉重集团意味着什么？看来他和汉重集团还是不能掉以轻心啊。

然而，让杨柳没想到的是，嗣后的汉重集团和他无关了。从平州回来后没多久，王副省长去了省政协，他的副省长任命下来了……

五十七

省委大院后门临近月牙湖,湖滨绿荫遮掩,僻静幽深。刘洪川约杨柳谈话,二人沿着湖滨小径漫步,谈笑风生。时令已是深秋,秋风扫下的落枯叶铺在花岗岩石道上,仿佛盖了一层厚厚的地毯。阳光透过树梢,洒落他们的肩头,他们的话语伴随着脚下枯叶的碎裂声,在林木间飘荡。走到古城墙下听风亭,二人面对美丽湖景,停住了脚步。

刘洪川问:杨柳,到北京谈过话了?杨柳说:谈过了,刘省长,实话说有些突然,我以为你们领导把我忘了。刘洪川说:我忘了,咱们何书记也不会忘啊!汉重集团下一步怎么办啊?周到顶得起来吗?杨柳走后,拟由周到顺序升任董事长、党委书记,刘洪川有些不放心。

杨柳笑道:哎,刘省长,周到早先做过你的秘书,你还问我?

刘洪川说:正因为周到做过我秘书,我才不能不慎重!杨柳,不瞒你说,我和何书记对周到能不能顶你的岗有些疑虑,想听听你的意见。比如,周到和孙和平哪个更强一些?请你实事求是说一说。

杨柳沉默片刻,刘省长,实事求是说,周到相对孙和平要弱一些。刘洪川看着湖面,思索着,所以何书记有个设想,干脆把汉重集团整体交给孙和平,你觉得怎么样啊?杨柳愕然一惊,刘省长,你开啥玩笑?这恐怕不行吧?现在一场博弈刚过去,双方都伤痕累累啊!

也是，现在硝烟还没散尽，硬捏在一起，内耗不会小了！

肯定的，周到不会服气孙和平，孙和平也一直瞧不起周到……

刘洪川想了想，那么，林业机械、道路机械是不是暂缓划拨给汉重集团呢？嗯？杨柳苦着脸，直咂嘴，这个……这个……可是你和王副省长答应过我们汉重集团的啊！刘洪川不高兴了，脸一拉，哪来的我们？杨副省长，我提醒一下，你现在不是汉重的党委书记、董事长了！你要学会站在省政府的角度看问题，把控好我省整个工业大局！

杨柳一下子明白了，是，是，刘省长！哎，这也是何书记的意思吗？刘洪川摇了摇头，不是，这是我的意思！杨柳，实话告诉你，这两个国有机械企业交给你，我能放心，交给周到我不太放心啊！与其将来收拾烂摊子，倒不如现在就收摊子，不摆这个摊子，你说呢？

杨柳看着湖面思索着，一时无语。

湖面波光粼粼，几条金色鲤鱼游到亭子前，嘴巴翕动似乎讨要吃食。不远处，少先队员在搞活动，队旗飘扬，鼓声咚咚，童稚的歌声随风荡漾。一对对情侣泛舟湖上，或笑声朗朗，或相视默然。美好的秋日使人心胸开阔，杨柳也跳出思维窠臼，从新的角度思考问题。

想了好一会儿，杨柳才抬起头，正视着刘洪川，说了实话：刘省长，你说得对，周到能力有限，能管好汉重集团就很不错了，如果再把林业机械和道路机械划拨给他，的确……的确有些让人担心啊！

刘洪川舒了口气，好啊，杨柳，你今天终于不护着他了！

杨柳说：刘省长，我在其位谋其政，不敢玩忽职守啊！

刘洪川这才透了底：国资委陈丽娟也是这个意见，国有资产不能指望周到保值增值。杨柳说：我知道，陈主任对周到的经营管理能力一直……算了，不说了！刘洪川叹息道：你们一直都不说，我还以为周到是个人物呢！好了，那就请你和陈丽娟去说服周到吧，让他好好学一学人家孙和平，一门心思搞好汉重集团，别挂记那两家企业了！

杨柳苦笑，好，好吧！你说这……唉，我真是自找麻烦！刘洪川说：就是嘛，早知如此，何必当初呢？非要我赔你所谓损失！杨柳央求道：哎，刘省长，那你能不能也和周到打个招呼呢？他听你的！

刘洪川手一摆，半真不假地说：哎，这个招呼我可不打！杨副省长，这是你的工作！新官上任三把火，你第一把火就从汉重集团——自己的老营烧起，人家这才服气嘛！孙和平肯定佩服得五体投地！

杨柳说：哪里呀，刘省长，现在我对孙和平佩服得五体投地，他和简杰克又合作了！刘洪川乐了，是吗？好，好，孙和平真是个明白人，难怪何书记这么欣赏他！杨柳说：但是孙和平一身的毛病……

刘洪川说：可他能打仗，这谁不服也不行！前阵子我归纳了一下，这同志具备一个现代成功者的素质。首先，他有目标，为了追求既定目标心无旁骛，不顾一切，就像围棋上的胜负师，一切以棋局获胜为终极目的，没有啥形而上的色彩，也不计较取胜过程是否完美……

是，孙和平的确很少受外界诱惑，只一个心思就是带着北机取胜！

更重要的是，这同志的执行力一流！从当年硬着头皮上任，砸次品机器立威，到孙子变法，顶着压力搞股份制改革；从萧何月下追韩信，到任延安家门口的程门立雪，再到对我逼宫，这些谁做得出来？

复盘让人警醒，杨柳有些后悔，我为啥要阻止孙和平独立呢？

刘洪川说：就是啊，你让孙和平替汉重集团打江山，你就是一代雄主啊！其实你一开始做得不错，不管出于什么目的，总是把北机收拢到汉重来了，让孙和平一度感激涕零。可后来，你和周到按着他和北机不断薅羊毛，上上下下也容不下他，这里要总结的东西太多了。

杨柳不太服气，不过，我也没输，现在还揪着这家伙的尾巴呢！

刘洪川一下子想了起来，哦，杨柳，你不说我还差点忘了呢，快把他的尾巴——希望控股的股权还给他！杨柳说：刘省长，你就不怕这神猴跳到你办公桌上和你再来一场博弈啊？刘洪川说：我现在更怕周到掐着孙和平的脖子，双方拼个两败俱伤！杨柳，我可再提醒你一下，何新钊书记很欣赏孙和平，甚至考虑让孙和平接管汉重集团啊！

杨柳怔了半天，要……要不，我这副省长也让孙和平来干吧！

刘洪川难得对杨柳如此动怒，脸一拉道：你胡说啥？杨柳，你和孙和平是一回事吗？我早就和你说过，组织对你和孙和平的要求不一样！如果你想做另一个孙和平，那就向省委和中央辞职，我不拦你！

杨柳不作声了。

湖面卷过阵风，浪花拍打堤坝。秋雨说下就下，枯萎的荷叶滚落大滴水珠。小船急忙划向岸边码头,游客神情尽显惊慌。与突发的天气相似,杨柳对这场博弈结局难以接受。但组织原则高于一切,他即将开始新的人生之旅,确实不能再像过去一样与孙和平纠缠不休了。

杨柳深深地吸一口气,努力让自己平静下来。

刘省长,您……您说得对,我和孙和平的确不是一回事!

就是嘛!把心态调整好,尽快适应新的领导岗位!记住,你不是上场冲杀的球员了,你是裁判员,要中立守正,对我省企业不能有偏颇。尤其是对汉重和北机,一碗水一定要端平,别让孙和平找上门。

杨柳说:其实这些我心里都明白,就是感情上一时扭不过来。

刘洪川说:要尽快扭过来,我再说一遍,你的博弈生涯结束了。

杨柳感叹道:是啊,我就算再不舍这博弈的球场,也得下场了……

五十八

北机总部大厦坐落在新厂区,鸟瞰太平湖,遥望金马山,是平州的新地标。北机上市后有太多的蓝图要在这块土地上描绘。嗣后,总部大厦开工,三年后落成,同时落成的还有北机全球技术发展中心。

甩开了汉重的束缚之后,北机集团发展速度可谓突飞猛进。重型商用车整车制造进入一线厂商行列,产值和利润居行业前列,北机集团也顺利实现港沪两地整体上市,股票市值冲破三千亿。三年中,北机集团相继收购了德国 MG 液压动力公司、法国 SDD 船舶重机公司,并在美国、法国和意大利建立了三家技术中心,打破了西方技术垄断。

现如今,孙和平和北机高管们不再三天两头跑省城了,平州自成中心,每天接待着来自全国各地的经销商和供应商。省城和汉重已经远去,像一个巨人的背影,日渐模糊。有一阵子孙和平甚至不记得过往的存在了。汉重从一线疾速退到二线,已不是北机的对手。只有杨柳来视察,孙和平才会由杨柳想到曾经的汉重,想到周到、王小飞、丁仁义一个个熟悉的脸孔。这些面孔像褪色的油画,面目混浊不清。

杨柳当了副省长,变化明显,手掌变软了,鼻音拖长了,打起官腔字正腔圆,十分地道。有时他也来点幽默——孙和平觉得这位领导可能是故意的,见了他,常半真不假地向人家介绍:孙和平,我的老对手,大战过三百回合,但现在我坚决团结他。这倒是实话,不但是团结,杨柳对北机集团的支持力度很大,北机走出国境的每一步,都得到了杨柳和省政府的支持。对此,孙和平心中也是有数的。也许正因为过去大战过三百回合,所以杨柳才更得把一碗水端平。

这几年,孙和平感觉杨柳胖了,说发福也行。其实,体重也不见得增加多少,主要是杨柳高高在上,精神状态好,就给人一种分量感。孙和平和杨柳缠斗惯了,现在产生了一定的距离,觉得老学长有点陌生了。孙和平倒希望再与杨柳来一场博弈,重温逝去的岁月。

没想到,博弈还真来了。汉重主打的重卡因为发动机质量问题被迫召回,召回的车多得都没地方放了。孙和平知道,南柴的发动机不行,加上管理混乱,早晚要出问题,但没想到问题出得这么大。这一来,杨柳就想起了他,召他去谈南柴的问题。那日,孙和平刚从欧洲签了一堆合同回来,一下飞机就被接到了省政府办公室,面见杨柳。

孙和平进门时,杨柳正低头批文件,见他到了,马上放下手头的工作,拉着他在对面沙发上坐下,孙董,别来无恙乎?孙和平强忍着一个哈欠,无恙,无恙!杨省长,你一声令下,就把我的工作安排打乱了,这不,刚从欧洲回来,直奔您这儿来了,本来还想和应聘人才见个面的!杨柳一只手抓住孙和平的手,另一只手亲切地在孙和平手背上拍打着,是吗?听说平州最近很热闹啊,你们不惜重金,在海内外大肆招兵买马?孙和平乐了,连连点头,是的,是的,杨省长,形势那是相当的喜人!哎,你说这么多高端人才为啥愿意到平州来?

杨柳说:因为平州有你们这个北机集团嘛,平州就出现了人才的虹吸现象。孙和平不无得意,这几年我一直强调人才兴企,平州政府十分认同。杨柳说:对了,简杰克手上的那家液压公司拿下来了?孙和平说:拿下了,包括知识产权,前前后后折腾了两年多,现在正等欧盟方面批准。杨柳问:欧盟批准没问题吧?孙和平说:应该没问题。

直到这时,孙和平还不知道杨柳的意图,没谁和他提起南柴。

杨柳亲昵而和气,你这家伙,得有小半年没来看我了吧?孙和平说:你当着副省长,那么忙,我可不敢轻易打搅。杨柳说:故意躲我吧？看我在火上烤着，你心中窃喜，哈哈，杨柳，你也有今天？特心旷神怡？孙和平说：哪里啊，我真是打不开点，杨省长，现在北机面对的是整个世界！杨柳收敛笑容，但还是要立足于汉江本省！直到这时，杨柳才切入正题：和平，现在汉重集团的情况你知不知道啊？

孙和平忙道：哎，别提汉重，我是北机董事长，搞好北机就对得起你杨省长了。杨柳苦笑不已，孙和平，请你别忘了，汉重集团对你和北机那也是有恩的。孙和平说：杨柳，你也别忘了，你现在不是汉重集团的书记、董事长了，你是汉江省的副省长。杨柳脸一拉，孙和平，我要还是汉重书记、董事长，就算一头撞死，我也不会找你。孙和平却又笑了，老学长，你有情绪嘛，这不好，有失领导风度，真的！

杨柳一声叹息，汉重遭遇大麻烦了，南柴的发动机出了问题。孙和平哼了一声，这我早就料到了，杨副省长，你指望周到和王小飞是搞不好汉重的，这话我早就想说了。杨柳看了孙和平一眼，可你说了吗？孙和平道：我敢说吗？他们都是你血亲的部下，是你的光荣和骄傲！杨柳摆了摆手，好了，老同学，你别讥讽了，我没那么多的光荣和骄傲，我其实也防了他们一手。你看，我走之前，把希望控股的股权转让给你了吧？林业机械和道路机械也没给他们，这都是事实吧。

孙和平心道：这是事实，可这是刘洪川省长主张出来的事实。嘴上没敢这么说，只是笑着点头。杨柳脸上也堆着极其和蔼的笑容，眸子里却闪出炯炯的光亮。这副神情是孙和平很熟悉的，气氛也是熟悉的。看样子博弈又要开始了。孙和平心里窃喜，且看老对手如何行棋。

杨柳拿起孙和平的杯子,见茶水干了,到饮水机前为他续水,不慌不忙,仍是老风格:和平啊,希望你和北机能顾全大局,拉汉重一把。孙和平双手抱臂,行,杨省长,那你指示,怎么拉?只要合乎市场规律。杨柳胸有成竹,让汉重恢复配备你们北机的发动机如何?

杨省长,你的意思让汉重的重卡用我们北机的发动机,去抢占我们红星重装的市场?那任延安肯定不会答应!这事不好办。杨柳想了想,那么,把南柴划拨给北机呢?孙和平眼睛一亮,这可以考虑!我们现在发动机制造是全系列了!杨柳说:这我知道。孙和平说:把南柴交给北机,也是你当年的一个设想嘛!杨柳苦笑,只是没想到,现在以这种形式实现了,和平,便宜你了。孙和平说:哎,现在能透露了吧?当年你要把南柴装入北机,是为了制约我——扩大汉重集团股权,摊薄我们北机员工持股会和海外大股东的股权,是不是?杨柳承认了,是,我的设想如果实现了,南柴今天就是另一个样子了!孙和平说:未必吧?也许北机就是现在的南柴了!杨柳想了想,这也不是没可能。不过,和平,你一双眼睛也别光盯着一个北机啊!孙和平戏谑道:我不盯着北机,盯你杨副省长的宝座啊?你不又得夸我是野心家了?我现在奉公守法,循规蹈矩,在外服从领导,在家服从老婆!

杨柳讥讽,哟,到底找到老婆了?怎么没请我去喝杯喜酒?孙和平有些窘,我……我是随便一说,整天忙工作,还没顾上呢!杨柳正经说:其实钱萍就不错嘛,孙董,岁月如梭,你可是一天天见老了……

行，行，你少给我扯这个，说事说事，没事我就走了！

好，说事！野心家别去当，野心不能有，但理想可以有！天下大势分久必合，合久必分！北机和汉重现在没准又该合二为一了……

孙和平急了，杨省长，你别开玩笑，我……我就要一个南柴！

杨柳说：我也没想把整个汉重集团全给你，看把你激动的！

孙和平调转话题，开始忽悠杨柳，其实，周到还是不错的，杨省长，你对汉重要有信心！杨柳说：这还要你说？我当然有信心，很有信心！倒是你，就是不讨领导喜欢，忽悠领导的水平也没见长！孙和平说：所以，杨省长，我不堪重用，还是好好守着北机，搞好北机吧！

杨柳拉着脸说：好，那你先请回吧，想想我说的话，我还会再找你的！孙和平应着，告辞走了，走了两步又想了起来：南柴的事还算不算数？杨柳说：这个我也再想想吧，你不能光捞好处不担责任啊！

孙和平说：还好处？那南柴你好好搂着吧，破产拍卖时我再来！

五十九

周到的日子不好过，汉重集团旗下企业江河日下，就没有几家能提上筷子的。汉江重卡产销状况本来就令他心烦，现在又被迫大规模召回，简直泰山压顶。在不同场合，杨柳几次不点名批评汉重，私下里也和他谈过话，让他当好这个大型国企领导班子的班长，带好这支队伍，他没当回事。孙和平走了，他就放弃了拳击训练，对手都没有了，殴打革命干部的事情不会再发生了，他还练个啥？业余爱好改作钓鱼,买了几套高级渔具,没事往荒野大湖里一钻,尽享灿烂阳光。

总经理王小飞经常烦他,有时能找到他钓鱼的鱼塘来,他几个钓鱼的点王小飞都知道。南柴发动机生产线已经停产,王小飞也找了根破渔竿,假装钓鱼,在鱼塘前向他建议,恢复和北机的供销关系,重新配置北机新一代发动机。周到一听就不高兴了,绷着脸说:王总,请你给我记住,只要我当一天汉重集团的党委书记、董事长,我就一天不用北机的发动机,谁说也没用!没志气的东西!王小飞解释:周董,我的意思是临时用北机发动机救急,起码把目前召回车处理掉。许多客户点名要换北机发动机,北机发动机确实好,不承认不行!

周到盯着水面,哎,咱们南柴是干啥吃的?我让他们攻关,你布置落实了吗?王小飞说:布置落实了,北机的发动机拆了好几台,实验报告写了三本子……周到说:结果呢?还是这么丢人现眼!不行就用进口发动机吧!王小飞说:这……这得多花多少钱?北机发动机质美价廉!鱼咬钩了,周到小心收着线,声音也低了下来,怕吓着水下的鱼,就算质美价廉人家也不一定给咱们!孙和平现在手上有红星重装,还收了几家客车企业,能让咱用他的发动机争夺他的市场吗?

王小飞咂嘴,这倒也是。要我说,咱们汉重的局面就坏在杨省长手上了。周到把钓上来的鱼放进桶里,发牢骚说:就是嘛,三年前说得好好的,要把林业机械、道路机械两个厂划给我们,结果倒好,他一高升当副省长,就不替咱说话了,两个好企业就不翼而飞了!王小飞说:现在这两个企业都上市了,每家的市值都比咱们汉江重卡高!

周到深刻指出,这就叫屁股决定脑袋。你看杨省长现在把北机捧的!王小飞说:所以,周董,有些情况你得直接向老领导反映!刘洪川现在升省委书记了,一言九鼎。周到说:是的,我正准备找刘书记汇报一次呢,不能让杨柳这么屁股指挥脑袋嘛,这样下去对杨柳也不好。王小飞趁机说:咱们天青山国际花园项目最好也能请刘书记做个批示。周到说:这事我正想呢,房地产不是咱们的主业啊,而且项目搞得这么被动!王小飞说:所以才得汇报啊,只要刘洪川书记有一句话,这个项目就活了!周到想了想,也好,你给我准备个材料吧!

周到做一把手后,王小飞做了集团总经理,二人很团结。周到把王小飞视作自己的头号心腹。其实周到清楚,他是秘书出身,重工机械这一块是门外汉,过去依靠杨柳,现在得依靠王小飞,时间长了就产生了依赖,对王小飞言听计从。房地产就是王小飞的主意,并由王小飞操盘搞起来的。如今遇到麻烦,周到只得找老领导挽救大局。

新任省委书记见到他感到很突然,周到,你咋来了?有啥事啊?

周到讪笑说:没啥事,就是来看看老领导,刘书记,你看上去瘦多了。刘洪川说:这不是好事吗?说明减肥见效果了,我现在天天爬山!周到说:爬山好,不过,我建议你也尝试一下钓鱼,我现在常去钓鱼。刘洪川说:你还是多想想工作,少钓鱼。周到说:钓鱼时正可好好考虑工作。刘洪川说:你今天跑过来干什么?是不是又有啥想法了?周到说:没有,能把汉重集团搞好就不错了,现在搞企业难啊!刘洪川说:难啥?孙和平搞得就不错,打遍天下无敌手!周到说:孙和平就是个疯子，他啥都敢干，我们得守规矩啊！刘洪川说：汉重搞成这个样子，是因为守规矩吗？是不守规矩吧？国资委三令五申，不让乱上房地产项目，你们听了吗？一个天青山项目就是五十亿！周到狡辩说：省国资委发文禁止时，我们天青山项目已经上马了……

刘洪川不悦地打断周到，别说了，我不听你狡辩！你还抱怨当初没把林机和路机划给你？真划给你，只怕也揭不开锅了！还怪杨柳不帮你，还什么屁股指挥脑袋？我看你是脑袋有病了！周到赔着笑脸，刘书记，那我不说了，不行我……我辞职。刘洪川没好气，你等省委来撤吧！以后公事到办公室谈，少往我家跑！周到似乎刚想起来，对了，刘书记，您不说公事我还忘了呢，我们有个文要请您批一下！

刘洪川警觉地看着周到，什么文要我批？找杨副省长批去！

周到苦起脸，杨柳副省长批不了啊，人家不会理他的……

刘洪川狐疑地接过文件，是一份高速铁路改线的申请报告。

周到没想过这样一份报告交到刘洪川手上会有什么后果？见刘洪川戴上老花眼镜看文件，他心中竟升起了希望的火焰，烤得他身躯在沙发里乱扭。省委书记嘛，改个道还没权力？中央也得尊重省里的意见，毕竟在咱家地盘上修路。刘洪川对自己一向不错，现在他又是为汉重——一家陷于危机的国有企业求情，卖老秘书一个面子也属正常。看着刘洪川威严的面孔，一个念头忽然从周到脑海闪过：老领导是省委书记了，得趁机动一动。解决改线问题之后，也得打探一下能不能调动一下工作，最好能调到某个有实权的厅局干个一把手……

不料，正胡乱想着，刘洪川突然把改线申请报告摔到茶几上，勃然大怒道：周到，你口气好大啊，啊？竟然敢让国家的重点工程京汉高铁为你们的一个天青山房地产项目改道！你是不是疯了？啊？

省委书记的雷霆之怒来得十分突然，周到的精神迅速崩溃，根本不敢正视刘洪川的目光，可嘴上在挣扎：所以……所以，刘书记，这事得您批几个字！您是汉江省委书记，只要您……批……批了，我……我们就能拉着市里的同志到……到北京有关部门跑，做工作……

天青山这块地到底是怎么回事？周到，请你给我说说清楚！

我……我们为了改变集团被动局面，增发新股，募集了二十亿资金，抵押贷款三十亿，上了项目，本来挺好的，预计有十几亿利润……

于是，你们把钻窟打洞弄来的五十亿就扔下去了？啊？

没……没五十亿，就四十二亿，另15%转让款是大有公司付的！

转让款？这块地是从哪里转让来的？啊？没按规定招拍挂吗？

是公司的股权转让，我们受让了对方公司股权，就……就拿到了这块地，没想到，高铁要从地块正中间通过，这是最新的规划……

你们拿地的时候不知道这个新规划吗？

不知道！这是政府违约，所以我们才想请您……

请我干什么？政府违约你们去告政府，别和我说，我不听！

周到直到这时才明白，自己闯了大祸，把本该瞒着老领导的事捅到了老领导面前。混账的王小飞，把他当枪使了，他饶不了他！便说：好，好，刘书记，您别气，就当我没来过，我再想办法，再想办法!

刘洪川挥了挥手,像打发一只讨厌的苍蝇。

周到抹着汗,仓皇地退了出去,因为心慌意乱,在门口撞上了正要进门的刘洪川的警卫秘书,差点摔了一跤……

六十

周到的来访让刘洪川深为震惊,这个大型国企一把手,愚蠢无能简直不可理喻!国有资产交给这种人管理,发生巨亏是必然的。周到是他的秘书,在他手下成长起来,出现今天的状况,刘洪川觉得自己有责任。既然发现错误,就要立刻纠正,按他们投资家的说法,就是及时止损。汉重必须换马,周到必须拿下来,换一个能做事的人上。

刘洪川当即对秘书发布指示:通知杨柳、陈丽娟到省政府我办公室开会!秘书狐疑地看着刘洪川,刘书记,是——是现在吗?刘洪川说:对,现在!研究汉重集团的问题!秘书说:好的,我立即通知!

当天夜里十一点左右,杨柳和陈丽娟分别赶到了。刘洪川在落地窗前踱着步,冲着两位部下大发脾气:一个大型国有企业搞成这个样子,匪夷所思!仅仅三年啊,品牌搞砸了,市场搞没了!弄个房地产项目来自救,又被人家套上了,五十个亿扔进水里没听到一个响!今天晚上,这个厚脸皮的周到还跑来找我讨批示。批什么呢?要我这个省委书记帮他们争取国家的重点工程京汉高铁为他的房地产项目改道！杨副省长，陈大主任，你们听说过这种奇闻没有？啊？

杨柳和陈丽娟彼此看看，摇头苦笑。

这时，窗外隐隐响起雷声。

刘洪川气愤难平，手臂在空中有力地挥动着，我们国有资产的掌门人怎么能这么麻木不仁呢？像周到这种国企干部还有没有？有多少？要查一查。周到必须拿下来，你们考虑一下，看一看谁接合适？

杨柳想了半天，才赔着小心汇报说：刘书记，汉重集团的事我一直在考虑，也征求过某些同志意见，没人敢来啊！陈丽娟附和说：是的，刘书记，汉重集团可不是杨省长在的时候了，摊子烂，麻烦多。

刘洪川一声叹息，所以有些同志聪明嘛，就是要把摊子搞烂，让谁都不敢来接手！又责备陈丽娟：陈主任，他们的房产项目是怎么回事？你们国资委不监督啊？陈丽娟说：这个……他们不是参加招拍挂受让的土地，是受让股权，况且，周到过去又在您身边工作过，做过您的秘书。刘洪川说：做过我的秘书怎么了？就成特殊人物了？！

陈丽娟不敢再说下去了。

窗外雨落了下来。杨柳默默上前关上窗子，回转身，对刘洪川说：刘书记，我看好一个人选，可能比较合适，也许你也会想到！好像心有灵犀，刘洪川意味深长问：不会是你当年的博弈对手孙和平吧？

就是孙和平！因为和这位同志博弈过，所以我比较了解他。

那你怎么不早说啊？早把孙和平调上来，汉重不会如此被动！

刘书记，实话说，我几次话到嘴边都没敢和你说！

你这个杨柳啊！陈主任，你对孙和平怎么看啊？

陈丽娟说：刘书记，我当然看好！不过问题是，孙和平现在还愿意从北机福窝里出来到汉重受罪吗？另外，我也有个担心，如果孙和平离开了北机，北机会不会也像杨省长离开汉重一样……

刘洪川思索着，所以，我们今天就来慎重研究一下这个问题。杨柳，你继续说。杨柳又说了起来，天下大势分久必合，合久必分！既往的实践证明，孙和平懂市场，有胸怀，有眼光，善博弈，的确是搞企业的一把好手！可以考虑把汉重集团也交给孙和平。陈丽娟半真不假说：哎，杨省长，你该不会想趁机架空孙和平吧？杨柳说：恰恰相反，要让他有职有权，给他尚方宝剑！刘洪川思索片刻，我赞成！三年前何书记就有这想法，提议把机械装备这一摊子全交给孙和平。我看这样好了，汉重集团的党委书记、董事长都让孙和平兼任吧！

杨柳想了想，只是，周到怎么安排呢？毕竟也没犯什么错误。刘洪川脸一拉，企业搞不上去就是错误！让他退二线养着等退休吧！杨柳建议：是不是这样，免了他的集团党委书记，董事长先留着？陈丽娟提醒：刘书记，国有资产划拨有个过程，董事长任免要走法定程序。

刘洪川略一沉思，可以，不过，你们要告诉周到，不准影响孙和平的工作，这是个原则。杨柳说：现在的问题是，怎么说服孙和平站出来挑担子，这恐怕有些困难！刘洪川看着杨柳，哦？你找过他了？

杨柳说：汉江重卡召回事件发生后，我和孙和平谈了一次话，不是太理想,感觉上他除了对收购南柴有点兴趣,对汉重没兴趣。陈丽娟说:就是,北机集团早就正厅级了,兼了汉重的职也还是正厅。刘洪川不高兴了,啥意思?再给他提提?往哪提?搞企业就是搞企业!陈丽娟说:我这也就是随便一说,当然,也许孙和平不会这样想……

刘洪川把脸转向杨柳,杨副省长,你是孙和平的老同学、老领导,你抓紧和他谈个话吧,明确地认真地谈,和他说清楚,党员干部就是要听从组织调遣。杨柳说:刘书记,孙和平这同志你知道的,最好你和他亲自谈,我没这个权威!刘洪川说:你先谈,谦虚恳切地谈,多鼓励这位同志的雄心壮志,我不信给了他蓝天他不飞翔!好了,就是他了!我明天去和金省长通气研究,你们也给我发动起来……

六十一

杨柳来北机,事先没跟孙和平打招呼,就直接到了新厂区。新厂区绿化很好,像个大花园,种了许多玫瑰,空气中弥漫着玫瑰花的香气。几只蝴蝶停落在玫瑰花瓣,时而又翩翩起舞。燕子飞过围墙,在柳荫里呢喃。杨柳似乎沉浸于大好春光,眯缝着眼睛流连忘返……

孙和平从车间迎出来,谨慎探测杨柳的来意,你大领导怎么突然来了?也不事先打个招呼。杨柳仍四处看着,哦,到平州调研,顺便看看你!不错,很接地气嘛!孙和平说:本来我就离地不远啊，不像你高高在上！杨柳说：我高高在上能出现在你这里吗？孙和平说：这倒是。我这里是生产一线，没地方给你坐，咱去集团会客室吧！

杨柳摆摆手，算了，算了，就在这里随便走走看看吧，重温一下当年的气息！孙和平说：这里是新厂区，哪有当年的气息？要不，咱们去老厂区转转？杨柳兴奋起来，好啊，看看那座老楼——就是当年你走投无路，准备跳下去的那座！孙和平苦笑，杨柳，你就是没领导风度！让我忆苦思甜？杨柳说：不是，那里安静，适合促膝谈心！

到了老厂区，二人漫步来到老槐树下，杨柳不徐不疾，把刘洪川书记深夜开会的内容讲给孙和平听了。孙和平惊愕地看着杨柳，什么什么？还真把汉重这烂摊子交给我了？杨柳拉下脸，什么烂摊子？说话注意点！孙和平说：是，那……那我就不说了，您领导指示吧！

杨柳一脸庄严，目前的汉重集团，啊？无非是碰到了一些困难罢了！孙和平貌似顺从，就是，只要努力一下，克服克服就过去了。杨柳叹了口气，也没这么轻松，但比当初北机的情况要好得多！孙和平赔着小心，杨省长，不能这样比吧？这没啥可比性。杨柳说：可比性还是有的，北机当初那么难，都要试行破产了，你挺身而出把它救活了，在我省、在我国重装机械行业成就了一段佳话！所以，这一次呢，组织上拟请你出任汉重集团党委书记，主持汉重集团全面工作。

孙和平苦笑不止，这是谁的提议啊？你？杨柳点点头，对，就是我，你血亲血亲的老同学。我这是内举不避亲啊！孙和平咕噜：咱们俩也不算怎么亲吧？谁不知道你差点整死我！杨柳说：哎，怎么这么说话啊？光记着我整你，就不记得你坑我了？这也是刘洪川书记的意思。我今天过来给你吹吹风，刘洪川书记要亲自和你谈话。天降大任了，我的同志！孙和平直咂嘴，很意外，我真的感到很意外……

杨柳双手抱臂，看着老树下马彼德的铜像，说：虽说在意料之外，也在情理之中嘛，和平，你在这场大博弈中胜出了嘛！知道刘洪川书记是咋说的吗？既然孙和平这疯家伙有这个能力，我们就得给他支点！

孙和平一脸的不相信，哎，刘洪川书记说"疯家伙"了吗？杨柳比画着，就说的"疯家伙"啊，是带着微笑说的，还做了这样一个手势！孙和平自嘲道：哎呀，你看这事闹的，刘书记当真派我去撬地球了？杨柳说：孙和平，我不是和你开玩笑啊，我是认真的，你别拎不清！孙和平说：那我也受不了这意外的惊喜，你不怕我成为新时代的范进吗？

杨柳脸一拉，严肃一点！和平，我这是让你有个心理准备，和刘书记好好谈！给你交个底，刘书记评价你时，提到了乔布斯，说是乔布斯曾经这样说过，我们要向这些疯家伙们致敬！他们特立独行，桀骜不驯，你可以反对他们，质疑他们，唯独不可漠视他们！因为正是这种家伙们在改变世界！你就幸运吧！赶上了这么一个千年未有之大变局，置身于这么一个伟大时代，碰到了刘洪川这样赏识你的领导！

是，是，生逢盛世，碰上好领导，的确是我的幸运！

你如有神助啊！这几天我也在想，历史为啥没选择我，没选择刘必定,而是选择了你呢?我觉得这里面啊,既有偶然性,也有必然性。

孙和平出自本能地讥讽:老学长,你又要给我上政治课,讲辩证法了?是吧?杨柳说:辩证法那还是要讲的嘛!我们共产党人不讲唯物辩证法,还讲什么呢?同志,要记住,我们都是党员干部,要讲政治的。孙和平抱怨说:那你还攻击我,说你和我没有共同的信仰呢。

又发牢骚!那都是哪朝哪代的事啊!好好听我说!偶然性呢,是周到在汉重的投资决策上犯了一个错误,搞房产上了人家的当,让刘洪川书记很恼火。必然性呢,这些年你打赢了!把北机打造成了一流企业,为我省重卡装备工业上台阶,走向世界,立下了汗马功劳……

孙和平心里很矛盾,领导重视,力挽狂澜,都使他的虚荣心得到满足。况且,与杨柳的一场博弈,双方血迹斑斑,今天人家把汉重捧到你面前,请你接手掌舵,可以说完胜。但现在北机结构完善,产业布局合理,已经不需要汉重了。尤其那批干部,一帮官老爷,管他干吗?他当真领导得了他们吗?这么想着,孙和平刚热起来的血又凉下来。

杨柳说完了,居高临下地看着孙和平,和平,说说想法吧,能不能别辜负我和组织的期望啊?孙和平一声叹息,我就怕辜负啊!杨省长,实话说,我也想像你似的,高高在上,指点江山!可不行啊,搞企业我有办法,打内战,我真不是周到、王小飞那帮人的对手!尤其是周到,过去还是我的领导,你就饶了我吧!杨柳手一挥,斩钉截铁说:周到不用烦,我镇着,王小飞敢捣乱就调离!我无条件支持你!

孙和平冲着杨柳连连拱手,哎,哎,杨省长,老学长,还是我无条件支持你吧!最好你回来暂时兼任汉重集团党委书记,或者让国资委陈丽娟主任过来兼着,我挂名做个党委副书记,支持你们的工作!

孙和平,你故意的是吧?这辈子和我作对到底了是吧?

不是,不是,主要是……哎呀,杨柳,你让我怎么说呀!

有啥不好说的?但说无妨!咱们的关系谁不知道?一对欢喜冤家!

孙和平认真了,注意地看着杨柳,我的冤家哥,你别耍花招套我行吧?周到是什么人?啊?刘洪川书记的老秘书,你杨副省长一个班子的好同事,现在让我去领导他,你们真的假的?让我怎么领导?再说了,我做党委书记,他做董事长,平起平坐的同级关系,是不是?

杨柳说:这我解释一下,周到再有两年就得退休了,而且……

孙和平没等杨柳说完,就抢话道:两年里啥不会发生?哪天你们领导看我不顺眼,会有我好果子吃啊?你知道的,我的脾气又不好。

杨柳想了想,这倒也是。和平,我理解你的顾虑,我再想想,你也再想想,好吧?不过,刘洪川书记找你谈话,你一定要好好谈。

孙和平应了,好的,不管怎么说刘书记这是看得起我,是吧?!

杨柳道:就是。好了,和平,我现在口干舌燥,不和你说了!

孙和平看了看手表,哟,都十一点了,中午在这儿吃饭吧,我让你的粉丝兼卧底钱萍过来作陪,我个人请你喝点好酒润润嗓子!

杨柳突然想了起来,哎,对了,刘必定该出狱了吧?让他陪吧。

孙和平便说起了刘必定，道是刘必定昨天出狱，他派钱萍去接没接到。钱萍汇报说，刘必定出狱很神秘，没正常走前门，而是走的后门。出了后门，上了接他的车一路进了云雾山，今天恐怕陪不了。

杨柳觉得奇怪，刘必定出狱去云雾山干啥？看风景？不会吧？

孙和平猜测说：云雾山是不是发现金矿了？这厮又听到钱响了？

杨柳不愧是副省长，胸有成竹，云雾山没金矿，但有锂矿。锂矿场两年前发生过一次严重溃坝事故，造成了六人死亡四十几人受伤。

孙和平击掌大叫，看看，看看，我说这里面有文章吧？！

杨柳思索着，难道那场溃坝事故和刘必定有关？不应该啊！

就是，事故发生时，刘必定已经判刑进监狱了……

那么，刘必定进去前，是不是在那里买了矿呢？嗯？

哎，这个难说，当初刘必定的宏远集团可是牛气冲天！孙和平想了想，又说：我深入了解一下！有情况及时告诉你。不管怎么说，必定也是"汉大三杰"之一，能帮的忙，咱们得帮，是吧？北机困难时，刘必定和宏远系帮过我们，只要对北机做过好事的人，我都不能忘了！

杨柳道：和平，在这一点上，你做得不错，但也别忘了汉重！

孙和平不接话头，只说刘必定，找到必定，得给他接个风，弄点好吃的给他补补。也让这厮和我说说这两年在里面读萨特的心得！

杨柳说：也可以和他说说这些年你们北机集团跨越式的发展！

孙和平手一摆，我不说！我让这厮自己看，让他口服心服……

六十二

　　山野洒满阳光，五月天已经感觉日头有些烤人了。林木繁茂，鸟雀啼鸣，山道旁的红薯地，爬满绿色藤蔓。在这荒僻的地方，溅满泥水的旧路虎又抛锚了，司机兼保镖孔三满脸油污，钻在车底下修车。

　　刘必定心急火燎地和祁小华通话。昨天出狱，他和祁小华在监狱门口说了没几句话，就兵分两路开始了新的创业。他上了妹妹刘必英的车，一路进云雾山看矿，拟尽快敲定狱中谈定的一笔锂矿生意，祁小华则负责为这笔生意紧急筹资。没想到两边都不顺，二手路虎进山路上出了几次故障，祁小华竟然没去找秦心亭谈信托贷款，说是找秦心亭不靠谱。刘必定心里不悦，嘴上却不好说，只道：不是你找秦心亭，是我找秦心亭帮忙做这笔信托业务。祁小华说：我最不愿见的人就是秦心亭。刘必定说：但除了秦心宁，没人能救咱们了！秦心亭知道云雾山锂矿权的价值，会给咱们做这笔业务的！她这人很实际！

　　祁小华说：那不能找孙和平吗？他答应过帮你。刘必定说：千万别找他，我得小心被他吃掉。祁小华说：不至于吧？刘必定说：怎么不至于？这里探明的锂资源储量折合氧化锂六十多万吨呢，品位也很高，孙和平知道了能不动心？这个野心家我不能不防！你就去找秦心亭，她过来考察过的。告诉她，就说我正在云雾山落实矿权受让！

修好车来到一个小镇，一行人歇脚吃饭。小镇颇冷清，街上没几个人，一条狗撵着一群鸡闹得尘土飞扬。车在一家饭店门前停下，破旧的门面挂着一块炫目而讽刺的招牌：富豪大酒店。等饭菜上桌的工夫，刘必定铺开一张云雾山区地形图，指挥官似的用放大镜看起了图。

妹妹刘必英凑了上来，哥，你和嫂子的电话我听到了！你在牢里做成了一笔生意，是吧？刘必定说：是啊，坐牢并不是休息，在我的字典里没有休息这种词！刘必英说：所以，你一自由，我又不自由了，现在能具体说说了吧？一路上神神秘秘的，我还以为你又躲谁呢。

刘必定指点着地图，说了起来：此行的目的地是月亮沟，要到那里找一个叫倪可松的人，和他接头，收购倪氏月亮沟矿业公司的全部股权，我们在牢里谈妥的价格是一亿六千万。现在首先要找到倪可松。

刘必英满眼疑惑，尼克松？听着怎么这么耳熟？他好像在美国当过几天总统吧？刘必定说：是倪可松，不是尼克松。月亮沟矿业公司老板倪可青的弟弟。刘必英看着窗外弯曲破败的山道，又问：这里的锂矿咋运出山啊？是不是还要修路？刘必定立刻夸赞，多聪明的妹妹，一下子就想到了修路！刘必英说：你别讥讽我。修一条路得花多少钱啊？刘必定说：倪老板在号子里和我算过，三千万左右。刘必英叫了起来，一亿六买股权，再花三千万修路，你疯了？刘必定呵呵笑了起来，刘必英，我告诉你，这个世界的财富基本是属于疯子的……

这时，饭菜上桌，兄妹俩和司机狼吞虎咽吃起饭，没再说下去。

吃完饭继续赶路。山越来越陡峭,树木稀疏,巨大的岩石裸露在夕阳下。车颠簸得几近散架,终于在月亮初升时到达了月亮沟。这镇子更小更荒凉,只有月亮沟矿业总公司才算一栋像样的建筑。楼高六层,在山洼洼里可算大厦,足见当年矿主也怀着一颗雄心。现在败象显露,总公司的办公楼已成山民住处,失去昔日的风采。办公楼的许多窗子挂着各式内衣内裤,楼内出出进进的大人孩子均是山民模样。

刘必英打量着面前的办公楼,就这里?矿业公司?

刘必定推测,应该是这里,月亮沟唯一的一座六层楼嘛。

这时,身边一个晒太阳的黑脸山民凑了过来,问:你们是谁呀?

刘必定没说是谁,只问:哎,你可知道一个叫倪可松的人?

山民警惕地打量着刘必定,谁让你来找倪可松的?

刘必定说:大倪,倪可松的哥哥倪可青!

山民眼睛一下子亮了,兴奋地大叫起来:哎,倪老板的人终于露面了!言罢,一声口哨,招来了众多男女。男女山民把刘必定、刘必英和司机孔三团团围住。刘必英吓得惊叫起来,你们要干什么?啊?

孔三挺身护到刘必英身前,想干啥?想干啥?离我们远点!

刘必定明白这种情况下只有依靠政府解决问题,便让山民带路去镇政府。镇政府现在不叫"镇政府"了,叫"街道"。街道办事处就在矿业公司后面不远处。进了办事处,见到了一个中年女主任。女主任听了情况介绍,就向刘必定、刘必英、孔三解释,道是山民们搞误会了,以为他们是倪家人。山民们投资给倪家,溃坝事故一出,大倪判刑进了大牢,小倪躲债逃了,八百多户人家的三千多万投资就不知找谁去要了。据女主任介绍，出事故以前，这里生产经营还行，每年冬春两季生产，能赚够一年吃喝。事故后来过几家，走到这里就打道回府了……

告别女主任，走出办事处，刘必定心里有数了：看来大倪没说假话，村民股权总额没超过四千万，就是股权太分散了，在八百多户人手里，收起来有一定的麻烦，估计得纠缠一阵子。好在股权大头是倪可松的，找到倪可松，拿下控股权就可放心了。现在的问题是，倪可松失踪了，山里那么多投资人都找不到他，让他们怎么去找呢？

夜里就在乡村旅店住宿。条件差且不说，久无客人使旅店变成了鬼屋，电线坏了点蜡烛，人影映在墙上自己就吓坏了。客房里卫生间都堵死了，洗漱要到公用水池。刘必定拿着牙刷毛巾穿过走廊，刚在水池边站定，一个黑影蹿到他站立的窗前，玻璃窗"哐啷"一声碎了——黑影破窗投入一块包着纸条的石块。石块和纸条落到了刘必定脚下，刘必定拾起一看，纸条上写了一句话：朋友，你从哪里来？遂走到窗前向外看，外面黑乎乎一片，未见一个人影。刘必定想了想，写了一张纸条：我从牢里来。用石块将纸条压在窗台上，转身去刷牙。

这时，一个山民模样的中年人露出脑袋，牢里人，我带你去找倪可松。刘必定嘴里含着牙刷，欣喜地说：哎，朋友，进来说！中年人躲闪着，不了，牢里人，这里不安全，明天咱们倪沟见吧！刘必定说：你别喊我"牢里人"啊，我叫刘必定，你喊我"刘总"吧！中年人说：我只知道有个牢里人要来收矿业股权，好，刘总，只要你有钱就行！刘必定忙说：有钱，有钱，这是肯定的，没钱我就不来了。

不料，第二天赶到倪沟，中年人却说，他们来晚了。倪可松已经不在这里了，债权人发现了倪可松的踪迹，他昨天夜里紧急转移，到了金银川。于是，只得换了毛驴上山，到金银川会见倪可松，因为只有两头毛驴，刘必英和孔三就去不成了，当天返回了月亮沟……

六十三

南港这个地方比较偏，在汉江省北部，面海靠山。孙和平和钱萍走进南港柴油机厂，举目望见厂区后面的高山，一片白纱似的云雾在山沟飘荡，草叶泥土的气息扑面而来。这里不像工厂，更像旅游景点。正因如此，南港柴油机厂与其他地方工业一样，发育先天不良，啥事总是慢半拍。杨柳独具慧眼，常能看见别人看不见的价值，它曾经是汉重棋局中一步很重要的棋。现在这个棋子要废了，孙和平觉得，不管周到怎么想，起码杨柳想废了它，否则不会主动和他提及南柴。既然杨柳杨副省长提及了，他就得来看看，做到心中有数，以免吃亏。

南柴发动机生产线已经停产，车间里空无一人，工人们全放了半薪假。带他们参观的是一位工程师，曾在北机待过两年，后来被南柴挖走了，现在想重返北机。据这位工程师说，想进北机的不是他一个人，大家都想进，南柴并入北机是最好的出路。孙和平不便多说，也没表态，和钱萍秘密视察完毕，匆匆离去。临别时，孙和平才和这个工程师说：等着吧，不但是南柴，也许整个汉重都要有个新说法了。

钱萍十分吃惊,回平州的路上问孙和平:你真的假的?要做救世主了?孙和平说:汉重这情况,杨柳也犯难啊!钱萍讥讽道:学会替领导排忧解难了?你累不累啊,别替他们烦了!还有南柴,杨柳说给你了吗?孙和平道:说了,要把南柴划给我们搞!咱发动机本来也要上新线的,兼并南柴互惠互利。钱萍说:只不知周到能答应吗?孙和平说:周到答应不答应已经不重要了。钱萍一怔,怎么?和杨柳谈成了?要做汉重董事长了?孙和平未置可否,你盯一下,尽快安排南柴发动机进行三高试验!钱萍疑惑说:这靠谱吗?南柴现在还不是咱的呢。孙和平笑道:将来肯定是咱们的,杨柳被周到架在火上了……

说罢,孙和平把目光移向车窗外,沉浸在一片遐想中。

南港至平州这一带是丘陵地区,盛产苹果,因为经济效益高,农民把果园扩展到山下,公路两边的田野也出现连片的苹果林。眼下正是中早熟苹果收获季节,红艳艳的果实挂在树枝上,诱人垂涎。路旁沟边,堆满柳条编织的果筐,姑娘少妇将刚摘下的苹果仔细装筐,脸上满溢丰收的喜色。北机现在也是收获累累啊,汉重集团的一把手当不当另说,南柴应该说是即将落入北机集团的又一颗成熟的果实。

这时,手机响了,是祁小华打来的,问孙和平能不能帮她联系一下秦心亭,说是刘必定想用一笔价值二十多亿的锂矿权做抵押,从汉江信托贷款五亿元,但秦心亭就是不接她的电话。

孙和平不禁大吃一惊,刚刑满释放的刘必定从哪来的这么大一笔锂矿资产?祁小华透露说:是在牢里谈妥的一笔生意。月光岩溃坝死伤了不少人，一个姓倪的老板判刑进去了。进去以后，和刘必定同一个号子，两人面对面睡着，刘必定是0765号，倪老板是0764号！这就把生意给刘必定送上了门。祁小华让他拉刘必定一把，说是刘必定太不容易了。孙和平连声应着：好，好，小华，我打电话给秦心亭！

然而，这么答应时，孙和平的心里就活动开了，二十多亿的锂矿资产，新能源产业链上重要一环，怎么能让这厮独得呢？便和祁小华说：小华，你真的有必要去找秦老大这冤家对头吗？不如咱们先商量一下，看我和北机能不能帮上忙吧！祁小华说：必定不让我找你。孙和平说：这就不对了，我在北机集团还给必定留着位子呢，他怕啥？

祁小华说：必定说你现在成企业巨兽了，他怕被你吃了！

孙和平说：不会，汉重集团送到我嘴边我都不吃！真的，杨柳和我谈话，要把汉重集团交给我，我硬没要！我还吃他？必定哪还有肉？

祁小华说：虽然没有肉，但必定有尊严，你是知道他的……

这倒也是，刘必定不是个轻易向命运低头的人。在监狱里竟然能谈成一笔大生意，怪不得他一出狱就进了云雾山。结束通话后，孙和平向钱萍交代，让钱萍找祁小华了解一下，看刘必定是怎么回事，云雾山锂矿权是不是真的落到了他手上了。还有，宏远系幸存下来的那家新飞科技公司，是做氢动力研究的，看有没有可能向北机转让。

钱萍说：宏远系的这家新能源公司我知道，已经被上海的法院查封了，最近可能要拍卖！孙和平说：让我们技术中心新能源项目处去人看看，先做个尽调吧！钱萍说：好的，如果有价值，价格也合适就拍下来？孙和平说：没错！新能源，尤其是氢动力，是未来动力发展的方向。我们刚起步，可以通过收购加快研发步伐。他叹了口气，又说：刘必定敏感啊，出监以后变得像个受惊的动物，说是怕被我吃了！他怎么这样想问题啊？宁愿找秦心亭求助，都不来找我！钱萍说：他找你有啥用？向你借几个亿，你能给他吗？你又不是个体户！孙和平说：董事会研究同意了，还是可以给的，实在不行，我个人也能帮他筹嘛。

直到这时，钱萍才想起问：哎，昨天杨柳具体都说了些啥？让你到汉重集团主持工作，那周到干啥？孙和平说：听杨柳的意思，周到暂时还挂名董事长，但不是集团党委书记了，两年后到年龄就退休！

钱萍佯作惊讶，哇，孙和平，你是不是太兴奋了，一下子热血沸腾了？！孙和平并不隐瞒，那是，钱萍，现在可是杨柳求我了！不是当年我求杨柳了！为当年我求他的事，他损了我好多年，折磨得我伤痕累累，血迹斑斑！钱萍笑了，又夸张了！没这么严重吧？

孙和平一拍大腿，怎么不严重？就是这么严重！昨天这厮来找我谈话还刺激我呢，说是要去看看当年的老党委楼。你父亲知道的，当年田野他们都嚷着要破产，我被他们一伙人逼得差点跳楼……

这你也得理解。我估计杨柳昨天来找你，让你接管汉重集团也是五味杂陈，不是迫不得已，这个骄傲的家伙不会来找你的。

没错！所以，我心里再痒，再想出山，也得忍着，我得矜持！

对，矜持！和平，你可别轻易答应杨柳，让他三顾茅庐后再说！

孙和平哈哈大笑起来，就是，就是，我就是这样想的！当年我到汉重找钱找不到，尽往杨柳那儿跑，跑了不止三次，还给他

319

行贿!

行贿?给他——杨柳?

是啊,我给他买过豆汁油条,还送他两瓶北机产的火焰山酒!

和平,这你还好意思说?你到他家吃的喝的可不止这么多吧?

其实酒可是五粮液!火焰山酒我抽出来自己喝了,从你爹那里讨了两瓶五粮液,用注射器打进去的,我给杨柳送礼都这么低调谦虚!

钱萍笑道:又瞎编了吧?当时那么困难,我爹哪来的五粮液?

孙和平说:刘必定送的嘛!这厮对你爹还是挺孝敬的……

六十四

孙和平的亢奋让钱萍隐隐感到不安。这种感觉很奇怪,似乎没来由,说不清道不明,却又确凿存在。有个大坑就在孙和平面前,这个坑叫汉重集团,只要孙和平陷进去,能不能拔出脚就难说了。现在都以成败论英雄。北机搞成了,孙和平是英雄,将来汉重搞败了,孙和平就会变成狗熊。而汉重又怎么可能搞好呢?周到仍在董事长的位子上坐着,后面还有做副省长的杨柳,让孙和平怎么干?杨柳该不会又玩起博弈手段了吧?越想心里越烦躁,钱萍约了杨柳要做个汇报。

杨柳在电话里就问:钱萍,你这北机内当家怎么想起找我汇报了?钱萍说:忘了?我可是你培养的卧底,有了重要情报能不向你汇报吗?杨柳乐了,我的天,我怎么把这碴忘了!好,好,说情报!钱萍却道:咱见面再说吧!杨柳说:行,那就找个茶馆喝茶吧!

喝茶的地方叫"书香茶韵"，杨柳定的。钱萍赶到时，杨柳已经先一步到了，一见面就说：钱萍，我也正要找你呢，帮我做做孙和平的工作，让他替我担点担子，分点忧。钱萍抱怨说：还要我做工作啊？杨省长，你那么能忽悠，来了趟北机，孙和平就被你忽悠得热血沸腾了。杨柳乐了，听说你们还到南柴考察了，是吧？他还给我假谦虚呢。钱萍说：这回他挺得意，说是天降大任了，越想越激动，越说越激动。杨柳搓起了手，哎呀，和平是个好同志啊，不愧为新时代的有志中年！

钱萍脸一拉，哎，杨省长，你能行行好，别坑我们孙总吗？杨柳茶杯一蹾，哎，钱萍，你这叫什么话！我怎么是坑他？这是组织上对他的信任和重用！钱萍说：汉江有能耐的人那么多，你老兄怎么就看上他了呢？杨柳，我把话撂在这里：孙和平真要去管汉重，对你们俩都没个好，他眼里容不得沙子，你也会悔青肠子！杨柳，你信不信？

杨柳不信，吓唬我是吧？我比你更了解孙和平，这厮在汉重卧薪尝胆受尽委屈，做梦都想好好拾掇汉重。我呢，闻鼙鼓而思良将，支持他去拾掇！钱萍说：汉重变成了这样子，不是孙和平的个人魅力可以挽救的，我的杨副省长！杨柳说：是啊，我没指望用孙和平的魅力挽救汉重！他也没啥魅力！钱萍说：那你还让他上？再说，他做党委书记主持工作，周到还做着董事长，这安排合适吗？杨柳：周到肯定要下的，只是现在还不行，一来年龄还没到，二来董事长任免有法定程序！这你别担心，我是希望孙和平以北机的治理方式改变汉重。

钱萍摇了摇头，叹息说：北机之路这么好走？当初你老学长都容不得他，都三天两头敲打他，还派我去他跟前做卧底！害得我左右为难。杨柳苦笑不已，还说呢，你助长了孙和平的气焰。钱萍说：但孙和平带着北机打赢了。杨柳道：是啊，所以说胜利者不受指责嘛！钱萍身子向椅背上一倒，叹息说：可是，胜利者身上早已伤痕累累了！

是啊，是啊，杨柳也感叹起来，在这个博弈的时代，谁不伤痕累累啊？你一个个数，从"汉大三杰"到你们几朵金花，谁的岁月不波澜起伏，谁的感情不满目沧桑？像我和秦心亭容易吗？也伤痕累累啊！

钱萍想了起来，对了，心亭怎么了？这两天电话一直联系不上。

杨柳脸色暗淡下来，她病了，不愿让大家知道，算了不说这个。

钱萍当时预感就不太好，可杨柳不说，她也不便多问。

杨柳却絮叨起来，道是秦心亭对得起她的职责岗位，却对不起她自己。她这个人心太粗，也不是一个会生活的人。钱萍说：祁小华倒是会生活，你又吓得直躲，让祁小华伤透了心。杨柳摆摆手道：不说祁小华，我和祁小华之间就是大学时代的一个梦幻而已。

钱萍说：你做了副省长，小华就成梦幻了？你若不怜香惜玉就没人家的梦幻。杨柳苦笑起来，故意让我难受是吧？我没当副省长就和小华划清限界了。小华和刘必定复合，我起了好作用。钱萍道：你不怜香惜玉就是最好的作用了。哎，对了，祁小华正在为刘必定的锂矿生意筹资，你能不能帮忙带个话，刘必定想找心亭的信托贷点款。

杨柳沉默了好半天才说：别去找心亭了，她恐怕是办……办不了了！心亭得了癌——胰腺癌晚期，医生说，最多还能撑两三个月……

尽管有预感,钱萍还是怔住了,胰腺癌晚期?怎么会这样?

杨柳眼里蒙上了泪光,她一辈子要强,不让我说,不愿你们大家看到她现在这样子。钱萍,忘了她吧,别给她打电话,也别去找她。

钱萍心里一阵悲哀,一个活生生的人,让她怎么忘得了呢?

杨柳又说:其实,这些年你的伤痕也不比谁少,别以为我看不出你的心思!你心里一直装着孙和平,你现在就想好好过自己的小日子。

钱萍叹了口气,扯啥呢?我过我的日子,和孙和平有啥关系?

杨柳说:你深深爱着孙和平,可孙和平呢,爱的是这个世界!你希望他收起野心,而我却在鼓励他的野心。钱萍眼里汪上了泪。杨柳问:今天你来找我,孙和平不知道吧?钱萍噙着泪,点了点头。杨柳这才明说了,人生苦短,钱萍,你就别和孙和平这么吊着了!现在谁不知道你是北机内当家?有人和我说,孙和平现在就听你的。

钱萍苦笑说:听啥呀,他现在嫌我烦,要我退下来,我没理睬他。

杨柳说:人家有意思啊,退下来不在一个单位就能结婚了!钱萍说:为和他结婚退下来?我才不干呢!再说,也不知他是不是这意思……

离开茶室,钱萍独自走在空旷的街道上,身心沉浸在巨大的悲哀之中。秦心亭是她大学时代的闺蜜,现在身患绝症,将不久于人世,实在令人无法接受。夜空挂着残月,清冷的月光在路面上涂抹了一层银霜。风徐徐吹过,摇动人行道旁的法国梧桐,一片枯叶悄悄飘落，掉在钱萍的脚旁。钱萍也为自己悲伤，爱情没着落，不知道与孙和平会有什么结局。她事事为孙和平着想，求杨柳别诱他跳火坑，也没收到成效。关键是孙和平自己愿意往火坑里跳，谁也没办法。孙和平那颗心，只有狂热工作，仿佛从无一丝丝温情。杨柳也提起内当家，提起结婚，可这正是钱萍的痛穴，因为她至今拿不准孙和平究竟爱不爱她。爱，是深入骨髓的，表面文章有什么用？钱萍的直觉，孙和平并不爱她，只是感恩，还有那么一点同情。而这绝不是她想要的……

到了北机接待处，钱萍还不想上楼，独自在人行道徘徊。

路灯在她身后投射出长长的影子。

六十五

两天后的一个傍晚，孙和平走进了刘洪川的办公室。刘洪川当时正在看书——好像是一本哲学著作，见他来了，起身离座，笑着迎了过来，和平同志，你不太够意思啊！孙和平心里不由一紧：怎么见面就是这么一句话？正惶惑时，刘洪川拉着他的手又说：杨柳说，我们好像请不动你啊？给支点你不要？孙和平忙道：不是不是，主要是事情来得突然，我要想一想。刘洪川亲切地拉着他到沙发前坐下，有啥好想的？年富力强，正是干事的好时候啊！说着，泡起了功夫茶。

孙和平受宠若惊，刘书记，我来，我来！刘洪川说：你坐，在我这里喝茶，你来啥？和平同志，作为党员干部，你要服从组织上的调遣是吧？作为朋友呢，你也得讲点义气嘛。咱们是老朋友了吧？这些年我帮你不止一次吧？孙和平赔着笑脸说：刘书记，我记着呢，起码两次！第一次就是在这里，我向您汇报，希望能和汉重集团分家，您先把我批评了一通，后来还是让我们分了家。您大人大量，心胸宽广。刘洪川笑道：你那是逼宫，在我的从政生涯中，很少见，你有勇气啊！孙和平说：不是我有勇气，是您开明大度，有魄力，有远见，真的！

刘洪川笑了，把一盅香气四溢的岩茶放到孙和平面前，半真不假说：好嘛，周到拍马屁那一套你也学了不少嘛。孙和平说：没，没，也就顺了点皮毛！第二次，您和西川省委林书记打招呼交涉，帮我们摆脱了汤家和的阻挠，让北机顺利入主了红星。刘洪川问：这位汤主任好像出事了吧？孙和平道：是，是，上个月被西川省纪委"双规"了。

孙和平对汤家和印象深刻，这个腐败分子在关键时刻拖延审批手续，导致北机股份在香港市场狂跌，险些要了他的命。他诚恳感谢刘书记，那个难忘的下午打电话来，给了他巨大的精神支持，这也是一恩。他又对刘洪川说：汤家和这个腐败分子作案累累，利用国有资产转让索贿贪污，不给钱就百般刁难，情节特别恶劣。刘洪川问：他有没有向你们索贿啊？孙和平忙否认：没有没有，所以我们吃了他的苦头。

对了，还有一次呢——刘洪川又说，那几千万希望控股也是我让杨柳转让给你的，这恩情可不小啊，是吧？！孙和平说：对，对，刘书记，不是您给我们做主，我早让杨柳欺负死了！刘洪川笑道：也别这么说，杨柳当时是汉重的头儿，站啥位说啥话，和你博弈很正常！这次，不是别人，正是杨柳力主你来接管汉重，他和我一样开明。孙和平连连点头，是，是，他开明，他能当领导，我只能干活……刘洪川说：所以啊，这次又给你派了活，让你兵多将广，发起集团冲锋！

外边的天色渐渐黑了下来，落地窗前已隐隐约约有星星显现。下班的时间早就到了，而刘洪川却谈兴正浓，没有一点下班的意思。孙和平明白刘洪川请他过来的目的，领导这么亲切和蔼，让他再也无法拒绝领导的重用。看来，汉重也将和北机一样要注入他的生命了……

刘洪川品着茶，问孙和平：和平同志，你老家好像在农村吧？孙和平说：是，刘书记，在安徽农村，不过老家现在没啥人了！刘洪川说：安徽农村六〇年前后非正常死亡不少啊，你家有非正常去世的吗？孙和平回道：有，怎么没有？我爷爷奶奶都是那时非正常死的。刘洪川似有所动，声音低沉地说：我老家也在农村，河南农村，父母也死在那个年代了。两位老人过世那年我八岁，家院的门都被蒿草封了。我姐赶来接我，我连下床的力气都没有。八岁之前我从来没穿过鞋，当时我多想有一双鞋啊。我姐姐把我接到城里后，我才有了第一双鞋，一双旧解放鞋，鞋面都洗得发白了，是我姐姐花八毛钱买的！

孙和平怔住了，刘书记，我……我没想到您的身世也这么苦？！

刘洪川目光深邃，语重心长：谁不苦？和平同志啊，我们这一代代人就是这么苦过来的！这是我们的历史，改革开放之前的历史啊！它不光是哪一个人的历史，也是一个国家、一个民族的历史……

背负着沉重的历史,我们的生命就不能失重!就不能活得那么轻飘,那么潇洒,那么浪漫!和平同志,我们肩负着一份历史责任啊……

和平同志啊,一个国家、一个民族,总要有一部分人承担起历史赋予的责任!当历史选择了你,你就得义不容辞,就得挺身而出!

刘洪川动情地说着,激情四射,眼光中充满信任与期待。

孙和平浑身的热血似乎要沸腾起来,激动不已地站了起来,是,刘书记,我……我听明白了,全听明白了,我听从您和省委的召唤!

刘洪川也站了起来,拍打着他的肩头,欣慰地说:哎,这就对了嘛!大胆把汉重集团的工作抓起来,我和省委做你的后盾!你就把我当作当年的老书记钱建国,碰到解决不了的困难只管找我,找省委!

孙和平激动不已,连连应着:哎,哎……

六十六

消息传得比风还快。省委的任命还没正式宣布,孙和平接掌汉重任党委书记的风声就传遍了汉江省。汉重办公室主任丁仁义得知消息,立即从省城奔赴平州,向当年的监控对象孙和平表忠心。那天,孙和平从北机大厦电梯里一走出来,候在走廊的丁仁义就迎上去打招呼。

孙和平很意外,哎,丁主任,你怎么大老远跑我这里来了?

丁仁义笑着说:孙书记,我来向您汇报工作,提前向真理靠拢!

孙和平脚步不停,向自己董事长办公室门前走,边走边自嘲:我是真理吗?丁主任,你看我身上哪个地方长得像真理?弄错了吧你?

丁仁义亦步亦趋地跟在孙和平身后,脸上挂着职业性的笑容,半真不假地说:孙书记,我看您全身都像真理,您就是真理的化身……

丁主任,你就是会说话,让人听了直起鸡皮疙瘩!找我有啥事?

哦,想问一下您的党委办公室怎么安排?您有什么服务要求?

我没啥要求,你在集团会议室给我留个不带监控的座位就行了!

丁仁义赔着笑脸,孙书记,您……您又和我开玩笑……

孙和平走进办公室,是你和我开玩笑吧?省委文件还没下来,你就跑来表忠心,故意害我是吧?丁仁义,别以为我看不清你的嘴脸。

丁仁义跟进办公室,觍着脸说:我主要是……是习惯把服务工作做到前面。说罢,动作娴熟地为孙和平泡茶,像是已经做上了孙和平的办公室主任似的。孙和平在文件柜前找文件,找出那份文件后,准备离去,行了,别泡茶了,我拿个文件就走,今天几个会呢,你该忙啥忙啥去。丁仁义这才说:那孙书记,我长话短说,您给我十分钟。

孙和平把文件放在桌上,我给你五分钟!其实现在还轮不到你汇报。丁仁义心里有数,看着孙和平讨好地笑着,但是,您又很希望了解汉重集团的情况,是吧?孙和平只得承认,你就是会揣摩领导意图,所以是不倒翁。丁仁义说:还不倒翁呢,我这办公室主任干十年了,王小飞都当集团总经理了。我们俩是同一年进厂的!孙和平说：怎么，你想在我手上提提？丁仁义苦起脸，您提谁也不会提我啊，我知道。

孙和平来劲了，你知道就好！丁仁义，你仁义吗？好好回忆一下往事吧！在我卧薪尝胆的日子里，你都怎么招呼我的？你对杨柳、周到唯命是从。丁仁义说：这都是杨柳和周到安排的事！今后我也会对您唯命是从。孙和平这才说：那就好！汉重怎么个情况啊？说吧！

丁仁义声音低了下来，孙书记，情况不是太好，人心惶惶，都说还乡团要回来了！孙和平哼了一声，胡说！我是解放军！丁仁义叹了口气，又说：孙书记，汉重本来就很难，现在又被天青山项目套住了。

我怎么听说是王小飞给套上的？项目是王小飞老婆介绍的？丁仁义说：谁知道呢？还有人说是大有房地产给汉重设的套呢。孙和平问：大有房地产的老板是不是叫马虎？丁仁义说：就是马虎！他女儿叫马怡，三年前您和她谈过对象！孙和平又恼了，你这特务分子，盯我的梢啥都知道！丁仁义道：但我绝不四处乱说。孙和平道：我还真不怕你乱说呢！我和那个马怡没谈对象，不过一起吃过几次饭。我为人不做亏心事，不怕半夜鬼叫门！丁仁义话里有话提醒说：不过，孙书记，您还是得小心！现在汉重干部群众说啥的都有，毕竟你们一起吃过饭！说到这里，他看看表，哟，超时了，您还有会，我下次再说吧！

你故意的是吧？让我慢慢难受是吧？再给你十分钟，说！

丁仁义不慌不忙喝了几口水，继续说了起来：孙书记，也有不少干部群众盼着您过来！现在北机的工资福利比汉重强多了，持股的更别说，一个个都富起来了，让人眼热啊！孙和平有些得意了，所

329

以我说我是解放军嘛,我去了汉重,就得解放生产力,让汉重也富起来!

丁仁义说:是,是,不过,孙书记,您还是得小心点,现……现在关于你的传说很多,都说……说您和钱萍有不正当男女关系。孙和平眼皮一翻,啥不正当男女关系?正当得很!不知道我们独身吗?丁仁义建议说:那你们不如光明正大结婚算了,也堵那些人的嘴!

孙和平的心被撞了一下。与钱萍的爱情或明或暗,已经持续一段时间了,现在看来,爱情与事业不能捆绑在一起,这个问题已经到了非解决不可的时候……

这时,严格辉从门前走过,在门口敲了敲门,哎,孙总,大家都等着你了!孙和平应了声:好,我马上过去!应罢,嘱咐丁仁义:丁主任,听到消极言论,要多做工作,要形成一种健康的舆论环境。

丁仁义说:是的,是的!孙书记,还有个重要情况我得说说——周总在搞您的黑材料,他恨死您了!孙和平没当回事,预料之中!周总可没我这份胸怀和肚量,是吧?他现在还练拳击吗?丁仁义说:练着呢。孙和平笑道:现在是他想殴打我这个新上任的革命干部了吧?丁仁义说:何止殴打啊,他是想弄死您!这会儿正在杨柳那儿告状呢……

六十七

周到做梦也想不到,他的老搭档杨柳竟然把自己的老同学孙和平亲手扶上了马！得知消息的当天，周到闯到杨柳办公室，对杨柳大发牢骚，怪杨柳不管他的死活。杨柳也不含糊，明确告诉他，请孙和平出山，是省委、省政府的决定，你是党员干部就必须执行服从，不能说三道四。周到讥讽说：杨副省长，你真有水平，权大嘴大姿态高。

杨柳这才火了，脸沉下来，批评说：周到，你实在让我惊讶！好端端一个汉重，在你手上搞了三年，搞成了这副样子，你不觉得自责愧疚，竟然还一肚子怨气！违规搞房地产上了人家的当，你还敢跑到刘洪川书记家里去讨批示，让高铁为你改道！你疯了不成？周到惭愧了，怪我，怪我，这事让我想简单了，我觉得刘书记批一下也许……杨柳说：刘书记让你气着了，把我和国资委陈主任叫过去发了大脾气！

周到讷讷着，我……我后来听……听说了……

现在请孙和平主持汉重工作，势在必行！

周到试探问：也……也是迫不得已吧？

谁说是迫不得已？周到，你怎么还这样想问题啊？！

老杨，我就不信你能在孙和平面前认输，承认博弈失败！

你以小人之心度君子之腹了！首先，我并没有失败，失败的是你和王小飞这届班子。其次，假如我还是汉重集团的党委书记、董事长，面对今天这种被动的局面，我也许会从这个窗子跳下去！你信吗？

周到目光转向打开的窗户，久久没回话。他本以为杨柳曾是一条战壕的战友，对自己总应该有所同情，没想到这人当了副省长竟变得如此绝情，于是便问：杨副省长，你是不是希望我从这里跳下去啊？

杨柳又往回收了，叹息说：周到，你今天过来没喝酒吧？能不能冷静一些啊？周到冷冷地说：杨副省长，我今天既没喝酒，也很冷静！别以为汉重今天的困局与你无关，其实许多隐患就是你留下的！杨柳一怔，拿桌上的文件看了起来，好，你说，哪些隐患是我留下来的？

周到走到桌前，南柴！南柴从资产划拨到生产线改造，都是你拍的板！杨柳说：所以，三年以后南柴出了问题还得我负责？是吧？你继续说！周到说：对孙和平和北机，你一直养虎成患……杨柳根本不用正眼瞧周到，孙和平不是虎，是一只鹰，一飞冲天的雄鹰……

这场谈话毫无意义。周到来此有何目的？不会仅是抱怨吧？除了企图把汉重深陷困境的责任推给他，后面还会藏着什么招数？杨柳揣摩着昔日同僚的心思，期盼及早结束这场既不愉快也无意义的谈话。

这时，周到又说：老杨，我现在还没离开汉重，还是汉重的董事长，你得给我一把尚方宝剑，让我制约孙和平！杨柳故意装糊涂，周到，你说什么？继续说吧，一定要把我留下的隐患都说说透！周到搓着手，哎呀，老杨，我……我现在愁死了，孙和平不会饶我的……

杨柳压抑着怒火，开始反击，周到，南柴是我向省里要的，账算我的，房地产的账不是我的吧？我在任何时候从没明示或者暗示上房产项目吧？天青山项目一百万平方啊，汉江省的第一大房地产项目啊，周到，你好大的手笔！周到说：我这不是想改变汉重亏损的被动局面吗？现在看来是错了，被套了，孙和平肯定借此做文章整我,他能把我整死!老杨,你不能见死不救啊。省委决定我服从,但你得制约孙和平!杨柳说:制约孙和平的是党纪国法,不是我!你请回吧!周到说:老杨,你公事公办是吧?那我请问,孙和平当真那么清白吗?

怎么,周总,你又发现啥了?孙和平哪里不清白了?周到说:西川省国资委主任汤家和进去了,你听说了吧?杨柳放下文件,警惕地看着周到,这和孙和平有什么关系?周到说:怎么没关系?北机怎么入主红星重装的?孙和平怎么搞定西川省国资委和汤家和的?是一笔广告费,五百万!孙和平批的,钱萍办的,他们涉嫌单位行贿!

周到使出了撒手锏,要拿孙和平做文章。这五百万广告费是怎么回事?杨柳不知道,也不想知道,周总,看来我小瞧你了,你是有备而来啊。周到说:我是没办法,被逼无奈。杨柳说:难怪孙和平不愿意出山整顿汉重,我现在也理解了!周到说:你也得理解我们汉重这批老人,都是你的兵,当年和孙和平博弈时,个个都是好样的……

杨柳缓缓站了起来,下了逐客令,别说了,周到,请回吧!

周到也窘迫地站了起来,老杨,你……你再想想……

杨柳说:我没啥要想的,举报孙和平和钱萍,请去省纪委!

周到搓着手,讪笑着,举报啥?我也就是在你面前发发牢骚!

杨柳脸一拉,厉声说:这种牢骚你少发,太伤人!

周到赖不下去了,抹了把汗,拿起放在茶几上的皮包,努力镇定着往门外退,是,是!杨省长,那……那你忙吧,我走了……

六十八

刘必定怎么也没想到,寻找倪可松会演变成一场陌生山沟里的小长征。他和那个中年山民,一人骑着一头毛驴,在山间小道上追寻倪可松的足迹,竟然追了三天两夜。为了保障矿图安全,倪可松不断变换接头地点。同样为了安全的原因,刘必定打扮成了一副山民的模样。

太阳挂在半空,火球一样热辣辣地烤人。汗水犹如蚯蚓,蜿蜒爬下刘必定的脸庞。上山路又窄又陡,两条腿仿佛灌了铅,每走一步都无比艰辛。但刘必定很兴奋,这一趟寻宝之旅充满传奇色彩——山民包围,街道办主任解围,窗外飞石,旅店夜客,寻访倪可松,这一切仿佛一部悬疑电影。现在,离宝藏越来越近了,刘必定已看见希望在向他招手——希望在神仙洞,最后一个情报证实:倪可松就在洞里等着他。

一直陪伴着他寻宝的中年山民也姓倪,叫倪亮,和倪可松是不出五服的本家兄弟。倪亮对倪可松很崇拜,倪可松这么东躲西藏,倪亮仍是崇拜。说倪可松现在就是切·格瓦拉,还问刘必定知道不知道切·格瓦拉。这让刘必定大吃一惊,不得不对倪亮刮目相看:这土头土脑的山里人竟然也认识格瓦拉!细问一下才晓得,是卖T恤衫时认识的。T恤衫上有格瓦拉的大头像,卖T恤衫的人告诉倪亮,说这人叫格瓦拉,专带着穷人发大财,倪可松也想带着山里人发大财,所以倪可松就是格瓦拉了——现在倒霉的格瓦拉过着野人生活已经有大半年了。

刘必定到神仙洞见到的倪可松蓬头垢面，已不像正常人。一见面倪可松就紧紧握着他的手，疯狂地摇，刘总，你可来了，这下好了，没我啥事了！说着，把挂在腰带上的公章、财务章、合同章全取了下来，给，刘总，月亮沟矿业公司是你的了，我得下山喝糊糊去了……

别，别，小倪总，你到哪喝糊糊去？矿图呢？倪可松想了起来，我嫂子探监回来说，看过矿图你就收购，是吧？那你过来看矿图吧！刘必定跟着倪可松向山洞深处走，看到洞深处并排放着四大箱矿图。

山洞阴冷，一股凉风从黑魆魆的洞口吹来，火把摇曳，发出轻微的噼啪声。黑洞深处不时有蝙蝠飞出，消失在无垠的夜空。刘必定急不可耐地翻阅矿图，对周围环境视而不见。洞顶石壁滴下一颗冰冷的水珠，恰巧落在头顶，他胡乱抹一把，全然不在意。矿图标志着巨大的财富，他仿佛那个阿拉伯小子，叫了一声"芝麻开门"，就面对整个山洞的金银财宝！他的不幸造就了他的幸运，他的机遇又一次来了。

因为他的到来，倪可松的逃亡生涯宣告结束，把倪亮带来的两只鸡全杀了，三人吃了一顿堪称奢侈的晚餐。吃饭时，倪可松问：怎么样，刘总？你还满意吧？刘必定狼吞虎咽，吃相粗暴，呜呜噜噜敷衍说：我也不是太懂，应该还行吧！倪可松说：现在新能源吃香，锂矿资源值钱哩！要不是出了溃坝大事故，我哥才舍不得转让呢。倪亮也说：过去生产时，这里一片繁荣景象，是吧，松总？！倪可松一脸神往，可不是嘛！那时这里白天满山都是运矿石的毛驴，夜里四处是矿灯火把，那叫一个壮观啊！对了，我哥还作了首诗呢：山，快驴还是要加鞭，当中几句记不住了，最后一句是警句——啊，满山毛驴下西天！刘必定笑了，我还不知道你哥这么浪漫呢，在牢里他连监规都背不好！倪可松说：不会吧？我哥记性可好了，开口就是唐诗宋词。刘必定讥问：满山毛驴下西天是唐诗还是宋词？倪可松斩钉截铁说：唐诗！

山洞里顿时一片欢声笑语。

忆及当年，倪可松十分感慨，毛驴是个好东西啊，月亮沟那时养驴成风，起码有五家养驴场！倪亮说：不是五家是六家。刘必定问：那现在呢？倪可松说：溃坝了，都垮了！卖了一阵子五香驴肉以后，就没驴啥事了！刘必定打趣说：哦，都上西天了！倪可松啃着鸡腿说：是，变五香驴肉了嘛。最兴旺的时候，我们还有架直升机呢，从这个矿坑飞那个矿坑，一天几趟，可带劲了，倪亮也坐过，是吧？倪亮说：坐过一次，把我晕得呀，连肠子差点都吐出来了。刘必定来了兴趣，问：这架直升机还在吗？倪可松说：也不在了，抵债给人家，被人家拆了。机身现在成了"航空饭店"，卖饺子……

吃饱喝足了，刘必定独自走出山洞。山野的天空格外清朗，星云呈现在眼前，仿佛伸手就能摸着。半个月亮爬上悬崖，清辉洒在漫山遍野的荒草上。草木的芬芳令人陶醉，刘必定伸展双臂，深深吸一口气，肺腑便如洗涤过一般。他掏出手机与祁小华通话，几次调整方位，才使信号清晰一点。在电话里，他通报了寻宝的收获，祁小华也说了筹资的情况，道是秦心亭癌症，信托不能指望。孙和平那里还没有去。刘必定说：以后去，我们拿下月亮沟的矿权，再去和孙和平谈合作！我们要的是合作，不是被他吃掉。祁小华说：明白，所以这几天我把能归拢的资金都归拢了，股票全部清仓，收回了五千三百万。刘必定松了口气，好，太好了，有这五千三百万，我们就可以定下这笔矿权了。还有矿业和环境专家，也赶快带过来，做资源评估和复工环评。祁小华说：是，是，这事我正在办着呢，估计这两天就能进山！

三天后的一个下午，祁小华带一队人马赶到了月亮沟矿业公司。

矿业公司虽然四处灰尘，满是霉味，却让他们这对离婚夫妻的心靠拢了。离婚这几年，矛盾逐渐消解，刘必定在牢里待着，拈花惹草的伤害不存在了。倒是祁小华常后悔自己的无情——夫妻本是同林鸟，大难来了各自飞，她飞得早了些，当年仓促撤退时，连条舢板都没给刘必定留下。说是壮士断腕，却断了刘必定的腕，如果能够重新选择，她宁愿断自己的腕。杨柳和她不是一路人，杨柳是官场中人，他过去不会，现在更不会手托乌纱帽陪她跳一场刀锋上的舞蹈。她和刘必定才是一类人，其生命的真相是：都渴望着刀锋上的绝美舞蹈。随着一次次探监，刘必定恢复了对她的信任，二人逐渐和好，回到了从前。

那日，站在矿业公司窗前，鸟瞰着起伏的群山，刘必定动情地说：小华，也只有你能这么信任我，敢再次在我身上押上身家性命！

祁小华眼里现出温情，因为我知道你骨子里是什么人。

哦，那你倒说说看，我是什么人啊？

你就像个永远乐观的大孩子，从不知道，也从没想过人生的前路上会有多少灾难，你总是哈哈大笑向前走。哪怕身后的追随者看到你脚下的刀锋一哄而散，你还会踩着刀锋向这世界招手，世界你好……

刘必定大笑不止，笑得浑身直抖，不过，小华啊，我可没想到，当我再一次踩着刀锋向这个世界招手时，你又出现在我身边。

其实你应该想到，我得向你支付惭愧对价。祁小华说。

要说惭愧是我惭愧，很惭愧。我奋斗了半辈子，却没能让你过上幸福生活。我的性格，决定了我的一些失败是注定的。刘必定说。

是的，当年就算我不釜底抽薪，你和宏远系也难保不败。

也许吧！可孙和平和杨柳却是注定为成功而生的。

这就是你和他们的最大不同。你追求成功，渴望成功，却又不太在乎成功，在我的记忆中，你往往更注重冒险和博弈过程中的刺激性。

刘必定鼓起了掌，哎，正确，完全正确！

祁小华感慨起来，其实，我又何尝不注重过程呢？人生说穿了就是个过程，如果过程不精彩，就是拥有一座金山银山又有啥意思？

就是，小华，我们骨子里就是一路人！

所以，我又一次选择了你。

刘必定说：那么，就让我们再次开始一个冒险的过程吧！

祁小华诗性的语言脱口而出：乐曲响了，大幕拉开了，勇敢的舞者又要上场了，灯光和刀锋交相辉映，绝美的生命之舞即将上演……

六十九

孙和平接到杨柳的电话，得知周到告状的事，心中隐隐不安。杨柳的电话印证了丁仁义的汇报，汉重的大门不好进，搞不好还可能把钱萍折进去。恰在这时,任延安从西川飞了过来,进门连茶水也顾不得喝一口,就直奔主题,说是西川省纪委找他了,了解红星重装股权转让情况,担心这边会不会出麻烦。孙和平很惊异,让任延安细说说。

任延安一声叹息,说了起来,当初你让钱萍过来办红星股权手续,说是上面沟通好了,没阻碍了,可汤家和就是拖着不办。当时情势那么紧急,你一天几个电话过来催,钱萍都急哭了。我就和钱萍说了,汤家和不是好东西,等着咱们给他上贡呢。我把刘必定给汤家和送钱的细节说了——刘必定用邮袋给汤家和送过钱!孙和平一怔,还有这种事?刘必定和你说的吗?任延安说:是的,汤家和家里每个房间都装着防盗门。这些细节我也都和钱萍说了,钱萍会不会受了我的误导?

孙和平想了想,觉得不可能。钱萍不是刘必定,干不出这种行贿的事,退一步说,就算她情急之下真的行了贿,也有个走账问题,哪来的钱?什么名目?当时那五百万广告费都没打出去,所以才被汤家和卡了脖子,还是刘洪川亲自出面紧急沟通才解决的,任延安多虑了。

然而,任延安离去后,孙和平越想越不对头。西川省纪委毕竟已经找到红星重装门上来调查了,就算那五百万广告合同是迫不得已才签的,就算是汤家和索贿,那也是问题,周到敢这么放肆,找到杨柳面前发威,不是没由头的。周到日子不好过,也不会让他好过了,拿这五百万广告费和钱萍做文章,是完全可能的。一切都不能再拖了,他和钱萍的关系必须要有一个了断,绝不能让钱萍搅到这个旋涡里。

当天晚上,孙和平故作轻松,约钱萍到新厂区玫瑰园散步。钱萍注意到了任延安的到来,问老任来干啥。孙和平说是例行汇报,只字未提汤家和以及西川纪委上门的事。然后话题一转,先说起了丁仁义送上门的情报,道是汉重气氛颇不友好。钱萍说:所以我劝你别官迷,你不听嘛。孙和平说:刘洪川亲自和我谈话,这么信任我,我能不识抬举吗?丁仁义说的情况在我预料中,周到肯定不愿我去领导他嘛!钱萍说:那你还瞎兴奋呢!孙和平说:扬眉吐气了嘛,我就是想装谦虚也装不像。钱萍说:所以,杨柳能当副省长,你就不行。孙和平说:可要论搞企业,杨柳也不行。钱萍说:这倒是,你们两个各有所长……

花园里弥漫着玫瑰香气,路灯照射在花瓣上,色彩变得朦胧妖娆。微风摇动花枝,玫瑰小精灵似的舞蹈着,整座花园都活了起来。天上星星闪烁,却没有月亮,晴好的夜空使星星格外明亮,晶莹剔透赛过冰钻。钱萍望着孙和平的侧影,心中有点疑惑,哎,和平,你把我叫到这儿来,想说什么?也有心思看月亮了?今天好像没有月亮啊。

孙和平往明静的夜空瞅了一眼,笑了,真是的,我好不容易要看一回月亮了,月亮就躲起来了。哎,钱萍,你有没有想过急流勇退?

钱萍在路灯下站住,又来了!退下来做家庭妇女?还是干啥?孙和平说:也可以调到我省重工系统之外的其他企业……钱萍苦笑起来,看我混的,在重工机械系统都不能容身了。孙和平劝道:钱萍,退下来吧,公司的规定你知道,夫妇是不能在同一单位工作的!钱萍一怔,说啥呢?我们是夫妇吗?孙和平一声叹息,这么多年过去了,我们是不是也该有个结果了?钱萍说:你到底安分下来了?心不再年轻了？

孙和平说：我的心依然年轻，但现在才发现，你是最好的！有句话咋说的？众里寻他千百度，那人却在灯火阑珊处！你就是我要寻的那个人啊！钱萍眼中噙上了泪，你寻啥了？和平，你不是情种刘必定，你就是一块永远焐不热的石头！你除了工作还是工作，除了认准的目标，从不被别的东西吸引。孙和平这才说起杨柳打来的电话，周到拿汤家和说事，二人的关系这么拖着不是个事，应该光明正大结婚了。

钱萍泪眼蒙眬看着孙和平，杨柳不打电话，不提周到告状，你就想不起还有个我，是吧？孙和平说：哪能啊，我心里一直有你，我只是不善表达。钱萍抹去了泪水，恢复了平静，我不怪你！和平，其实你不属于我，不属于孩子，不属于任何人，甚至不属于自己，你是个异类，属于梦想，属于这个剧变的时代。孙和平真诚不安地说：所以这些年，我也许在不经意中伤害了你，请你原谅。钱萍说：我不但原谅你，更感谢你，你也成就了我！和平，我更愿意做北机的内当家。孙和平苦笑，就是不愿回家做我的内当家？钱萍苦涩一笑，点了点头。

两人默默地走着，夜已深，空气有点凉，湿润润地泛起潮气。他们不知不觉来到老槐树下，粗大树干，像老人似的皱裂了树皮，茂盛的枝叶又像顶起了一头青春的毛发。微风吹拂，树叶窸窣，仿佛老人在低语遥远的往事。二人在树下站住，倾听老槐树的心声……

孙和平有点难过，他知道钱萍伤了自尊，这让他后悔，为什么不早点向钱萍求婚呢？他真是一块焐不热的石头吗？真的娶了北机吗？不，他是疏忽了，钱萍从小到大就在身边，熟得不能再熟了，总以为哪天都能得到，却不料阴差阳错，失去了最佳时机。现在他要出山亮剑了，剑气冲天，只怕会伤着她啊！便道：钱萍，我的姐啊，你好好想想吧，就算没有爱情，你是不是也应该躲躲，免遭无妄之灾？

钱萍心里有数，说来说去，不就是西川省那笔广告费吗？即使有问题，也是汤家和索贿！孙和平说：但是，有人盯上来纠缠了。钱萍说：行了，和平，这事和你没关系，了不起牺牲我，我认了！孙和平这才说了，任延安也替你担心啊，你今天给我交个底，你有没有给汤家和送过钱？钱萍淡然道：怎么会呢？你别问了，问得我心烦。

孙和平想了想，要不，你先回避一下，这段时间矛盾多，你少抛头露面。钱萍略一沉思，也好，我正说要下去检查一下三高试验队呢。孙和平说：好，南柴发动机状况不少，让他们抓紧试验，尽快出数据。钱萍说：不单是发动机，液压系统也有问题。哦，对了，刘必定、祁小华那儿，咱们该帮的忙还得帮，毕竟是老同学，但别违规让人抓尾巴！

孙和平说：我知道，我没啥尾巴好抓！钱萍叮嘱说：还是要小心，我不在你身边，没人敢提醒你，你自己得清醒。对周到得客气一些，他毕竟做过你的领导！孙和平说：是，我尽量吧，反正我就事论事。

钱萍又叮嘱：汉重那边少去，小心被报复。孙和平说：这不已经报复上了吗？！汤家和的敲诈勒索变成了我们行贿！钱萍道：和平，我再说一遍，这事和你没关系，你既没批，也没经手！孙和平道：好，不说了，试验环境极端复杂，你一定多注意身体，保护好自己……

两个人情深意切，叮咛复叮咛。再多的坎坷也不能消磨真正的爱情，来得晚才更深沉。孙和平相信，他与钱萍的未来将十分美好。

然而，不祥的预感挥之不去。孙和平脑子里总是回旋着任延安的报警的急促话音，眼前甚至浮现出钱萍与汤家和交易的虚拟场景。负疚惭愧的心情难以描述，他只要结果不管过程，也许已经让钱萍作出了牺牲。将来怎样弥补呢？好在人生的路还很长，他还有机会……

七十

对国企干部的任命是组织部门的事，按说和国资委无关。但孙和平去汉重集团上任的前一天，刘洪川突然打了个电话给陈丽娟，点名让她去为孙和平站台，从国有资产保值增值的角度谈点意见。陈丽娟明白，省委领导想让她用事实治一治汉重集团部分干部的种种不服。

陈丽娟觉得，其实杨柳要是也能一起来站台更好，毕竟杨柳是从汉重集团出去的，现在又是主管副省长。可刘洪川没说，她也就没敢提。后来又一想，杨柳真去了，有些话恐怕也不太好说。当年汉重集团、北机股份大博弈时，杨柳可没少收拾孙和平，现在让他说啥好？

会议规模不大，汉重副处以上的干部参加，二百人的样子。会场不在汉重集团，竟在汉重烂尾项目天青山售楼处。售楼处盖好后一套楼没售，项目就因高铁建设停工了。陈丽娟以为孙和平故意为之，出周到、王小飞的洋相，让她有些担心。问了孙和平才知道，这并不是孙和平独出心裁，而是刘洪川书记指定的。刘洪川很幽默，说天青山这地方好啊，空气新鲜，环境优美，能让同志们都保持清醒的头脑。

售楼处经过仓促改造，成了一个大会议室，但墙上仍然挂着楼盘图片。周到、王小飞情绪还好，表面上看不出什么抵触。孙和平也是一副乐呵呵的样子，在自己位置上坐下后，就和周到攀谈起来。谈的是拳击，二人似乎有一场约之已久的对抗赛，话里话外暗藏机锋。

省委组织部一位副部长宣读了省委对孙和平的任命后先退场了。

陈丽娟奉命发表讲话：今天这个日子很有意义，孙和平同志被任命为汉重党委书记，主持工作。为什么是孙和平？这个任命说明了什么？我是国资委主任，从国资角度谈一谈。先说汉重集团，国资绝对控股，可国有资本没有很好地实现保值增值。我这么说，汉重的同志们不要不服气，这是一个令人痛心的事实。北机集团呢，国资没有控股，却很好地实现了保值增值。所以，我和国资委更看重国有资本的控制力！什么叫控制力呢？控制力就是能把国有资本放大，激活国资，能最大限度地增值国有资本，北机就是国资控制力的经典。

孙和平毫不客气，带头热烈鼓掌，与会者都跟着鼓起了掌。

陈丽娟注意到，周到的鼓掌很不情愿也很夸张。估计心里是一万个不愿意，只是在她这个国资委主任面前装装样子。也是，孙和平回来了，像一个赢得大满贯的拳击手站在他面前，周到肯定咽不下这口气。如果他们俩的拳击赛真举行了，那还不往死里打呀？

汉重好比拳击台，只容得下一个胜者，另一个呢……这让陈丽娟不免有些担心。

但是，该说的话她必须说，这是职责所在。

陈丽娟继续说了下去：十年前，北机资不抵债，当时我在平州市当市长，曾经考虑让北机试行破产。但孙和平同志坚决不同意，三次内部筹资发股，改制改出了一个混合所有制的北机股份公司，在北机股份公司，我们的国资股份不过占22%，九年间增值率是多少呢？七十多倍啊，同志们！当年的五个亿，变成了三百五十多亿……

周到插话：陈主任，没有汉重的支持，北机没准当初就破产了。

话一落音，孙和平也插了上来：对，周到同志说得没错，当年北机濒临破产走投无路时，我曾经主动找到汉重旗下，成了汉重集团的一员。那时汉重的掌舵人是杨柳副省长，总裁是周到同志。

周到笑了笑，语含讥讽，孙书记，难为你还能记住，谢谢啊！

孙和平道：这是历史，当然要记住。汉重帮助北机解困，把北机当作儿子。既然是儿子，就要孝敬老子嘛，北机上市后，集团就一次次找北机要钱……周到敲敲桌子，强调：是借钱！孙和平说：不管借也好，要也罢，反正一直到分家，也没还钱吧？这就产生了一个问题——如何建立现代企业制度？君臣父子的伦理是否阻碍现代企业的发展？为此北机就和集团产生了矛盾，经过几度博弈，最终离开了汉重。

曾经的博弈又被双方当事人及时记起，上任会变成了辩论会。

周到责问孙和平：孙书记，你想说明什么？当年汉重集团阻碍反对北机建立现代企业管理制度了吗？好像没有吧？北机一直是集团树立的先进典型！王小飞也说：孙书记，这也是事实！光我带队去北机学习就不止三次，是吧？孙和平毫不客气，你们一次次都学到了什么？又改变了什么？如果改变了，汉重集团会是今天这个样子吗？

周到沉着脸，很夸张地喝茶，茶杯盖摔得很响，引人注目。

陈丽娟感到气氛不对，看看周到，又看看孙和平，继续发言：刘洪川书记最近专门做了一个批示，希望我们好好总结北机的经验。刘书记说，实践证明，北机的发展道路是中国制造的一条成功之路。我相信，在孙和平同志的领导下，未来的汉重集团会成为另一个北机，为国有资产的保值增值做出表率。好了，下面请孙和平同志讲话。

孙和平缓缓站了起来，扫视着众人，同志们，重回汉重，我有许多话要说，可我今天不想说，以后有时间说。我今天只想回答一下某些同志对我的困惑。有人问，孙和平，你到底是怎样一个人？为啥要重回汉重干这个党委书记？工资奖金不多拿一分，级别也没提高，还要得罪人，吃力不讨好嘛！于是，有些同志就以小人之心度君子之腹了，散布了一些不和谐的言论，说什么还乡团回来了……同志们，一个人一生只为自己私利而忙碌是可耻的！我是党员干部，要听从组织召唤。抓住机遇搞好企业，是我们这个时代企业家的天职和使命……

陈丽娟带头鼓掌，然而，会场上的掌声稀稀落落，并不热烈。

孙和平在并不热烈的掌声中宣布：汉重是重卡重机装备集团，不是房地产集团，从今天开始，本集团旗下的企业一律不搞房地产！

王小飞很意外，立即做出反应，那已经搞了的呢？比如这里？

孙和平手一挥，毫不含糊，转让，退出，年底之前清完！

周到和王小飞面面相觑，陈丽娟也被吓了一跳，觉得这个新上任的一把手是不是有点鲁莽了？省委的任命刚宣布，会都还没散呢，他就发号施令了？转念一想，也许孙和平是得到了上面的授意吧？

散会后，王小飞赔着小心，向孙和平表示，房地产的摊子铺下来了，不是说一声收就能收的，以后不搞就是了。孙和平没接话，站在落地窗前，指着远方问：高铁线穿过的地方就是那里吧？王小飞拿出规划图看了看，对，在三区和二区之间，搞掉了我们十二万多平方土地！更重要的是高铁行驶噪声影响环境，高档住宅区也不高档了。咱们还是得让高铁改道啊！孙和平平淡地说：那你们打报告吧，刘书记不批，我给你们批。王小飞干笑说：你批怕不管用吧？得国家有关部门批！孙和平说：你知道就好！说罢，不再理睬王小飞，抬腿就往门外走。走到楼下花园，才对王小飞说：还是争取政府给我们置换吧！

王小飞眼睛一亮，置换？哎，这主意好，我怎么没想到呢？！那这块地你想怎么和市里置换？孙和平思索着，市委邵书记和我说了几次，想让北机集团牵头搞一个重装科技工业园，要给我四五平方公里一块土地。周到明白了，咱们用天青山这块房地产用地，置换科技园工业用地？孙和平点了点头，试试吧，这起码是个解决问题的途径！王小飞挺为难，可天青山项目有民企大有房地产公司15%的股权呢。孙和平说：这我也想了，可以考虑分割出一块相应的土地给他们。王小飞直搓手，我们甩手走了，把人家合作者扔在这里，不太合适吧？孙和平说：也是，大家都再想想吧，市政府那边干不干还不知道呢。

陈丽娟心明如镜，忙道：别想了，孙书记这方案，是目前可以

347

想到的最好的解决途径了。国资委出面协调,让政府的城投平台接手天青山项目,置换出一块工业用地搞重工科技工业园,双方皆大欢喜。

周到这才勉强表态:也好,也好,孙书记,那就辛苦你了!

孙和平叹了口气,知道我辛苦,那就希望多支持,你看汉重这几年,又是房地产,又是服务业,结果四处跑冒滴漏!这样下去不行啊!

周到强笑着说:这不是一业为主,多种经营,全面发展嘛……

孙和平说:但结果呢?全面流血!

周到话里有话:一业为主、多种经营的方针是杨柳当年定的!

孙和平怔了一下,想说什么又没说,看了陈丽娟一眼,转身走了。

七十一

周到终于知道啥叫世态炎凉了。猴王得宠,到天界主持工作了——这回不是弼马温五把手了,人家实权在握,是一把手,许多人就卖身投靠了。最可恶的是办公室主任丁仁义,一副小人嘴脸,眼里只有孙和平,没有他了。王小飞也有叛变苗头,往孙和平办公室跑的次数明显超过找他汇报。他的办公室和孙和平的办公室门对门,一切看得清楚。昨天一天,王小飞向孙和平办公室跑了三次,只到他这边来了一次,而且还急急忙忙的,也许是怕被孙和平看到吧?这条变色龙!

王小飞来商量项目解套的事，说是孙和平的方案真心不错，既解了天青山项目的套，还能让汉重集团在未来的重工装备科技园里有一席之地。周到故意刁难，不接话茬，只问王小飞是否知道孙和平涉嫌行贿。王小飞吓了一跳，这个不会吧？他向谁行贿？周到呷着茶，轻描淡写说：汤家和嘛，西川国资委原主任，已经被"双规"了，你不知道？王小飞向门外看了看，关上门，周总，这……这种事咱最好少议论！

周到相当不悦，怎么？你准备向丁仁义学习？也要卖身投靠了？

王小飞苦着脸，不是，不是，我投靠，人家也不会要我，我是您一手提起来的！周到说：哪里呀，你是杨省长提起来的，我就是敲了点边鼓。现在看到杨省长重用孙和平了，你心思就活动了，是吧？王小飞说：周董，我真是为工作着想，孙和平是为天青山项目找辙嘛！

周到这才想起了"工作"，骨子里仍是找碴，孙和平怎么这么积极？王总，咱天青山项目的合作伙伴大有公司是怎么回事啊？是不是和孙和平有关系？大有公司的老板马虎有个女儿叫马怡吧？马怡好像是孙和平的女朋友吧？王小飞支吾说：马怡早结婚了，嫁了个婚恋网站的老板。周到说：那估计就是婚外情了？孙和平重情重义啊！

王小飞不敢搭腔，起身要溜，周董，那你忙吧，我走了。周到说：别走啊，我还有事和你说。王小飞只得坐下，周到却不说话，只是目光深沉地凝视着他。王小飞如芒刺在背，手都不知道往哪里放了，周董的茶喝乏了，没味了，换一下吧。王小飞洗杯沏新茶时，周到转移视线，望着窗外一棵老柳树。柳枝随风飘荡，周到的思绪也云游远方……

周到琢磨发起一场新博弈，孙和平授意钱萍向汤家和行贿，腐败得很啊，影响极其恶劣，必须反一反。周到觉得自己虽说有毛病，工作有一些失误，但有个很大的优点，就是不收人家钱财。王小飞当了汉江重卡一把手，拿上了高薪，对他和杨柳很感激，也要给他们发奖金，杨柳没收，他也回绝了。王小飞把钱送到他家，好像十几万吧？他毫不动心。他是清廉的，具有向孙和平发起反腐攻势的天然优势。

当然，如果孙和平不讲武德，非要反一反他的腐败，也能找到一些借口。比如，吃吃喝喝，收点烟酒了。必须承认，这些年他抽烟喝酒主要靠送，有时收的烟酒太多了个人消费不了，也让老婆送到熟悉的烟酒店处理过。但这种生活小节和五百万的单位行贿怎么比？他最多算违纪，孙和平可是涉嫌犯罪。当然，这里面也有一个话语权的问题，他主持反腐败，孙和平肯定是犯罪，孙和平主持反腐败，也可能诬陷他犯罪。孙和平如果把烟酒累计折价，他就犯罪了。说到底反腐败这种事得看谁来反，反的谁。他要争取大家一起反孙和平的腐败。

周到自认为搞政治有一套。啥叫政治？就是搞斗争整人。把对手整下去，把自己整上来。政治斗争需要盟友，要有人在台上表演，有人在后台提线，要明暗配合，里外呼应。就汉重目前的斗争来说，王小飞很重要，他就是再讨厌他，也得团结争取他，斗争的需要啊……

王小飞小心翼翼地挨在周到身边，看啥呢？周董？知了，周到貌似深奥地说，或者叫蝉。知了？蝉？王小飞揉揉眼睛，一头雾水。在哪里呀？我怎么看不见？喏，那棵老柳树，它们在开会，商量怎么过冬呢。周到说着,站了起来,走到窗前。秋天到了,冬天还会远吗?知了们在为自己的末日忧心忡忡了。周到打开玻璃窗,秋风扑面而来。他斜了王小飞一眼,意味深长地说:知了,蝉们,有时候比人强。

王小飞一副懵懂的样子,领导却拍拍他肩膀,把话题拉回来,这几天南柴厂的刘宇琼有没有找你汇报啊?王小飞摇头,没有,怎么个事?周到说:孙和平、钱萍给汤家和行贿嘛!刘宇琼原来是北机的财务总监,不愿参加单位行贿,才被迫调到南柴来的。王小飞这才似乎想了起来,哦,这事啊?不是说钱没打出去吗?周到意味深长看着王小飞,钱萍把这五百万打出去了!通过她主管的一家外包公司!刘宇琼说了,他手头有确凿的证据。王小飞直咂嘴,杨柳当年和孙和平博弈成那样都不让查的事,现在能让查?周到也说了实话,我又找杨柳反映过一次,杨柳让我直接到纪委举报!王小飞害怕了,哎,千万别!周董,你又不是不知道,人家孙和平现在正在势头上。

周到审视着王小飞,王总,你怎么这么怕举报?是不是吃了谁的回扣?王小飞说:我就算想吃回扣,能吃得到吗?企业这么困难,四处求爹爹告奶奶的。周到心里有数得很,汉重的困难和王小飞脱不了干系,许多外包配套厂都和王小飞有关,生产成本比红星重装高出一大截。于是便说:你和一些配套公司走得很近,下面可是有反映!王小飞苦笑说:要不,你把我和孙和平一起查了?周到说:我马上就到点滚蛋了,查你的是孙和平,你不查他他就查你,你死我活啊……

话都说到这份上了,王小飞还是执迷不悟,真不如一只知了!

七十二

刘必定的二次创业，从矿业公司顶楼开始了。几张办公桌拼成了一张大床，工作生活都在一间大屋里了。祁小华日夜陪伴着他，煮饭烧菜，忙里忙外。自来水管朽烂了，放出的锈水没法喝，祁小华就找老乡借桶，到楼下井里打水。刘必定看到曾经的汉大校花、一掷千金的前妻满头汗水一次次提水上楼，不由感叹，生活真是改造人啊。

每天的饭菜都很简单，萝卜青菜土猪肉，但吃起来很香。他们甚至不想出山了，就这样在山里生活下去似乎也是一种不错的选择。然而，一切必须重新开始，刘必定的野心和疯狂并没有因为四年半的牢狱生活有任何改变。现在最大的问题是资金，定金五千万支付后，股权受让还有一亿的缺口，恢复生产前期预算也要五千万，后续钱从哪来啊？本来指望秦心亭的信托，现在秦心亭癌症，不能指望了……

他这才想起了任延安。当年他们曾给任延安的红星投资十个亿，现在让任延安帮着组织一亿资金，应该可以吧？任延安上了北机的大船，不论是红星，还是他个人都有钱了。祁小华认为，就算任延安不敢冒险，也该知道感恩回报。刘必定却说，他不指望任延安感恩回报，而是要和任延安谈利益，拿利益说服任延安，他不愿接受别人的施舍。

把矿业专家送走后，二人出山寻找资金。天气不错，刘必定提议沿着山道走走,让车开到前面等。祁小华望着漫山的花草树木,心中忽然涌现出一种莫名感动。命运从不特别亏待谁,也不特别宠幸谁。不管刘必定未来的事业如何发展,对她来说,月亮沟之行都是她命运的转折点。一时间,祁小华竟对这连绵群山有了恋恋不舍的感情……

出山上了高速公路,现代文明社会又呈现在眼前。到得西川红星重装厂,逝去的场景再次重现。但双方的角色变了,现在任延安财大气粗,轮到他们向他汇报了。费了好大劲,才在新厂门口堵到任延安。祁小华笑着抱怨:任总啊,我和必定追了你三个地方才追到你!任延安苦笑搓手说:没办法,真没办法,我现在的事实在太多!刘必定郁郁说:那是,任总,十年河东转河西,现在我们求到您的门上来了。

任延安呵呵直笑,满脸诚恳,刘总,别这么说,咱们之间有啥求不求的?走,吃饭去,边吃边说吧。用餐时,任延安感叹说:时间过得真快,一转眼竟然五年了,想想五年前在珠穆朗玛大酒店,我去向你汇报,就像做梦似的。刘总,我直到现在都不相信,你和宏远会败!

刘必定叹息说:败了就是败了,我愿赌服输!但你们起来了,我真心高兴!任延安说:这里也有你一份心血啊,大家记着呢。后来有些事你不知道,孙和平有胸怀,一场激战后,他能一个立正转身,和敌手结盟,毫不犹豫地将阵地交给昨日敌手!刘必定说:这个我能想到,孙和平天生好学,甚至向对手学,怎能不打胜仗?任延安说:是啊,这几年我们从简杰克这支国际团队身上吸收了不少养分……

按说中午不能喝酒,但因为他们的到来,任延安破例上了一瓶年份茅台。刘必定感到温暖,喝着酒,情不自禁说起了当年,任总,也许你和红星当年的决定是错误的,也许你不该率领你一手打造的红星重装投奔北机。任延安问:为啥?当时你不也希望我上北机这条船吗?刘必定说:当时北机和汉重博弈,相比而言北机机制比汉重好!

任延安呷了口酒,就是嘛,孙和平发誓要和我一起共同创造一个伟大的民族企业。刘必定道:这个伟大企业也许会压死你。为了这个伟大企业,孙和平可以引入简杰克的国际团队,将来某一天,也会把红星重装从你手上夺走,交给别人经营。任延安似有所悟,哎,你别说,孙和平现在就动员我到汉重做总裁,主持工作。刘必定乐了,把手上的酒杯往桌上一蹾,看看,看看,我说什么来着?要警惕啊,我的任总!任延安也笑了,刘总,那你的意思,我继续跟你干才好?

这时,祁小华插了上来,任总,你别听他瞎说!他、孙和平,还有杨柳,一辈子互不服气,有机会就掐架!必定,这都啥时候了,咱能省点心不?刘必定却不省心,又对任延安说:萧何月下追韩信、程门立雪固然令人感动,但也别忘了韩信是怎么死的?死在谁手上的?

任延安一下子怔住了,眼睛看着窗外,把玩着空酒杯半晌无话。

祁小华忍无可忍,必定,我看你是唯恐天下不乱!刘必定道:我不过说出了真相而已。我比较敏感,嗅到危险气息就得告诉任总!任总啊,我们处在一个春秋战国时代,机遇无限,也风险无限啊!任延安说:是的,是的,不管怎么说,我和红星都得谢谢你,来,喝酒!

刘必定将杯中酒一饮而尽,现在,机遇和风险又来到你面前,知道吗?任延安说:我知道,你电话里说的,锂矿投资,是吧?多了我没有,十万吧,赢了你还个本给我,赔了就算了。刘必定失望极了,缓缓摇头说:任总,十万哪够啊?帮我筹一个亿吧,贷款、投资都行!

任延安怔了一下,笑了,来,你们吃鱼,吃鱼,黄河鲤鱼蛮新鲜的!刘必定凄然一笑,当年我请孙和平吃虾,今天你请我吃鱼,唉……

祁小华明知情况不对,还是把一个文件夹递给任延安,任总,这是月亮沟锂矿的尽调材料。任延安随手翻了翻,刘总,你还真要钻山沟搞矿业啊?刘必定呷了口酒,也许我还要修一条出山的公路呢……

任延安说:好,好!哎,刘总,你的意思是说我和孙和平不是一路人?刘必定说:你们就不是一路人嘛!你是实干家,孙和平是野心家!任延安道:也不能说孙和平是野心家吧?他有理想有目标。刘必定痛心疾首,任总,老任,我真没想到你现在也成孙和平的信徒了!

祁小华敲了敲桌子,再次提醒,必定,说正事!刘必定又回到正题上,任总,这个尽调材料你看看,尽快给我个话!任延安说:行!哎,你说孙和平为啥要防着我?他现在的对手不是我,是周到、王小飞和一帮新诸侯!刘必定说:但你老任手握重兵,让人生疑啊!任延安频频点头,有道理,有道理,听君一席话,胜读十年书啊……

祁小华实在听不下去了,起身告辞,你们好好聊吧,我先回了!

任延安趁机开溜,哦,不聊了,我也得回了,手上那么多事呢!
……

回到宾馆,祁小华忍不住对刘必定发泄起来,必定,你是怎么回事啊?五年前在珠穆朗玛大酒店,你挖空心思唆动孙和平火线起义。结果呢,孙和平倒是起义了,但却没让你如愿。刘必定争辩说:但孙和平还是成功了,拥有完整产业链的大北机诞生了。祁小华说:那你为什么不去找孙和平呢?刘必定说:我丢不起这个脸。祁小华说:求任延安有用吗?一个亿在哪里?他那十万能干啥?打发叫花子吗?任延安现在一个月的工资奖金都不止十万,更别说还有股权激励和股份分红!他相信的是孙和平,不是你,他是应付你,你看不出来吗?

祁小华眼里涌出泪水,必定,别在这里浪费时间了!

刘必定不无痛苦地点了点头,那还是去……去找秦老大吧……

祁小华惊异地看着刘必定,秦心亭病成这样?你还……

刘必定讷讷说:我们得去看看她,和……和她告……告个别啊。

告别令人伤感。祁小华和秦心亭一照面,眼泪禁不住流下来。秦心亭曾和她明争暗斗,如今却病入膏肓,人瘦得脱了形,眼睁睁没救了。死亡的脚步令人恐惧,尤其是走近身边亲友的时候。秦心亭对着她笑,仿佛看透了她的心思。秦老大就是老大,仍保持着自制从容。

秦心亭虚弱地倚在沙发上,必定,你们该不是来找钱的吧?刘必定说:不是不是,我们不缺钱。祁小华拉着秦心亭的手,我们就是来看看你!秦心亭说:你们怎么会不缺钱呢?锂矿股权价值不菲啊!

刘必定一怔,夸张地惊呼,我的天,老大,你的消息还是那么灵通啊？秦心亭说：那是！老同学嘛，对你们有一份特别的关心！听说你出狱后一头扎到云雾山，我就知道你去干啥的了！必定，我就喜欢你这种永不服输的劲头。钱萍来看我时和我说，你看上溃坝的月亮沟矿业公司了，想从我这儿贷款。我想了想，决定帮你，正说让你去找一下信贷一部落实呢！刘必定大喜过望，老大，你真够意思，太够意思了！秦心亭说：就是个正常业务嘛，月亮沟的锂矿资源我考察过，比较了解！继而叹息，你们看，转了一圈，咱们的生活又回到了原位。

祁小华感慨道：可不是嘛，人生像一条曲折的河流，绕来绕去还是得回到主河道。秦心亭话里有话，因为河流曲曲折折，遇到了过不去的坎啊！祁小华说：就是，这人生有时想想啊，就像做了一场梦。

刘必定说：可不就是一场梦吗？谁能想到当年宏远系的老板能落到今天这一步？老大，五年前也就你看到了今天，你厉害啊！秦心亭说：厉害啥？不说这个了，过去的都过去了，希望你们经过磨难，能活得更明白。秦心亭的声音低弱下去，明显气力不足，我现在也明白了，人的生命是短暂脆弱的。这一生，不论荣华富贵，穷困潦倒，生命的起点与终点都是一样的。祁小华眼中蒙上了泪光，老大，你别这么悲观。秦心亭说：这不是悲观，是现实！再见吧，我要睡一下了！

三天后，秦心亭因病去世，去世前批下的最后一笔业务就是月亮沟矿业公司的信托贷款，总额五亿，以股权做抵押，分两期发放……

七十三

孙和平得知刘必定入住珠穆朗玛大酒店,马上推掉手上的事赶了过去。宾馆不属于宏远和刘必定了,现在属于汉重集团,他就指示宾馆经理,把空关的总统套房打开,给刘必定住。到了宾馆总统套房一见面,就乐呵呵地搂住刘必定,半真不假地说:刘总,你可真是劳动模范啊,出来后家都不回,就直接上岗了?从监狱后门直奔月亮沟?我让钱萍去接你都没接到!刘必定苦笑着,连连拱手,惭愧,惭愧,为生计所迫,没有办法啊!孙和平说:哎,哎,必定,你别装可怜啊!

刘必定在总统套房四处看着,我才不装可怜呢,我啥不知道?资本根本没有同情心。孙和平说:但掌握资本的人还是讲感情的。刘必定在大壁炉前回转身,所以,你故意让我住这里,炫耀胜利?孙和平笑了,还说呢,你那么多宾馆不住,为啥非要住到珠穆朗玛?刘必定倒也实话实说,怀旧啊,我在号子里做梦梦到的都是这里。孙和平说:可以理解。毕竟是你把鸡公山变成了珠穆朗玛峰,把鸡公山招待所变成了珠穆朗玛大酒店。不管咋说,你曾经改变了世界!刘必定挥了挥手说:罢了,我就改了一个地名,现在住在这里,也算是卧薪尝胆吧!

刘必定在落地窗前向下看了看,和平,你现在是列强,我成弱小民族了。孙和平道:这叫什么话?可别这么说。在我眼中,刘必定永远是刘必定。刘必定一声诡笑,和平,你下面要说的,应该是让我火线起义跟你干了？是吧？孙和平脸上的笑容消失了，郑重其事说：你不用起义，你是一个掉队的流浪者，现在归队就是。刘必定看着孙和平，眼睛中现出暖意，这么说，北机副总的位置你还真给我留着呢？

是啊！当年你和我都是北机副厂长，回来做副总不委屈你啊！孙和平在高脚玻璃杯里倒上一杯干红，不管刘必定喝不喝，也给他倒了一杯，孙和平真心希望老同学归队。这厮毕竟出狱至今，东一头西一头，没找到靠谱的合作伙伴。孙和平端着高脚杯，晃动着红酒，继续说：必定，我不是随口乱说，对你的安排，我早想过了！你过来就负责新能源这一块，主要是氢能，我对你妹妹名下的新飞公司有些兴趣。

刘必定苦笑不已，孙和平，了解你的人也就是我了，我就怕你一口吃了我。孙和平扫了刘必定一眼，喊，你有啥好吃的，你手上值点钱的也就高明亮几个人了。刘必定说：我知道，你们一直想把高明亮团队挖走，但是没成功。孙和平承认了，这也是我佩服你的地方，败落至此，仍有死士相随。刘必定说：这有何难？只要目标一致，利益给足，就会有人跟你干！孙和平点头道：有道理，说说你的想法吧！

和平，还是别说了吧？我真不想跟你们北机干。我的未来有明确的目标，就是发力搞新能源。在这里我有个判断：氢动力市场前景无限，氢燃烧后变成水，水甚至都可以饮用，是真正的无污染能源！

所以北机也上马了氢动力研发项目！但研发费用惊人啊，钱萍给我报的研发预算是，每年三到五个亿，没错吧？你还能坚持多久？

刘必定沉吟了片刻，我再坚持三五年应该没问题。孙和平说：必定，欺负我不懂技术是吧？你们的试验机进入工业试产还早着呢！刘必定说：所以，我才抓住坐牢的机遇，低价受让了一笔优质矿权！

我知道，月亮沟嘛！必定，你的意思用将来月亮沟的锂矿利润养新飞？刘必定说：难道不可以吗？秦老大走前的最后一个项目，就是月亮沟矿产信托！孙和平一怔，哎，等等，秦老大走了？她往哪走？

刘必定神色黯然，她去世了，我和小华也是今天刚知道……

这噩耗让孙和平震惊，他本想抽空去看看这位学姐，没想到忙忙碌碌一直拖到今天，拖成了永远的遗憾。孙和平走到阳台，默默地将手上高脚杯中的红酒洒在地下。夕阳西下，苍茫群山映出明晃晃的亮色，一只山鹰在峡谷盘旋，双翅平展随气流滑动。孙和平觉得秦心亭的灵魂就如这只鹰，骄傲地飞向了天国。刘必定走到他身边，共同祭奠这位刚强的女同学。孙和平搂住刘必定的肩头，感慨不已，秦老大就是秦老大，谢幕下场前，还尽职尽心地帮你踢了一个好球！但是必定，恕我直言，虽然是好球，但它并不能决定你的未来是否美好！

刘必定心里明白得很，和平，我懂你的意思，即使五亿信托能顺利落实，也不够我还债和生存。孙和平提醒：何况信托要走程序，要审批，秦老大毕竟不在了，这些你想过吗？刘必定说：想过，所以我有个思路，就是谋划借壳上市。孙和平询问：有意向公司了吗？刘必定想了想，还是说了，有了，壳公司是一家汽车配件企业，背景比较雄厚。孙和平说：北机就不雄厚吗？当然，我知道，你不愿被我领导。

刘必定看着远去的山鹰,这倒也不是,起码不全是,真的……

必定,你就没想过咱们两家的氢动力资产合并,搞个新上市公司吗?刘必定一怔,把目光转到他身上,这个有点意思!不过新公司谁控股?你还是我?孙和平说:由资本决定!你此前五年的投入折算成资本,包括完成的技术!刘必定说:这比较公道!好,和平,让我想想吧!孙和平说:那就好好想去。想明白了,我就让田野他们和你谈!

那你们能否先借一个亿给我,让法院把新飞公司从司法拍卖网上撤下来?我现在资金太紧张了。孙和平乐了,当然可以,咱们做个协议好了,用你新飞公司的股权抵押贷款,我们可以给你两个亿!

刘必定很高兴,说这是个意外惊喜,跑了这么多日子,这是第一次见到真金白银。说罢,拿起高脚杯,倒上了一杯干红一饮而尽。孙和平笑道:你不是号称戒酒了吗?刘必定说:破戒了,新生活开始了。

既然新生活开始了,必定,有个话我就得和你说了。孙和平看着刘必定,严肃地说,洞中方一日,世上已千年啊,你当年搞宏远的某些手段现在可不能再用了,草莽时代结束了,法治经济时代来临了。

刘必定似有不解,和平,你又琢磨啥了?能不能把话说清楚?

孙和平明说了,必定,你当年给汤家和送过钱吧?刘必定说:怎么想起和我说这个?孙和平一声叹息,我是给你提个醒,汤家和已经进去了!如果有关部门找到你,你可一定得和办案人员实话

361

实说!

刘必定一下子警醒了,怎么回事?你怎么知道我给汤家和送过钱?孙和平没正面回答,只道:你们这些人,为了自己或者企业的利益,这么送礼送钱,就把社会风气搞坏了。刘必定说:可汤家和这帮家伙也太贪了,你不给钱他们就不办事。别以为我不知道,你们不也给了汤家和一笔五百万的广告费吗?孙和平说:所以现在有人抓住这笔广告费大做文章!刘必定直咂嘴,和平,你也听我一句劝,还是别锋芒毕露,得饶人处且饶人吧!孙和平脸一拉,No,我一个也不饶恕!

就在这时,丁仁义敲门,匆匆进来汇报,说是出事了,王小飞和大有房产的马虎搂在一起跳崖了。跳崖地点在珠穆朗玛景区的云深处,是游客发现的。王小飞当场死亡,马虎在送往医院途中死亡……

七十四

云深处是珠穆朗玛景区的一处著名景点,位于悬崖顶端。一座实木平台探出峡谷,脚下云雾缭绕,因其险要,上去的游人很少。马虎约王小飞来此地密谈,双方心照不宣,都知道所谈之事非同小可。王小飞本不想来,却又不能不来,他若不来,马虎肯定会打到他门上去。

这是一个天气阴沉的下午,山上雾气重重,几步之外就看不清人影了。两人在长条椅坐下,一人坐于一端,都明显带有警惕和敌意。

王小飞唉声叹气，马总，知道不？孙和平来了，我可能干不长了！

马虎话中有话，出言阴狠，所以，王总，你就准备跳槽走人了？

哎呀，我这把年龄，还跳啥槽啊，回家带孙子喽！

天青山项目你不管了？王总，咱不带这么坑人的吧？

政府改规划，孙和平不让搞房地产，我也无奈呀！

王总，其实你早就知道政府规划要改，对不对？

王小飞一脸诚恳，我真不知道！哎，听说你家马怡和孙和平谈过对象，是吧？马总，你别急，找找孙和平嘛，没准有意外的惊喜！

找孙和平没用，我只能找你。事到如今，希望咱们好说好散！

王小飞一副无事人的样子，是，你我兄弟，有话好商量嘛！

马虎往王小飞身边靠了靠，口气缓和了许多，王总，我电话里和你说了，大有房地产公司发生了政变，我老婆、女儿后宫专权，我被排挤出局了。和你们汉重的房地产项目合作，成了我最大的罪过。

王小飞说：我知道，我知道！但你们毕竟还是一家人嘛……

马虎苦笑道：不是一家人了，我准备离婚到美国发展，女朋友已经在美国了！五年多了，女朋友肚里又有了，所以我真得请你帮忙了。

王小飞神情自若，帮啥忙？马总，你说，只要我能帮上的！

马虎说：你能帮上，就是你借我的那五百万……

王小飞一脸讶异，借你的五百万？哎，我怎么一点印象也没有？

马虎盯着王小飞，提醒说：钱是打到你老婆银行卡上的……

什么？我老婆背着我，借了你五百万？马总，该不是你行贿吧？

马虎脸上现出掩饰不住的凶相,不管说啥,这五百万你得还我!

王小飞身体向椅子边上撤了撤,小心地防范着马虎可能的侵犯,马总,我请问,在天青山项目合作上,我啥时在啥场合向你提出过要你或者大有公司行贿?我同意和大有合作,是希望找个业内公司……

马虎无奈,王总,我承认,这五百万是我主动送给你老婆的。

王小飞态度陡变,义正词严,你这是搞腐败啊,这是害人啊!

马虎的脸色煞白,肩头手指都在颤抖,起身走向围栏。王小飞错判形势,以为马虎被吓住了,自己一身正气压倒了对方的讹诈企图。可他错了,一场致命的危机就在眼前。马虎沉默着,凝视山涧,白雾被风吹开缝隙,隐约可见百丈悬崖之下,一条小溪穿过乱石,蹦跳着流向远方。黑松发出低沉呜呜,墨绿色树冠在脚下翻起阵阵浪涛……

王小飞走近马虎身旁,想安抚马虎几句收场。不想,马虎却先开腔了,他嗓音低沉地问:王总,你们汉重房产公司的章总怎么跳楼了?

王小飞说:抑郁症嘛,我电话里和你说了!

马虎冷笑,这么巧啊?孙和平来接收,他就抑郁了?就跳楼了?王总,你把我和章总都害苦了!你明明知道市里要改规划,还是拉着我一起接盘天青山。你这么做是不是太黑了?五千万回扣你都敢拿!

王小飞怔住了,什么五千万回扣?马虎,你……你讲故事啊?!

马虎这才把事情说破了:章总临死前和他喝了一场大酒,酒后吐真言,说了王小飞拿地的内幕。王小飞明知政府改了规划,高铁线要从地块穿过，却为了五千万回扣主动入套！马虎说：王总，我听了很吃惊！你他妈的太有气魄了！一贪就是五千万，也不怕把牢底坐穿！

王小飞看着马虎，神情坦然，马总，口说无凭，请你拿出证据！

马虎举起手机摇了摇，我这里有章总的录音，要不要放给你听一听？王总，天青山项目五十亿的标的，百分之一的回扣可不就是五千万嘛！章总跳楼前啥都给我说了，他说他要是死了，就是替你死的！

好，好，那请你告诉我，这五千万在哪里？怎么走的账？啊？

马虎啥都清楚，一板一眼地道：账是从你老婆严惠玲的加拿大公司走的，是温哥华的一家公司，这家公司名字叫"大东国际贸易公司"！王总，你还要我说下去吗？没真材实料，我今天敢来找你吗？

王小飞恬不知耻地把手一摊，看看，你找错人了吧？严惠玲和我没关系啊！因为性格不合，严惠玲已经和我离婚了，就是上个月的事！

马虎一把揪住王小飞的衣领，王小飞，你他妈的是不是太黑了？

王小飞挣扎着，哎，松手，马总，请……请你讲点文明礼貌！

马虎松开手，口气也变软了，王总，你不能这么坑我啊！五千万的回扣我不管，我就要我的五百万，我还指着这五百万到美国去创业呢！你就权当给我帮个忙成吗？将来你逃到美国也能多个落脚处！

王小飞软硬不吃，整理着被马虎揪乱的衣领衣襟，一本正经地说：你这叫什么话？我一身正气，两袖清风，为啥要往美国逃？笑话！

面对如此无耻之徒，马虎杀心陡起！天青山房产项目完了，行贿的五百万也如肉包子打狗，愤怒使马虎变成一头恶狼，恨不得将王小飞撕碎吞吃了！他一步一步走近王小飞，将王小飞逼压到悬崖围栏上。

马虎目光凶狠，现出杀机，王小飞，做人做事要有点底线，自己活也得让人家活，你不让人家活，人家就会和你拼命的，你说是不是？

王小飞这才软了下来，那这样，我……我想法帮你借二百万。

马虎摇头，不成，我要收回我的五百万，少一分都不行！

王小飞讷讷道：马总，我和你说的那五百万没任何关系，我借你二百万是咱们朋友之间的情分！我对自己的要求，那是很严格的……

你这个不要脸的王八蛋！汉重都让你掏空了！你还他妈的对自己要求很严格啊？马虎再次揪住王小飞的衣领，想把他推下悬崖。

天空阴云密布，一场雷阵雨逼近眼前。王小飞感觉到死亡的恐惧，拼命与马虎扭打。年龄上他吃亏，但他身手非常灵活，蛇一般三扭两扭，就摆脱马虎的手掌，拔腿逃命。这时下雨了，伴随着一声沉闷的雷声，雨柱直插而下，木平台顷刻成水汪。王小飞脚下一滑，摔倒在地。马虎红了眼，猛扑上去，却扑了个空。王小飞就地翻滚，直至围栏边。他扶着栏杆站起来，刚要往小路逃跑，就被马虎死死搂住了腰。

又一个霹雳炸响，天空滚过一个火球。这时王小飞恐惧极了，失声高喊：我……我给钱，五……五百万，一分钱不少你的……但他的手却背叛了他，手在本能地反抗。马虎一根指头被他死命扭断。

风雨中，二人撞断朽坏的围栏，双双摔下悬崖。雷声滚滚远去，雨水渐渐停歇，悬崖顶上重归寂静，无人无声无踪迹，仿佛什么都没发生……

七十五

周到怎么也想不到，天青山花园项目竟然是个腐败项目！王小飞身为汉重集团的总经理，为了五千万回扣，竟然主动拉着汉重集团往套里钻。他这么聪明的一个人，竟然上了王小飞的当，还为这个腐败项目背书，去找刘洪川讨批示，想想真是个大笑话。直到这时候，周到才明白了王小飞为什么这么软弱，一再劝他对孙和平息事宁人，比起北机当年涉嫌的单位行贿，王小飞的腐败性质更恶劣，这个必须承认。

刘洪川严厉批示，要求汉重集团党委配合省纪委彻查王小飞的问题。孙和平来劲了，在党委扩大会上拍着桌子发威，说什么一个大型国企老总，吃里爬外，在一个房地产项目上回扣吃了五千万！许多配套厂都是他七大姑八大姨的关系，这些腐败分子不清除，什么企业能搞好？这说的已不是一个天青山房地产项目了，还涉及主营业务。

那天，会场气氛相当紧张。周到发现，到会的党委委员和各单位领导，有不少人在抹汗。孙和平厉害啊，他精心部署的针对孙和平和北机的反腐斗争还没开始呢，孙和平就拳打脚踢上来了，没准杨柳都会被他装进去。王小飞可是杨柳一手提拔的。是杨柳把王小飞从动力科长提到重卡做了副总,又提成了总经理。杨柳高升,顺序接班,王小飞就成了集团总经理。这个腐败分子权力欲太强了,啥都牢牢抓在手上,一度架空了党委和董事会。现在好了,摔死掉了,死得正是时候。因此把杨柳装进去不是坏事,形势就会起变化,新的博弈就开始了。

周到觉得自己必须有个态度,于是插话说:王小飞欺骗了党,欺骗了组织,欺骗了杨柳同志,他在咱们杨省长面前也太善于伪装了!

他故意着重强调了杨柳,王小飞是杨柳提起来的嘛,这个必须明确。

孙和平没注意到他话中的意思,继续发威:王小飞干得太漂亮了,经自己老婆收钱,钱一到手,老婆离婚跑到了国外,他也不想干了,就找到我面前要离职了!我请问在座的同志们,你们都是汉重集团党委委员,守土有责啊,中央一再强调党要管党,你们这级党委管了没有?

与会众人面面相觑,许多人根本不敢直视孙和平。

周到忍不住说:孙书记,怎么还"你们"啊?应该是"我们"了吧?

孙和平毫不客气,周总,以前是"你们",现在是"我们",这一点我要说清楚!还要说清楚的是,我这个党委书记是要管党的,汉重的乱象必须结束了!我不管你们都是哪个帮,哪个派,什么人提起来的……

听听,这叫什么话?哪个帮,哪个派,什么人提起来的?这分明是对他刚才的强调进行的反击,矛头直指杨柳啊,傻子也能听出来。

这时，办公室主任丁仁义在自己的笔记本上写了一句话，悄悄推到孙和平面前。孙和平看了一眼笔记本，当即发火，丁主任，你啥意思？注意啥方式方法？我哪里说错了？哎，周到同志，我说错了吗？

周到没接孙和平的话头，冷冷看了丁仁义一眼，丁主任，你以为你是谁啊？我们领导的工作轮得上你来指手画脚吗？不知天高地厚！

丁仁义赔着笑脸，讷讷道：我……我好心给孙书记提个醒……

周到话里有话，丁主任，你的好心孙书记心里有数，别以为我和在座的同志们不知道，孙书记没到任，你就专程跑到北机汇报了嘛！

丁仁义站起来解释：我……我就是问一下孙书记的服务要求……

孙和平挥了挥手，好了，丁主任，你别在这里表白解释了，汇报工作也是应该的！组织上让我到汉重来，就是领导你们工作的，你们该汇报的就是得汇报！除了工作，我对你们没有任何个人要求……

这场党委扩大会开得暗潮汹涌，再迟钝的人也能嗅出其中的硝烟味。王小飞的自我爆炸，给他和汉重老人带来很大的被动，但孙和平不管不顾，孤军深入，也未必会有好结果。汉重是杨柳的大本营，周到觉得，杨柳应该会在第一时间从亲信部下那里得知会议信息，会主动找他听取汇报，然后部署和孙和平的新的博弈。是的，新博弈！人家打着反腐的旗号攻上来了，他们也必须打着反腐的旗号防守反击。

然而，杨柳没找他。一问才知道，他老婆秦心亭去世了，这几天正忙着办丧事。周到觉得这倒是个机会，就买了一束鲜花过去了。他去的那天秦心亭的遗体已经火化了，蒙着黑纱的遗像还没撤去。他进门把鲜花放在遗像下面的案子上，对着遗像深深地三鞠躬。礼毕，杨柳招呼说：过来坐吧！他一副哀痛不已的样子，走到沙发前坐下，要杨柳节哀顺变。杨柳应付了几句，问：你不会是专为秦心亭来的吧？

周到承认了，是，也想借机向你老领导道个歉！上次在省政府你办公室，我有些话说得太冲了。杨柳淡然道：孙和平说话不比你更冲啊，同志之间有些争执很正常嘛。过去咱们一起搭班子又不是没争论过。周到说：就是，就是，当年咱们和孙和平吵得更凶。杨柳这才说起了正题，听说你和孙和平在党委扩大会上的表现都不太冷静吧？

老杨，不是我不冷静，是孙和平不冷静，大有炸平庐山停止地球转动之势啊。周到说罢，看了杨柳一眼，当然，也怪王小飞出了事。

杨柳啥都知道，看来已经有人向他汇报过了，王小飞怎么会堕落到这种地步？是我们失察呀！你还没点数呢，还在会上和孙和平硬刚！

周到郁郁说：王小飞出事我没想到，可孙和平秋后算账我想到了。

杨柳不悦地说：你有账人家当然要算，你没账，谁也无从算起！

周到嗅出了别样的味道，咱们就是没有账，人家也会造出账来！孙和平全面否定了咱们一业为主、多种经营、全面发展的方针，王小飞呢，又把把柄及时给人家送了上去，实话说，现在汉重危机四伏！

杨柳默默听着，眼睛看着秦心亭的遗像，不知心里在想啥。

周到试探着，继续说：孙和平在大会上表态，说是要把汉重员工的收入一步步提上来，三年内达到北机的收入水平。还说要争取政策支持，试点混合所有制改革，让汉重高管和骨干员工也能够持股。

杨柳这才说：汉重干部群众收入提上来是好事啊，你叫唤啥？

周到说：不是我叫唤，是我不理解，孙和平和北机可以搞混合所有制改革，为什么我们过去就不能搞呢？杨省长，你知道的，当年你在汉重时，我们就想学北机搞股权激励了，可是……算了，不说了！

杨柳说：你不说我说，无非是说我无能呗，无能就承认嘛！不过有个话要和大家说清楚，北机的混改是历史上形成的，是被困难逼出来的，并不是哪一个人的什么了不起的创造，谁也别贪天功为己有！

周到立即应道：就是，就是，现在孙和平简直成救世主了……

杨柳却又改变了态度，周到啊，为人还是要有胸怀有度量，要支持孙和平的工作！孙和平是省委省政府派来的，你背后少说三道四！

周到说：可支持也不能无原则吧？杨省长，北机向汤家和行贿的事你是知道的，也是腐败啊，性质其实和王小飞的腐败是一样的！

杨柳不像上次那么鲜明坚定了，但是，孙和平也是迫于无奈嘛！

周到说：无奈就能让钱萍去行贿吗？这没有多少说服力吧？

杨柳苦苦一笑，摇了摇头，没回答。

老领导，我怎么觉得和孙和平的博弈还没结束啊？周到仿佛又回到了从前，回到了和杨柳搭班子、与孙和平博弈的时候，又轻车熟路地给孙和平上起了眼药，还有一个叫马怡的女孩，也和孙和平不清不楚的。孙和平不冷静可能与这有关，马怡的父亲马虎也摔死了嘛……

七十六

孙和平在阳台上看着星空，等着与钱萍通话，这是事先约定的。

天渐渐热了，晚上无风，孙和平感到气闷。这也许是心情的缘故，汉重集团的现状令他烦恼。周到的表现异乎寻常，话语表情中藏着暗示。无非又是汤家和，周到好像找到啥门路了，要把文章做大……

他有最坏的思想准备，不行就滚蛋，但只要在位一天，就不能容忍汉重再这样下去！孙和平嘴上不说，其实心里明白，汉重曾经是一个多好的企业啊，北机正是在它的扶持下一步步成长起来的。可这几年汉重让周到、王小飞搞成什么样了？帮派林立，腐败盛行，干啥事都要送钱送礼搞关系！他了解得越多心里就越气，一伙败家子啊！

手机响了，钱萍的电话来了，和平，这几天怎么样？还好吗？

孙和平没好气说：好个屁！你知道吗？汉重又出大乱子了，王小飞摔死了，周到还没一点自省意识，还像没事人似的！他想啥呢？

钱萍说：和平，周到想啥我告诉你，那天你走后，周到发了大脾气，说是因为马虎是你的准丈人，马虎的死刺激了你，让你失态了!

孙和平大为恼怒,这个丁仁义,这事他……他怎么不和我说?!

钱萍说:丁主任敢和你说吗?说了你听吗?他在会上提醒你,你当场让他下不了台!后来,周到又骂了他一通,让他里外不是人!

孙和平说:钱萍,马虎这个人,我根本就不认识,更没啥交往……

钱萍说:我知道,你和马怡也没多少交往嘛,可是对立面会造谣啊。和平,你就没想过杨柳的感受吗?王小飞是在他手上提起来的干部,现在出事死了,你这么不依不饶的,杨柳会怎么想?如果再有人从中挑拨离间,杨柳又会怎么想?是否会对你产生误会,影响工作?

孙和平揣测说:应该不会吧?杨柳和我交过底交过心的。我到汉重也是杨柳提的名,他没有理由不支持我的工作,钱萍,你多虑了!

钱萍说:但愿我是多虑吧,但这个世界太复杂了,人性也太复杂了。你经常把博弈挂在嘴上,可你想过没有,大家的人性、人格也在博弈啊!另外,听说刘洪川书记要调离汉江了,有没有这个事?

孙和平道:有这个事,刘洪川调离的事很突然,说是调全国人大吧?不过,刘书记没忘了我,这么忙,昨天还专门给我打了一个电话过来,向我告别,和我说了十几分钟呢。

钱萍关切地问:哦?刘书记都说了些啥?

孙和平道:刘书记说,汉重的问题是必须学习北机,破釜沉舟进行彻底改革。我也说了,关键是我们国企的书记老总们敢不敢改?想不想改?能不能认真地改?鲁迅当年说过的,中国的事情很难办,有时候搬动一张桌子都是要流血的,当年北机的磨难,我历历在目!

钱萍说:是啊,当年北机改革,想把你五马分尸的人都有……

但刘洪川书记鼓励我说,鲁迅先生还说过这样的话——中国自古以来,就有埋头苦干的人,就有拼命硬干的人,就有为民请命的人,就有舍身求法的人。他们是中国的脊梁……

和平,你就是这样的人,刘书记夸你呢!遗憾的是,现在的省委书记不是刘洪川了,不知新省委书记怎么样?也会这么肯定北机吗?

月亮升起来了,温柔的银色涂抹在阳台扶栏上,孙和平伸手摸着栏杆思索着钱萍的话,他强烈感受到了钱萍的担心,钱萍的敏感不是没有道理。钱萍那边静默着,似乎要说什么,又在琢磨怎么说。院子里的梧桐树沐浴在月色下,宽大树叶随风摇曳,仿佛欢欣起舞,闪动出一片光亮。孙和平内心感受到钱萍带来的温暖,觉得月光很美。

钱萍的声音又响了起来:和平,你一定要小心保护好自己,汤家和的事要认真对待,财务总监刘宇琼不肯担风险是有道理的。可没人担风险,北机就会在香港股市遭遇巨大风险,我没办法啊,只能自行其是了!你这么不管不顾向前冲,我心里只有一个念头,就是绝不能让你倒下!你扛着北机的大旗,还要走很远很远的路啊……所以,我思来想去,想好了,这次试验回去,就辞职吧,做你的内当家!

这当然好。他和钱萍这么一种特殊关系,从小青梅竹马,不是亲人胜似亲人,孙和平说:好,你辞职下来,我也没有后顾之忧了!

钱萍的声音却哽咽了,但是和平,你知道我有多难过吗?我真的舍不得离开现在的北机,现在的岗位,我也是学机械动力专业的啊!

是啊,钱萍也是机械动力专业的,而且还是优等生,当年他还抄过她的笔记。走出校门这么多年,机械动力系七个女生,只有她坚持下来了,并且坚持到今天。今天,因为他的缘故,她也不得不离开了。

孙和平有些伤感,钱萍,要不算了,把你喜爱的工作做下去吧!

钱萍一声叹息,我留下来,你的麻烦就少不了,对手就会不断找碴做文章,听丁仁义说,周到小动作不断,最近又找了刘宇琼谈话。

孙和平这才有些后悔,当初他恨刘宇琼没打那五百万误了事,事情过后不到一个月,就把他从财务总监岗位上撤了下来,安排他做行政总监,刘宇琼不干,投奔了汉重。现在,他要在汉重反腐败,人家肯定要抓住这个事做文章,钱萍必须离开,这对钱萍也是一种保护。

钱萍和他一样清楚,和平,再不舍得,我也得离去了,我只要求一点,你以后能分一点心、分一点感情给我吗?就是那么一点……

孙和平心中一酸,眼中涌出泪,一定一定!钱萍,请你相信我!

钱萍说:我敢相信你吗?当你忙碌着和这个世界贴身博弈时,就身不由己了,不但想不到我和玲玲,甚至连你自己姓啥叫啥都忘掉了吧?和平,我知道,和这个世界的一场又一场博弈,太让你着迷了!

就是,哪怕一次次面对噩运和失败,我也照旧热血沸腾。

所以,我也不知道做出这个回家的决定是否明智,你说呢?

明智，肯定明智，钱萍，我要给你一个盛大的婚礼！

不，不，和平，我不要盛大的婚礼，只要你平平安安！

钱萍，我知道你的担心！但你了解我，我不是一个认命的人，也不是个轻易认输的人，为了中国制造的崛起，我们这代人也许会付出一些代价，只要结果美好就行了！北机不就是一个美好结果吗？那些艰难的日子都过去了，可以忽略不计了！

难道历史只记录一个结果吗？产生结果总要有个过程的……

谁会多想那些过程啊？渺小而琐碎的过程会被人们忘记的！

不，和平，历史正是由许许多多渺小而琐碎的过程构成的，伟大的历史是不会被后人忘记的，永远不会。和平，我相信我们的后人会给我们应有的评价，他们将会带着敬意缅怀我们的拼搏和奋斗！

孙和平激动了，看着星空明月，好像看到了钱萍熟悉的笑脸。

遥远的声音响在近前：和平，作为我未来的丈夫，你不合格，真的！但作为这个时代的企业家，你堪称伟大。你卧薪尝胆，砥砺前行，引领北机赢得了市场和世人的尊重！正如你之前所言：北机作为一个必将传之久远的伟大企业已经像东方的朝阳一样，喷薄欲出了……

然而，让孙和平万万没想到的是，就在这次通话过后的第二天上午，钱萍在青藏高原的高寒缺氧的极端试验中翻车遇难，同时遇难的还有两名年轻工程师。他承诺的那场盛大婚礼变成了盛大的葬礼。

三位遇难者的遗体被专机运回，万人迎灵，全厂公祭。天空阴霾沉沉，似乎也在哀悼逝去的生命。孙和平像一尊木雕，面无表情，纹丝不动。哀乐在风中飘荡，与蒙蒙细雨糅合一起。这是噩梦，孙和平内心拼命挣扎，期望从梦中醒来。但面前残酷的现实无法改变，即将成为他妻子的钱萍，永远离开了他！童年的嬉戏，两人欢笑声在小院荡漾；上小学，钱萍板着小脸批评他，如同一位小老师；大学同窗钱萍就坐在他前排；调到北机以后，钱萍成为他的得力助手，鞍前马后辅佐他……一组组镜头在孙和平眼前晃动，往事历历，沉浮于脑海。

钱萍是自己一生中相伴最久的女人。他为什么没早一点认识到她的宝贵价值呢？现在她走了，孙和平悔之莫及！痛苦中夹着愧疚，复杂的滋味仿佛利爪，要把他的心一片片撕碎。孙和平再也无法控制住眼中的泪水，任由它合着雨水在脸庞恣意流淌。哀乐低沉，雨越下越大，钱萍和另两位遇难者的灵柩在孙和平眼中渐渐模糊了……

七十七

刘必定怎么也没想到，会在钱萍的葬礼上碰到龙飞，一时竟没叫出龙飞的名字。倒是龙飞先叫了起来，刘总，你看你，连当年一个班子的老同事都忘了，不应该啊！刘必定这才想起当年北机党委的龙副书记。曾经的龙副书记又黑又瘦，现在变得白白胖胖，一副大领导的派头。十年前就离开了北机的龙飞，竟然大老远赶过来参加钱萍的葬礼，怎么想都觉得不合情理。在刘必定的印象中，龙飞并不是啥重情重义的人。如果真重情重义，龙飞就不会在北机最困难的时候突击调离另觅高枝。他和孙和平、钱建国也没有啥私交，跑来干什么？往下一聊才知道，原来龙飞又要来和孙和平搭班子了。不过不是北机，而是汉重。王小飞摔死了，汉重总经理的位子空出来了，龙飞就从行业协会调到汉重做总经理了，据龙飞说，是新任省委书记亲自提的名。

新省委书记是原来的省长金光辉，金光辉书记为什么要提龙飞的名，龙飞和新书记金光辉又是什么关系？龙飞没说，刘必定也没问。

龙飞十分感慨，也颇为欣慰：一晃十年过去了，今天终于又回来了，很好很好。刘必定说：是不错，你走时是个破产厂的副处，现在厅级了。龙飞还像过去一样装×，脸上正经得直放光芒，哎呀，啥副处、厅级？还不都是为人民服务吗？组织上把咱安排在哪，咱就在哪发光发热。刘必定讥讽道：组织上尽给你安排好地方！龙飞脸上的光芒益发夺目，汉重算啥好地方？刘总，你这几年在里面待着，有所不知，现在汉重腐败严重，问题成堆，积重难返，且看孙和平咋弄吧。刘必定说：怎么是孙和平咋弄呢？周到是董事长，你是总经理，汉重二次腾飞得看你们俩的了。龙飞貌似谦虚地说：但汉重集团党委书记是孙和平，不知道党领导一切吗？再说，孙和平是领导肯定的大能人！

刘必定不禁替孙和平捏一把汗：老对头周到没走，老油条龙飞又来了，孙和平就是再厉害的大能人，也架不住这二位主儿的折腾啊。就像一个猎人，牵着狗架着鹰去打猎，可鹰和狗不去追逐猎物，只和猎人纠缠，一会儿啄猎人的眼，一会儿咬猎人的手，让猎人如何打猎？

葬礼结束回去，刘必定挺感慨地对祁小华说：尽管孙和平演绎了一个好故事，在一场全方位的大博弈中带着北机胜出了。但这个胜出有太多的偶然性，其中最大一个偶然性，就是碰到了开明的领导刘洪川。现在刘洪川调走了，孙和平的好日子也就结束了。在汉重集团再造一个北机式的奇迹不可能了。现在省委金书记要用的是龙飞，孙和平如果足够聪明，就应该找机会坚决退出汉重集团，集中精力搞好他的北机。北机是混合所有制企业，有其独到优势。

祁小华问：因为这个独到优势，你才最终决定上北机的船？刘必定说：是，我被孙和平说服了。除了利益，我想到了可能的风险。祁小华问什么风险，刘必定叹息说：就是反腐败嘛！祁小华讥讽说：刘总，你怎么突然想起这个问题了？是不是准备到北机做纪检书记了？

刘必定神情严峻，孙和平提醒了我，我昔日的那位有权有势的朋友汤家和出事了，你说我能利索得了？西川省纪检监察机关不找我吗？我不得不想，如果我二进宫，新飞科技怎么办？高明亮团队看到了我脚下的刀锋，会不会一哄而散？汉江信托的五亿贷款还到得了账吗？祁小华明白了，你就算进去了，孙和平也可以继续支持高明亮研发？刘必定说：是的，还有月亮沟锂矿资源的开发，也得靠北机……

月光如水，泻满大地，刘必定凝视着窗外。夜色渐深，小区里幽静安宁，一位妇女牵着条小狗匆匆从窗下走过，不远处的草坪上，一位银须老人正在练太极拳。有人弹钢琴，琴声飘出窗户，伴随月色在夜空中盘旋。但是，小区外汽车噪声一阵阵传来，压倒钢琴声。霓虹灯闪烁光怪陆离，淹没了月色，似乎提醒人们此地并非世外桃源。

……

三天后，刘必定开车和祁小华一起去新飞科技公司开会，在新飞公司门前停车场，和一辆挂着西川牌照的轿车开了个头碰头。两辆车几乎同时停了下来。两个干部模样的中年人从西川车内走了出来。

坐在驾驶位置上的刘必定，注意到了对方轿车的牌照，对祁小华说：该来的还是来了。祁小华有些紧张，那今天新飞科技的董事会怎么办呢？刘必定镇定地说：你去开吧，我已经给你写好了授权书。他说着，取出授权书，交给祁小华，告诉高明亮，放弃借壳，和北机合作！

这时，两个西川干部走了过来，亮着工作证，敲起了车窗。

刘必定心照不宣走下车，上了那辆挂着西川牌号的车。

上车前，刘必定回首给了祁小华一个飞吻。一瞬间，祁小华眼泪落了下来。她立即打开车门，奔向西川牌号的车，等一等！祁小华挡在车前，扬起手臂。干部摇下车窗，什么事？祁小华掏出小药瓶，说刘必定忘了带硝酸甘油。她把头尽量往车窗里探，看见了坐在后排的刘必定。刘必定近来出现心绞痛现象，虽然没发现大问题，但是个危险的信号。祁小华对刘必定交代：照顾好自己，心脏如有不适，一定要报告组织！刘必定应着接过药瓶，和她双目对视，久久不舍分开。

西川的车开走了。祁小华站在路口，看着车后扬起的尘土，渐渐散去。她和刘必定之间尽管有背叛，有谎言，但夫妻间患难之情难以割舍。此刻，祁小华的痛心还在于，历经一场大失败，新的事业新的目标又开始了，他们这对刀尖上的舞伴又要上场大显身手时，刘必定被带走了。这次被带走，不知会落得什么结果？这一次分离，也不知何日再相聚？祁小华的眼泪扑簌簌下落，脸上的妆都洗花了……

一阵凉风吹过，祁小华猛地惊醒。现在不能耽于悲伤，刘必定的事业，也是她的未来，如今就在她手上！她要去完成一段独舞！祁小华回到车上，仔细看了一遍刘必定留下的委托书，一边发动汽车，一边想着如何与高明亮、孙和平洽谈。刘必定很聪明，关键时刻作出了正确决定，加入了北机，老同学又走到了一起，让她不再孤单……

七十八

走进省政府大楼，再见杨柳已恍若隔世。人物场景依旧，但彼此曾经的亲密无间不复存在了。一个奉命汇报，一个以礼相待，该说的全说了，不该说的一句没说。杨柳高屋建瓴，传达了省委、省政府未来十年工业布局的宏伟规划，对北机和汉重两大集团的厚望。有针对性地指出，随着龙飞的到任，汉重班子得到了加强，前景可期。孙和平嘴上没说心里却想，还加强呢，只要不削弱就谢天谢地了。可龙飞是新书记提议用的，能说啥？只得强作笑脸，表态拥护。至于周到的去向，杨柳没说，孙和平也不好问，感觉原来说的退二线也变卦了。

直到告辞要出门了，杨柳才在握别时说了一句，和平，钱萍这么走了，你心不痛啊？孙和平说：我心怎么能不痛？我怎么也没想到婚礼会变成丧礼。杨柳说：早知如此，我当年就该把她留在汉重集团。孙和平心里一酸，说：行了，你别再责备我了，我心里够难受的了。

杨柳没再说下去，却仍握着他的手不放，似乎别有一番意味。

另外，和平，我还是得提醒你，和马怡的关系要注意一些，大有公司的合作项目让别人去处理！钱萍不在了，也只有我能提醒你了。

孙和平一声叹息，是的，我知道。

……

过后没几天，马怡果然找到汉重他办公室来了，说是父亲马虎走后，大有的烂摊子落到她手上了——也是没办法，阿爷无大儿，木兰无长兄，她只好勉为其难了！孙和平难得笑了起来，你这个马怡，啥时变成花木兰了？但是，请原谅，天青山项目我不能过问，我得避嫌啊。马怡说：避啥嫌？孙书记，咱们俩除了在一起吃过几顿饭，还有啥呀？孙和平欲言又止，这个……他们说……算了，还是别说了！

马怡伶牙俐齿，爱情是吧？这也太可笑了吧？孙书记，你说你这辈子到底爱过谁呀？你爱的只有北机！孙和平感慨起来，是，钱萍也老这么说我！我这一辈子是和爱情无缘。马怡表情夸张，哎呀，孙书记，你到底明白过来了？孙和平苦笑说：明白过来，也都过去了。

双方沉默起来。窗外飞过几只鸽子，盘旋翱翔、姿态潇洒，这画面仿佛是青春的写照。孙和平回忆起与马怡吃饭的情景，不得不承认当时自己对她怀有好感。马怡对他却不感兴趣。后来听说马怡疯狂爱上刘必定，刘必定桃花运一向出奇的好，谁知道和美女马怡有啥故事？鸽子飞远了，消失在一片霞光里，孙和平的游思也随之远去……

马怡又说了起来，你别为难，我只要一个公道！王小飞的腐败不但害了你们汉重集团，也害了我们大有！目前我们还是合作关系……

孙和平说：是，是，马怡，你这样吧，把你们的诉求，形成文字交给办公室丁主任，只要合理合法，我都尽量帮助解决，你看好吗？

马怡如释重负，好，太好了，谢谢！孙书记，那我走了！

孙和平心里有些不舍，嘴上却说：走吧，我还不少事呢！

马怡走了两步，又回过头，哎，最后请教一个问题！

孙和平收拾着桌上的文件，什么问题？你说！

刘必定真的爱祁小华吗？你说刘必定是不是有些搞笑？

这可不是搞笑！要我说，这恰恰是刘必定高人一筹的地方。刘必定知道最适合自己的女人是谁！这个女人既不是你，也不是哪个让他一时冲动的姑娘，而是祁小华，他和祁小华复婚又走到了一起很正常。

如果刘必定真的这么爱祁小华，为啥还一次次背叛她？

他们是彼此背叛，祁小华也背叛了刘必定，你可能也知道……

是啊，我当然知道，他们为啥这样做呢？

因为人都会迷失，何况他们的命运又是如此的大起大落！

马怡眼睛红了，怔了怔，哦，我好像懂了，谢谢你的点拨！

马怡出门走了。过了好半天，孙和平才想起了和严格辉约定的通话。现阶段他主要在汉重集团这边办公，北机集团的一些工作只能电话安排，就像当年的卧薪尝胆，他身在汉重，每天电话遥控北机。

现在全球经济下行,不少知名企业都在裁员,孙和平要严格辉和科技中心的人到欧美跑一圈,把北机需要的目标人才搂一批回来。科技中心负责选角,严格辉谈价。严格辉说:人家开口就几十万几百万欧元美元的,让我怎么定?孙和平说:及时给国内报价嘛,别管白天黑夜,你们报过来国内立即研究答复。严格辉说:那好,我尽快安排!

哦,孙董,对了,清华大学三十五个博士的合同全签了。孙和平脸上现出笑容,太好了!和博士们开个座谈会吧,钱萍主持,我讲话。

严格辉赔着小心,提醒说:钱总不……不是已经走了吗?

孙和平一怔,瞧我这记性!那格辉,你主持,我讲话!

这个电话刚放下,田野的电话又打了进来。王小飞死后,孙和平拟让田野到汉重任总经理,不料,还没来得及向上汇报,龙飞就意外过来了,他只好退而求其次,希望田野过来兼任常务副总经理。田野说要想一想。现在田野说想清楚了,坚决不干,也劝他全身而退。田野表示北机干部群众都不想看着他们陷在汉重的泥潭里不能自拔。周到说走没走,官混子龙飞又做了总经理,谁在汉重日子都不会好过了。

孙和平说:这我知道,但是,刘洪川书记这么信任我……

田野打断他的话头,可刘洪川书记调走了,现在的书记是金省长了,他也会这么信任欣赏你吗?周到和汉重一些干部对你的抵触情绪你不是不知道,人家恨不得吃了你,你当真不管不顾,飞蛾扑火吗?

孙和平说:这我都清楚。但田野,你别忘了,当年汉重可是救过咱们北机的。没有汉重的接纳和扶持，北机早就破产了！现在咱们北机好过了，也要去救助汉重啊！怎么救呢？就用一条救了北机的改革之路去救，让汉重甩掉包袱，重新站起来，和北机一起并肩速跑。田野，你别说想好了，我看你没想好，我就不信你不愿过来帮我……

这时，丁仁义敲门进来，孙书记，周董和龙总已经在等你了！

孙和平这才想起马上要开的碰头会。这个碰头会很重要，是三方势力的第一次面对面，谁的心里都有一本账。可以谁的账为准呢？

这是个问题，严重的问题。那条曾经救了北机的改革之路，是否能救得了今天的汉重，过去不是个问题，现在俨然也是个问题了。

孙和平突然有一种身陷重围的感觉，心中往事翻腾，难以平静。

细细咀嚼，他与汉重有一种纠缠不清的缘分。最困难时他带着北机投奔汉重，汉重收留了他和北机；但是汉重的人与制度，像一件紧身衣牢牢地束缚着他。他翅膀硬了，一次次起飞，力图摆脱汉重的束缚。他用尽洪荒之力，在刘洪川的支持下，总算冲出牢笼。本以为永远不再跟汉重纠葛，没想到杨柳推荐、刘洪川拍板，他又回汉重力挽狂澜了。这等缘分何时方到尽头？对新来的总经理龙飞，孙和平预感不是太好，他在其闪烁的眼神、皮笑肉不笑的脸孔后面，嗅到了某种熟悉的气味。在即将开始的碰头会上，也不知这位仁兄，还有老对手周到会怎么出牌？内外部形势都起了变化，估计周到不会安分了……

后　记

　　这部小说的创意可以追溯到本世纪初。那是个令人难忘的时期，改革开放加速，资本市场雄起。2005年，上市公司湘火炬被地方国企潍柴动力兼并，市场为之震动。我由此开始注意资本市场。其时，恰逢股改，我也卷了进去，身不由己成了"中小股东代表、财经人士"。这段不可多得的经历促使我匆匆完成了一部小说《梦想与疯狂》。这部作品聚焦资本市场的股改。这时候我关注的是股改中一些大股东对小股民利益的侵犯，制造业只是一笔划过。

　　小说出版后，一家著名重装动力集团公司老总见到我，和我说起了他的故事。这位老总在最困难的时候曾远赴雅加达拓展市场，他发现当地鼠患严重，灵机一动，从国内购来老鼠药售卖，在当地很快供不应求。他神采飞扬地说道，当时在雅加达售卖一包老鼠药的利润甚至超过一台小发动机。他说得随意，我听得有心。我强烈感受到一位企业家身上所具备的坚强毅力和商业嗅觉。嗣后我跟踪了他许多年，几次到他旗下的企业采访，体验生活，受益匪浅。

　　这位优秀企业家丰富而成功的奋斗经历，为我打开创作视野，我这才发现，自己以前是本末倒置了，那场股改虽然是个历史的进步，但不能决定中国企业的命运。决定企业命运的是一大批像孙和平这样的企业家,是他们带领企业走出了困境,创造出一个个产业奇迹。

于是,一个关于中国制造的故事开始在我脑海里酝酿,十二年后变成了这部《大博弈》。

这是一个关于企业家和制造业的故事,又是一个关于资本的故事,也是一个关于人的故事。一个人的心有多大,就决定了他能做多大的事业,就像《大博弈》中的这些主人公们。

奉责任编辑省兄登宇指令随意写了几句,是为记。

周梅森

2021 年 10 月 9 日

图书在版编目（CIP）数据

大博弈 / 周梅森著 .—北京：作家出版社，2022.11
ISBN 978-7-5212-1973-9

Ⅰ.①大… Ⅱ.①周… Ⅲ.①长篇小说—中国—当代 Ⅳ.① I247.5

中国版本图书馆 CIP 数据核字（2022）第 129332 号

大博弈

作　　者：周梅森
责任编辑：省登宇　周李立
特约策划：矫　健
装帧设计：TT Studio
出版发行：作家出版社有限公司
社　　址：北京农展馆南里 10 号　　邮　编：100125
电话传真：86-10-65067186（发行中心及邮购部）
86-10-65004079（总编室）

E-mail:zuojia@zuojia.net.cn
http://www.zuojiachubanshe.com

印　　刷：三河市紫恒印装有限公司
成品尺寸：145×210
字　　数：340 千
印　　张：12.25
印　　数：001—80000
版　　次：2022 年 11 月第 1 版
印　　次：2022 年 11 月第 1 次印刷
ISBN 978-7-5212-1973-9
定　　价：58.00 元

作家版图书，版权所有，侵权必究。
作家版图书，印装错误可随时退换。